温柔刀

My Darling

君约 著

江苏凤凰文艺出版社
JIANGSU PHOENIX LITERATURE AND
ART PUBLISHING

图书在版编目（CIP）数据

温柔刀 / 君约著 . -- 南京：江苏凤凰文艺出版社，
2024.4

ISBN 978-7-5594-8245-7

Ⅰ.①温… Ⅱ.①君… Ⅲ.①长篇小说－中国－当代
Ⅳ.① I247.5

中国国家版本馆 CIP 数据核字（2024）第 008378 号

温柔刀

君约 著

责任编辑	朱智贤	
特约策划	鹿玖之	
特约编辑	鹿玖之　梨　玖	
封面设计	小茜设计	
责任印制	杨　丹	
出版发行	江苏凤凰文艺出版社	
	南京市中央路 165 号，邮编：210009	
网　　址	http://www.jswenyi.com	
印　　刷	大厂回族自治县德诚印务有限公司	
开　　本	880 毫米 × 1230 毫米 1/32	
印　　张	11	
字　　数	392 千字	
版　　次	2024 年 4 月第 1 版	
印　　次	2024 年 4 月第 1 次印刷	
标准书号	ISBN 978-7-5594-8245-7	
定　　价	49.80 元	

江苏凤凰文艺版图书凡印刷、装订错误，可向出版社调换，联系电话 025-83280257

温柔刀

目 录

CONTENTS

目 录

CONTENTS

CHAPTER 01

你小心点儿吧

　　唐西澄在 2017 年春天认识梁聿之，但真正与他有交集，已经是这一年的最后几个月。

　　正值大四的上学期。

　　对很多人来说，这个阶段的基调注定是焦躁与惶惶，随波逐流过完前三年，并不能继续顺流漂至同一片岸上，河道就此分汊，是去更宽更广的海还是做摊烂泥就此搁浅，全看自己了。

　　唐西澄的身边人，无一例外地选择继续求学，而她开始了一份为期四个月的实习，同时搬出了宿舍。

　　实习合同从 8 月 15 日签到 12 月 15 日，一式两份。

　　公司盖完章发回一份，最后一页签字处，法人代表那栏，略潦草的钢笔字写着"梁聿之"。

　　她靠人情关系拿到这份实习，为了凑满学分顺利毕业。

　　进公司一个多月，她与梁聿之仅有几次照面，都在集体场合。

　　当然，唐西澄原本也没有打算要与他有交集，是他自己撞上来了。

　　最开始是个意外，部门同事请假，将一部分工作转交给唐西澄，她上午在学校上课，下午才来干活，到下班时间事情没做完，拖到了晚上。

　　八点多，仍在工位上。

　　最后忙完了，打算关掉电脑时，公司的内部通讯工具又推送了新消息——

　　西西，对方说我们提供的图太同质了。

　　你看能不能再找一张 L 的照片，别太正式，日常点儿的。

是品牌部的陶冉，她说的是本周刚结束的一个电子刊的专访。

桌面右上角有个文件夹，点进去，鼠标拉了一个来回，照片上的人穿的都是各种剪裁不同的正装，最明显的区别在于衬衣或领带的颜色。

官方照的风格统一得像复制粘贴。

她去翻公司历年活动的照片库，找到一张去年的，是在公司球馆里拍的。

照片里的梁聿之比现在更瘦一点儿，眉峰笔挺，五官冷峭，穿一身黑色的运动衣和球鞋，半侧着头靠在休息椅上，额发被汗浸湿了一些，眼神有些失焦，不知道摄影者是谁，正好抓拍到这个镜头。

唐西澄一发过去，陶冉就拍板定下：**挺好，就这张**。

唐西澄看看时间，已经九点半。整层楼都空了，还在加班的只有楼上研发部的同事。她收拾东西离开办公区，下楼去路边等车。

旁边不远处停了辆黑色轿车，光线不算很好，但她认出了车牌。

后车门被打开，有人从车里下来，夜色里寥寥一道身影。天气已经转凉，他仍然穿衬衣。

紧跟着，有个醉酒的女人踏出来，没站稳，跌到他怀里。

"你以为你真能找个比我还不麻烦还合拍的吗，你是不是想得太美了啊，梁聿之？"女人气质冷艳，长发摇荡。

看上去是个分手现场。

从唐西澄的角度只能看到梁聿之的背影。

他没给对方只言片语，利索地将她塞回后座，车门"砰"的一声关上。

整个过程不到两分钟。

等那辆车开走，梁聿之回过身，抬手抽解领带，就在这时看到了那个旁观者，树下纤细清瘦的身影。

他还不至于认不出来。

头顶树叶簌簌作响，唐西澄就站在原处。

她不打算过去打招呼，也许他会觉得被这种窥视冒犯，恼羞成怒，又或者他本身心情糟糕透顶，并不想应付无聊社交。

然而，梁聿之移步走了过来。

他看上去极自然，灯光下面容清俊，仿佛刚刚当街跟人拉拉扯扯的那幕没发生过。

"你加班吗？"

疏淡的声音和他身上的酒味一起随风飘过来。唐西澄礼貌地点头，身高差距让视线最先落在他的领带上，刚刚被扯松了，在风里飘飘荡荡，随时会被吹落似的。

梁聿之抬腕看了看表，挺晚了，他疑惑品牌部工作量有这么饱和？

其实并不清楚唐西澄在这儿具体做些什么，当初只是应梁泊青的请求，她需要找份实习的工作，他不过是卖个面子给自家小叔，之后把人丢给陶冉，再没过问。

说起来，他之前还答应过帮忙照顾她，后来几乎也没管过，只有3月初那一回到机场接人，自那之后有什么事都打发给乔逸，也就是今天碰上了。

便又问她："你经常加班？"

当然不是。

唐西澄在便笺里打字：只是今天，因为我下午才过来，没做完。

手机递到面前，那行字梁聿之看到了。

这时候屏幕切进来一个陌生来电，同时对面有辆出租车停泊。

唐西澄摁掉电话，指指那辆车，梁聿之点了点头，他眉眼松懒得很，是酒劲上来之后的状态。

唐西澄刚要转身，有什么东西吹过来了，贴着她的肩侧滑落在地。

她弯腰拾起来，光滑的绸制料子，是领带，她递过去，梁聿之伸手接了，他困倦得很，低低沉沉地道了声谢，转身走了。

唐西澄穿过马路，坐进出租车里，捋了捋被风吹乱的头发，很隐约地，闻到自己手上淡淡的香。

她反应过来，是香水，梁聿之领带上的。

九点半，出租车到了Z大。

唐西澄租的房子离学校八百米，在学校驿站取完快递，走回去不到十分钟。

她住的房子是套两居室，和她合住的是之前同一个宿舍的室友颜悦。那天宿舍矛盾爆发后，颜悦一气之下决定一起搬出来。

不过这两天只有唐西澄一个人。

颜悦最近生活起伏比较大，刚忙完推免的事，和喜欢的男孩表白，谈了恋爱，还没放松几天，爸妈突然要离婚，前天一早急急赶回家了。

唐西澄把东西放下，休息了几分钟，拆了快递。

卫生间的顶灯坏了三天了，联系过房东，对方是个怕麻烦的，大方地发来红包，说"您自个儿买灯换吧"。

现在灯是买回来了，唐西澄拿手机手电筒照着，站在洗漱台上徒手拆了吊顶，才看到卡口处一行小字——LED 光源不能替换。

这触及了她的技术盲区。

不是她想的那样把灯管拧一拧就行。

于是又把吊顶装了回去，在半黑不黑的淋浴间潦草地洗了澡。

一刻钟后，她顶着湿漉漉的头发出来，手机上有一个未接来电，邹嘉打来的。

邹嘉曾经是她的心理医生。唐西澄 9 岁那年出车祸，颅脑损伤，之后确诊运动性失语，做了几年康复治疗，阅读和书写都没有障碍，但是不再开口说话，医生认为是心理性的，邹嘉因此与她认识。

她们保持了很多年的联络。

唐西澄点进微信看到她发来的消息：*怎么不回我邮件？*

唐西澄去邮箱里找，果然在垃圾箱里找到了那封邮件，于是截图给她。

邹嘉回了个黑脸。

唐西澄表示：*我现在去看。*

并不是特别紧急的内容，只是照例向她分享书和音乐。点进链接，那首外文歌自动播放，前奏无端熟悉，听到一半记起来，这首是听过的，在梁聿之的车上。

那是在机场第一次见面，他送她去学校，一路上都不讲话，像扔个包袱一样把她送到宿舍门口就潇洒走人。

后来她试着找过歌名，没找到。

唐西澄摁亮屏幕看了一眼，*Prima Oara*。

第二天上班，唐西澄去得很早，经过咖啡间，窗口的百叶格拉开了一半。

乔逸隔着玻璃看到了她，扬起眉毛灿烂一笑。他的发色千变万化，这回在中间挑染灰绿色，头发挀到脑后松松绑个小辫，精致日漫男的调调。

乔逸用不标准的手语比画了个"早啊"。

他之前就来过这里，唐西澄并不觉得奇怪，回应了他，指指办公区，她要先走了。

走到自己的工位，早到的几个同事正在聊乔逸。

她们称他"乔少爷"，说乔少爷那张脸是真漂亮啊，那么个油腻发型居然也能扛住，要是去闯荡娱乐圈，搞个选秀男团什么的，混个中心位挺容易吧。

唐西澄坐下来，开始做事。

她主要写文案，偶尔承担些杂事，拍照、打印、剪辑视频，工作量不多，也无技术难度，是那种随便招个文笔通顺的人进来就能做的活儿。

那几位同事越聊越投入。

早前还会顾忌有新人在，现在熟悉了，也不再刻意回避。

但其实没多少新料可聊，讲着讲着又照例调侃乔逸与自家老板的关系，梁聿之接手星凌两年，大家对他的私事了解并不多，话题无非围绕他家里。

明明他家的核心产业都在南边，他从国外回来，不在家承欢膝下，早早在权力中心占好位置，偏偏跑来 B 市接这么一个新起步的星凌，搞前途不明的 AI（人工智能）企服。

若说是富二代玩票，又没那么不上进，毕竟星凌这两年的发展有目共睹。

但他特别努力吗？也算不上，离工作狂还有段距离，不然星凌怎么会到现在还努力保持双休？

所以说，最大的可能难道是为了和谁双向奔赴？

诸如此类的玩笑话，一点儿也不新鲜，唐西澄耳朵都听熟了。

她对她们口中的男团中心位选手乔逸并不陌生，他们半年前认识，一直是乔逸单方面来找她，最早给她送过两回书。因唐西澄偶然和梁泊青提过有几本书找不到，后来她要搬出宿舍，辅导员好意知会梁泊青，乔逸便又来带她找房子，帮忙搬家的也是他。

他第一次来时骂骂咧咧，说梁聿之是个自私鬼只会甩包袱。当时颜悦也在，惊呼"这人好帅"，当事人立即喜笑颜开。唐西澄被他的变脸速度震惊。

后来熟起来，乔逸在她面前更加口无遮拦。

可以说，唐西澄对梁聿之的认知有 70% 来自乔逸的吐槽，详细到小时候梁聿之是怎样心机深沉害他被狗咬——至于话有几分真实性，不得而知。

而这个时间，话题中心人物乔逸已经喝完咖啡，帮梁聿之办公室里那些要死不死的绿植洒了水，百无聊赖，正靠在办公桌上转笔。

三分钟炫技结束，他扔下笔，去翻旁边的书，连翻了几本，开始哼歌。

有人耐心告罄，撂下手里一沓数据报表，往后一靠，讲："你跟我这儿磨洋工有意义吗？"

乔逸答："横竖我也没什么事。"

"你如果真这么闲，也好，我这儿缺个前台，即刻上岗，你做不做？"

乔逸翻个白眼："少侮辱人了，我给你做前台，你用得起吗！"

梁聿之淡漠地看他："那么好走不送。"

乔逸："我来谈业务呢，能不能给点儿尊重？追加一笔投资而已，看看你吝啬成什么样了。"

"你上个月盈利了？"

某人噎住。

"……就快了，我在努力啊。"

前科累累的人说这样的话，哪里来的可信度？

算起来，五年之内，"死"在乔逸手上的有咖啡厅、独立书店、健身房、宠物医院，横跨多个领域，直接导致他开酒吧时孤立无援。

一是家里激烈反对，不仅毫无资金帮助，还连每月的零花钱都给停掉；二来，所有朋友都躲瘟神一样躲他，包括梁聿之在内的那群浑蛋，没有一个看好他，后来全靠软磨硬泡把梁聿之弄烦了，才拉到第一笔资金。

也就是说，梁聿之其实是他酒吧的大股东，俗称"金主爸爸"，不然他才不会上赶着殷勤讨好。

"你说咱俩什么情分啊，当年读书每个假期都是我去找你，我让你跑一回了吗？就说现在吧，你有什么事我帮得上的，我说过一个'不'字吗？我哪回没把你的事当自己的？你小叔撂给你的摊子，我也帮你接了，我就是只有一条裤子都分你一个裤腿穿。"

乔逸故技重施。

梁聿之不吃这套："你不会觉得我前面投的那笔钱是看你能力吧？"

情分嘛，给过了。

乔逸知道这事黄了。

"不给就不给呗，这么刻薄干吗？"

但他来这趟不闲着，安静不了几分钟，又聒噪起来。

"喂，你跟蒋津语怎么了？"他假模假样关切，"不是一直好好的吗？说崩就崩了，现在人家说你薄情寡义、过河拆桥。"

梁聿之面色不愉："你问她去。"

"我问了啊。"乔逸低咳了声，掩饰自己看笑话的嘴脸，"不就是她小侄子在你身上尿了一泡嘛，多大点儿事。蒋津语她们家是烦了点儿，但一年也就见那么两回，敷衍敷衍也不难啊。"

他笑嘻嘻还想劝两句，梁聿之说："你行你上？"

"……那倒不必。"

乔逸识相地闭嘴了。

他才不傻，蒋津语家大业大，长辈小辈一箩筐，T市又近，很难找理由拒绝，一年去个两回也是要烦死的，梁聿之忍到现在的确是很讲情义了。

本来嘛，互相做个挡箭牌而已，整得比真联姻还累图什么？

至于蒋津语嘛，只能叫她另寻良人了。

说起来也奇怪，蒋津语从十八九岁和他们一起玩，到现在差不多十来年的交情，没和他们中任何一个人发展出什么。最初乔逸觉得她和梁聿之有戏，但两个人好像也互相不来电。据乔逸所知，梁聿之一直处于空窗状态，大概是因为有个缠人的前任，被烦到了，对亲密关系有阴影吧。

但那也过去很久了不是吗？走什么禁欲路线呢？往他身上扑的也不少。

乔逸眼下建议他："不然你还是正经谈个恋爱算了，还能解决生理需要是不是？"

梁聿之告诉他，但凡把操心别人生理需要的精力放在生意上，今天就不必来这趟了。

乔逸觉得他在转移话题："回避也没用啊，生理需要这种事不以人的意志为转移，除非你年纪轻轻已经不行了。"

梁聿之叫他滚。

完成了文稿，校对、排版，唐西澄开始剪辑视频物料。在这个过程中，只有一位同事在内部通讯工具上与她交流。

口头言语一旦不被作为对话手段，无关紧要的寒暄便大幅度降低。

对其他人来说，无论是出于礼貌，为了避免尴尬，还是考虑社交效率，与她减少沟通是最简单的方式。

这种体验对唐西澄来讲毫不陌生，她的整个学生时代都在重复经历。某种角度看，这其实是失语的最大利处——唐西澄体悟到这一点，是进入中学之后了。

时至今日，她已经十分习惯甚至享受。比如此刻，作为整个环境里最沉默的存在，她变相地享有了将所有非必要社交排除在外的特权。

自然而然地，工作效率提高了。

唐西澄午饭前完成工作，和陶冉打了个招呼便离开公司去学校。周四的上午和周五的下午有专业选修课，这两天她只坐班半天。

两点钟，在人文楼上《西方文论名著选讲》。

人不多，稀稀拉拉，唐西澄坐在最后一排，临上课前两分钟，有人从后门进教室，在她左手边坐下。

唐西澄转过头，是肖朗。他笑了一下，说："来蹭一下汪老师的课听。"

肖朗以前是他们的班长，后来转去法学院，大一时因为辅导员的嘱托，他对唐西澄很照顾，小组活动、实践作业都和她一组，转院之后交集少了，只偶尔在学校里碰上。

讲台上，汪老师已经开始讲课。肖朗只带了本笔记本。

整节课大家都很投入，到后面剩几分钟自主阅读。

肖朗将笔记本推过来，空白页上写了行字：听说你不住宿舍了？

唐西澄提笔回复：9月搬出去了。

肖朗又问：安全吗？离学校远不远？

唐西澄：没事，很近，我和颜悦一起。

停了下，问一句：你推免有结果了？

肖朗：嗯，定了P大。听说你没有要名额，有别的打算？

唐西澄还没回答就下课了。

几个同学围过来和肖朗讲话。

他人缘一直好，学习好，长得好看，性格也好，是校园里最受欢迎的那种类型，转专业后也没有和大家生疏。

有人问他怎么来了，肖朗说想念汪老师的课了。

对方不信："恐怕不是为了汪老师吧？"

旁边有人附和。

虽然也有目光落在唐西澄身上，在话题转移到她这里之前，肖朗不动声色地帮她挡了。因为这些寒暄，课间休息的时间被完全占据，他们的聊天没有继续下去。

第二节课结束，大家离开教室。

走到楼下，肖朗提议一起去吃东西，唐西澄拒绝了。

肖朗说："你每次拒绝我都很干脆，好像都不用考虑。"

他依旧语气随和，但说话直接很多："我听说了你搬出宿舍的原因，想确认一下和我有没有关系。"

唐西澄明白他在说什么，可以想象别人怎样描述她和室友章芊因为肖朗而矛盾不断，最终撕破脸导致她搬走。

但她清楚地告诉他：和你无关。

简短的解释没有太强的信服力，肖朗不至于自恋到相信唐西澄真的会因为他而怎么样，但他清楚章芊。

唐西澄看懂他的眼神，又用手机写了行字问他：你是不是觉得我被欺负了？

肖朗没有回答。

唐西澄忽然对他笑了一下。她常常都是没什么表情的样子，很容易让人忘记她笑的时候侧颊是有梨窝的。

肖朗轻易受到感染，也笑了，微弯着眼睛看她："所以没有吗？"

唐西澄摇头。她的皮肤很白，眉眼都不算最精致，甚至右边眉尾留了一道短短的浅色疤痕，这个距离看得很清晰，因为没抹口红，唇色淡淡的，显得没那么精神，但很奇怪，一切在她脸上就都刚刚好。

肖朗看她一会儿，说："那就好，如果有什么事情需要帮忙随时找我。"

已经快到晚饭时间，和肖朗分开后，唐西澄一路穿过校园，从西门出去右拐走不了多远有家便利店。

她买了海苔饭团、盒装饭和咖啡。

晚饭吃盒装饭，饭团是明天的早餐。

双休的上班族拥有一个共同体验，周五晚上的幸福感远高于其他时刻。唐西澄回去后心无旁骛地补了个觉。

醒来天已经黑透，脸庞脖颈全是汗，有种陷入梦魇后的迷茫。唐西澄从小沙发里爬起来，睡眼蒙眬地摸到手机看一眼时间。

快八点了。

旁边落地小灯光线昏黄，屋里阒然无声，像座全然封闭状态的静寂孤岛。

班级群里有些未读消息，她在半清醒的状态下看完了，之后点开朋友圈，显示在最前面的是她同父异母的姐姐唐若龄，发了张片场的聚餐照。她从戏剧学院毕业后演了很多角色，但没什么能让人记住的。

往前翻，其他人也相似，周五的夜晚送给休闲社交、美食、朋友和亲密伴侣。

唐西澄清醒了很多，起来洗澡弄饭吃。

梁聿之七点半从球馆离开，晚高峰的车流还没退去。

那时天气还是好的，半途却开始下雨，湿气袭满车窗。

车子停在堵成长龙的街上，他并不着急，落了半扇窗抽烟，看那水渍沿着玻璃下移，一条条蜿蜒不止。

姜瑶打来电话问他真的不能赶过去吗，他拿现成的理由拒绝："我也想来，下雨啊，堵在路上了，代我向你爸妈道个歉吧。"

电话那头女孩的声音带着笑，她看穿了他："你就成心不想来，跟我装什么。"

她没说错，梁聿之的确不想去。

倘若只吃个家常便饭也没什么，但他舅舅设宴从不单纯，以前连搞几次相亲局，后来他带了蒋津语过去，自那之后，家宴大抵就是用来定期观察他的感情进展状况，再转达到他父母那儿。至于远在 S 市的那对多年伉俪，大约是一直在他面前演戏演惯了，如今"恩爱夫妻"不用装了，"表面民主"的戏码永不落幕。

车开回去已经九点多。

别墅区略偏，但梁聿之在 B 市只要了这一个固定住处，另外常住的是酒店的长期套房。

几天没回来过，冰箱存货不多，剩了几罐啤酒、一打鸡蛋，吐司过期了两天，倒是保鲜格中的那颗生菜仍然鲜绿。

洗过澡，他下楼给自己弄吃的，鸡蛋敲出来，蛋白刚成形，手机响了。

他腾出一只手接听："不用陪女朋友吗，还有空找我？"手里专注煎蛋，口中揶揄对方。

显然这个越洋电话不是来关心他的，讲了没两句问到主题："西西最近怎么样？"

"没怎么样。"

"你们公司事情很多吗，她是不是很忙？"

"你什么意思啊？"梁聿之淡笑一声，"怕我累着你的人了？"

很巧，他那晚问过她："她那个部门算闲的了，几乎不加班。"

电话那头的人似乎思考了下，又开口："她情绪还好吗？"

情绪？

梁聿之有点儿无语："你不会真以为我有空天天盯着她吧？"

梁泊青试图说明自己察觉到的异样，唐西澄有半个月没主动找他，回邮件和信息都不及时。

梁聿之听完，将煎蛋倒在盘子里，对这个年纪仅长他 7 岁的小叔说："有没有可能，人家也有自己的事要忙？"

明明那天晚上碰到，她看起来并没什么不妥。

梁泊青说："她以前没这样过。"

梁聿之靠着岛台沉默两秒，开口："她有 20 岁了吧，成年好几年了，有必要吗？"

能不能不要搞得像个有分离焦虑的家长？

但电话里梁泊青语气严肃："她情况不一样，聿之你不了解。"

行吧。那确实没多了解。

他不再反驳了，梁泊青为什么对唐西澄如此上心，其中渊源他知道个大概，他与梁泊青经历不同、处境不同，确实没什么立场随意评价。

虽然在电话里说会看看唐西澄什么情况，但梁聿之食言了。

后来的一整周他都不在 B 市，压根没见过她。

他是周一开了早会走的，前半周在 H 市，有个小型的科创论坛，他应一位本科师兄的邀请出席做嘉宾，后来拐去 G 市探望外公。

他幼年在 G 市住得多，到了上学的年纪才回 S 市，再之后出国，这些年都没有太多机会回来长住。

老爷子 88 岁高龄了，一个人住从前的院子，身边只有照顾了很多年的保姆、司机，另外还养了一只猫，平常养花种草，逍遥自在。

梁聿之留宿了一晚，依然住从前的屋子，在二楼东边，早晨阳光极好。

保姆张妈在窗口放的两大盆蓝雪花，开得过分繁茂，郁郁葱葱遮满整个窗台。

他靠在窗格上看了会儿，手机短促地响了一下。

勿扰模式给了他六个小时的宁静，堆积不少未读消息，最新的一条来自"启安汪沁茹"，问他周末有没有兴趣滑雪。启安是星凌的长期合作方。

接着看到乔逸的消息：**去看朋友圈！看看你错过了什么！**

他点进朋友圈，原来乔小二酒吧开张一周年了。

也不是很懂一个正在赔钱的酒吧有什么开派对庆祝的必要。连续好几条相似的图片和视频，以九宫格形式刷屏分享了各个角度的聒噪现场，他完全没兴趣，直接滑了过去。

然后看到唐西澄。

黑白简笔画的独角小鹿头像，微信名是小写字母 xx，她发了一张照片，是黄色瓷盆里的一株球状植物。

这东西梁聿之见过的，3 月她从 S 市回来就带着这个，路上那个手提纸袋不幸破掉，撒了他车上一层土。

也不知道是什么，长得像颗杨桃。

张妈这时来敲门，喊他吃早饭。

梁聿之简单洗漱，换了衣服下楼，老爷子出门看花去了，院子里那只黑猫蹿过来，毛球一样蹲在他脚边。

张妈做了绉纱小馄饨，配清炒的迟菜心，按他的口味来的。梁聿之吃了不少，张妈看得高兴，在一旁给茉莉剪枯枝，与他闲聊。末了，也免不了问一句"今年找女朋友了吧"。

与旁人不同，张妈真就是纯粹地关心，没催促的意思，更没打探的性质。梁聿之并不反感，只笑笑讲："哪里那么容易，没人要我啊。"

张妈便笑他胡诌，说他样样都好，哪里会没人要，又温温和和地讲："不急，虚岁27岁嘛，不大，慢慢来，找个投契的，容貌嘛条件嘛不是最紧要的。"

梁聿之一边听着，一边把剩下的馄饨吃完了。

周末唐西澄出门了，坐地铁去一家书店。

人不少，意外地很安静，阅读的小朋友更多，她一直待到下午四点，离开时在商场南区北门碰见个人。

她们擦肩而过，唐西澄先认了出来。

唐若龄正与身旁男人讲话，语气温柔嗔怪，直到不经意转过脸与唐西澄对上视线，她僵了一下，但很快地，神色恢复如常，挽着那男人走远。

晚上就收到微信消息。

唐若龄：在学校吧？我来看看你。

唐西澄回复：不在。

唐若龄：在这里等你。

她发了个定位过来，是Z大附近的咖啡馆。

唐西澄打车过去，唐若龄坐在靠窗的位子，已经不是白天那身裙装，换了浅色风衣和牛仔裤，风格素净起来与她母亲更像。

见唐西澄进来，她指指对面的位子。

"给你点了燕麦拿铁。"她说话时，视线落在唐西澄脸上，审视地看了片刻，笑一下，"越来越漂亮了，去约会了？"

唐西澄摇头。

唐若龄又笑："你也大三了吧，课很多吗？没事谈谈恋爱啊。"

唐西澄面无表情，也没有纠正她。

唐若龄讲了几句没什么耐心了，低头喝咖啡。

这样坐了几分钟，她从包里拿出个盒子推到唐西澄面前："送给你的，我过来试戏，明天就要走了，就不带你吃饭了。"

其间，左侧那桌有目光频频看她们，这时见她起身，便过来问方不方便给个微信。

唐若龄没理，拿上包径自出门。

那寸头男生略略失望，转而走向唐西澄，同样的话问第二遍。

唐西澄以手语回答：**不方便。**

对方表情变得惊讶，尴尬又意外地站在那儿，最后被同坐的人叫回去。

"原来是个哑巴美女……"

"别说了……"

——刻意压低的声音。

唐西澄打开唐若龄送的礼物，是条手链，样式并不很突出，但确实是一笔不菲的封口费。

不过她多虑了，唐西澄没什么兴趣关心她和哪个老男人交往。

周一上班，早高峰堵得出奇，地铁出状况，星凌有一大拨人迟到，唐西澄也在其中。她没吃早饭，到了之后便核对其他部门发来的数据，放进写好的文稿中，最后审核一遍更新到公众号上。把这事做完，才去茶水间用微波炉热早饭吃。

这个时间，各部门的主管都在开例会，是摸鱼的好时机。

茶水间里干什么的都有，泡咖啡、切水果、发喜糖。新一周的八卦爆料伴随着这些飞速传播。

一个前台同事问："你们知道上周 L 为什么消失一整周吗？"

面对大家求知的眼神，她压低声音说："躲人。"

躲谁呢？

隔壁部门的姐姐已经理出线索："我听小赵说，启安那位汪总监好像在追梁总，堵得很紧，光偶遇就整了好几回。"

"对了，她好像是启安老大的外甥女，家里不简单。启安是重要客户，梁总有没有可能为了公司牺牲自己？"

"这么说，她比之前广告公司那个乙方妹妹还厉害啊？"

"反正小赵说来势汹汹。"

小赵是梁聿之的助理。

唐西澄坐在小沙发上吃完了三明治，起身返回自己的工位。

例会结束，陶冉被单独留下来。

梁聿之问她唐西澄怎么样。

他还没忘记上周与梁泊青的那通电话。

陶冉觉得奇怪——人都进来这么久了，从来没问过，今天突然关心起来了。

猜不到老板什么心思，她据实回答："还不错，做事情挺认真，公众号那边基本上是交给她在弄。"

"没别的吗？"

陶冉不太明白："别的？"

梁聿之自然也意识到这个问题太宽泛，然而他也不清楚，说不准就是梁泊青捕风捉影过于敏感。并不想为这么件事浪费太多时间，他简短地讲："说说你的印象。"

"我也不太了解她，工作沟通上没什么问题，除此之外和大家接触都不多，您也知道她的情况，很多时候应该还是不太方便的。"其实她知道研发部有个新入职的男孩可能对唐西澄有好感，来找过几次，但没看到后续，这话就没提。

回到办公区，陶冉还没琢磨明白梁聿之的目的。

是嫌她没有主动去汇报情况？不像，语气很平常，也没什么责备的意味。

还是唐西澄向他说过什么不满？看看那个正在工位上安静敲字的背影，陶冉也否掉这个猜测。

她没时间深究，公司新开了金融方向的产品线，品牌部的支持性工作也多出不少。

伴随着新一轮寒潮的到来，在气温骤降的天气里，星凌的所有人都忙起来，梁聿之几乎每天都在，周末各个部门都有人按需加班。

谁料想这时候竟然有人忙中添乱。

那天恰好是周五，唐西澄有课，中午没吃饭就走了，等她周六早上过来干活儿就听说启安那位汪小姐昨天杀上门来了。

吃瓜群众讲得绘声绘色，描述汪沁茹是怎样去办公室堵梁聿之，质问是不是故意躲她，一杯咖啡喝上半小时，死赖着不走，最后还是研发部的老大赶过去机智救场。

中间行政的同事来分发零食水果，又聊起一拨。

有人笑赞汪小姐："也是勇气可嘉！"

"所以 L 动摇了没有？"

"听说梁总一个指头也没让她碰到。"

这件事成为忙碌工作中的精彩插曲，人人热衷看老板的花边新闻，似乎可以极大地愉悦因工作而疲累的自己。

半天时间，唐西澄从各个不同的版本中了解了几乎所有细节。

到了下午四点多，除了产研部门，其他人基本上忙完收工。

部门同事离开之后，办公区终于安静下来，唐西澄手头还剩两个视频没弄，快一点儿的话再弄一个小时差不多。

其实也不必着急，她晚上没有别的事情，这两天智齿发炎，连晚饭也不想吃，只带了饭团来。

五点半，天已经擦黑。

梁聿之从楼上研发部下来，B区还亮着灯。

经过开式的小咖啡吧，不经意侧目，透过电控玻璃看到整个开间里只有一个人，她靠在工位的隔板上吃饭团。

手机连续振动，有几条微信消息，他走回办公室才打开看，都是姜瑶——

大忙人还没结束吗？

周末欸。

喊你来一趟可真不容易，六点半到总可以吧？

梁聿之回她一句：差不多了。

隔了不到两分钟，又来了：偷偷告诉你，今天晚上除了家里人，姝嘉姐也在，就是我爸战友的女儿。所以你懂的，做好心理准备！

梁聿之有些烦躁了，沉沉往座椅一靠，抽完一支烟才起身，将外套提在手里，拿上车钥匙。

唐西澄刚进电梯，看到走道那边有个身影过来，便抬手摁住开启键。

他个高腿长，不需要刻意加快脚步，也很快走了过来。

唐西澄犹豫他是到一层还是负一层时，梁聿之已经伸手按了"B1"键。

他没有开口说话，整个密闭空间中便只剩安静。

隔着不到半米的距离，很神奇地，唐西澄感知到他心情不怎么样。他不说话时实在很冷，周身上下一股难以忽视的疏离感。

中途楼层都没有停，橙色数字一路跳到"1"，门打开。

唐西澄走出去，身后人这时却忽然开口："唐西澄。"

她闻声回过头。

梁聿之一只手撑着电梯，视线淡淡地落在她身上："有空吗？"

姜瑶没有想到，她一时好心的通风报信促成了一场尴尬局。

梁聿之过来时，姜瑶正和徐姝嘉聊到最新一季的流行色，她去开门时，徐姝嘉为表示礼貌，也站起身。

"大少爷你可算是到了，我妈和珍姨都蒸上枣泥糕了！你真是慢死了……"姜瑶抱怨到一半，愣住，"欸？"

倏然看到跟在梁聿之身后的人，姜瑶微瞪眼睛，这位美女很眼生啊，什么情况？

姜瑶大脑快速转动，无法合理化眼前情景——和蒋津语分开也才没多久吧，这么快换人了？

当然，在这片刻之间，她还不忘用自己那双看过无数美女的眼睛仔细审视，确定和蒋津语不是一个类型。

不得不说，别管什么风格，这家伙的审美始终在线啊。

下一个念头是——完蛋，老姜这局盘糊了。

这时候，梁聿之已经看到了站在小茶厅里的徐姝嘉。

"有客人？"他一边脱下外套，一边问。

装模作样。

姜瑶在心里白眼翻上天，面上全力配合。

"那就是姝嘉姐。"接过他的衣服，她试图凭一己之力化解这尴尬的场面，硬着头皮挤出热情笑容，看向他身侧，"这位是……"

"唐西澄，你可以叫她西西。"

他语气极自然，好似他们真的有这么熟。

姜瑶主动打招呼："嗨，你好！"她友好地看着唐西澄，"我叫姜瑶。"

唐西澄回以微笑，用手语比画了"你好"。

姜瑶原本被她笑起来的样子美到，情不自禁想夸，结果却愣了愣，目光诧异地盯着她，很难相信地以眼神询问梁聿之。

见他点头，姜瑶受到极大震动，勉强维持住表情。幸好她天生灵敏，反应比常人更迅速，很快找着了话："那……快过去坐吧，别站着了。"

走到茶厅那边，姜瑶介绍："姝嘉姐，这是我哥，"又指唐西澄，"她是西西。"

至于她是我哥的女朋友还是其他的什么，我不清楚，我就不介绍了。

她一边腹诽，一边招呼他们坐下。

"徐小姐你好。"梁聿之先开口。

"你们好，叫我姝嘉就好了。"

不同于姜瑶的活泼跳脱，徐姝嘉看起来稳重娴静，脸偏鹅蛋型，妆容得体，穿着大方，她笑了笑，目光看向梁聿之："我听姜伯伯说起过你，你是宾大毕业的是吧？"

梁聿之："你也是？"

"不，我哥哥是。"她仍微笑着，"我在 Y 国读的，不过我去过你们学校。"

看他们聊上了，姜瑶暗暗松口气。

其实她还算了解这个表哥，别管他心里想的什么，脸上极少直白表露，这种社交面上该有的绅士礼貌他总是能做到的，有时候看上去还挺周到客气，但是真心有几分，鬼才知道。

怎么说呢，也不过是个被世故熏染的社会人罢了。

趁他们社会人寒暄的间隙，姜瑶果断溜去书房找她爸老姜，又去厨房找她妈，把要通的气先通好，免得他们没有心理准备搞出更多尴尬现场。

虽然姜父从书房出来时脸色不怎么样，但还是维持了体面的态度。

姜瑶妈妈就温柔多了，见人带笑，讲话也熨帖，吃饭时更是热情细心，对徐姝嘉很客气，也不忽略唐西澄，偶尔问些点头就能回答的简单问题，或是和梁聿之讲话时提到她，既避免了把人晾在边上，又不让人因过分暴露弱势之处而难堪。

姜瑶目睹老妈全程控场，自愧不如。

至于唐西澄，她原本确实是不自在的，但最后居然也觉得氛围不算特别糟糕。

当然，如果智齿不发炎，或者梁聿之不往她碗里连夹两块排骨的话，体验会更好一些。

饭后又坐了一会儿，徐姝嘉向姜家父母道过谢，先告辞离开。

她走之后，梁聿之便被舅舅叫去书房。

姜瑶抓紧利用这个时间和唐西澄聊天，她们互加了微信。

"你和我哥怎么认识的啊？"

姜瑶一张圆脸，头发微卷，长相很甜，眼睛很无辜地盯着她看。

吃过这顿饭，唐西澄已经清楚梁聿之为什么带她来，也知道她此刻在姜瑶心里是什么角色，她在手机上写道：我在星凌实习。

得知唐西澄比自己还小 2 岁，在读大四，姜瑶两眼一黑，梁聿之怎么也染上这坏毛病了？果然成了被社会浸淫的堕落纨绔吗，向公司实习的女大学生伸黑手？

而唐西澄并不知道她心里已想象了很多，仍然有问必答。

在交谈中唐西澄了解到姜瑶学新闻专业，毕业后做了几个月杂志编辑，已经辞职在准备语言考试，打算出国继续读书。

后来梁聿之和唐西澄是八点半从姜家离开的。

姜瑶送他们出门，等唐西澄上了车，她语气复杂地压低声音对梁聿之说："交个底吧，你这是正经交女朋友还是那什么什么？"

那几个字挤在齿间，没有真正出口。

"姜瑶，你就没点儿别的事干了吗？"梁聿之说完这句话，再没别的解释。

"欸，我——"姜瑶话还没说完，他人已经上了车，利落地倒车打弯，留下一个远去的车屁股。

回去的路上，很长一段时间车里很安静。

梁聿之沉默地开车。唐西澄靠在副驾座椅上，微微偏头，视线里是他搭在方向盘上的左手，修长干净的手指，有分明的骨节。

看了片刻，她移开视线，望向右侧窗外。

一路霓虹绚烂。

能感觉到他车开得不错，速度不慢却很稳，很容易让人困倦到陷入睡眠。

但唐西澄并没有睡着。

颜悦在微信上找她说话，她们有一搭没一搭地聊了几个来回。

颜悦苦恼于父母的关系，虽然已经长大了，但依然难以接受父母感情破裂，执拗地想要缝补：虽然他们两个都很爱我，但也许就是因为这样吧，我更难接受。

唐西澄表示理解她，回了几句没什么作用但属于社交需要的安慰话。

她这几年在这方面进步很大，或者说，社会化程度高了不少，但这不影响仍然有很多人会用"孤僻"形容她。

颜悦回了一个叹气的表情结束聊天。

路口红灯，车子减速直至停下。

梁聿之忽然说："你怎么了？"

唐西澄微顿，侧过头，梁聿之手指了一下，她才知道原来他看到了，左下智齿酸痛得厉害，一路上她下意识拿手掌按了好多次。

唐西澄摸起手机回答：牙疼，智齿发炎。

梁聿之的视线从手机上移过来，淡淡地看了看她。

因为前窗落进来的光线，他一侧身体的阴影感更重，皮肤也显得白。这样的光影凸显了五官的立体度。

乔逸说他长得像梁泊青，唐西澄之前不认同，但从现在这个视角看，是有那么一点儿，尤其下半张脸，从鼻梁弧线到嘴巴，还有的确很相似的唇形。

前方跳了绿灯，梁聿之收回视线，搭在方向盘上的那只手很自然地打了个弯，车子右转。

继续行驶十几分钟，在唐西澄终于有点儿昏沉睡意的时候，车子忽然变道，从豁口滑进辅道，靠边停下。

驾驶位上的人解开安全带，开门下车。

唐西澄的视线跟随他绕过车头，他今天穿的风衣，及膝的深色长款。

那身影走去路边药店，没几分钟出来，他去后备厢拿了瓶水。

他坐上车，把手里那盒药递给唐西澄。

消炎药，甲硝唑片。

水也递过来。

梁聿之做这一切时没什么表情，甚至都没开口说几个字，就像他在工作场合时一样，做着自己该做的事，一副严肃淡漠的姿态。

他对她态度最好的时候也就是在公司楼下那天晚上，可能喝了酒，语气随和，没齿蔺同她讲那两句话。

唐西澄本来要道谢，但看他已经转过头，发动引擎，并不给她留时间，便省了这步，吃了两粒药，剩下的连同药盒一起塞到包里。

距离 Z 大还有一个路口时，她设好了手机导航，在语音提示下，车一直开到租住的小区侧门，停在林荫道的路牙边。

这一片全是旧楼，街景破败，摆夜摊的还没收掉，满满的烟火气。

关于今晚，梁聿之并没有解释什么，似乎这件事的性质就如他邀请时说的那样单纯，只是吃个饭。

唐西澄下车后穿过道路。

梁聿之没立刻走，在车里坐了半分钟，开门下去了。

唐西澄进了小区，走到半路，想到她的书上午已送来，便又出来，折去旁边的超市取快递。

梁聿之靠在车门上抽烟。隔着散开的薄薄烟雾，只看见一个进去超市的背影。

几分钟后她抱了个纸箱出来。

箱子不是很大，但她抱得很吃力，走下几级台阶停一下，又重新抱起，快走到门口时，再次停了下来。

她穿着薄毛衣和绒质的半裙，站在那儿低头调整侧肩包的位置，大约是太瘦了，在影影绰绰的灯下显得伶仃极了。

这一幕在梁聿之眼里，很无端地，有那么点儿脆弱感。

他看了片刻，熄了快烧完的烟蒂，提步走过去。

唐西澄准备继续时，梁聿之已走到近前。

"送你回去。"

略低沉的声音在风里有些模糊。

唐西澄愣了一下，他已经将那纸箱搬了起来："带路。"

从小区窄窄的侧门走进去，绕过一片户外的老年健身器械区，走到靠后的六栋。

旧式的五层居民楼，唐西澄住三楼，感应灯的光线像糊了一层污纱，昏昏暗暗。

到二楼的楼梯拐角，唐西澄回过身，梁聿之走在后面三四级台阶处，脚步很轻松，那箱书对他来说似乎没多少重量。只是他个子高，肩膀挺阔，这老式楼道显得更加逼仄。

见她停在那里，他抬头看过去："到了？"

唐西澄指指上面。她住 301。

打开门，唐西澄先进去开灯，同时腾出位置让身后的人进来。

玄关空间小，距离过近，周遭的空气便好像都被他身上的气息覆盖，有极淡的香水味道，说不清是哪种香调。

梁聿之从她面前擦身而过，走进屋，将手中箱子放在鞋柜上。

小客厅一览无余。沙发盖布落在地毯上，一摞书胡乱堆在那儿，插线板和数据线裹在一起塞在旁边的藤编筐中。

不算整齐，但挺干净，与姜瑶那种繁复公主风的房间相比，这间屋子简单到没风格。

梁聿之收回视线，一部手机递到他面前，白底屏幕上有几个字，她问他要不要洗手。

快递纸箱很脏。

唐西澄指给他卫生间的方向。

在梁聿之过去时，她拿美工刀拆纸箱，听到卫生间的水声响起又停止，之后看到他走出来。

"里面灯坏了吗？"

他开口问，唐西澄才想起这件事，坏了挺久，她都快适应了。

梁聿之走过去："这房子乔逸找的？"

唐西澄仍蹲在地上，快递箱的封口胶带被割开了两条，看着他走近，高高的身体挡住吸顶灯的光，她直起身拿鞋柜上的手机，打字说：**是他按我的想法找的，找了好几套，是我自己选的这个，交接的时候灯没有问题。**

梁聿之的目光从手机屏幕移开，看了看她，小巧的脸、清淡的眉眼、鼻梁微挺的弧线，表面上和梁泊青口中那种需要保护照顾的形象很相称，但实质上，有违和感——

可能是眼神，挺硬的。

"干吗帮他说话？"他的声音也淡淡的，像是随口问的这句话。

唐西澄与他对视，注意到他左眼侧有颗很小的痣。她不确定怎样回答更合适，难道要说乔逸讲了你很多坏话？

梁聿之好像也不在意她回不回答，看看她的表情，他忽然很淡地笑了下，说："没看出来，乔小二这么招人喜欢。"不甚在意的口吻。

转而看了看她拆了一半的那箱书，说："忙吧。"

他要走了。

隔天上午，唐西澄收到乔逸的微信，问她在不在家，他要带人来修灯。

她回复了不到一小时，人就已经上门来。

到底是专业的，效率十分高。乔逸说下次这种事直接找他，不要让梁聿之那个中间商赚差价，白白给他机会教训人。

唐西澄想要解释她没有故意向梁聿之告状，但看乔逸也不是真生气。他是起床就过来的，空着肚子，问她要吃的。

拉开冰箱，只有牛奶、咖啡和一些速食。

唐西澄热了个虾仁饭团给他，乔逸边吃边嫌弃，说："你吃的这都是什么东西！"

这么说着，仍然半点儿没耽误地把饭团吃完，忽然想起什么："欸，你那个室友？就挺会夸人的那个。"

上次他帮她们搬家，颜悦毫不吝啬地夸他长得真帅。

乔逸还挺受用。

唐西澄告诉他颜悦回家待一段时间。

"那你最近一个人住啊。"乔逸眉毛上扬，"害怕可以找我哦，我不介意的。"

唐西澄习惯了他这样子，没搭理。

刚好灯也修好了，乔逸挥挥手带着人走了。

来去如风。

唐西澄连吃两天药，发炎的智齿终于消停，于是拔牙的计划被往后推。

新的一周开始，恢复原来的上班节奏，整个11月份都比较清闲。颜悦从家里回来后情绪低落，宣布自己从此是个没家的小孩。

唐西澄尝试安慰她，但实在不擅长，干巴巴的话毫无作用，只好作罢。

幸好颜悦天性乐观，没颓废多久就振作了，投入甜蜜的恋爱中，还找了份出版社的兼职，生活充实起来。

其间，梁聿之找过唐西澄两回，没别的事，仍是带她去舅舅那里吃饭。

看上去，像是定期的家庭活动。

他不多讲，她也没问过，几乎形成一种奇怪的默契。

这件事并没有给唐西澄增加太多压力，每次过去也真的只是吃饭，除了他的表妹姜瑶，她几乎不需要与旁人讲话。

而姜瑶具备异于常人的社交主动性，根本不必对方努力，就能轻松和每一个人熟络起来。当唐西澄意识到这一点的时候，姜瑶已经进展到每当来西边上雅思课就会找她吃火锅了。

自然而然地，她与梁聿之的关系也近了一点儿。

但也只是一点儿。

无非是见面时话比从前多上几句，比如在车上梁聿之会问要听什么歌，让她自己换。

有次下班碰上，天气不好，他送了一趟。

这点儿交集实在平淡得不值一提，也的确不需要向谁提起。

若不是姜瑶有次在微信上找乔逸打听，被嘴上没把门的乔小二说起，那些朋友，包括蒋津语在内的小圈子还都不知道梁聿之身边有这样一个人。

乔逸虽然嘴上拿这事调侃挤对他，心里却早琢磨明白了。有天他们吃饭，散场之后，只剩梁聿之没走，乔逸抓着机会问他："你老实说是不是老早瞄上她了？"

这话没个头尾。

梁聿之喝了酒，眼有些红，觉得莫名其妙："谁啊？"

"西西啊。"乔逸一挑眉，"蒋津语说你找不到比她更靠谱的，这不找到了吗，毫无成本，话都不用多说，效果还加倍，我都能想象你妈知道这事什么表情了……不过你拿她当工具人硌硬你家里，这事你小叔知道吗？"

他打量梁聿之，意味再明显不过。

最后那句，弦外音是：你不讲叔侄情义啊。

当事人没接腔。

乔逸却是个吃了饭操闲心的。

他凑过来："你现在图她安静省事不烦人，比蒋津语好拿捏，那你就不怕哪天人家情窦忽开真看上你了，缠着不放吗？这个年纪的小女孩一旦恋爱脑起来，很可怕的。"

"你属青蛙的吧，能不能闭嘴？"梁聿之嫌他吵闹，推了一把。

乔逸撂下一句："你小心点儿吧。"

其实，乔逸说的话并非完全无用，有一句梁聿之听进去了。

确实，梁泊青不会乐见他将唐西澄扯进来，虽然实质上没什么事，但他那个小叔是个原则性很强、君子至极的人，道德标准比他高多了，真要质问起来理亏的确实是他。

整个家里，梁聿之不在意任何人怎么评价他，但他从小就挺给梁泊青面子的。

这事他自认鲁莽了，只怪那天电梯里偏偏就碰到她。

周末，唐西澄再次收到姜瑶的邀约，吃日料。

姜瑶为什么愿意一直找她？明明交流没那么便利，而姜瑶看上去也不像缺一个周末吃饭的朋友。

唐西澄偶尔会想这个问题，但她并不拒绝。

吃完饭逛街，整个下午没做别的事，走得腿都酸了，姜瑶依然活力满满，没有要回家的意思，因为离乔逸的酒吧很近，顺路去了一趟。

她们到的时候刚过下午五点，天还没完全黑，酒吧里人不多。

姜瑶轻车熟路带唐西澄进去，走到吧台，问长得很帅的酒保小哥："嗨，乔逸人呢？"

那帅哥认识她，手指楼上："有朋友来，老板陪着呢，您喝点儿什么？"

"不用，我自己去找他！"

姜瑶对二楼布局很熟悉，径自往左走，到最尽头那间游戏室，直接按铃。

没一会儿，门开了，乔逸探个头："你怎么来了？"

往旁边一瞧，看见唐西澄，乐了："今天什么好日子啊？"

里头几个人在打游戏，两男一女，十分投入。

姜瑶没想到蒋津语也在，瞬间有点儿尴尬，喊了声"津语姐"，对方应了声，很快地回头朝她笑了一下，又继续操作游戏手柄。

姜瑶转头看一眼唐西澄，朝她吐了吐舌头。

唐西澄觉得莫名其妙，再看一眼那个长发背影，有了印象。那晚在公司门口和梁聿之拉扯的女人。当时没看清楚，刚刚看到了，细长眉眼，翘鼻红唇，很明艳的美。

乔逸带她们两个下去喝东西，叫厨子给她们做晚餐。

吃饭时，姜瑶注意着唐西澄的脸色："你没有不开心吧？"

唐西澄放下手中刀叉，拿过手机，姜瑶忽然说："你用手语吧，我觉得我应该看得懂。"

唐西澄疑惑。

姜瑶笑笑："其实我大学参加过手语社团，不过后来忘得差不多了，最近复习了一下，让我试试吧。"

唐西澄比画：*为什么会去学手语？*

姜瑶看懂了，说："我觉得会手语很酷啊 —— 嗯，回到刚刚的问题，就是……津语姐，你知道的吧？"

唐西澄比画：*知道，但不太了解。*

姜瑶："不是吧，你们谈恋爱难道不互相问过去，不会去了解男朋友的前任吗？我小号都有关注前男友每任女朋友的，我怎么感觉你跟我哥一点儿也不像在谈恋爱啊……"

唐西澄："……"

那确实不是。

唐西澄仍然用手语问她：*你清楚他们的事？*

清楚啊。

姜瑶很矛盾，心里应着，嘴巴上说得很保守："也不是很清楚，只知道他们在国外就认识了吧，还有乔二哥。"想了想还是觉得瞒着唐西澄很不好，有种助纣为虐的不道德感，"哎呀，他们在一起应该有一年吧，我反正一直觉得分手了嘛，最好都当对方死了，但他们好像还是朋友，有时候会在一起玩……"

姜瑶无端地替梁聿之心虚，毕竟他本来就长着一张薄情男人的脸，对待前女友又这副做派，好像怎么解释都不具有可信度了。

最后只能说："你可以要求他不要再见津语姐，我也觉得他很过分，反正这件事我站你这边的。"

唐西澄无从解释，只觉得好像有点儿辜负姜瑶这么明确坚决的站队。

晚上，姜瑶左思右想，决定给梁聿之通个气。

她描述得略夸张："幸好津语姐在打游戏没太注意，不然场面就很尴尬了，狭路相逢欤，反正西西问的，我都说了实话——"

她还在阐述细节，被打断了，电话另一头的人说："你们什么时候这么熟了？"

姜瑶只好坦白她因为顺路所以经常找唐西澄吃饭。

"我不是故意背着你接近她哦，最开始，我就是好奇，想了解一下……"姜瑶十分诚实，"后来发现和她吃饭挺舒服挺开心的呀，我可以一直说话，她总是听得很认真，我觉得我的表达欲得到了巨大满足！而且她跟我没有任何朋友圈的交集，除了你，所以我可以随便吐槽欤，完全不用担心谁会去背后说我，真的毫无负担！"

梁聿之无法共情她旺盛的表达欲："你哪来那么多话？"

"有啊！我的生活很丰富的好吗？"

梁聿之："……"

行。

"你说完了？"他抬腕看运动表。

"还没，"姜瑶一鼓作气，"说真的，我觉得你以后还是注意一下吧，都分手了还和前任搞不清，大家还一起玩，真的挺过分的好吗？反正我对你有点儿失望。"

梁聿之觉得好笑，将手里的毛巾扔在跑步机的臂杆上："姜瑶你胳膊肘往哪儿拐呢？"

"我站在很客观的立场啊，你不能因为西西……"

姜瑶没说下去，显然，在她心里，唐西澄在这段关系里处于弱势，跳过了几个字，她继续道："反正你别太欺负人吧。"

"行了。"梁聿之不置可否，"不要没事总去找她，人家烦你也不会直说。"

"你以为谁都和你一样没耐心吗？"姜瑶反击，"我还烦你了呢，不识好人心。"

很干脆的挂断音。

梁聿之丢下手机，走去浴室。

隔天周一，学校有个人文类的主题讲座，人类学方向的，唐西澄向陶冉请了半天假，回学校报告厅坐了三小时。

这中间，收到信息，一共两条。

是她父亲唐峻。

他过来开会，说叫助理接她，一道吃个午饭，另一条说梁老师有空的话，也请他一起。

讲座结束后，人潮涌出去。

唐西澄走去Z大的正门口，已经有车在等，来的那中年男人她认识，在唐峻身边跟了很久了，姓廖。

廖秘书见到她，称呼："唐小姐。"

车子开到一家私家菜馆，淮扬风味，廖秘书领她进去，临窗的房间，唐峻已经坐在里面，几道前菜先上了。他穿的是黑色西服，大衣外套挂在后面。

见唐西澄进门，他抬头看过来，50多岁的人，无法免除岁月的痕迹，发顶微微有些灰白，但仍然有很英俊的一张脸，五官挑不出差错，放在画报里不比保养得当的大龄男明星逊色，可以想象他年轻时是怎样神采卓然。

唐西澄走到桌旁坐下，唐峻看看她，问："梁老师没空？"

唐西澄用手语告诉他：他2月份就出国了。

但其实，唐峻已经不大能看懂，这些年他们交流甚少，他原本懂的那一点儿也都忘了，便说："用手机吧。"

讲这话时他神色复杂，不自觉微蹙眉，看向她的眼神有某种遗憾，也有愧疚。

唐西澄最喜欢看他这种表情。

按他说的，她用手机将刚刚那句发给了他。

唐峻看了一下，没再问。

有服务生进来上菜，清蒸刀鱼、龙井虾仁、平桥豆腐。

"吃吧。"他大约是不知要聊什么，便先动了筷子。

父女俩都安静地吃东西。

后来仍是唐峻开口，迟疑了下才说："前阵子，你外婆不大适意。"

唐西澄抬起头。

唐峻看到她的表情，讲："不必担心，只是摔了一跤，年纪大了恢复慢，现在是不怎么能走路了。"

唐西澄拿起手机，打字问他：什么时候的事，周末我才问过周姨，为什么她没告诉我？

"有一个月了，应该是老太太没让提。"

唐西澄脸色变得很差，又敲了几个字：你去过吗？

唐峻说："一直很忙，让小廖走了一趟。"

她便不再问。

仍然有新菜送进来，但唐西澄没有胃口，这顿午饭她没吃多少，唐峻让廖秘书送她回学校。唐西澄提前在地铁站下车，坐地铁去公司。

正是午间，大厦一楼很热闹，各家餐厅仍有不少人在吃东西，奶茶店前排成长龙。

唐西澄穿过人群走去电梯，她心里想着事情，没关注其他，走近才发现有人帮她摁着电梯。

梁聿之上午没过来，拖到这个时间，没想到碰上她。

互相看了眼，唐西澄略微颔首算是道谢，之后靠边站定，电梯上到五楼，旁边另外两个人出去了。

门合上，轿厢继续上行，一两秒后，唐西澄听到略低的声音："你手怎么了？"

唐西澄倏然回过神，看他一眼，又低头看自己的右手。

出地铁那条路上有辆电动车擦身过去，差点儿撞倒她，她本能地拿手挡了一下，车头金属篮直接擦着手过去了，原本只是擦掉一块皮，感觉很疼，现在已经有血丝和组织液渗出，看起来有些吓人。

唐西澄从包里摸出纸巾，摁在伤口上，又拿手机写了字告诉他：*被电动车擦了一下。*

电梯在这时停了。"叮"一声，门打开，候在外面的几个同事一看里头的人，一面往边上靠，让出通道，一面主动打招呼，陆续响起几声"梁总"。

唐西澄就在这些声音中跟在他身后出了电梯，助理小赵在走廊上看到梁聿之，小跑过来和他讲事情。

唐西澄走去办公区。

小赵随梁聿之去他的办公室，拿到要取的文件，这时数据组的负责人托着电脑过来了，有事情找梁聿之沟通。小赵准备走，突然被叫住。

"物资室有应急药箱吧？"梁聿之问他。

小赵点头应："一直有的。"

梁聿之说："你拿过来。"

小赵觉得莫名其妙，上下看了看他，也不好多问，应一声便去了，很快拿到送过来,见两人还在谈,便搁在旁边沙发上。

事情处理完已经是一刻钟后,梁聿之给陶冉打电话:"叫唐西澄过来。"

才挂断,有新的电话打进来,是周绪与他讲那个银行的项目。金融服务是星凌新开的业务,正处在起步阶段,周绪帮忙牵了条线,现在还在接洽中。

没几分钟,人来了。

梁聿之仍在讲电话,见她敲门进来,他指指沙发。

唐西澄看到药箱,明白了。常用的药品和工具都有,她找到碘伏给手背伤口消毒,用灭菌纱布缠好,不到三分钟就处理完。

梁聿之还未讲完电话。

唐西澄抬手给他看了下,其实包得不怎么样,她的手指细细长长,纱布太宽,累赘。

这时敲门声响起,小赵送完文件回来了,唐西澄没多留,在门口与他擦肩而过,小赵颇意外地多看了一眼。

当天下班回去,唐西澄联系照顾外婆的周姨,问清楚情况。

她没思考太久,决定回 S 市,之后订机票,去公司系统中填请假单,再联系陶冉。睡觉前装好了行李箱,带了一套换洗衣服、几本书,将电脑也放进去。

颜悦有些担心,反复问她一个人回去行吗?

唐西澄让她放心。

第二天,唐西澄坐早上的航班,十点多落地,再乘车去疗养院,已经快到中午。

外婆吃过午饭,刚睡不久。

唐西澄看她脸庞,又瘦了不少。

周姨没有预先通气讲唐西澄要回来,老太太还不知道。

唐西澄便让周姨先回去休息,也是 50 岁出头的人了,跟着老太太从医院转到这边,估计都没怎么回家住。

"那晚上我做点儿饭菜带来。"

唐西澄让她不要跑了,反正这里的餐食也很好。

"好是好,总没自己做的合心意,老太太是吃不了多少,你总得吃点儿。"周姨在家里做事十多年,是外婆来 S 市那年找的,一直跟着到现在,算是看着她长大的。

又问唐西澄要带些什么，她晚上一并拿过来。

老人家睡眠短，等唐西澄将自己的东西放好，把电脑拿出来，写文论课的作业写到一半，外婆就已睡醒了。

她在套间的外面，听到动静进去里间卧室，外婆已经坐起身，靠在床头上只占了很小一方位置，身体消瘦得明显，状态不比暑假那时候。

见有人进来，老太太转过头来看，大约是光线暗，看得很困难，她扶着床头，身子往前探。唐西澄快步过去扶稳她，外婆似不大清醒，唤了声"小瑛"，仔细看看她，又喊："西西吗？"

见唐西澄回来，老太太欢喜是欢喜的，但免不了又要讲她跑远路回来做什么，又没有放春假，耽误上学。

唐西澄任由她说，拿枕头垫在她后背处，偶尔用手语回她的话。

外婆在床上坐了半个钟头，唐西澄才试着扶她下床，里外走一圈。

这一摔，的确是差多了。

唐西澄在后头跟着，看她斑白稀疏的头发、颤颤巍巍的身体。

之后复健医生过来检查，叮嘱暂时还是少走路，慢慢来，又建议多去外面坐坐，换换心情。唐西澄便用轮椅推外婆出门，去逛后面的园子。

傍晚周姨送来饭菜，烧了些清淡的，有道蟹黄豆腐是特意为唐西澄做的，因此她晚饭吃了不少。

这天晚上周姨回家去住，唐西澄留下和外婆一起睡。

临睡前总是老人家说体己话的时间，也不必要得到什么回应，只像是让自己安心一般。

先唤一声"西西"，而后讲着："往后勿要拗着了，同你爸爸亲近些，阿婆这些年心里也过不去，恨也恨，悔也悔，我好好的阿瑛，嫁到这样人……真要讲，那乌轮毛糟（乱七八糟）的事同你没关系的呀，勿要想了，经过这一回，阿婆慌的，真要一脚走了，西西一个人怎么办……"

屋里安安静静，她讲话缓慢，话题一时断一时续。

"泊青是顶好的孩子，这些年总还念着你阿公的情，不过咯，他哪里又容易了，往后成家养小囡，有自己的生活呀，哪里又能顾到你？"外婆又拍拍唐西澄的手，"阿婆没什么想的了，只想西西有人顾着。如今一日不如一日，怕是再回不去老家了……"

人老了，总是反反复复说些类似的话。

唐西澄句句都听着，也句句都无法回应。

直到外婆睡着，她仍然很清醒。

搁在床头柜上的手机忽然振动，屏幕的亮光打破黑暗，她伸手拿过来，调低亮度，再点开去看微信。

是梁聿之。

他问：**什么事情请假？**

他的头像挺特别，像是随手拍的照片，黑色的岩板背景配上灰色的消波块摆件，有种极致的冷静感，多看几眼似乎能平复心绪。

手指动了动，唐西澄敲了几个字：**我回 S 市了。**

梁聿之原本并不知道唐西澄今天不在，是下班时碰上陶冉，她提到，说唐西澄昨晚请假很突然，连请了四天，也没说缘由，不知道有什么急事。

他晚上有个应酬，回去之后想起这件事，才发了信息问一句。收到回复，知道她至少没出什么事情，也就不再管，至于什么原因回 S 市，那是她自己的事。

这一周很忙，正在谈的那家酒店集团还没签下来，卡在那儿，周五晚上又组了个局，表面上只是吃饭，不谈公事，但其实没那么简单，言语中你来我往都不轻松。

在包厢里坐了两小时，梁聿之喝了不少，他身边只带了个研发部的，酒量上完全不能扛。

中途对方的负责人出去了一趟，再进来时带了个人，介绍说是好朋友，正好在楼上就喊过来了。

徐姝嘉一眼看到了梁聿之："真巧啊。"

其他人好奇："认识的？"

"也不算很认识。"徐姝嘉大方笑着，视线落在对面，"原来你就是 Adrien 说的那位朋友。"

梁聿之也笑笑："确实巧。"

徐姝嘉很轻松地融入进来，聊天中并无拘束，那位 Adrien 和她是中学同学，多年好友，互相讲起对方的事都十分熟稔，气氛不错。

她似乎对 AI 领域很好奇，问了几个问题，梁聿之回答了她，大家就此又聊起来。

到散场时，Adrien 的口风明显松动了。

因为喝了酒，梁聿之不能开车，等对方的人都走了，他将那位不胜酒力的研发部技术大佬弄上车，之后便等助理过来。

徐姝嘉又看到他。

她已经取到车，在他跟前降下车窗："嗨。"

梁聿之回应："徐小姐。"

并不多热络。

徐姝嘉心里认定他是个挺骄傲的人，即使刚刚在饭局上她算是帮他活了场子，也不指望能收获翻覆性的态度变化。

"我好像说过不用叫我徐小姐吧？"她笑一下，车子从他面前开走了。

梁聿之周六本可以休息，结果姜瑶给他找了个活儿，她搞出个交通事故，不敢同家里讲，一个电话打过来，找他去善后。

事情倒是不算大，追尾，没伤到人，就是车子损伤不轻，按程序处理完，车拖去修了。

梁聿之送她去上课。

姜瑶坐在车里惊魂未定："果然还是不能太相信我自己的技术。"

梁聿之道："你现在有这个认知也不晚。"

姜瑶叮嘱："不许告诉我爸啊，晚点儿我就说车送去保养了，你别说漏了嘴。"

兀自缓一会儿，她问起唐西澄："那天我找西西，她说回家了，她家里有什么事吗，怎么这个时间回去？"

"不清楚。"

"你不清楚？"姜瑶转而想到，"你们吵架了是不是，是不是因为上次的事？你没有好好解释？"

梁聿之被她问得头疼，皱眉说："你安静两分钟。"

姜瑶默认就是这个原因了，摇头叹气。只是不到两分钟，她又开口："我问问她回来没有，晚上乔二哥喊大家去玩，听说津语姐今天不在，我要喊西西去，你去吗？"

"不去。"

姜瑶悻悻地回他："随便你。"

下午，姜瑶上完课联络唐西澄，得知她已经回来了，就直接去找她，两人一起去乔逸订好的地方。

到了那里，乔逸已经在楼下等，接到人带她们上去。

电梯直达。

走到长廊尽头，开门进去，是一个超大包厢，有整面的落地窗、满墙的自助酒柜。左前方一桌人搓麻将，另一边的人在玩桌游。酒柜吧台前坐了几个人，男的女的都有，正饮酒欢笑，台上摆着一排酒杯，甜品台前围着几个女孩，年轻靓丽。

乔逸领她们去沙发，牌局那边有人喊他。

"你们自便啊，不要客气，我等会儿过来。"

"行了，你去玩吧，我们又不是小孩。"姜瑶不是第一次参与他们的活动，瞥一瞥旁边几个花枝招展的年轻女孩，小声对唐西澄说，"那边……都是周绪他们带来的，我哥不会做这种事。"

她指麻将桌边的男人给唐西澄看："喏，周绪，就是正对我们的那一个，我哥的朋友。反正不用管他们，我们玩我们的。"

她给唐西澄拿了饮料和甜品。

九点多，梁聿之来了，周绪一连两个电话催来的。

他进来便被拉去麻将桌上。没玩几局，歇下来，过去窗边抽烟。

音响靡靡放着一首法文歌曲。

窗外霓虹，室内香槟。

梁聿之往沙发那边看了一眼，姜瑶正在眉飞色舞讲着什么，坐在她身旁的人咬着吸管，眼睛一直看着她，似乎很认真在听，偶尔用手语比画一下。

她们的交流看上去毫无障碍。

梁聿之挺意外的，难不成姜瑶为了满足表达欲，连手语都学了？

这时周绪走过来，顺着他的视线看过去，那女孩长发过肩，一副学生打扮，穿着毛衣、牛仔裤，看上去还算白皙清瘦。但他是没兴趣的。

"漂亮也算漂亮，寡淡了点儿，没什么劲吧。"

梁聿之道："你闭嘴吧。"

周绪自顾自地笑："不如我帮你挑一个啊。"他手往一侧指。

梁聿之没承他的情："免了。"

乔逸从麻将场上下来，去了吧台那边调酒玩，喊姜瑶和唐西澄过去捧他的场。

之前为了开酒吧，乔逸专门找调酒大师学了几个月。他一面忙着，一面侃侃而谈。但他的作品，唐西澄没喝出什么特别的味道，连着两杯都挺淡，到第三杯才开始有点儿感觉。

音乐从爵士换到民谣。

打牌的兴致愈高，玩游戏的喧闹未止，唯独吧台那边两个人，一个已经睡了过去，另一个脸是红的，人还算清醒。

看到梁聿之过来，她心虚地指指站在门口等她的人："那个……我爸叫了张叔来抓我回去，我先走了，你照顾西西哦。"

姜瑶拎上自己的包跑去门口，推着张叔出门："张叔快走快走。"

始作俑者从洗手间那边回来。

梁聿之骂他："你脑子没问题吧？"

"尝尝嘛，也没喝多少。"乔逸一脸无辜，"你看姜瑶不没什么事，欸——那丫头人呢？刚还在这儿呢。"

梁聿之没同他浪费时间，过去叫唐西澄，但她只是在昏睡中皱了皱眉，仍然侧趴在那儿，毛衣袖口印着一片暗红酒渍。

烂摊子不知道从何收拾起。

周绪走过来看看，也骂乔逸鲁莽，对梁聿之说："你现在走吗，这样，我把老钱匀给你。"

梁聿之身边之前有位司机，半年前离职了，本要再聘一位，一直搁置着，他平常自己开车，偶尔有应酬便让助理兼职，不过小赵下午刚请了假。他问周绪："你们通宵？"

周绪说："看吧，让他们玩着。"

"行，我先走。"

梁聿之取了自己的外套，拿到唐西澄的衣服和包，将她的手机扔进包里，再去抱她。

看起来很瘦的人，真抱起来并不十分轻松，何况她毫无帮忙减负的意识，胡乱动一下，头发甩到他脸上，弄得他鼻间全是某种洗发香波的味道。

电梯一路下到地下二层，那位钱师傅听周绪的安排在楼道口等着，见到他便称呼梁先生，接了衣服和包，看出他脸色不霁，便不多说话，只帮着开车门。

等梁聿之将人抱进车里，自己也坐上去，钱师傅开车出去，同时问一句："梁先生，您今天是到哪儿？"

之前也曾送过他两回，一回去的是酒店，另一回是回他自己住处。

他打个弯，车子上到主路，听到后头的声音："回东北边。"

唐西澄起初睡得很安稳，歪靠在座椅上。后来有段路转个大弯，即使钱师傅开车已经足够稳当，她还是撞到窗上。

梁聿之想拉她的，晚了一步，眼见着她脑袋直直撞过去。

因为疼痛，唐西澄恢复了小部分意识，迷迷糊糊闻到一点儿衣服上的香气，之后就看到明昧参半的光线里，离她很近的脸庞。

清黑的眉眼，薄薄的唇。

他在她眼里有些失真。

梁聿之正伸手牵她那侧的安全带，发现她醒了。

看来那一下撞得不轻，之前可是叫都叫不应。

车前光漏进来，照出她微红的一张脸，眼睛也仍然红着。

"知道你在哪儿吗？"梁聿之的语气明显不快。

前头钱师傅只当没听见后头动静，车子开得越发平稳。

唐西澄自然不会回答。

在梁聿之眼里，她完全无辜又不清醒，没有费口舌的必要，他懒得讲了，探身过去帮她扣安全带。

毫无预兆地，视线微微一暗，眉间有温温热热的指腹触感。

有一瞬，梁聿之甚至没反应过来她在做什么，直至唐西澄的手指碰到他的嘴角，才被他扣住手腕。

梁聿之皱眉看着她。

什么酒品？喝多了乱摸人？

模糊暗光中，唐西澄没有干出更奇怪的事。这样被摁着没法直起背，她只能靠在座椅上，残存的意识没能坚持多久，很快又陷入困倦。

再次醒来是第二天早上。唐西澄睁眼的瞬间，记忆短暂断片，占据上风的是本能的紧张情绪。不过这个过程不长，大约一两分钟后，她就已经清醒了。

身上还穿着昨天的衣服，袖口的那块脏污太过明显。

床边有双未拆的棉布拖鞋，她起来穿上。

环顾四周，包和外套放在旁边飘窗上，在包里找到手机，摁了一下，屏幕是黑的，电量耗尽自动关机了。

她只好先收拾被自己睡乱的床。

这个房间像是没怎么使用过，看起来一切都是崭新的，纯灰色的床品寡淡克制，很符合梁聿之的调性。

收拾完，拿上手机开门出去，发现不只这个房间，可能整个房子都是按他的偏好来的，色调冷清至极。

走到楼梯处才看到一点儿绿色，是长得不太精神的植物。

这时听到动静，回过身看到走廊另一头有人走来。是个女人，50多岁的模样，身材微胖，皮肤偏黑，穿米色外套，像是家政公司统一的工作服。

对方看到她就笑着说："醒来了？饿了吧，饭已经做好，您先洗漱吧，我再做个汤。对了，我姓孙，在梁先生这里做事的。"

她指一下客卫的方向，似乎知道唐西澄不方便对话，短短两句把要讲的事都交代得很清楚。她有轻微的吴语口音。

唐西澄在卫生间的镜子里看到自己的样子，头发微乱，脸有些肿，可能是睡得太久。她在储物格中找到未拆用的一次性洗漱套装，把自己收拾干净。

楼下餐桌上，饭菜已经摆好，三菜一汤，白水鱼、甜豆虾仁、金花菜和银鱼羹。清清淡淡。

不知是不是按照梁聿之的口味做的。

唐西澄每样都尝了，饭也吃掉一碗。

在她吃饭时，那位孙阿姨已经手脚麻利地将楼下会客厅收拾了一遍，等唐西澄一吃完，放下碗筷，就适时地过来说："梁先生讲他下午回来再送您，唐小姐要是没什么事情做可以去那里玩。"说着指向西边的侧间，见唐西澄起身，便领她过去。

原来是个休闲室，有书，也有游戏设备。不算太大的一间，落地窗正对着屋后的园子，窗外有一棵石榴树。

孙阿姨明显不是第一回过来做事，她将长柜下的抽屉拉开："您要是想玩游戏的话，都在这里。"

那里面整齐摆放着各种遥控器和手柄。

"那我先出去，有什么事您找我。"

唐西澄点头。

这时，孙阿姨看到了她的袖口，出去片刻，很快进来，将叠好的小毯子给她："先用这个吧，衣服帮您洗一下，烘干了再穿。"

她细致又熨帖，唐西澄没有拒绝。

其实屋里暖气充足，她只穿里面那件轻薄的绒衫也没觉得冷。

孙阿姨出去了，唐西澄先开窗看了看外面的石榴树，之后沿着开放式书架走了一圈，发现什么类别的书都有，很杂，单是摄影类的就有几十本，理工科那种完全看不懂的有，书店最前排的鸡汤成功学也有，有些书有很多个版本，比如《林中之死》就有三个版本。挺神奇的是，还有一些童话书。

看到最后一列，发现那本英文版的《忧郁的热带》，唐西澄翻开封面，果然有梁泊青的笔迹，写了他的姓"梁"和日期——2005.08.18。

他习惯在每本书上标记购书日期。

这是十二年前买的了，不知道是他送给了梁聿之还是落在这儿的。

唐西澄看出来这不像是梁聿之的私人空间，应该是拿来会客用的。很快她就证实了自己的猜测，因为游戏的账号是乔逸的名字。

梁聿之下午两点多才回来。

孙阿姨接下他刚脱的大衣，告诉他唐小姐吃了饭，在小书房里玩着。

梁聿之"嗯"了声，对她说："辛苦。"他解了衬衣的顶扣，去盥洗室洗手。

出来时，孙阿姨已经拾掇妥当，向他告辞。

这两年来都是她负责这里的清洁，频次不高，有时一周一次，有时一个月都不来，饭也仅做过几回，虽然接触不是很多，但还是摸到一点儿他的脾性。梁先生人看着斯文客气，实际不那么好亲近，从不聊家常，因此她也是有事做事，话不多问，这差事做到现在倒一直顺畅省心。

孙阿姨离开后，梁聿之接了杯白开水，靠在岛台旁喝完，之后走去西侧小书房。

开门看到里头那人坐在地毯上玩《毛线小精灵》，是那个被乔逸嫌弃很无聊的横版跳跃游戏。

她把头发绾了起来，没穿毛衣，只着一件紧身绒衫，薄薄的背挺得笔直。她过于专注，半点儿没有昨夜稀里糊涂的样子。

残存的稀薄阳光透过玻璃落在她半边肩膀上。

唐西澄没注意到他进来，因为她已经被一个关卡困住几分钟，每次尝试都失败。

靠在后面看着她连续三次掉下去，梁聿之走过去，在旁边那张圆垫上坐下。

唐西澄很意外，停了动作。

梁聿之从她手里拿过一个手柄，他衬衣的袖子松松地挽在腕上，手指很流畅地操作，蓝色小人行动敏捷，用上环境中的各种工具，成功跳到顶上。他对唐西澄说："按着别动。"

之后收绳，将那只红色毛线人拉了上去。

这关唐西澄躺过。

蓝色小人并没停下，继续往前，于是唐西澄也跟上。

合作类游戏果然还是有队友配合更快，但对同步率要求不低，唐西澄起初只能勉强跟得上他，在一个躲避关卡被喷火怪物烧死了几次，那里梁聿之教了她，有点儿奇特的是，他居然耐心还不错。再之后唐西澄渐渐找到感觉，两人配合完美，一路顺畅走到这章结束。

唐西澄手指都酸了，放下手柄，要和他说话，一摸手机还是黑屏。

梁聿之瞥了一眼："没电了？"

唐西澄点头。

他看了看时间："走吧，车上充电。"

唐西澄回到楼上客卧取了自己的衣服和包，梁聿之站在玄关那里等她，见她脚步匆促，边穿外套边下楼，他开口说："我不赶时间。"

但唐西澄仍然很快走到他身边。

坐上车，手机充上了电。

几分钟后，屏幕亮起来。

唐西澄查看未读消息，有两条颜悦的，一条问她"你怎么不在家，昨晚没回来吗？"，另一条是个坏笑表情。

下面是姜瑶，问怎么样了。可能因为没收到回复，后面发了两个表情包。

唐西澄告诉她手机没电，刚看到。

没想到姜瑶秒回：你可算冒泡了，我还以为我哥对你干了什么呢，他昨天冷面寒霜的，吓死人了。

接着是条语音："我跟你说哦，如果他今天还是脸很臭，你哄哄他吧，他吃软不吃硬的，表面属羊，实际属狗，顺毛捋哈。"

唐西澄想关掉已经迟了，果然看到梁聿之皱眉。

没告诉姜瑶这个语音事故，唐西澄问她：你还好吧？

姜瑶答：嗯嗯嗯，我很好，我昨天溜掉了，听说乔二哥被骂惨了，原来你三杯倒啊，下次我们收着点儿啊。

唐西澄回复：嗯，你休息吧，我晚点儿找你。

她将手机捏在手里，去看驾驶位的人，试图分辨他的情绪。大约是她侧目的频次高了点儿，在下一个红灯处，梁聿之开口："有话说？"

唐西澄点便笺，问他：你在生气吗？

"怎么，"梁聿之偏头看她，"你打算用姜瑶给你支的那破招？"

唐西澄："……"

唐西澄低头打字：姜瑶也没有恶意。

梁聿之道："我谢谢她。"

话里的讥讽唐西澄当然能听出来。她觉得姜瑶可能对梁聿之评价不准，他更像是软硬不吃的人。

车子重新开起来时，梁聿之给她撂了一句："你以后离乔小二远一点儿。"

好像忘了当初是谁嫌麻烦把她推给乔逸。

这之后他们没再说话，梁聿之接了个电话，将她送回去后就走了。

唐西澄进屋的时候，颜悦躺在沙发上和男朋友讲电话，一听开门的声音立刻起身，充满期待地看过来，同时火速跟男朋友结束电话："宝贝，我晚点儿再找你啊。"

唐西澄放下包，颜悦已经趿着拖鞋跑过来，截住她。

"有情况也不告诉我？"

唐西澄比画：没什么情况。

"我不信。"颜悦一脸笑，"你连肖朗都看不上，到底是谁让你夜不归宿？"

唐西澄手语比画得略快，颜悦跟不上："你慢点儿你慢点儿，男朋友什么？"

唐西澄无奈笑笑，拿手机打字给她看：不是男朋友，没谈恋爱。我喝多了住在朋友那里，所以，你让我先洗个澡好吗？

"就这样吗？"

唐西澄点头。

嗯，就这样。

唐西澄的智齿又发炎了，消炎药已经不太管用，三天都消不下去。

勉强熬完这周，她下决心拔掉它，越快越好，因此拒绝了姜瑶的邀约。

唐西澄在微信里说：我要拔智齿，一天也不能再等了。

姜瑶问：啊，智齿，理解。你一个人去吗？

唐西澄答：对。

姜瑶主动说：那我请假陪你吧。

唐西澄拒绝了：不用，拔牙不要求有陪同人，你上课。

姜瑶便说：那就让我哥陪你，这是他该做的啊。我去和他说！

不等回复，她已经给梁聿之拨去电话。

快九点时，唐西澄出门了，在出租车上收到微信，她在看邮件，忽略了那条新消息提示，回完邹嘉的邮件才点开。

梁聿之问：姜瑶说你拔牙，在哪儿？

唐西澄没回复"你不用来"，直接发了位置给他，没约上公立医院的号，她找的私人口腔。

他又问几点。

唐西澄回：**九点半**。

梁聿之晚到了十分钟，那家口腔诊所在商场大厦的二层。

他原本没打算来的，周绪约了他去马场，都已经开车出门，后来被姜瑶念叨烦了，车开到半路，放了周绪鸽子。

从扶梯上去看到那间诊所。

医生在和唐西澄讲话，水平阻生齿，离神经很近，难度不小，按要求要把可能引起的意外情况交代清楚。

护士引梁聿之走过去，正讲到"面瘫、下唇麻木"之类的，唐西澄抬头就看到他。

他头发剪短了些，穿一件休闲款的黑色防风外套，和平常不太一样。

视线碰了下，梁聿之走近，手伸过去，唐西澄把手里的包递给他。

所有的事项了解清楚，签了字，医生说："那我们要开始了，外套脱一下，家属请到那边等。"

唐西澄脱了大衣外套，梁聿之也接过来，连她的包一起拿走，去了外面休息区。

说是难度不小，但真操作起来似乎比预期的更轻松一点儿，麻药起效后，唐西澄躺在诊疗床上听着那些工具在嘴巴里操作的声音，偶尔感觉脑袋被振得微晕。

医生和护士都很温柔，不时地讲话安抚她，也就半小时就开始缝线了。

结束后，麻药还没过去，仍然没有任何痛感。

医生向她交代了注意事项，定好拆线时间。

唐西澄咬着棉球，跟在护士身后走去休息区，见梁聿之已经起身在等她。

她身上穿的是件半领薄衫，领后有粒扣子，大约是在诊床上磕的，松开了。她自己弄了好一会儿，没能扣好，走去梁聿之身边，请他帮忙。

唐西澄身高 166 厘米，站他面前矮上一截。

她将长发拨到前面，剩下零散的一点儿发丝贴着衣服，梁聿之低头便看到松开的领口和她后颈白皙细腻的皮肤。

他略微移开视线，抬手帮她扣那粒花瓣形状的扣子。

"好了。"

唐西澄转过身，距离过近，肩膀碰到他的手臂，衣衫与他的外套摩擦一下，居然起了静电。

梁聿之退开一步，拾起椅背上的大衣递给她。

离开诊所，乘扶梯下了楼。

医生说可以吃点儿冰激凌，商场一楼就有，唐西澄过去买，梁聿之站在扶梯旁等她，谁知道碰上个熟人。

对方一眼认出了他："梁总！"

颇具特色的尖细嗓音。

梁聿之侧首，打扮精致的女人踩着高跟鞋袅袅走来："还以为我眼花了。"

"汪小姐。"梁聿之嘴角浮起笑，眼睛里却无甚变化。

"你怎么在这里啊？"汪沁茹脸上的惊喜藏不住，歪头娇嗔地看他，"不是很忙吗，有空逛街哦？"

"过来办点儿事。"梁聿之表情淡淡的，回她一句寒暄的话，"汪小姐在忙什么？"

"我能忙什么，约你又约不出来，还不是只能和姐妹玩了，我闺密在这边开了间店，我来看看。"汪小姐讲话直接，每讲一个字眼神都不避讳地看他，她喜欢这一款，不只因为他的脸和身段，另有什么特别之处也说不清，反正她相中了，就觉得他此刻这样不冷不热的腔调也挺拿人。人嘛，总有攀登欲的。

"平常梁总西装革履的，原来私下走这种风格啊，还挺帅的。"她开口夸赞。

梁聿之笑说："汪小姐过奖了。"视线转向右手方向的冰激凌店，那个身影仍站在那儿。

汪沁茹很有兴致，连着找了几个话题问他，原本半分钟可以结束的偶遇寒暄硬生生被她拖到五分钟以上。

梁聿之听着她叽叽喳喳的声音，没什么耐心了。

然而汪小姐笑靥如花："既然都碰上了，那一起吃午饭吧，这回我可不放你走了。"

梁聿之正要开口，余光看到有人过来，他侧过头时右手被牵住了。

刚刚碰过冰激凌，唐西澄的手心湿凉，冷热皮肤相触，体温对比明显，梁聿之的食指微动了下，而后便无其他动作，任她握着。

汪小姐已经娇颜失色。

"原来这就是梁总要办的事。"她目光在唐西澄身上绕了绕，勉强维持住表情。

梁聿之坦荡一笑："汪小姐忙吧，改日再聊。"

走出大厦的正门，唐西澄松了手，她拿出手机单手打了行字：汪小姐像是很坚持的人。

言下之意：未必会放弃你的。

她的目光略带探究性，瞧他一眼，手指又继续打字：你没有想个一劳永逸的办法吗？

"一劳永逸？那要怎么做？"梁聿之瞥着她的手机屏幕，笑了，"结婚吗？"

唐西澄："……"

唐西澄视线落在他脸上，能这样以玩笑话自嘲，看来这种事并非真的困扰他，也可以想象，他从前应该没少遇到类似状况，或许从少年时期开始就已被许多目光追缠，习以为常。

她原本想说也许可以明确点儿拒绝别人，但现在只是笑了笑，不再多讲。

梁聿之注意到她脸颊浮现一点儿梨窝，视线略停了下，她已经往前走去。

在梁聿之去拿车时，唐西澄等在路边，估摸着时间差不多了，她将嘴里的止血棉球取出来。麻药的劲儿正在消退，渐渐有疼痛感。

于是上车开始吃冰激凌，连过两个绿灯就全部吃完。

没看到有放垃圾的地方，她一直将盒子攥在手里，到了路口红灯，车子停住，梁聿之忽然伸手拿过去，随意捏了下塞进储物格。

车子和之前一样开到小区侧门，唐西澄已经不用为他导航，甚至他每次都会停到林荫道上的同一个位置。

唐西澄低头解安全带，长发从肩膀滑下，她往耳后捋了一下，抬头发现梁聿之在看她。

"你的脸肿了。"他说。之前还没觉得，大概是路上肿起来的，她的脸小小的，很明显能看出来。

唐西澄抬手摸了摸。很疼。不过这种疼痛是有尽头的，不会像智齿发炎一样随时来袭，所以完全可以忍受。

虽然梁聿之临走时叫她和陶冉请假，但唐西澄第二天还是去了公司。

拔牙的伤口恢复起来很快，过了一晚上就大有好转，只是吃东西仍然不方便，她靠白粥撑过前两天。

其间与梁聿之在走廊碰到一次，他打量她的脸，问她的牙还疼吗，在那之后没再见过。

到周三才知道他出差，去了南方。

而唐西澄的实习到这周结束。

一个实习生的离职对于星凌来说只是件小事，交接手续很简单。周五上午唐西澄做完手头的工作，交还公司配发的电脑，之后给品牌部的同事们点了奶茶。

中午陶冉安排了部门聚餐，算是送别。

四个月时间，所有的东西收拾好也只多出一个手提纸袋，短暂的工作经历至此结束。

生活回归从前的状态，唐西澄将很多时间消耗在图书馆里。在校园里出现的次数多了，遇上熟人的概率明显提高。

周日晚饭之后，唐西澄和颜悦在学校的小超市碰到很久没见的几位室友。

章芊最先看到她们，但像没看见一样，面无表情地和旁边人讲话，只有之前和颜悦关系比较好的一位室友过来打了招呼，先恭喜颜悦顺利保研，又问唐西澄："实习怎么样，是要留在那个公司吗？"

颜悦代她回答："西西实习结束了。"

"那另外找工作吗？还是有别的打算？"对方的眼神带有关心。

整个宿舍，保研的保研，出国的出国，剩下的在准备考研，眼下也只剩几天时间，很快就要有结果，只有唐西澄似乎还没有什么打算。

唐西澄还没回答，那边章芊已经在喊，对方也不再问了，挥挥手道别。

几个身影走远。

颜悦这时看看唐西澄，犹豫了下，没有说话。

唐西澄也在回想那个问题，你有什么打算？

这是半年来被问得最多的问题，邹嘉问过，梁泊青也问过。

好像所有人都在告诉她已经到了不得不做选择的时候。

CHAPTER 02

社交辞令

梁聿之在南方停留了一周。

回来后去公司开会，从 B 区经过，看到靠窗的那个工位是空的，以为唐西澄请假，开完会才知道她的实习期结束了。

考虑到他出远差，陶冉上周没汇报这事，原以为唐西澄也会和他通个气，但看梁聿之的表情似乎事先并不知晓。

"是她自己提的？"他问道。

"也不是，是按协议的期限。"陶冉解释，"那份实习协议我之前拿给您看过，当时签的就是四个月，我问过西西，她选择不继续。"

那份协议拿是拿过来了，但梁聿之自然是没翻开看的，当初他话说在前头——"有什么事情你看着安排，反正人交给你了"，甩手甩得干净。

现在他当然也不会多讲什么，本来就是件芝麻小事。

但看在陶冉眼里不是这么简单。

她有种微妙的感觉，隐约觉得梁聿之对这件事是有些情绪的，至于是因为什么，不能确定，可能是不满她没提前汇报，也可能是因为唐西澄不说一声就走了。

既然他不直言，陶冉便也当作无事，不去自找晦气，只在心里告诫自己下次需要更注意细节。

梁聿之下午离开公司，没回自己住处。

周绪在三环边有个酒店，一直给他留一间套房。他过去那边休息，傍晚时候把车开出去洗。

其间有空闲，在附近走了走，商场一层恰好有个相机展，不大，不到二十分钟走完展厅。

要出去时，有道身影走过来，到近前莞尔道："还以为我看错了。"

是徐姝嘉。

梁聿之表情略意外："来看展？"

"对，看完了。"徐姝嘉看看他，"我在等朋友，你呢？"

"随便走走。"

"那赏不赏脸喝杯咖啡？"徐姝嘉指指对面的咖啡吧，摆出大方邀请的姿态。

梁聿之淡淡一笑："要徐小姐赏脸才是。"

他们坐到窗边的位子。

空气里弥漫着馥郁的咖啡香。

提之前在姜瑶家里的碰面，徐姝嘉坦白道："那天其实不是我想去的，是受我爸逼迫。"

梁聿之并不惊讶："是嘛。"

"你也一样吧？"她眼神慧黠，"如果我没猜错，那位唐小姐并不是你的女朋友。"

梁聿之说："很明显吗？"

"有点儿，你夹的菜她吃得实在很勉强。"

这话让梁聿之回忆起那天，他夹了什么菜给她？拔丝酸甜排骨。

又记起来，那天她牙疼。

徐姝嘉这时提起刚刚那个相机展，问他觉得怎么样。

梁聿之说有两款长焦镜头还不错。

由此聊到摄影，徐姝嘉还说到读书时的一些兴趣和经历，比如看的展、追的乐队。她身上展露了颇明显的文艺气质，却不过分悬浮，某些表达常常恰到好处，很容易让交谈者感觉到她是个有趣且丰富的人。

在这一点上，徐姝嘉是自信的，因此从一开始她就不担心与梁聿之聊天会冷场。

事实上也的确不错。

只是在后来那杯咖啡快要喝完时，他渐渐有些心不在焉，看上去仍是一副听她讲话的姿态，但视线虚空着。

徐姝嘉注意到了，顺着他的视线看一眼。几米外的宽板大桌边，有个男人坐那儿，用笔记本电脑与一个女孩视频聊天。特殊的是，他们使用手语。

徐姝嘉微微抿唇，没再说话，准备去续一杯咖啡。

梁聿之这时看了看时间，礼貌告辞："还有点儿事，先走了，今天谢谢徐小姐赏脸。"

上回见面，她说过不用叫徐小姐，不知道他是不记得，还是真的这样礼貌绅士，界限感有这么强。

徐姝嘉露出笑容："好，那不耽误你。"

梁聿之起身拾起大衣外套，径自出门。

走五六分钟的路程，到了地方，车子确实洗完了，内部清洁刚结束。洗车的工作人员将清理出来的一支黑管口红交还给他，说在后座底下找着的。

梁聿之拿在手里看了看，扔进旁边的储物格中。

车子开出去，中途等红灯，他翻了翻微信，点进那只独角鹿的头像，问她：*没丢什么东西？*

大约过了快一个小时，在他要下车的时候，有新消息进来。

点开看一眼，简短的三个字：*没有啊。*

梁聿之不太想回了，搁下手机。

然而又有短促的振动声，连续两次，他漫不经心看着屏幕亮起又暗掉。

落下窗户，抽完一支烟，才抬手去解锁，看那两条消息——

怎么了？

你捡到我的东西了？

梁聿之对着那支口红随便拍了一张照片发过去，光线不好，糊得过分，他也懒得重拍。

过了会儿收到回复：*好像是我的。*

跟着新的一条：*先放在你那儿好吗？我有空再过来拿。*

他回：*随你。*

安静了一段时间，手里那支烟抽完，手机再次振动。

唐西澄问：*你已经回来了吗？*

他手指动两下，打了一个字：*嗯。*

之后又收到新的问题：*顺利吧？*

梁聿之：*还行。*

以为这毫无内容的对话到这儿结束了，他拿衣服准备下车，屏幕上方却仍然显示"对方正在输入中"，他垂眼看着，没一会儿，对话框里跳出文字：*上周实习结束想请你吃饭，但是你不在，不知道你这周有没有空？*

梁聿之眉目不动地看了一会儿，回她：*再说吧。*

而后几日都无联络，梁聿之也并不空闲，两条新项目线都没真正稳下来，和几家金融类客户签约之后，后一阶段的重心放在酒店领域，相关的应酬实在不少，还接了个杂志采访，时间上排不过来，只能放在周日。

对面记者很努力，预先做了很多关于人工智能的功课，采访时长比原计划多了大半个小时。

其间，姜瑶在微信上找他，全无回应。她很怀疑这人是不是对她设了"免打扰"。

没办法，直接打了电话过来。

梁聿之这边的采访到尾声了，结束后，他的手机屏幕仍然顽固地亮着，来电人清清楚楚，他接听后姜瑶埋怨："你故意的是不是？"

"怎么了？"

"你看看几点了？等会儿他们都要到了，你人呢？"姜瑶说，"姑姑又不是天天来，吃顿饭还要让她等你啊？"

她口中的姑姑是梁聿之的母亲姜以慧，这次受邀过来出席一个珠宝展的开幕活动，恰好还有点儿空闲时间，才约了这顿饭。

而梁聿之是早上才收到信息的，确定好的时间、地点，这很符合他母亲的行事方式。

现在离那个时间还有一刻钟，他对姜瑶说："现在过来。"

"那你也要迟到了。"

"你在就行了，我妈不是最疼你吗，你陪她聊天。"他语气淡淡的，低头拿车钥匙。

姜瑶仍在电话那头教育他："那她来还不是也想看你这个儿子吗？虽然你确实没我这么讨人喜欢，但拜托你态度能不能积极点儿？"

梁聿之说："我开车。"

回应姜瑶的是无情的挂断音。

到了地方，的确迟到了，凉菜都已上了。

席上氛围很好，姜瑶永远具备活跃气氛的能力，也不知道她说了什么，逗得另外三人都笑。

梁聿之走进去，舅舅指了位子叫他坐。

几个月没见，姜以慧看了看儿子，讲："怎么还瘦了？"

"忙的呗。"姜瑶说，"他是工作狂啊，姑姑你不知道，喊他吃饭可难了。"

"真这么苦吗？不好做的话，不如考虑考虑回家分分你爸的担子。"作为母亲，姜以慧自然是心疼他的，但她清楚他的叛逆期过长，说不定到现在还没过呢，她不会自找不快做那种控制欲强的母亲，样样事情心里有数就行。

人嘛，或早或晚，总有走向现实的那一天。

对事业生计如此，对感情婚姻也是。

所以她现在不必着急给他决绝的命令。

而梁聿之的确没应她的话，只说："姜瑶夸张您也信？"

"我哪有夸张，反正我是喊不着他，大概他就只高兴陪爷爷吃饭吧，出差都要绕去爷爷那里的，都不带我一起去！"

姜瑶转移了话题，姜以慧问起梁聿之那次的G市之行，之后大家聊到老爷子身上。

这顿晚饭吃到七点多结束，临走的时候，舅舅提议："要不回我们家里住？"姜以慧说不折腾了，东西搬来搬去麻烦。

于是梁聿之送她回酒店。

姜以慧坐副驾，留意到搁在储物格里的那支口红，说："听瑶瑶讲，你交新的女朋友了。"

她明明连人家来历背景都已经清清楚楚，却还是开口问他："什么样的女孩？"

"漂亮的。"梁聿之无情绪地答了句。

姜以慧笑一笑，不再问了，只讲："谈恋爱嘛，确实都选漂亮的，你爸哪任女朋友都比我漂亮。"

梁聿之没接茬，转了话题："爷爷怎么样？"

"挺好，能吃能走动，还挺爱管事。"姜以慧说，"总念着你，什么时候空了自己回去看看吧。"

到了酒店，梁聿之送她进去。

在电梯外，姜以慧说："就到这儿吧聿之，你回去休息。"

"明天回去吗？我送您去机场。"

"别跑来跑去了，我这边都安排好了。"姜以慧温和地看他，"忙你的事吧，照顾好自己，别让我们担心。"

梁聿之点头。

等姜以慧进了电梯，他转身往外走，出了酒店大门，有人打着电话与他擦身而过。

那男人50多岁的模样，身形声音他都不陌生，他也很清楚那人与姜以慧纠缠很多年。只是没想到，连出趟门都要一起，不知道该不该用"长情"

来形容他们。

至少与他那位朝秦暮楚伴侣不断的父亲比起来，算得上很"专一"了。

梁聿之目光极淡地回头看一眼，这么多年过去，种种乌糟见多了，他自己也经历过男女关系，回国之后自己出来做事，大大小小名利场，什么虚伪腌臜没有？

甚至偶尔觉得他的父母也算是另一种意义上的"投契"。

他们之间有婚姻、家庭、共同利益，是一对目标一致的合作者。无趣极了又怎样？你清楚我，我也看透你。谁也不必讲谁恶心卑鄙，彼此之间十足坦诚，旁人眼里体面有余。

理应无波无澜，然而车子开出去很久，他嘴角仍然无意识地下压。

后面有段路有点儿堵，在拥挤的车海里停了近十分钟。

梁聿之想抽烟的，车窗开了半扇，碰到烟盒又放弃了，储物格里有上周扔的一把咸柠檬糖，他剥一颗吃，瞥到旁边那支口红。

其间姜以慧打了个电话过来，他没接。

路况通畅之后，车子在前方掉头，往西边开。

九点前到了 Z 大附近，等红灯的间隙，梁聿之发了条微信。

没回应。

于是车子开到她租的房子那里，停在每次她下车的那条道上。

他也并不着急，在车里坐了十来分钟。不过没等来她的回复，倒是等到了本人。不知从哪条道转出来的，与 Z 大相反的方向，两道身影走过前面的零售店，停下了。

小区门口惨白的投光灯将他们照得一清二楚。

唐西澄站在门口，肖朗正在同她说话，问明天是否会去图书馆。

她点头。

肖朗笑了笑说："那明天见。"

他离开了，唐西澄转身准备回去，走了一步忽然又回头，看向泊在对面道上的那辆车。

核对了车牌的每一位数字，确定了没看错，有些惊讶。她没有迟疑地穿过马路，走去驾驶位那一侧敲了敲窗。

车窗降下来，唐西澄看到车里人，他没多讲什么，将她的口红从窗口递还。

"你的。"

唐西澄接到手里，又看向他。灯光树影之下，是明暗分明折叠度相当高的一张脸，只有眼睛能看出他有些疲倦。

公司的前台姐姐说过他身上最优越的地方是眼睛，双眼皮偏窄长，瞳色深，连休息不好时的眼窝都是好看的。

目光对视一下，梁聿之神色淡淡的，问她："做什么去了？"

唐西澄手机拿在手里，打字给他看：看电影。

"和男朋友？"他像是玩笑又像是正经发问。

很出乎意料的问题，唐西澄愣了一下。

梁聿之似乎也并不是真的有兴趣听她的答案，不等回应，波澜不惊讲一句："走了。"

车窗合上。

然而在启动车子前，又听见笃笃两声。

这次车窗落下半扇，他问她什么事。

唐西澄的手伸进来，举着手机，亮起的屏幕上有几个字：吃东西吗？我请你。

刚过九点，正是吃夜宵的时间。天气这么冷，喝羊汤很合适。她这么想着的时候，看到梁聿之打了个手势，示意她退开点儿，以为他又要关窗走了，只好让到一边。

没想到他开车门下来了。

唐西澄忽然就从低头看他变成需要仰头的姿态。她身高可能刚过他下巴。

梁聿之手插在大衣兜里，看着她："吃什么？"天气很冷，话一出口就有薄薄雾气。

唐西澄问他喝羊汤行吗？

他眉梢抬了抬："你喝得惯？"

唐西澄收起手机，点头。

她不只喝得惯，她还很爱喝。

也不必特地去找一家羊汤馆，往左手边走百来米，就有一家。

只是很不巧，他们过去的时候，店内已坐满，不太大的空间里，摆了五六张桌子。

唐西澄看着升腾的热气，思考了一下。颜悦现在周末都出去住，今天应该也不会回来，她在手机上征询梁聿之的意见：买回去吃吧？

后者很无所谓的态度："都行。"

于是唐西澄进去店里，拿到点餐单选了两份羊汤，在旁边写上"打包，不需要餐具"，之后交给在窗口忙碌的老板娘。

她付过钱，站在店里等。

旁边食客有吃有聊，聒噪氛围中弥漫羊肉的味道。

十分生活气的环境。

回头望一眼，隔着那些餐桌上弯弯绕绕的白色蒸气，看到梁聿之在门口半开的保温帘旁等她。他穿着挺正式的白衬衫配黑色大衣，明明与逼仄的小店是格格不入的，然而他并无任何的无所适从，反倒很自然松泛，右手拨弄着打火机，并没有点烟。

店内明黄灯光斜照出去，他像站在交界处，一侧是凛冬黑夜，一侧是室内烟火。

唐西澄脑袋里突然冒出乔逸的吐槽之语——"他嘛，堪堪一副好皮囊而已。"

几分钟后，两份羊肉汤装好了。

唐西澄提着打包袋出门，梁聿之朝她伸手，其实两碗汤的重量实在不算什么，但她很顺从，将手里的袋子给了他。

照原路走回去。

大约是因为所谓的平安夜，这个时间外面仍然有不少充满活力的年轻学生，学校附近这种氛围会更明显一些，路边甚至有卖苹果的摊贩，并不特别的苹果用精美盒子装好，印上"平安"，便在这个晚上身价翻倍。

往回走的短暂路途中，很难避免一些目光。

唐西澄想，如果不是她在，梁聿之应该会被要微信的。

进了小区之后，开始稀稀疏疏落起雨点。

幸好没有多少路，很快就进了楼道。

开门进屋的瞬间，被暖气包围，整个身体都热起来。唐西澄换了鞋，将外套丢在沙发上，回身接过梁聿之手里的袋子，放到餐桌上。

没有鞋给他换，也就不必问他。

梁聿之脱下大衣，搭在椅背上。

唐西澄去厨房拿筷子和汤勺，她拆了双新筷子，梁聿之也走过去。厨房空间颇狭小，两三平方米，窄窄的操作台上没放多少东西，旁边搁着一台小体积冰箱。

他在水槽前洗了手，扯了旁边的厨房用纸擦干。

唐西澄递一份餐具给他，梁聿之低头看了眼勺子，上面有机器猫的图案。

唐西澄猜测他可能觉得幼稚。但没有别的了，这个是她买泡面送的。

最后梁聿之还是用了那把勺子。

羊肉汤的分量很足，他并不太饿，吃了不到三分之一。

这大概是他同别人吃过的最安静平淡的一顿饭，不需要讲话，也不需要听旁人讲话，但又确确实实有人与他一起。

这两年，他除了一个人的时候在家做饭吃，更多的时候不是在应酬局上，就是和乔逸那帮人一起，再就是偶尔在舅舅家。

没有现在这样的。

当然，他原本并不是打算来吃东西的，也没那么好心肠特意给她送口红，纯粹他自己心里不畅快，也不想回去，随便找个事做。

搁下筷子，看向坐在对面的人，她吃东西过于认真，似乎完全专注在食物上，长发随意扎了个马尾，光洁干净的脸因为食物的热气呈现微微的红，咀嚼时瘦瘦的脸颊会微微鼓起一点儿。看着让人觉得这羊肉挺好吃的。

实际上，口感就那样吧，有点儿膻。

唐西澄这时也抬头看他。

"我饱了，你吃吧。"梁聿之抽张纸巾慢慢擦净手，拿过搁在旁边的手机，"我回个电话。"

他走去客厅的前阳台，唐西澄在那儿放了张窄长书桌，也有张椅子，但他没坐下来，只倚在桌沿边。

白衣黑裤，很出挑的一道身影，像平白出现嵌入整个背景里，映在落地玻璃上，与外面雨里阑珊的光影一起。

唐西澄看了一会儿，收回视线。

电话那头，姜以慧讲着："我回来才想到，你看要不要让张妈过来，这样也好照顾照顾你的生活？"

"不用，我不需要人照顾。"梁聿之说，"爷爷习惯了她在，别换他身边的人。"

他说这话的语气有些强硬，姜以慧便不再讲，缓缓应声："那好吧，随你。"

"您早点儿休息。"梁聿之挂了电话，阗黑的玻璃窗外雨声不减，他低头时留意到书桌上有盆眼熟的东西。

那颗"杨桃"。

好像长大了点儿。

大概是这屋里唯一的绿植了，如果这东西算绿植的话。

他移开视线，随意扫了下整张桌子，没碰她的书和笔记，目光落在桌角的青蛙罐子上，青蛙肚皮上有块插片，按一下，嘴巴张开，掉出一颗糖来。

咸柠檬糖。

梁聿之挺讶异，看了两眼，拾起那颗糖又丢回青蛙的嘴巴里。

唐西澄吃到一半也饱了，收拾桌面，把餐后垃圾装回打包袋里，听到梁聿之问："你桌上那盆是什么？"

他指一下阳台。

唐西澄看过去，然后便找手机，回忆一下，想起在外套口袋里，她正要去沙发那边，梁聿之已将自己的手机解了锁，点开"notes（便笺）"递给她。

唐西澄顿了一下，接过去，写完给他看：鸾凤玉，仙人掌科。

"鸾凤玉，"梁聿之读了一遍，"名字不错，长得差点儿意思。"

他说话还算委婉，不像乔逸之前说"这玩意儿长得也太潦草了吧"。

梁聿之看着她脸颊的梨涡，问她笑什么。

唐西澄不打算回答，梁聿之也不在意，接着问她："所以你为什么养这个？"

唐西澄答：不是我，是我外公的，他让我养到开花。

"这东西还能开花？"

唐西澄答：会开，但要很久。

梁聿之看完那几个字，本要说你外公该不是骗你的吧，看看她很肯定的眼神便又作罢。她外公是梁泊青的老师，他曾经在梁泊青家里见过合照。

唐西澄将手机还他。

梁聿之看了下时间："你休息吧。"说完取了外套。

唐西澄从边柜里找了把折叠伞给他。

临走前，梁聿之想起什么，转过头问这算不算她要请的那顿饭。

唐西澄摇头，当然不算的。

车子在寒风夜雨中一路开回去，梁聿之进屋见玄关处整齐堆着几个箱子，是近期送到的快递，他让孙阿姨过来清洁时顺便收了。

潦草看了一眼，最上面那件是梁泊青寄来的。

跨洋包裹，八成是什么年关礼物，反正他每年都做这件事，今年人都不在国内了也没忘记。奇怪的坚持。

梁聿之现下也懒得拆，外套撂在沙发上，上楼去了。

到临睡前才碰手机，唐西澄在微信上问他到了没。

他说：到了。

准备关掉对话框时，那只独角小鹿再次跳了出来。

唐西澄回复：晚安。

他顺手打两个字，原话回她。

互道"晚安"并不是那天最后的对话。

唐西澄在一个小时后又找了他，向他解释：和我看电影的并不是男朋友，是我同学，我们在电影资料馆碰上了。

第二天才有回应。

她醒来看到未读消息，半个小时前的：所以你是那种说了晚安并不会去睡觉的人？

想过他会怎样回，这一种不在预料之内。

但她坦白地回答：晚安有时候是社交辞令。

姜瑶再次来找唐西澄是元旦前的那个周六，她的课已经结束，唐西澄默认她们的固定见面也到此为止，然而姜瑶仍然约她。

"突然很想你，那么明天见一下吧！"

在唐西澄狭窄的社交圈中，姜瑶的风格独树一帜。

即使是颜悦，最初也是慢热的，她们花了近两年才走近，而姜瑶从一开始就是这套横冲直撞的方式。

这次姜瑶开车来，经过上次的事故，她谨慎加倍。唐西澄坐在副驾，一路见证她抓着方向盘的紧张状态，到了目的地，大约花了十分钟才把车停好。

姜瑶长舒一口气："还好坐在这里的是你，换了我哥，根本没这么好的耐心，我的上路恐惧症有大半都是他造成的，最开始上班那个月找他陪驾，简直是我做过最错误的决定。"

她说的当然是梁聿之。

唐西澄用手语问：他很凶吗？

"也不是凶，反正他就是那种没法让人放松的人。"姜瑶拉了手刹，"你没觉得吗，那肯定是你对他有滤镜，要么就是他区别对待了，反正他对我最多也就三分耐心吧，难道我很惹人烦吗？"

唐西澄笑着摇头。

下车后走去姜瑶说的那家网红酒吧。

"我们就去打个卡，拍拍照，喝点儿气泡水吃点儿零食就好。"

姜瑶有探店爱好，会在社交账号上分享自己拍的照片。

在吧台找到位子坐下，点完单，她给唐西澄看自己的探店记录，已经发布了很多条，账号粉丝有 5 万。

"你玩哪个社交平台？微博？"姜瑶问。

唐西澄表示没有。

姜瑶："你跟我哥还真是一类人啊。"

唐西澄抬手比画：他也没有吗？

"据我所知，就只有一个弃用的 Instagram（社交应用）账号吧，很久不更新了。"

唐西澄比画：我想看看。

姜瑶找了一下，手机递过来。

"喏，这个。"

唐西澄看到上一条更新已经是两年前，是一张雪景照，乔逸活跃在他的评论区。

往前翻了几条，都是些类似的生活碎片，打球、滑雪、做饭，还有只阿拉斯加犬频繁出镜。

"它是 Loki，我哥在 M 国的时候养的。他对动物毛过敏还要一直养着它。"姜瑶说。

她们点的东西送来了，唐西澄将手机还给姜瑶。

两人咬着吸管喝气泡水。

"好像也没多么特别，复古南洋风的调调嘛。"姜瑶环顾四周，观察酒吧装饰。

虽然是白天，但是周末，人不少。

姜瑶视线一转，忽然"欸"了一声。

唐西澄顺着那方向看过去，卡座那边有人朝这里举杯，眼熟的大波浪和冷艳精致的脸。

是蒋津语。

姜瑶朝那边挥了挥手，语气惊奇："还真是网红店，连津语姐都来。"

话说完，便看到蒋津语起身，端着酒杯过来了，她又瘦又高，走在人群中十分打眼。她很自然地在旁边座位坐下。

姜瑶喊她："津语姐。"接着尴尬地笑笑，"这是西西……"

"嗯，我知道。"蒋津语细长的眉微挑，略微凌厉的眼神看着她们，嘴角浮出笑，"你们俩来酒吧喝气泡水？"

唐西澄与她对视，姜瑶则头皮发麻——搞对象的不是我，修罗场却拿我来试炼。

她拿起那盘薯条："津语姐，吃点儿？"

蒋津语拿两根，边吃边说："帮你们整点儿别的，威士忌怎么样？"

姜瑶头摇得像拨浪鼓："我哥要知道我带西西喝酒，我就完了。"

"怕什么，他又不是你们监护人，成年人拥有自由。"蒋津语目光转向旁边，"你呢，要吗？"

唐西澄用手语回应一句。

姜瑶帮忙翻译："她说不用了，谢谢。"

蒋津语看着她们俩的表情，笑出声来："那不打扰你们吃薯条。"她起身走了。

姜瑶松了口气。

过了会儿，转头再看，卡座那边没看到蒋津语的身影，看样子对方去包厢了。

她终于安心了。

一杯气泡水喝完，想起还没拍照片。

"我去拍几张，你就在这里等我。"她叮嘱唐西澄，"不要喝别人送的东西啊。"

她往内走，跑去拍那些风格鲜明的窗户。

唐西澄续了一杯气泡水，加冰球。

喝了一半不到，回头看向卡座方向，只看到姜瑶的背影，在和几个男人说话。

音乐声音过大，环境嘈杂，完全没法分辨她在说什么。

没过两秒，其中一个黄发男人摸她的手，脸上挂着不正经的笑，姜瑶躲开了，要走，却被拦住。

唐西澄搁下酒杯起身。她脚步很快，在那黄发男人去拉姜瑶手臂时推开了他。动作过大，那人猛一趔趄，怒气上头，甩手就打过来。

"西西！"姜瑶又冲上去。

半分钟不到，争执迅速升级为肢体冲突，另一个圆头男人去抱姜瑶的腰，要扯开她，手刚搂上去，带着冰块的酒泼到他脸上，紧接着酒杯砸到头顶。

周围看热闹的人伴着尖叫声尽数避开，服务生已经注意到，有人跑来，有人去叫保安。

黄发男人抄起酒瓶，就要砸到唐西澄时，被人扣住了手，唐西澄拉着姜瑶，转头一看，见蒋津语已经夺下那只空酒瓶，反手敲那人圆溜溜的脑袋。

场面完全混乱，音响仍在放 deep house（舞曲）。

酒吧保安匆匆赶来。同时服务生报了警。

乔逸四点接到电话，人正在球馆里，周绪在边上。

挂了电话，乔逸说要先走。梁聿之从另一边过来问他什么事，他随嘴编："我妈找。"

"装什么孝顺儿子。"周绪拆他的台，"别编了，兜得住吗？"

"我还懒得兜呢，又评不了中国好人。"乔逸喊梁聿之，"走吧，出事了。"

派出所里，双方正掰扯不清。

对方气焰嚣张，头上裹着纱布的黄毛男人恨不得当场动手，当然，蒋津语也不遑多让，要不是旁边民警及时按住，她的巴掌已经扇过去。

调解的民警眼见现场气氛紧张，暂时将两方分开。

于是她们三个坐到一排。

姜瑶检查唐西澄嘴角的伤，蒋津语袖手旁观，因为激烈骂人唾液耗费太多，有点儿渴了，她找旁边的民警同志要水喝。

一杯温水喝完，见有人来了。

此情此景，乔逸居然笑了出来，被蒋津语踹了一脚才收敛，正色道："好了好了，没事了。"

姜瑶看他身后的人，喊了声"哥"，观察他的脸色。

"受伤了？"梁聿之看向她。

姜瑶："没有，西西有点儿。"

他视线转向旁边，唐西澄侧过脸，避开了。

乔逸来之前在路上放话说要来收拾那几个男的，结果见面一看，惨的好像是对方。果然谁碰上蒋津语都占不到便宜。

他领她们出去，在停车场站了会儿，梁聿之处理完走过去。

"姜瑶车还在酒吧那儿，我送她们俩，你送西西。"乔逸主动分了任务。

两辆车并排停着，各自上车。

乔逸喊蒋津语："别站着了蒋大美女，您动动脚。"

蒋津语站在那儿抽烟，皱着眉掐了猩红的烟火，上了乔逸的车。

忽然想起什么，她降下车窗："欸！"

旁边是梁聿之的车，前窗也开着。

唐西澄转头看过去。

"挺有种啊妹妹，加个微信吧。"

唐西澄："……"

还未回应，车窗就升了起来。

梁聿之说："安全带。"

唐西澄低头照做。

车子开出去，上了主路，通畅地行驶两个路口，堵在下一个红灯处。

梁聿之侧过身，视线落在唐西澄的左侧脸上，忽然伸手过去。

后者本能地闪躲了下，被他一手捉住肩膀。

那片发丝被拨开，他看到她嘴角轻微的红肿，不算严重。

他收回手："破相了。"

唐西澄看他一眼，因为他的危言耸听。

梁聿之要笑不笑的："挺厉害，都能给人开瓢了。"

唐西澄无回应。

"你说我讲给梁泊青，他会不会深感欣慰？"

她用手语阻止：不要。

她顿了下，解锁手机，打字重复一遍：不要告诉他。

梁聿之没回应，继续看她有些着急生气的样子，白皙的脸、淡红的唇，轻蹙的眉眼像薄云遮月亮。

还没见她这么生动过。

手机这时突兀地振动。唐西澄一看，居然是蒋津语的好友请求。

蒋津语是个挺有意思的人，但她在唐西澄这里的身份仍然是梁聿之的前任。唐西澄因此征询他的意思，却见梁聿之手指直接左滑，删了那条请求。

简单粗暴。

她切回便笺界面，再次与他沟通：今天的事能不能别告诉梁老师？

梁聿之问为什么。

唐西澄皱眉打完字，将手机举到他眼前：为什么要告诉他？他并不是我的监护人。

薄云变成乌云。

梁聿之敛了敛嘴角，说："懂了。"

他态度忽然变好，不再跟她较劲了，弄得唐西澄很莫名其妙，她收好手机，坐正身体。

前路通畅，梁聿之掌稳方向盘继续开车。

前窗外的天空渐渐晦暗。

还剩十分钟车程时，梁聿之在红灯路口问唐西澄："你饿不饿？"

半个小时后，他们在一家粤菜餐厅坐下。

很意外的，两个人今天的胃口都不错，从前菜一直吃到甜品。

唐西澄嘴角那点儿伤没影响她的食欲，她甚至吃了两份榛子陈皮冰激凌。梁聿之那份她吃到剩最后一半的时候，询问他确定不要尝尝吗？

她甚至特意停下来打字发给他：真的挺好吃。

"好吃也没办法。"梁聿之不无遗憾地一笑，告诉她，"我榛子过敏。"

唐西澄愣了一下，问：是所有坚果都过敏吗？

梁聿之看到这句话，同样打字回答她：没那么惨。

唐西澄问：你过敏什么症状？

"呕吐。"他说。

唐西澄看了他两秒，低头按手机，过了会儿，他收到两句：

我妈妈也过敏，所有坚果都过敏。

和你一样，会呕吐。

她忽然说到自己母亲，令梁聿之意外，一时倒不知怎么接话了，她母亲的事他也知道一些，曾经是斯杨的创始人之一，在最早探索电商的那个时代占到一席之地，只是，挺年轻时就因病过世，那时候，她有没有七八岁？

沉默了下，他答："那她也挺不容易的。"

唐西澄点点头，继续吃剩下那半份冰激凌。

回去的时候赶上真正的晚高峰，堵到连唐西澄都有些着急了，却不见梁聿之有什么反应，他有时候耐心不怎么样，有时候却又很坐得住。

中途接了两个电话，公事。

后来有第三个电话进来，他没接，但也不摁掉，就放在那儿，任手机持续振动。

唐西澄不明所以，转头看了一眼。来电人有名有姓：启安汪沁茹。

如她所说，汪小姐果然很坚持。

手机振动停止之后，没到十分钟，电话又打来了。

这次梁聿之接了。

不知道汪沁茹说了什么，他听完平静地回应："抱歉，汪小姐，我今天不在那边，我看帮不了你了。另外，我想以后如果没有公事的话，不必再联络我。"

之后电话挂断。

唐西澄视线微侧，看到他微微扬起的下颌，线条清晰凌厉，想起还在星凌时，同事调侃他会不会为了公司牺牲自己。现在看来，牺牲不至于，忍耐可能有一点儿，但也就到这儿了。你打第一个电话我不接，再打第二个我就不给你留余地了。

熬过几处糟糕的拥挤路段，终于顺畅起来。

到了地方，唐西澄开了车门下车，梁聿之说："你等等。"

他去后备厢拿了样东西，是个封口完整的盒子。

"新年礼物。"梁聿之说，"梁老师送你的。"他学她，称梁泊青为梁老师。大概为了省趟跨洋邮费，梁泊青将她这份一并寄来，这东西搁在他车里有一周了。

见唐西澄并不惊讶，梁聿之说："你不会每年都收到吧？"

唐西澄点头，用目光询问他，却见梁聿之皱眉。

看来他每年享受的是和唐西澄一样的待遇。

是拿他也当小朋友吗？

"梁老师不会有批发元旦礼物的癖好吧？"他怂恿唐西澄，"打开看看。"

她真的开始拆，将封口胶带撕掉，打开盒子，扯掉里面那层包覆纸，借着路灯光看到是顶毛线帽，姜黄色的。

看来不是批发的。

梁聿之拿起那顶帽子，抖开，戴到唐西澄的脑袋上，审视一眼："挺合适。"

这颜色显白，她本来就白，路灯光一照，脸像瓷玉一样。

视线往下，与她的目光碰了一下，似觉这举动多余，便又抬手摘了，搁回盒中。

"好了，你回去吧。"

他靠到后车门上，给她让了道。

唐西澄拿着东西走回去，有盏路灯坏了，鬼火一样忽闪忽闪。

在她后面有位奶奶带着七八岁大的男孩，快到单元门口了，小男孩冒冒失失往前冲，撞到唐西澄，她手里的盒子没重新封好，松的，落地就翻开。

奶奶边骂小孩边道歉，帮她捡了盒子。

唐西澄拾起地上的帽子，接过盒子。

那祖孙俩走远，她走去旁边的垃圾分类回收箱，想扔了那顶帽子，停了一两秒，还是抖了抖灰装回盒子里，上楼去了。

听到声响，颜悦从卧室探个头出来："西西？"

唐西澄用手语问她：没睡觉？

"你嘴巴怎么了？"颜悦走过来看她。

唐西澄比画：一点儿意外。

颜悦看她不想说，也不细问了，唐西澄这才注意到她眼睛红红的。

唐西澄比画：你怎么了？

"没什么。"颜悦嘴里这么说着，眼睛里又湿润了。

唐西澄只能继续比画着问她：出什么事了？

颜悦开始一把鼻涕一把眼泪地控诉起来。唐西澄听明白了，就是小情侣一言不合吵架了，然后对方六个小时都没有找她。

"他发条微信能死吗？"颜悦撇着嘴，细弯弯的眉蹙着，委屈得很，"怎么就不能让让我，上次我先道歉，这回他就不能先低个头吗？他怎么能这么过分呢，你说他这种人是不是就活该单身！"

她眼泪直掉，糊得视线都不清楚了。唐西澄一边抽纸给她，一边拿出手机打字：不然你再等一等呢，也许明天早上他就找你了。

颜悦看完抱住她扭着身子："可是我心里难过啊，我等不到明天早上啊……"

唐西澄："……"

所以谈恋爱就是这样吗？

耐着性子把颜悦劝回房里睡觉，唐西澄才有空收拾自己。

洗漱的时候，她观察了一下嘴角的伤，有点儿明显，挺难看。

那巴掌力道真不小。

她拿热毛巾在嘴边摁了摁，走出去找手机，回了姜瑶的消息，退出去，往下滑，找到那个灰色的消波块，问他到了没。

也就一两秒，跳过来一个字：没。

她说：到了告诉我一下。

间隔两三分钟，他回过来一个问号，随后问她：社交辞令？

唐西澄答：不是。

过了挺久，唐西澄收到了他到家的消息。

那天之后，他们再见面就已经是下一年了。也没什么正经事，不过就是又吃了一回饭。

那次是顺路，梁聿之有位长辈搞曲艺的，在北展剧场有场表演，那天他去捧了场，结束后正好离晚饭时间不远。

当天唐西澄的最后一门专业课结课。

梁聿之问她在干吗，她回复说在上最后一堂课，他便回过来：是吗，正好，那吃个饭庆祝一下。

他的车停在 Z 大门口。

唐西澄拉开副驾车门坐进去，将四五级的西北风隔绝在外。

她穿了件薄款的黑色羽绒服，坐下来就扯下帽子，理了理头发。

梁聿之看了眼那张被风吹红的脸，问吃什么。

唐西澄理好头发，从兜里摸出手机，打字：你吃不吃云南菜？

她口味跨度很大。

梁聿之说可以吃，唐西澄在 APP（应用程序）上找了家店，不远，但已经这个时间了，再晚一点儿开车就会很堵，回程会很糟心。她于是问他能不能坐地铁，一共也就几站路，虽然也会人多，但比堵在地面上寸步难行要好。

梁聿之似乎没有思考就答应了。

地铁站在旁边，不必走多远。

唐西澄猜他没有坐过地铁，便没有与他沟通就直接在 APP 上买了两张票，进站找到取票机取票，给了梁聿之一张。

晚高峰的前奏，人确实不少，但他们顺利上去了，只是没有座位。

临关门时，有人匆忙跑进来，手里塑料袋装着一根在站口刚买的黏玉米，梁聿之被挤到了，那根玉米甩到他手上，他被烫了一下。

他微微皱眉，站稳后看向身边人："有比开车好很多吗？"

唐西澄："……"

她拉他的袖口，带他走到角落空处。

梁聿之站在封闭不开的那侧门边，唐西澄握着旁边扶手，看起来像将他护在人群之外。

她半侧着脸观察旁边的宣传广告，梁聿之低头便看到她微微蓬乱的额发，发际周围有细密绒毛，很浅的黄色，像小猫的毛发。

唐西澄看完了并不有趣的宣传广告，报站音提示已经到了下一站。

门打开，一拨人涌出去，另一拨人涌进来。

唐西澄紧握扶手，依旧被人流冲撞，等地铁重新开起来，剩余空间再次缩小，她与梁聿之之间的距离更近。

为了尽量不碰到他，她刻意让脑袋往后，结果身后高个大汉一个转身，肩包甩到她后脑勺。

梁聿之提起她的羽绒服帽子戴到她头上："你给人当沙包吗，过来点儿。"

唐西澄站近了一步，更清楚地闻到他衣服上的味道，不是香水，大约是洗衣用品的香味。她想会是哪种洗衣液或是凝珠，之后关注到他里面穿的那件衬衣，原来不是简单的黑色，有一点儿暗纹。但他今天没打领带，他在微信里说在这边有事顺路来的，看来并不是太正式的事情。

思绪无目的地游荡，无端想到很久以前，她刚来 B 市几个月，有次梁泊青带她去医院，也乘地铁。他安慰她不必害怕，并不是所有的阑尾炎要做手术，但是很不巧，她的阑尾炎真的要开刀。

那天好大的雪。

报站音停了又继续，感应门关闭，前往下一站。

"唐西澄。"

闻声抬头，视线被帽子轻微遮挡，她抬手推了一下，不知道梁聿之要说什么，目光刚碰上，他还未出声，有个电话打进来。

对方讲了些什么，他答："明天再说，现在不方便。"

的确不方便，环境太嘈杂。

唐西澄看着他微抿的唇。

电话并没挂掉，似乎是急事，他沉默地听那头的人阐述，末了回应一句："文件发我邮箱。"

之后是到站提示音。

随人群走出站口，很顺利找到那家餐厅，不过那顿饭吃得一般，唐西澄记得只有道酸木瓜鸡汤还不错，他们两个喝了大半。

她后来忘了问他，你喊我是要说什么。

期末考结束，迎来寒假。

大学生陆续返乡回家，学校里每天都有拖着行李箱离开的身影。

那些一考完试就跑的八成是大一新生，刚体验了半年的大学生活，还不曾步入焦虑，个个一脸轻松又充满希望。

颜悦每天和唐西澄念叨："我都不知道我今年在哪儿过年，陪我爸过吧对不起我妈，陪我妈过吧我爸也很可怜，真头疼……"

即使如此，她还是订好了回家的机票。

颜悦家在 N 市，离 S 市不远，她每年都会说"要么寒假我来找你玩"，但每回真到寒假就没有后续，她是家里的独生女，姥姥奶奶家两头跑，阿姨叔叔也不少，亲戚间关系近氛围好，寒假档期从来就没空过，充实到只会在除夕夜给唐西澄发条新年快乐。

1 月下旬，颜悦回家之后，唐西澄又开始一个人住。

她和梁聿之已有两周无联络，还是同姜瑶碰面才知道他工作上遇到了棘手的事，具体什么情况姜瑶也说不清楚，只从乔逸那里听到一嘴，好像融资出了点儿问题。

"他就是倔啊，有什么事都自己揽着，从来不肯跟我姑父开口，不然这些都根本不算什么。"姜瑶半途又转话锋，"不过老实说，这也不能算是他的缺点，虽然我也不确定他在较什么劲，但反正比乔二哥那种吃干饭还要往外扔点儿的好多了吧。"

之后没再继续聊这个，她们去了乔逸那里，很巧，又碰上蒋津语。

蒋津语这次没在打游戏，坐在楼下喝酒，看到唐西澄，就笑了一下："巧啊妹妹。"

姜瑶无语："津语姐你别这样，很吓人。"

然而嘴上说着很吓人，没到半个小时就一起玩起来了，几个人打麻将打了一下午。唐西澄没怎么碰过麻将，但她上手很快，连蒋津语都夸她潜力无限。

晚上一起吃饭时，乔逸问蒋津语什么时候回 T 市，后者翻了个白眼："别提这事，我已经能想象迎接我的是什么。"

乔逸道："不要这么排斥，相亲也没什么不好啊，就当多个朋友，买卖不成仁义在。"

姜瑶都没想到是这个问题，原来彪悍如蒋津语也会为过年的相亲局烦恼。

"津语姐，这不是你的作风啊。"在姜瑶的认知中，蒋津语很强，只有她拿捏别人的份，哪有人能做她的主。

"这你就不了解了，谁让人家是个孝顺孙女呢。"

乔逸代她解释，蒋津语从小由奶奶带大，祖孙感情极好，她谁都不放在眼里，只听她奶奶的话，眼下老太太已经是卧床状态，就那么点儿念想，她哪里忍心违背。

蒋津语喝了口酒，眼睛瞄向乔逸："我看你挺闲的，不然你跟我走一趟？"

"您可别了吧。"乔逸一秒拒绝。

虽然他当初笑梁聿之，但放到他头上，他跑得绝对比兔子快。

"不然你还是找梁聿之——"这话刚说一半，被姜瑶猛捶一下脑袋，他嗷地叫了一声。

蒋津语扑哧笑出声，看一眼唐西澄，说："行了，我还真不信我过不了这个年了。"

那天临走时，蒋津语加上了唐西澄的微信。

"有空一起打麻将。"她说。

原以为回 S 市前不会再见到梁聿之，却在临走的前两天收到了消息，梁聿之问她在做什么。

唐西澄当时正在影院大厅买票。

他问什么电影。

戏曲电影，《公孙子都》。

梁聿之说：没看过，还有票吗？

有的。

影院 2 号厅，《公孙子都》六点半升场。

梁聿之踩着点来的。

外面天都完全黑了，唐西澄远远看到他走过来，带着一身冬天傍晚的清寒。她习惯通过他的服饰判断他从什么场合过来，比如今天这件剪裁没那么郑重的宽松大衣，扣子没好好扣，内搭是件同样黑色的毛衣，可能是从家里过来的吧。

梁聿之走近了问："我迟到了吗？"

唐西澄摇头。

不知道他怎样计算时间的，不多不少，就提前了那么一分钟。

进去内场找到位子坐下。

实在是个冷门电影，除了前排坐了三个女孩，就只有他们两人。过程中倒是安安静静，全无噪声。

大约是因为戏曲类型本身对观众的欣赏水平有要求，确实不太容易让大多数人看下去。开场半小时后，前面那三个女孩出去了。

唐西澄不知道梁聿之是否也觉得无聊，有几次转头，都见他靠在座椅上，长腿交叠，眼睛看着银幕，算得上认真。

这中间他的手机振动了一次，被忽略了。

电影时长近一个半钟头，中间情节过于拖沓。

故事也并不复杂。美男子公孙子都善武，战场上一时气盛，暗箭伤人，因为这样的一念之差终身饱受煎熬，最后自戕。电影大篇幅地呈现子都内心惊惶直至崩溃的过程，不知为什么，让唐西澄有种躁郁感。

从影厅出来，重新呼吸到新鲜空气。

他们很默契，谁也没想讨论电影。

唐西澄从来不喜欢回答"你觉得这电影好看吗"这种问题。

走到外面，梁聿之只问吃不吃饭。

回想起来，他们已经吃了好几次饭。

但今天，唐西澄在买完票后吃过东西了，现在并不觉得饿，不过他开口了，她就点头。

那么又到了问要吃什么的环节。唐西澄打字说：**你决定吧。**

上次是她选的。

她跨下几级台阶往前走，梁聿之仍站在那儿，给人发了条信息订位子。唐西澄半转身看过去，斜上方的灯光落在他肩上，整个人罩了层滤镜，那张脸霜月一样。

她站在原地等他拾级下来。

梁聿之的车子停在附近，他叫唐西澄在这里等，几分钟不到，车开过来，接上她。

他带她去的地方是乔逸大哥的地盘。

那地方挺难找，唐西澄方向感不是很好，几乎晕头转向。

他们进去之后，服务生认出梁聿之，喊他："梁先生。"似乎很熟悉他，尽心替他安排。

店内设计风格奇特，线条简洁，色彩浓郁，像美术馆。明明已经过了晚餐时间，却并没有快打烊的意思。

唐西澄很快就意识到这里可能并不对外开放，他们仅走了一条走廊，已经碰到几个人同梁聿之打招呼。

有些探询的目光望向她，但都很礼貌，他们仅是笑一笑，并不多问。

或许在他们的圈子里，这也根本不值得多问。

他们在临窗的一间房里坐下，不久就开始上菜。

看起来像融合菜，有种中餐西做的意思，能够吃出来食材很好。但唐西澄实在没多余的胃，寥寥吃了一些。

梁聿之以为不合她的口味。

唐西澄告诉他：我不太饿。

他便不再管她，一个人慢条斯理继续吃。显然他并不是那种因为别人先吃完了，所以自己也要加快速度的人。回想一下，他好像一直都挺自在的，就没见他紧张过。当然，他在她面前也没理由要紧张什么。

在梁聿之继续吃东西时，唐西澄查看邮件，梁泊青询问近况，她简短地回复。

到九点半，梁聿之停筷，擦净了手，说："着急回去吗？"

唐西澄摇头。

"那在这儿等我一会儿。"他起身，"我跟人说个事情。"

这一等，大半个小时过去了。

唐西澄怀疑他把她忘在这里了，其间居然也没有任何服务生进来询问什么，她没有继续坐下去，拿了自己的包起身，又拾起他搁在这里的大衣。

唐西澄走出去问服务生，那位梁先生走了没。

对方见她用手机打字，也未露出异样眼神，十足礼貌地讲梁先生还在，又问是否需要什么。

唐西澄摇头，指指旁边的休息区，同对方表示她在那里等。

服务生领她过去坐，送来热饮和甜点。

唐西澄从旁边取了本画册看。

直至画册翻完，又读了本英文短篇，才听服务生过来提醒："小姐，梁先生来了。"她转头看过去，见他不疾不徐从墨绿色墙边走来。

唐西澄放下书起身。

梁聿之停步和服务生说了句什么，抬头见她站在中庭，臂弯里抱着他的大衣。

他走过去，问她："你怎么站这儿？"

大衣递过来，他伸手接了，随她的脚步往门口走。

边穿衣边看她的背影。

唐西澄出门往左走几步，停下来转头看了看。

梁聿之倚在门边廊灯下："你方向感这么差吗？"

他手往右边指，等她走到那边，却又近身过去拦路。

一身潮热酒气，在风里漾开，连那双眼睛都比平常热两分。

"生气了？"

他拿自己的手机，点出便笺空白页递到她手边。

唐西澄接过去，一行字很快敲出来：你是不是忘记我在那里了？

"你这么大个人，我怎么会忘？"梁聿之低眸一笑，"我谈正经事啊。"

唐西澄看着他。

他慢声讲："平常挺难约的人，今天赶巧碰上了，也没想到这么久。"破天荒解释了一句。

唐西澄问：*你这么努力？*

"你看我不像吗？"

唐西澄仰头观察他，那张脸仍然挺白，他喝酒不上脸，但眼睛能看出来，状态也能看出来。

带了点儿酒劲的轻微亢奋。

他平常也会笑，然而给人印象依然是挺淡漠的，情绪没到眼睛里。

今天不太一样。

她在他的便笺里写道：*我叫代驾吧。*

梁聿之说："我喊了赵鹏来。"

赵助理，唐西澄知道。

但现在挺晚了，并不是上班时间。

看到她的眼神，他抬抬眉，露出资本家的嘴脸："我付他的薪酬包括司机那份。"

出了外面那道门，走去停车的地方。

梁聿之把车钥匙给她："你去车里坐吧，我走走。"他酒喝多了，有点儿热。

唐西澄拿了他的车钥匙，坐到车里透过后窗看向他走的方向，见那高挑的身影站在树下，风口上，指间烟头红红的，烟雾在风里散开。

过了会儿，梁聿之收到一条信息：*走走 = 抽烟？*

抽烟是个输入法自带的emoji（绘文字，用来代表多种表情），那种飘着烟雾的烟头。

他往车子方向看一眼，回她：*抽烟 [emoji]= 解酒。*

唐西澄没听过这个，查了一下觉得他是瞎说的。旁边五十米内有家奶茶店，她告诉他：*我要去买点儿喝的，顺便也给你带。*

梁聿之回到车里收到一杯没喝过的东西，椰青柠檬。

唐西澄将百度的页面给他看：*椰青解酒，柠檬也解酒。*

"所以效果翻倍？"他看她，"有没有可能起反作用，椰青加柠檬加酒让我中毒？"

见她瞳孔微微睁大，似乎真的在思考这个问题，梁聿之将那杯饮料喝了一大口。

唐西澄："……"

小赵正好到了，敲敲车窗，两人一齐抬头。

显然，小赵不是第一回来接梁聿之，但是头一回看到唐西澄在他车上。

在星凌时，他们没什么交集，点头之交都不算。

他当初了解的是唐西澄的确走老板那边的关系来的，但是两人不熟，以为就是那种靠旁人牵线帮忙的二道交情。

唯一有点儿奇怪的就是上次办公室拿药箱那事，就么一回，他也没放在心上。

如今突然碰上，小赵一时无准备，但到底是社会上磋磨过的，不那么愣头青，他堆出笑来打招呼，也不像公司同事那样喊她"西西"，正经叫一声："唐小姐。"

唐西澄点头笑笑，把多买的一杯奶茶拿起来递给他。

小赵忙道谢。

车子开起来，后排安安静静。

梁聿之将那杯椰青柠檬喝了大半，在看手机，研发部群里正沟通事情，有人艾特他，他回复了几条。

唐西澄靠在那儿喝她那杯桂花乌龙奶茶。

时间太晚了，室外温度直降几度，车里开着暖气，后窗玻璃上便全是雾气，别管什么颜色的光照过来都是模糊的一片，无任何霓虹夜景可看。

梁聿之回完消息就闭着眼睛休息。

唐西澄偶尔转过头，能看到他安静的侧脸。

车子将唐西澄送到时，已经近十一点半。

临下车，她两脚踏到地上，梁聿之睁着一双困倦的眼，后知后觉地问："你是不是放假了，要回家了吧？"

现在已经月底，离过年还剩半个多月。

唐西澄点头，摸出手机反问他：你呢，你要回去过年吗？

"要回的。"他应一声，"但没这么早。"

他总归要待到最后几天的，拖到除夕也不无可能。

唐西澄又点头。

夜风从她身后吹拂而过，过肩的长发微微往前飞卷，发丝带着柔黄的光。

梁聿之眼神飘忽地看看她，可能是真喝高了，解酒的那些东西没起作用，忽然说："你要不要等我一道？"

不等她答，忽又道："算了，你回去吧。"

太冷了，车门开了这么一会儿，内外温度已经差不多，唐西澄往后退开一步，把车门关上。

小赵清楚耳闻了梁聿之说的关于过年的话，心里已腾起种种猜测，但他依然努力控制住嘴巴，逾越的话一句也没问。

车子开出去一会儿，梁聿之才想起，后备厢里那把伞又忘了还她。

CHAPTER 03

新年

唐西澄回 S 市那天下大雨，司机郑师傅来接她。

郑师傅是唐西澄去年雇的，外婆身体不好，往医院进进出出频繁，唐峻之前拨过来的司机拖拉得很，她自己另找了个长期的，据周姨讲，人很靠得住，这一年来家里的大小事没少搭手帮忙。唐西澄从这个月起给他涨了薪。

郑师傅把她送到家，周姨午饭都做好了，知道她要回来，折腾了丰盛的一桌。

唐西澄吃完饭睡了一觉，下午起来去看院子里那几株蜡梅。外婆也过来，她腿脚状况比之前好了不少，自理没有问题，但地面潮得很，唐西澄扶着她，听她讲："这蜡梅还是那年你阿公栽起来的。"

外婆对近期的事情记不住，反倒是那些久远的桩桩件件都清楚。

她讲了这句话便问唐西澄："你爸爸晓得你回来啊？"

唐西澄用手语比画：*还没说。*

她便叮嘱："明天去看看你爸爸。"

隔天下午，唐西澄出门，出租车将她送到斯杨总部大厦，大楼正面有巨大白色字体"斯杨 Sya"。

唐西澄站在路边看了一会儿，穿过马路走进大厦正门。她在一楼大厅休息区坐下，给唐峻发了消息，并没有收到回复。她也不着急，继续坐着。

大约过了十多分钟，手机仍然没有动静，但电梯那边有眼熟的人走出来——

俞欣眉，她的继母。

还有道身影在她身后，两人往大厅这边走了几步。

俞欣眉十分自然地拉身旁人的袖子，停步帮他理了下领带，旁人见此情景都会觉得他感情甚笃。事实也如此，青梅竹马的年少情侣，彼此多年的白月光，感情线单拉出来能把他们生命里的其他人都衬成背景板。

唐西澄就是在这时走了过去。

唐峻和俞欣眉同时看到她，都很意外。

"西西回来了？"俞欣眉先开的口，保养不错的脸漾出笑容。她声音细，上50岁了，讲话语调依然有种天生的娇俏感。

唐西澄嘴角扯出一点儿笑，在俞欣眉眼里，她那笑容寡淡而不讨喜，偏偏眉眼长得又像极了杨瑛，让她心里无法舒服起来。

"什么时候回的？"唐峻问了句。

唐西澄比画：昨天。

她也不确定他是不是连这两个字也看不懂。

只见他点了点头，说："我和你阿姨有个应酬，这周末你回家里吃饭吧。"

唐西澄点头，先离开了。

她没回去，在附近街上走了走，之后坐地铁去邹嘉工作的地方，在那栋楼下的咖啡馆等邹嘉下班。六点不到，邹嘉匆匆来了，穿着一身漂亮知性的职业装，进门就朝她笑："等久了啊。"

唐西澄笑笑起身。

她上前抱了下唐西澄："走了，我订好地方了，去吃火锅。"

到店里坐下，邹嘉揉了揉眼睛，唐西澄用手语问她：很忙啊？

"最近有点儿，年底了事多。"

邹嘉32岁。唐西澄刚认识她时，她刚硕士毕业，接手心理咨询工作，后来认为自己不适合，转了赛道去互联网公司做产品，拼搏多年。

唐西澄问她：你新换的老板怎么样？

"就那样吧，没什么优点，我每天看在他脸的分上继续忍耐。"

唐西澄道：长得好看也算优点吧。

"可惜再好看，我现在对他也没有任何兴趣了。"

她们一直保持邮件交流的习惯，对彼此情况都挺了解。邹嘉问唐西澄："你那位梁老师过年回国吗？"

唐西澄摇头。

"所以你情绪不高是因为这个？"

唐西澄答：没有，我也没那么想见他。

唐西澄喝了口西瓜汁，看看邹嘉，比画着表示：他有女朋友了，我应该保持距离吧。

"什么时候的事？"邹嘉讶然。

唐西澄答：可能挺久了，只是没有告诉我。

邹嘉注意她的表情："看上去你已经接受了这件事。"她还记得，唐西澄曾经在她们的对话本上写她讨厌的人很多，喜欢的人只有一个。

唐西澄答：当然。但是我讨厌他不告诉我，好像我还是10岁的小孩，大人的事不需要知道。

唐西澄在邹嘉面前是最坦诚的。

邹嘉说："可能因为他认识你的时候你就是个小孩。"

那时候唐西澄十几岁，梁泊青是她外公的得意门生，每周来给她补课。

邹嘉问："那你现在怎么想？"

唐西澄比画：没怎么想，我也不能没有他就不活了吧，本来就没有什么长久的事，我从来就没有相信过。

她收尾的手势很利落，邹嘉看完只温和地笑了下，想起最开始见她，那时她状态很差，失语状况没有任何治愈的迹象，无法融入群体，在班级被排斥，脆弱畏缩，经常处于尖锐的应激状态，后来有次她在体育课上和人打了一架，以压制性的优势胜利，在那之后就有些不一样了。她好像知道了怎样保护自己。

锅底煮沸，热气氤氲。唐西澄开始往里放菜。

饭吃到八点多，邹嘉开车送唐西澄回去，约了年后再见面。

几天后的周末，唐峻叫唐西澄过去吃饭，她去了一趟。

那天是傍晚去的，进屋是保姆来开的门，唐峻在楼上书房。她回自己之前住的房间待到晚饭时候，司机接了俞欣眉和唐颢回来。

唐颢15岁，正读高中。

唐峻和俞欣眉结婚的时候，事情办得很急。

那时候，杨瑛去世半年，俞欣眉拖着一个唐若龄，肚子里再带着一个唐颢进了门。

一儿一女，都是唐峻的。

唐西澄小时候不明白，哪里冒出个那么大的亲姐姐，过了几年搞清楚之后就更不明白了，唐峻和俞欣眉搞了那么多年意难忘，为什么和杨瑛结了婚？

放在言情小说里，杨瑛大概就是男主分手后的一时意气，作用就是为了让男主发现他还是忘不了那个人。

那顿晚饭四个人吃的，唐若龄还在剧组没回来，俞欣眉话里话外地心疼女儿，对着唐峻抱怨，怪他当初同意唐若龄去学什么表演，搞得快过年了还回不了家。

再之后，唐西澄没再出门，在家里待着陪外婆，帮周姨做些整理的琐事。

年底落了场雪。

腊月二十七，唐西澄请郑师傅载她出去采买些东西。回来时，见院子里停了辆车，车牌陌生。

进屋走到玄关，才听周姨过来说："梁先生叫家里人送了好多东西来，鲜货啊营养品啊……"

她口中的"梁先生"是梁泊青，那么那位"家里人"，唐西澄心里有了数。她换完鞋过去南面茶间，里头木沙发上坐着来访的客人，正同外婆喝茶聊天。

茶间的门是开着的，唐西澄视野里最先出现的是那双长腿，再走近就看到了他平直的肩背和清隽的侧脸。

察觉有人来，梁聿之侧过头，视线落过来，见是唐西澄，略意外地抬了抬眉。

唐西澄进屋时脱了羽绒外套，现在上身穿一件黑色半高领的羊绒衫，偏紧身款，搭一条简约的牛仔裤，薄肩细腰，曲线分明。

外婆招手喊"西西"，她径自走去外婆那侧，听老太太介绍这位客人。没想到外婆时常糊涂，今天居然搞清楚了梁聿之的身份，纳罕地讲"泊青家里的侄子，看面庞真是像的"。唐西澄配合地抬眼，却见梁聿之也在看她。

她朝外婆打手语：我再洗些水果来。

从刚刚买的年货里挑了两样水果，洗好切开甜橙，又洗了盘草莓。

周姨在边上准备晚饭，老太太吩咐的，要留客人吃饭，她一边忙一边同唐西澄说也不知道这位小梁先生爱吃些什么菜。

小梁先生。

唐西澄讶异周姨真厉害，这么快想到称呼，将他与梁泊青做了区分。

不过周姨多操心了，客人并没有留下吃饭的打算。唐西澄送那两盘水果过去时，外婆已经与梁聿之聊到他母家哪里的，讲 G 市好，她幼年到 G 市姨娘家玩，下河里剥鸡头米。

梁聿之回说他遗憾没有到河里剥过。外婆就笑。

显然，相谈甚欢的样子。

唐西澄就坐在外婆身边吃草莓，一连吃了几颗。

见梁聿之只喝茶，没吃什么东西，老太太叫他吃水果点心，有盘糕点，不一样的几块搭在一起，其中有一种她自己做的宽片糕，在老式做法上改良过，材料多又实在，将核桃、榛子熬成粉加进去，放动物奶油，她介绍完，讲唐西澄最爱吃这个，做了一盘就剩这一块了，亲自拿了递到人家手里，叫他尝尝。

老人家的热情不好拂了，梁聿之接到手里，挺大一块。

他刚咬了一口，剩下的就被人拿走了。

唐西澄另拿了块绿豆酥放他手上，那大半块宽片糕她塞自己嘴里，给外婆打手语：就这一块了，还是我吃吧。

外婆没料到她这样护食，也太不礼貌，碍于客人在不好多讲，将她拉到身边拍了下手。

梁聿之笑了出来。

唐西澄看过去一眼，他眼里笑意还没散，看她的眼神有点儿深幽。

外婆赧然抱歉，又讲下次做了再喊他来吃。

梁聿之应了声"好"，将手中绿豆酥吃完，抬腕看了下时间，说还有事，要走了。

外婆怕耽误人家事情，也不好挽留，送他到门口，还要往院子里去，唐西澄让她别出门，风大。

她用手语告诉外婆：我去送。

她拿过外套穿上。

梁聿之等她走下几级台阶，淡淡说了句："你外婆很好。"让他想到了自己的外婆。

唐西澄看他一眼，掏出手机打了行字：所以她给什么你都吃吗？

梁聿之当然知道她说的是那块有榛子的宽片糕。

他纯粹不想辜负老太太一片好意，也觉得那点儿榛子粉应该分量不足，不至于起什么过敏反应。倒是她出手抢走这举动，很出乎他的意料。

尤其，那块糕他已咬过了。

唐西澄此刻脸上的表情并不柔和，梁聿之看着她微微抬起的下巴，直视过来的眼神，有一丝异样的心痒。

目光最后在她长长的睫毛上一掠而过，他面色无甚变化，语气仍然很淡："你记性不错啊。"

他看看表，不再同她说别的："我赶时间，先走了。"

唐西澄看到他挽在臂弯里的外套大衣被风吹得动了动，那长腿迈下最后一级台阶，往前走。

坐进车里，梁聿之将手里衣服扔在副驾座椅上，引擎启动后，他偏头看了一眼。

站在台阶上的那身影还在，很稀薄的一缕冬日阳光落在那儿，她束起的高马尾利落干净，只有额边茸茸碎发随风翻舞。

那张巴掌大的脸，白得晃眼。

梁聿之扣好安全带，将车子倒出去。

唐西澄转身回屋，把外套又脱下来，外婆才过来数落她几句，这样大的人了，从别人手心里抢东西吃。

唐西澄没辩解。

周姨来扶老太太，讲："小梁先生看着蛮和气的，不会计较。"

外婆也认同，感叹："同泊青像极了，心地也是好的。"

"他们家里人怎么个个模样都长得好，"周姨笑说，"像电视里走出来的。"

周姨一贯这样，评价谁长得帅长得好都是"从电视里走出来的人"，意思是有张明星脸，这评价很高。

她将老太太扶到茶间，又问一句："这小梁先生多大年纪了？"

外婆讲问过了，过了年整 27 岁。

唐西澄听着她们两个来一句往一句地讲梁聿之，不打算发表看法，结果外婆问到她头上："泊青翻了年就 34 岁了吧？"

她微顿了下，点点头。

接下来才是话题的重点，外婆和周姨忽然开始关心起梁泊青的终身事情来，毕竟年纪着实不小了，这么一年一年耽误下去让人为他着急。于是外婆又问唐西澄："泊青在学校里有投契的女教师没有？"

有的，历史系的程老师是他女朋友。

但唐西澄用手语回答：我不知道。

因为梁泊青没向她公开过，她没有立场随意透露他的私事。

外婆又叹起气来，周姨安慰，讲梁先生人长得好，心肠好，又有好学历，是知识分子，在大学里做教师，多好的工作，谁会不欢喜，等他有心要找对象了，那还不是小事一件，哪里要操心呢？

外婆想想也是，便又会心地笑了起来："说起来，哪里又轮得到我来操这个心，不过是老杨不在了，我这个做师母的，也想看他成家生小囡呀。"

唐西澄坐旁边听着，一直没停地吃着没人动的甜橙，整盘都吃完了。她擦擦手，告诉外婆：我回房间看书了。

年底的这两天过得很快，人人忙着做过年的准备，唐西澄倒成了最闲的那个，待屋子里看了两天书就到了除夕。

外婆已和她谈过，让她今年除夕晚上到唐家去过，午饭在这边吃好就过去。

自从摔了那有惊无险的一跤，老太太时常担心，处处想着为唐西澄留好退路，对唐家再有怨怼，也都隐忍。

知道她的心思，唐西澄只能顺从。

除夕当天的上午，唐西澄带了束花去墓园。

临走的时候，碰到个熟人，对方穿黑色的套裙，外面罩了件同色的大衣，气质干练利落。

钟越似乎早料到会在这里看到她，并不意外。将花放下，在墓前站了会儿，她走过去对唐西澄说："我开车来的，送送你吧。"

车子往市区开，唐西澄坐在副驾，也许是因为不方便交谈，一路上钟越话并不多，只语气平淡地讲了点儿旧事："我还记得那年你母亲刚成立公司，也就是斯杨的前身，除夕那天我们两个在出租屋里庆祝，我那时刚辞了会计的工作，她喊我去帮她，我几乎没有思考就答应了，因为我知道她做什么事都能做成……想想时间真是厉害，二十多年就这么过去了，斯杨还在，我还在，唐峻也在，只有她不在了。"

唐西澄并不是第一次听她说起杨瑛，很多事她也早已清楚地了解过。

钟越讲这些似乎也不需要她回应。

直到将唐西澄送到路口，在她下车前，钟越喊住她："西西，我并不想因为我跟你父亲的矛盾来打搅你，也不想再置喙你父母当年的私事，但是有些话我没法不说，走到今天，我确确实实觉得唐峻已经背离了你母亲的初衷，不论是他对公司组织架构的变动，还是某些极端的营销手法，我认为你母亲并不乐见。斯杨最初就是杨瑛的斯杨。"

唐西澄打字问她：你希望我做什么？

"也许你可以劝劝他。"钟越说，"毕竟他代持你母亲留给你的股权。"

唐西澄打字：你认为我说话有用吗？

唐西澄停顿了下，手指继续打完：抱歉，我做不了什么。

我现在，还做不了什么。

她打开车门，身影踏进风里。

在家里和外婆、周姨一起吃了午饭，唐西澄照例收到外婆的压岁红包。

四点钟，唐峻安排了司机来接她。

年夜饭按唐家老太太的意思在老宅吃，除了唐峻一家，老太太还有个女儿也拖家带口回去了。唐西澄过去时，姑姑已经到了，两个小孩都在，楼上楼下地疯跑。

唐颢是个高中生了，觉得跟两个小孩玩没意思，跑楼上玩游戏。

厨房那边，保姆正配合请来的厨师准备年夜饭。

几个大人陪老太太在茶室聊天。

楼下客厅里，只有唐若龄坐在沙发上玩手机，微信的提示音连续不断地响。见唐西澄过去，她抬了抬眼皮，似乎怕她看到手机似的，遮了遮。

唐西澄便停了脚步，站了一会儿，走去后院。

院子里有缸枯败的荷叶，她拿树枝拨了拨，看有没有长出藕。这时候收到颜悦的新年祝福：西西新年快乐！

配上夸张的烟花爆竹表情包。

唐西澄回复了她。按照以往颜悦过年期间的繁忙程度，应该不会再有回复，但今年居然被秒回，颜悦给她发了一张家里年夜饭的照片。

颜悦说：今年在我外婆家吃，现在开吃啦。

唐西澄回她：多吃点儿！

好像从颜悦这条开始，到了大家陆续发祝福的时间，班级群里消息不断，首页也多出几个红点，有几条班上同学群发的，然后是邹嘉和肖朗发的。

唐西澄分别回了他们。

她在石凳上坐到身上发凉，姑姑家的表妹跑来喊："西西姐吃饭！"

年夜饭挺丰盛，这个请来的厨子水平不错，唐西澄埋头吃了不少，甚至有点儿撑了。

饭后歇了歇，看了会儿电视，几个小孩坐不住，拿着手持的小烟花棒在院子里放着玩，又笑又跑，唐若龄拿着烟花棒摆出各种造型，让弟弟唐颢给她拍照、拍视频。

热闹的场景，年味十足。

唐西澄站在廊下看了会儿，想起去年除夕，梁泊青吃完了家里的年夜饭，又特地赶过来陪她和外婆吃汤圆，他像哄小孩一样，也带了烟花棒过来。

很神奇地，在她想起这些的时候，收到了梁泊青的消息，祝她新年快乐，说希望她狗年的每一天都比从前更开心。

然后是一排红包。

唐西澄没点开，回复他：谢谢，不收红包了，梁老师新年快乐。

刚发过去，表妹过来拉她："西西姐，你拿一根。"

塞了根正在闪着光的烟花棒到她手里来。

漂亮的火光一直闪烁，直到燃尽熄灭。小表妹说要去给她拿新的，唐西澄就在等待新的一根烟花棒的时间里，给梁聿之发微信：新年快乐。

这条微信梁聿之半个小时后才看到，他刚把爷爷送回去。老爷子今年动过心脏手术，状况不佳，在饭桌上坐了一个钟头就不怎么能坚持了。

梁聿之正好感冒，今晚除夕宴上只有他没喝酒，本就没什么兴致，便离席亲自去送。

把老爷子安顿好，才又回去，席上大姑父正和他父亲在吵什么事情，语气激烈得很。他面无表情看了两眼，忽然就不想再过去，转个身绕去露台抽烟。

他手机静音的，这会儿摸出来翻了下，未接来电不少，微信也一堆消息。

乔逸那家伙正在他们的小群里闹腾发红包，他们在 B 市的一群人吃过家里的年夜饭，就没有乖乖待着的，全跑出去聚在一块儿玩闹。

略过这些，往下滑了下，在一堆红点中看到那只独角小鹿。

一条"新年快乐"，普通得像是群发的。

他手指敲几个字回她：在看春晚？

几乎没有等待，就有了回复：没有，不看春晚。你呢，过年有什么好玩的吗？

梁聿之答：没有，都很无聊。

烟灰落到手指上，他轻磕了磕，视线看向远处高楼灯火，大约三四分钟后，搁在一旁的手机屏幕亮起，点开，最新的一条——

那你要不要来找我？

九点半。

春晚已经过了小半，正在播放的是个笑点尴尬的多人小品。

唐西澄说不看春晚，结果却是她一个人在看。

长辈们在牌桌上坐着，唐若龄躲到楼上与人煲电话粥，只有小孩子仍然精力旺盛，屋里屋外地窜来窜去。

唐西澄已经在沙发上坐了很久，无所事事看了一个钟头电视，吃了好多颗糖，实在是被最新的这个无聊小品劝退了，准备上楼去客房睡觉。就是在这时候，她的手机短促地振动了一下，有新消息。

是张照片。

点开大图依然不甚清晰，但她认出那路灯和梧桐树，距离她很近。

一个小时前，唐西澄问完那句话之后，发了定位，没得到任何回复。他没说来，也没说不来，但不回应一般被默认是一种拒绝，因为被冒犯了所以不想理睬。

唐西澄也是这么理解的。

但他又来了。那为什么吝啬回她一条微信？

眼下不再思考这个问题，唐西澄看了眼牌桌那边，走去玄关穿鞋出门。

出了小区，左拐走几十米，路边停着唯一的一辆车，开着双闪。

唐西澄迎风走近，坐进副驾。

车里未开暖气，两边车窗似乎还故意留了缝隙通风。

今年过年晚，2月中了，天气确实没那么冷，但也仅五到十摄氏度的样子。唐西澄看看主驾那人，穿得并不多暖和。

"冷吗，要不要关窗？"梁聿之视线落过来看她。

唐西澄摇头，听出他有轻微的鼻音，她偏头看他的脸，除了眉眼间那点儿疲惫，看不出其他。

梁聿之的目光也未移开，打量她今天散下来的长发，唐西澄的头发很多，不扎起来时就有种蓬松感，显得她整个人更多几分柔软松弛。

这样看着对方，目光很自然碰到一块儿，短暂地相交之后又分开。

梁聿之视线看向前方窗外，远处光线不及之处浓郁的一丛树影。

应该要说点儿话的。

唐西澄这么想着，摸出手机打了几个字，手指碰碰他肩。

梁聿之侧低过头，看到她的手机屏幕：你过来要很久吗？

"半个钟头。"他反问，"你怎么在这边？"

唐西澄打字：在我奶奶家过年。

"你就这么出来，没问题？"

唐西澄打字：有什么问题，我又不是小孩。

梁聿之勾了勾唇，淡淡问她："那你想做点儿什么？"

唐西澄问能不能听音乐。

梁聿之的手机连着车载音响，他点到音乐界面，随便选了个歌单开始播放。

没听过的外文歌，像是民谣风格。

他的歌单，唐西澄很多都没听过。

靠在座椅上，她从兜里摸出没吃完的两颗糖，不同的口味，随手递了一颗给梁聿之。

那首歌唱到过半，听到他问："有没有别的味道？"

他说糖。

唐西澄摇头，没有了，就两颗。看他微微皱眉，她问：很难吃？

"甜过头了，你不觉得？"

唐西澄告诉他：我这颗还行。

"是吗？"梁聿之的声音低下来，鼻音似乎更重了点儿，他的一只手搭在方向盘上，干净的手指很轻地敲了几下，视线往前窗绕了绕，又落回她的脸上。

唐西澄对上他深黑的眼睛、幽暗不明的目光，手心紧了紧，短短的两秒过后，她低头继续打了几个字：你要尝尝吗？

车窗缝隙钻进一阵凉风，车载音响播放的那首歌刚刚落下尾音。

唐西澄听见很轻的一声笑。

她捏着手机的那只手被扣住，梁聿之倾身靠近，低头吻了过去。

他有些低烧，唐西澄被一股热气突兀地包覆，由他桎梏的手腕和唇舌都难以自控地升温，连着整张脸都发烫，再之后是窒息感。

梁聿之尝到她嘴里那颗糖的味道，鼻间馥郁的是她脸上、发丝上的清香，感觉到她被堵得透不过气，他没持续很久，退开了，隔着一点儿距离看她轻微地喘息，脸明显泛红。

耳朵是红的，唇瓣也是红的。

梁聿之审视地看看她："你怎么跟梁泊青说的不一样？"

其实梁泊青没特意说过什么，只是那副操心的家长做派容易让人觉得她应该是个需要保护的脆弱女生，不至于会如此大胆直白，敢这样招他。

唐西澄不知道为什么他这个时候要提梁泊青，避开这个问题，指指被他拽住的那只手。

梁聿之松开了她，靠回座椅上，衬衣的扣子往下解了一粒。

"忘了告诉你，我感冒了。"

他刚刚那瞬间完全忘了这一点。

"可能会传染给你。"

唐西澄点点头，并不在意，拿出手机：你好像在发烧。

"可能是吧。"他现在浑身都有些热，也搞不清是因为感冒还是因为别的。乔逸说的也没错，的确要承认生理需要是客观存在的，空窗太久了吧，随便亲一下就这样。

他将窗户降下半扇，吹了半分钟冷风，转过头来问唐西澄："要不要送你回去？"

唐西澄打字：我不想回去。

那几个字落进眼里，他回看她："那你是要跟我走？"

唐西澄点头。

这回他真笑了出来："唐西澄，你知道你在做什么吗？"

当然。

看她再次点头，他不问了，发动汽车，在前方掉头。

车载音乐仍然一刻没停地播放，连续几首都是躁动的放克摇滚。后来梁聿之可能听烦了，在红灯间隙换掉了。

这个时间点，路上十分空旷，他开得很快，车子畅通无阻开到淮海路，继续往前，在路边一间 24 小时便利店停下。

梁聿之说："下车。"

唐西澄跟随他走去店里。他在货架上拣了毛巾、牙刷、女士的一次性内裤，走到收银台，拿了盒安全套丢过去一并结账，最后把所有东西扔进一个袋子里提走。

他做这些事时十分自然，唐西澄也全程在他身边。

回到车上，继续往前半条街，车子进了小区，有保安迎接。

一梯一户的公寓，电梯一直到顶层。

按指纹进屋，梁聿之随便拿了双没拆的拖鞋丢在地上，唐西澄换了鞋，见他径自往里走，将外套和手机扔在宽大的沙发上，他走去洗手间，过了会儿出来，额发和眉毛都沾了些水珠，看样子是去洗了把脸。

他走过来，那双湿黑的眼睛看她一下："要喝水自己弄，客卫在那边。"他指个方向。

唐西澄拿出手机问他：你这儿有牛奶吗？我想喝点儿牛奶。

牛奶？

晚上喝牛奶助眠吗？还真健康。

梁聿之瞥了瞥她，指指开放式厨房的冰箱："你自己找。"

他去找了感冒药吃，然后去了主卧浴室。

唐西澄打开他的冰箱，东西不算少，啤酒、饮料、鸡蛋、面包、绿叶蔬菜……牛奶也有。

她自己找了个锅热了一杯。

一刻钟后，梁聿之洗完澡，换了件宽松的 T 恤，下面是条休闲的家居长裤，头发半湿，走出来看到唐西澄坐在中岛台那边的高脚凳上喝牛奶。她脱了那件大衣，上身穿一件米白的内搭薄衫，偏低的花边立领，长发压着修长白皙的颈项。

看到他，她指指沙发，晃晃自己的手机，意思是他的手机响过。

电话是梁泊青打来的。

除夕夜的电话，想来也知道没什么大事，无非是走过场式的新年问候。但梁聿之还是回拨过去，接通后，聊了几句老爷子的身体情况。

他就站在沙发那边讲电话。

末了，梁泊青提到唐西澄，说自己的感觉可能是对的，她确实在回避疏远，新年红包也没收，他托梁聿之年后抽空再去看看唐西澄和师母，他担心唐西澄情绪不好。

梁聿之斜一眼岛台那边，迎视她的目光，差点儿就想说别乱操心了，人就在我这里。

她就坐在那儿看着他，明明长着一张清纯至极的脸，眼神却好像在扒他衣服。

怎么她在梁泊青口中就和他此刻眼里看到的这么割裂？

但也许就是这种割裂感让人心痒难抑。梁聿之眸光渐渐变深，电话挂掉之后，朝她走过去。

唐西澄喝完了那杯牛奶，右手还握着空掉的杯子。她看着梁聿之带有压迫感地逼近，感觉到他有些凶，侵略性很强，和之前在车里时不太一样。

唐西澄没有过这种体验，无法做到完全掌控自己，被湿热的唇咬住耳垂时，她的身体禁不住轻微战栗。

梁聿之抱起她去卧室。

有一瞬间，他在唐西澄眼里模糊起来，脸庞变得不真切。

梁聿之俯身看她迷蒙微热的眼睛，修长的手指摩挲她眉侧小小的伤疤，忽然问："你谈过恋爱吗？有过男朋友吗？"

低哑的声音。

隔着极近的距离，鼻间充斥彼此炙热的呼吸，唐西澄目光定定地看着面前这张英俊的脸。

微红的唇抿了抿，很突然地，她抬手遮住那双眼睛，嘴唇主动地去亲他。

生涩而激进的热情。

梁聿之再也没有问别的，关掉了床头灯。

如果说那个主动的亲吻表达了唐西澄的态度，那么她后来的表现更让梁聿之深信她在这个晚上为他情动。她明明毫无经验，却拥有十足的胆量和勇气，全程没有任何躲闪退缩，甚至激烈得近乎鲁莽。

很长时间里，梁聿之无法确定他吃的感冒药是不是正在发挥作用，用升高体温来对抗病毒，总之，他身上异乎寻常地热，连带着他怀里的人也变得很热。

他们不知道什么时候才疲惫地睡过去。

梁聿之清醒时已经是第二天，厚重的深色窗幔缝隙漏进一线光亮。从深度睡眠中抽离出来的瞬间，他的意识有短暂的断片，而后记忆清晰，发觉床上只有他。

手机不在床边，他甚至不清楚是什么时间。

没按开窗帘，他在微暗的光线中起身，套上衣服，手掌忽然被硌了一下。

是扣子，白色的小小的一粒。

梁聿之捡到手里看了看，走出房间，外面空无一人。

他兀自笑了声，有种荒谬的感觉，怎么有她这种人？走得是不是太利索了？

不管怎样，昨晚的体验很不错，出过一场大汗的身体舒爽很多，体温似乎也退到正常状态，梁聿之只觉得很饿，去浴室冲了身体便出来弄东西吃。

已经快十一点了。

他简单做了个三明治，边吃边回看未接来电，挑了些重要的回拨过去，陆铭的电话插着空打进来。陆铭是大姑家的小儿子，梁聿之的表弟，小他半岁，他们自小学就一块儿读书。

"聿之哥，你昨晚躲哪儿消遣去了？温柔乡还是销金窟呢，需不需要我去捞你？"明显宿醉后的腔调。

梁聿之道："谁捞谁啊，有屁快放。"

陆铭在那头说："你是不是忘了，重远生日今天啊，你总不能躲掉这个吧？"

"这才几点。"

"你早点儿来接我啊，打牌。"陆铭从小没什么上进心，一路抄梁聿之作业长大，中学读完去国外混了，对吃喝玩乐很热衷，日常状态相当于乔逸S市分逸。

梁聿之换了衣服出门。

车子开到陆铭那儿，两人一碰上头，陆铭就发现了蛛丝马迹，一边系安全带一边说："看来昨晚是在温柔乡了。"

梁聿之瞥去一眼。

陆铭抬抬下巴，手指自己的脖侧："挺激烈啊。"

梁聿之对着车内镜看了下，右颈靠后的位置，有很清晰的红痕。唐西澄咬的。

他只那么看了一眼，并不在意，更不会去遮掩，手里控制方向盘打弯，车子开出去。陆铭好笑地打量他："我就说你昨晚送老爷子，怎么送得人都没了，亏我还担心你感冒严重起来昏在路上了，真是想多了。果然做那种事让人快乐吧，你看起来病都好了，怎么突然不走禁欲路线了？"

"我说我走禁欲路线了？"梁聿之淡淡回了句，问他，"昨晚他们吵完了？"

"哪有吵完的呢？年年不都那么吵，全靠我姐在那儿劝着呗，我喝我的酒，吃我的菜，管他们的呢，咱们全家除了小舅舅全都那破脾气，偏偏小舅舅今年还不在。"陆铭是随意的性子，打着呵欠说喝多了，没睡好，"我补个觉啊。"

真把他当司机了。

方重远大年初一的生日，永远不会被忘掉，上班的不上班的都在歇着过年呢，人凑得很齐，牌桌上坐满了。

梁聿之讲话不多，全是陆铭在那儿插科打诨，后来他们聊一块新地皮，方重远问梁聿之能不能牵个线。陆铭抢着说："别为难我聿之哥了，他自己的事都不跟他多低个头，你要他为你折这个腰啊。你找他还不如找我，我靠我这嘴皮子给你去磨。"

大家都笑。

也不知道是谁注意到梁聿之摸牌的右手，问："聿之手怎么了？"

他手指和手背上有些明显的印迹，像齿印。

梁聿之看了眼便想起昨晚，她潮热的口腔、软软的舌尖，一边咬他一边要抱他。

旁边人讲："像是猫咬的，聿之养猫了吗？"

他笑了笑没答。

陆铭心里翻个白眼："不知道养的哪家妖精，大过年的能把人从年夜饭桌上勾走。"

那天玩了一下午，晚饭后又继续到很晚，中间也有些消息和电话，但某个小鹿头像的人毫无动静。梁聿之也没找她，回到酒桌上。他和陆铭都喝了不少，后来是家里司机来接回去的。

之后两天仍然有应酬，都是些亲友长辈的宴请，不好推掉，每年春节都是这么一套，饭局多到让人厌烦。

其间，他住在爷爷那里，没回过那间公寓。

直到年初四。

梁聿之从一个饭局上提前走了，他约见了一位刚回国不久的学长谈事情，车子转过两个路口，发现离她很近，算算时间，也有空余，临时起意地转道过去。

唐西澄收到消息时家里有客人，她在帮周姨洗菜，湿漉漉的手还没擦，腾出一根手指解锁屏幕，看到是他。

梁聿之问：**方便出来吗？**

唐西澄没回复，在水龙头下洗完最后几片生菜，擦净手开门出去。

很轻易看到他的车，并不是之前那辆。

一开车门，他的视线落过来。

唐西澄同样看了看他，西装革履，很正式规整的着装，头发似乎也修剪过，衣冠楚楚的样子让人挺难想象他那天晚上的模样。

梁聿之目光淡淡的，说："上来。"

没什么温度的声音。

唐西澄坐进去，手机打字问他：**你怎么来了？**

"顺路，来看看你感冒了没。"

唐西澄："……"

唐西澄回应：我抵抗力还不错。

她没穿外套，身上是他头一回过来时见过的那件黑色紧身绒衫，将她的胸形完美衬了出来。梁聿之掠过一眼，脑子里不自觉记起她文胸的搭扣，挺难折腾的设计，他耐着性子去解它。

他手指轻微摩挲着方向盘，平静地问："你刚刚在做什么？"

唐西澄答：洗菜，家里来了客人。

"什么客人？"

唐西澄答：我外公的学生。

学生，那就是和梁泊青一样的身份。

"你外公很多学生？"

唐西澄打字：也没有很多，今天来了两个。

他微侧头靠近了点儿，去看她的手机屏幕："男的？"

唐西澄闻到他身上那种熟悉的淡香水味道，抬眼看他一下，又低头打字：一男一女。

他平淡"嗯"了声："那我打扰你了？"

见她摇头，梁聿之眸光从她眉间睖巡至眼睛："你没有什么要问我吗？"

唐西澄手指略顿，与他对视两秒，打行字：你的感冒好了没？

"好了。"本来也不严重，那天之后就完全好了。

唐西澄问：那你这几天忙什么？

"吃饭。"梁聿之说，"都是不好吃的那种饭。"

她就明白了，参加不得不去的应酬饭局，应该是他这种人春节期间的日常，她问：每天都有？

"嗯，最近每天都有，"他看了下表，"等会儿还有一场。"

她又问：只是吃饭？

"也会打牌。"

唐西澄好奇：你赢了吗？

"输了，每天都输，裤子要输没了。"

不知真假的回答。

但唐西澄仍然笑了笑。

梁聿之看着她脸颊上的小窝："好笑啊？"

唐西澄没回答，梁聿之眉目微垂，视线从那张白净的脸上落在她衣服遮住的锁骨位置，忽然他抬手拨开那领口，残留的一些痕迹便露了出来。

被他噬咬过的地方。

唐西澄推开他的手指，将领口提了上去。

梁聿之便收回了手，后背落回座椅上，并不避讳地继续看着她。

唐西澄直视那眼神，以为他要说点儿什么，但并没有。

车里安静了片刻，在这短暂的毫无交流的过程中，他们并不知道彼此都想了些什么，有辆车从路上驶过，带起几片枯叶。

梁聿之再次看了下表，探身往后，手从后座提出一个包装精致的盒子。

"蛋糕，家里亲戚新开的店，拿给你外婆尝尝。"

唐西澄有些意外，顿了一下才接来，在手机上说了声"谢谢"。

"你想下车的话现在可以下车。"梁聿之说。

唐西澄点头，打开车门，提着那盒蛋糕下去了。她径直走回院子里，上了台阶再回身去看，见那辆车拐回主道上，消失在树丛之后。

他们全程没有谈那天晚上。

梁聿之去见的那位师兄叫褚想，在 M 国读书时与他同住，他当时在修 robo（机器人）课程，他们在同一个实验室，梁聿之养的那只阿拉斯加犬 Loki 去世之后，他们共同做了只机器狗 Kiki 养在公寓里。后来褚想去 J 国，梁聿之也快毕业了，他们商量每人养三年，于是 Kiki 由褚想带走，这几年他一直在科研一线，每年对 Kiki 进行更新升级，直到这次带回来交给梁聿之。

当然除了这件事，他们还有别的要谈，褚想打算回国，现在有两个方向，一是在 T 大任教，二是去头部的科技公司。他问梁聿之的意见，两人聊了聊这个领域的现状，但褚想并没有立刻做决定，但有一点是确定的——

"反正都是在 B 市，以后喊你喝酒倒是挺方便的。"褚想说，"到时候别嫌我烦耽误你谈恋爱……欸，你现在在谈着吧？"

"没谈。"

"不会回国一直没谈吧，那个 Darcy 给你阴影这么深吗，怕被人缠啊？"

梁聿之说："跟她没什么关系，我都快不记得她了。"

最初确实有受 Darcy 的影响，烦到了，很享受空窗状态，之后就那么空下来了。

"那还真是遗憾，她已经算是你女朋友里我印象深刻的了。"褚想笑了声，这话意有所指，梁聿之其他方面不错，毅力耐性没那么差，在谈恋爱上却坚持性不佳，也可能那时候年轻，没什么定性，谈不了几个月就开始嫌人烦了，和那位 Darcy 在一起的时间也不过五个月，Darcy 在他们公寓里进出不超过三次。

可能半年是他维持亲密关系的时间极限吧。

褚想好奇的是："你就没遇上一个合眼的？总不至于没女孩追你吧？"

"这是两回事吧。"梁聿之手指摩了摩分酒器，给他倒了一杯，淡声讲，"不过最近确实遇到个人。"

褚想来了兴致："什么人啊，让你想谈了？"

"没到那个程度。"

"那你们到哪个程度？"

梁聿之没答，褚想便懂了："她什么样的？"

"说不清。"有时候挺主动，但他想起今天在车里，好像又不是那么回事。她最热情的时候就是除夕那晚。

褚想观察他的表情："不太像你啊聿之。"

褚想问她多大年纪。

"20岁过了吧。"

"那也比你小半轮了，小姑娘啊。"

"我小叔拿她当女儿一样。"梁聿之自顾自笑了下，"你懂吗？"

"下不去手是吧？"褚想笑出来，"下不去手，那你们怎么……她强迫你的？"

梁聿之："……"

她勾引我算不算？

梁聿之想说那天是个意外，但这话挺没意思。他喝了口酒，觉得自己花时间在这件事上属实没必要，她也是个成年人，她要当那天什么都不算，他也没意见。

这么一想，便懒得再说，转而问起褚想："你离婚什么情况，也没听你交代一下。"

"离婚嘛，能有什么，性格不合，和平分开，大家还是朋友。"褚想挺随性的，"经历过之后，婚姻就那么回事吧，还是自由点儿好，有份高兴干的活儿，有三两好友，再有个契合的自由伴侣，人生就算挺开心的了，找个什么一辈子的灵魂伙伴太难了。"

他作为过来人，拍拍梁聿之肩膀："所以及时享受吧，想太多没用。"

梁聿之知道他虽然话讲得洒脱，但并不是真的全然不在意。褚想那段感情也长达五年，对方是他的老乡、校友，从M国一起去J国，两人有共同的科研追求，其间种种应当不是一句"性格不合"能概括的。

话停在这里，都没再说什么，酒喝完去停车场。

褚想从后备厢取出包装完好的Kiki郑重交给梁聿之："跑步速度现在快了不少，伴随状态也更灵敏了，你遛完它别忘了给我反馈。"

梁聿之接过去放到车里，替他叫了代驾，在车里坐了会儿，家里司机过来了。

车子送他回淮海路的公寓。

年初六那天，唐西澄回唐家吃饭，那天本是唐若龄在家的最后一天，她很快要进组。

唐西澄傍晚过去时，发现气氛有些沉重，唐峻的脸色一直不好看，唐若龄的眼睛红红的。唐西澄从唐峻忍不住的训斥中发现端倪。

去网上搜了下，便看到新闻，虽然已经被处理过，但还是能看出来记者拍的视频里的女人是唐若龄，旁边跟着"小三"之类的字眼。她甚至找到些八卦帖，发帖人对唐若龄进行起底，最后扒到唐峻和俞欣眉头上，话说得很难听，讲什么"女儿肖母""一家小三命"，有人在边角料中科普当年唐峻、俞欣眉和杨瑛的事，形容是一出"狗血白月光大戏"，其中杨瑛被冠上"恋爱脑"之称。

唐若龄在沙发上哭，唐西澄就坐在另一边看那帖子。

想起之前在商场碰上，她见过唐若龄身边的那个男人，还为此收过封口费。

没想到这么快事发，也不知道要不要把封口费还回去。

吃完晚饭，唐西澄没有多留。

回去的路上，收到邹嘉的消息，喊她明天晚上出来玩，毕竟打工人的春节假期就快结束了，再不约她就要上班了。

邹嘉提前问她：我多带个人，介意吗？我弟，过来玩的，人挺灿烂，不算讨厌。

唐西澄表示不介意。

于是第二天傍晚，应约等她来接。

车子开过来时，驾驶座上的却不是邹嘉，是那个"挺灿烂"的弟弟，长得和邹嘉有点儿像，不到20岁的样子，鬈毛，一笑确实算得上灿烂。

"嗨。"他朝唐西澄打招呼，"我是邹宇，如果你不想我搅和你跟我姐的约会，我把你们送到就撤。"

是能感染人的那种阳光。

唐西澄笑了，比画了一下，邹嘉代为翻译："行了，西西说带上你了。"

路上聊天，唐西澄才得知邹宇刚读大一，也在 B 市，不过离她所在的地方挺远的。

三个人先去看了一场电影。

贺岁片只图个轻松，结束后转场去酒吧。这还是邹宇第一次去酒吧，他脸上的兴奋显而易见。

唐西澄也不意外，她当年第一次去酒吧也是邹嘉带的。

用邹嘉的话说，是个"放松解压的好地方"。

他们去的是以前去过的那家清吧，最开始没那么大名气，现在已经是网红店，尤其是春节期间，人真不少。他们去二楼，好不容易才找到位子。

唐西澄爱吃他家小食，邹嘉每次为她点双份。他们照常喝招牌酒，只有邹宇十分新鲜地要看酒单挑那种复杂的名字的酒。

酒喝到微醺。

邹宇说想要上三楼看看，邹嘉懒得动，便让唐西澄带他去。

唐西澄排到位子，上去之后她就靠在吧台，邹宇逛了一圈坐回来。

平常还算安静一点儿的二楼今天人也不少，邹宇在嘈杂中跟唐西澄讲他更喜欢这个风格，他多点了一杯酒，唐西澄从他手里抢过酒杯。

邹嘉交代过的，不许他多喝。

她懒得拿手机，做了个"不可以"的动作，也不管他能不能看懂。她自己喝那杯，加了冰块，邹宇仍在央求她，唐西澄笑笑不理，视线随意环顾，很突然地停在了某一处。

那道身影倚在墙边，右手捏着酒杯，和旁边男人讲话，衬衣的袖口是解开的，很放松的姿态。不知讲到什么，他忽然垂目，笑了一下。

唐西澄看了一会儿，直到他无意中转头，看向她的方向。

邹宇仍然没有放弃，甚至开口喊她"姐姐"，讲话时不自觉靠她更近。

唐西澄转身时差点儿撞上他，只好松口，打手语：半杯。

邹宇就笑了，又是那张太阳一样的脸。

梁聿之收回视线，旁边方重远问他："怎么了？看到熟人了？"

"不熟。"他答了声，把手里那杯酒喝完。

方重远觉得奇怪，顺着他刚刚的视线方向，目光越过攒动的人头，也只看到吧台那边一排人，其中一个鬈毛男孩挺显眼的，他身旁那女孩只有一个背影，看起来身材挺不错，腰是腰，臀是臀，旁边是个胖子。其他也没什么更值得注意的了。

他觉得梁聿之有点儿奇怪。

唐西澄喝完那杯酒，拉邹宇下去，把他交还给邹嘉。她去上洗手间，脸有些发烧。邹宇那杯酒她确实不该喝，有点儿超过了她的酒量。

她在洗手间缓了会儿，摸出手机翻了翻，找到那个极其冷静的头像，发了几个字：**好像看见你了。**

这条消息梁聿之没立刻看，他听到手机的动静，但懒得管，直到后来有个电话进来，他拿出手机按掉，才点开微信。

面无表情地看完最上面一条，脸已经有些冷了。

不知道她为什么要这样来招他一下。

他不回复，准备摁灭屏幕时，那只讨厌的小鹿又跳出来——

你看到我了吗？

直到走出酒吧，唐西澄依然没有收到回复。

他们去停车处等来代驾，邹宇扶着邹嘉坐进车里，看唐西澄还站在那儿，喊她上来："西西姐，先送你回去。"

唐西澄摆摆手，将手机界面给他看，打到车了，不必再绕路送她。

邹嘉即使喝高了点儿，仍然谨慎，叫她把车牌号发给她。

唐西澄照做，挥挥手让他们先走，然后她取消了那个订单。

过了十点半，梁聿之和方重远从三楼下去，二楼人多吵闹，他们没做停留。方重远的司机已经到了，在外面停车场等着，他对梁聿之说："送你吧，明天你再让家里司机取车好了。"

梁聿之点头。

两人下楼走出门，一楼是个酒具店，书架那边站着个人，手里抱着大衣外套，正低头翻阅一本小册子，听到声响她很自然地抬起头。方重远视线掠过去就记起来了，在三楼看到过的，那个身材不错的女孩，他此刻多看了眼，姑娘长得没辜负他那份男人的审美之心，正面更出色，白玉一样的脸，眉眼幽幽淡淡，就抬头随意看过来的那么一下竟然挺有感觉的。

方重远手上有家传媒公司，接触的明星网红不少，这个类型的一时倒想不起来有谁，不由有那么点儿意动，想过去搭句话。

刚打算迈步，就注意到对方也在看着他们，不过好像并不是看他。

方重远立时就回过味来了，无声笑了下，就不该同梁聿之这家伙一道出来，明明他长相也算英俊，怎么每回跟这人一道桃花就没他的份了？

方重远多少有点儿酸，轻咳一声，却见梁聿之仅是淡淡回看了一眼就往前走了。

简直暴殄天物。

"你要是没兴趣就算了，那也等我去搭个话呀。"出门走了几十米了，方重远仍有点儿惋惜，"也不是天天能碰到这种，你没看吗，脸长得挺有味道，之前在三楼我看到她背影了，身材是真不错。"

街边光线不怎么样，方重远没注意到梁聿之微微皱了眉。

"你都不认识她，非要大晚上在这儿跟我讨论一个陌生女人的身材？"

方重远清楚，在这一点上梁聿之的道德感比他们高，不会在嘴巴上讲这些。但他对自己的人性弱点很坦然，并不以此为耻："爱美之心嘛，赏心悦目的东西有什么不能讨论？"

"你是不是发情了？"梁聿之淡淡看他，"要不要现在去找你那个露露？"

"不至于。"方重远笑出来，"不过你又记错了，人家名字叫珠珠。"

有关系吗？

叫露珠也不关我的事。

梁聿之不再讲话，到了停车的地方，司机见他们来，拉开了后车门。

方重远坐上车，见梁聿之还站那儿，他歪头问："不是说送你吗？"

"算了吧。"梁聿之不等方重远回应，就将车门一推，关上了。

等代驾过来的那段时间，梁聿之掏了根烟出来，抽到半截，他打开手机微信。先前在酒吧三楼收到唐西澄那两条消息后，他设了免打扰。

现在看到她在那之后的半小时又发了新的：*我等你一起走，好吗？*

梁聿之想说"不好，我为什么要跟你一起走"。

然而那根烟抽完，他回复她：*过来停车场。*

褚想说得没错，不过就是个 20 岁的姑娘，她想做什么他还不至于奉陪不起。

唐西澄从酒具店出来，穿过马路去对面的地上停车场，隔着一点儿路看到梁聿之靠在车头，她走过去。

停车场的照明灯光线不足，梁聿之看她那张脸，想起方重远的评价——"长得挺有味道"。

她站的位置离他有两米远，他勾勾手叫她过来。

唐西澄觉得他有点儿不同，大概是喝了酒吧，酒精是有点儿力量的。她也喝了酒，知道那种感觉，有点儿躁，有点儿闷，想破坏点儿什么，撕裂点儿什么来纾解一下。

不过梁聿之没有讲话，仅仅是视线在她脸上转了转。

这种光线下，他的脸庞不那么清晰，唐西澄无法从眼神判断他的情绪，她主动过去打破沉默，手机打了几个字：要帮你叫代驾吗？

屏幕的光亮照着彼此的脸，唐西澄看到他的眼睛很黑，嘴唇却是微抿的状态，显然兴致不高。

他回了句："叫过了。"

唐西澄打字：那上车里等吧。

外面有点儿冷。

梁聿之忽然推开她的手机，直起身，有点儿居高临下的姿态："你骚扰我就是想蹭我车坐？"

唐西澄："……"

"要缴车费的。"他淡淡丢下一句，绕过她走去开车门，上了车。

唐西澄跟着坐了进去，见他闭着眼靠在那儿，不知道是真的想休息还是不想理人。

她也不在意。

没坐一会儿代驾师傅就来了。

梁聿之也不问要送她去哪儿，直接报了个地址。一路上他都不讲话，手机连上车载音响随意播放着音乐，唐西澄便也安静听歌。

车子一直开进小区。

并不是除夕那天去过的公寓，是个别墅区，唐西澄也不奇怪，他房子多才正常。

代驾师傅离开了，却不见梁聿之下车。

唐西澄转头看看他，车里灯没开，仅有车库外的路灯光从后面照进来，她以为梁聿之睡着了，拍了拍他的肩，结果被抓住手。

"你车费呢？"他半侧头，清晰的脸庞棱角映在唐西澄眼里，他身上淡淡的酒气让唐西澄手心泛热。

以前她最糟糕的那几年，邹嘉反反复复告诉她"你就只要想今天，今天的目标就是让自己高兴畅快一点儿"。

于是唐西澄翻坐到他腿上，低头亲他漂亮而性感的下颌线，感觉到他的喉结很轻地滚动了一下，她一边抬手去摸一边咬他的下巴，再去吻他的嘴巴，梁聿之启唇迎接，全然接纳。

他的口腔里有和她一样的酒味。

他喝的也是那种招牌酒。

车载音乐播放到一首耳熟的歌曲，是最初在他车里听到的那首 *Prima Oara*。

鼓点强劲有力。

"你是不是太急了……"他嗓音有一点儿哑，带了丝笑音。

没见过这样的。

为什么她总在这件事上像个战士？

唐西澄因为他的话停下来，昏暗中喘着气低头，微微泛红的眼睛看着他鼻梁精致的弧线。

难道不是这个流程吗？

"车里没工具。"

唐西澄："……"

他看着唐西澄的眼睛："我买了，现在应该在送来的路上。"

凌晨两点半，唐西澄坐在梁聿之的沙发上吃他切好的橙子。

她晚上只在酒吧吃了小食，几个小时过去了，那点儿量完全不够撑。

而梁聿之这间房子里没什么东西，冰箱里有几个甜橙、两个鸡蛋和一个番茄，橱柜里放着两袋意面。

她吃橙子的时候，梁聿之在操作台那边煮意面。

唐西澄吃完最后一片，起身穿鞋走过去，看他在切番茄。她看得出来，动作很熟练，看来不是个厨房新手。

梁聿之切完，侧过头看她一眼，唐西澄穿的是他的衬衫，很宽大，遮到大腿，能看到领口那里的痕迹很重，比上次更明显。当然，他也没好到哪里去，她连他的脸都没放过。

而他明天早上的飞机，下午就有客户要见。

锅里的面在热水中翻滚。

梁聿之这间隙拿过搁在岛台上的手机，解锁点到空白便笺递到唐西澄手里，后者有点儿莫名其妙地接过去，抬眼疑惑地看他。

"你晚上和谁在酒吧？"

原来有话要问。

唐西澄回答他：朋友。

"那个男孩？"

唐西澄回答：他是我朋友的弟弟，和他姐姐一起过来的。

"看你们聊得挺开心。"他语气始终淡淡的，一贯偏低的那种声线，像没带什么情绪，"为什么还找我？"

唐西澄手指停在那儿，看他一眼。

"就是突然想睡我？"

唐西澄："……"

他忽然这么直白，唐西澄挺意外，停了几秒，敲几个字，将屏幕朝向他：你长得挺好看。

梁聿之淡淡一笑："你这么肤浅吗？"

唐西澄却问：你为什么不说我坦诚？

"嗯……是挺坦诚。"他眉尾抬了抬，"那以后呢？"

唐西澄：决定权好像不在我。

梁聿之："如果你梁老师回来说我诱拐你怎么办？"

唐西澄脸微冷了一点儿，低头打字——

我说过吧，他并不是我的监护人。你是因为他才不敢吗？

屏幕上的字体大了一号，十分清晰。

梁聿之直接笑了一声，拿过手机扔到岛台上，掐着她的下巴将她按在冰箱门上亲了一下："有什么不敢，放马过来吧。"

唐西澄本以为梁聿之大概也就是能把东西煮熟，和她差不多的水平，不至于是个厨房杀手，但她吃上那碗意面就知道她狗眼看人低了，他们之间的差距挺大的。

看起来挺普通的面，但酱汁是他自己熬的，居然很鲜，她吃完了整份还有点儿不满足。

梁聿之吃得比她慢，他在看航班信息，原先订好的那班未必赶得上，过了会儿他抬头，注意到对面空掉的盘子和投过来的视线。

"没吃饱？"

唐西澄发条消息过去：我刚刚消耗比较多。

他了然地笑了下。

"嗯，你是比较累。"

但那是她自己选的。

梁聿之伸手拿她的筷子，将自己没动过的煎蛋夹过去。

唐西澄回了"谢谢"就不客气地吃了。

那天的后半夜仍然没能好好睡觉，最后睡过去已经五六点钟。

梁聿之完全误掉了早上的那班飞机，新买了十点半的航班。

九点起来收拾了下，临走时卧室里那人还在昏睡中。他进去拨开覆在她脸上的被子，看她侧躺在那儿，脑袋挤在枕头缝里，脸上红红的，也不怕把自己睡窒息。

他将她的脑袋托到枕头上。

唐西澄睡醒后有种不知身在何处的迷茫感，动一下手脚只觉得浑身发酸，又有种奇特的松弛感，然后回想起昨夜的所有事，意识到她睡在梁聿之的床上。

唐西澄撑着手肘坐起来，在床头柜上看到自己的手机，插着充电线。

下面压了张纸，不是什么精致的便笺，就是那种 B5 白纸——

三明治自己热一下。离开时发信息给司机。

下面有一串手机号。

他的字写得很漂亮，很稳又很张扬，是学生时代会放到橱窗里展览的类型。唐西澄拔了充电器，手机开机，已经下午一点半，她走出去，整栋房子里确实只剩她一个人。有点儿不明白，他怎么会乐意放别人独自在他的屋里，不会没有安全感吗？

他们甚至都不是很熟。

之前在 B 市那次，至少还有一个孙阿姨在。

唐西澄只疑惑了一会儿就不再想了，她进去洗手间，昨晚用过的牙刷就放在流理台旁的置物架下层，旁边是梁聿之的剃须刀和须后水。他的须后水味道很特别，有点儿甜香，她还残留一点儿嗅觉印象。

刷牙洗脸之后去厨房，看到三明治和牛奶，不确定是他做的还是叫来的餐。唐西澄全都吃完。她没联络那位司机，自己叫车离开，坐上车给梁聿之发微信。

回去已经两点多，外婆睡午觉刚起，在院子里晃悠。

唐西澄将衣服领口往上拉了拉。

昨天晚上她给周姨发微信讲要住在朋友那里，外婆以为就是那位心理师朋友，问她和朋友玩得好吗？

唐西澄比画了下：很好啊，挺开心的。

她没多讲，很快进去。她洗过澡后换了件高领的毛衣，然后出来陪外婆吃茶点。

手机响了，点开后看到梁聿之发来一个"？"。

上一条是她一个小时前发给他的，10 秒的小视频，展示已经帮他的房子锁好门。

这不是很好理解吗？

唐西澄回复他：*如有遗失概不负责。*

几分钟后才有回应。

梁聿之说：*不用急着自证，我家里有摄像头，很方便取证。*

唐西澄："……"

行。

唐西澄说：*那很好啊。*

梁聿之没再回她。

周绪见梁聿之摁暗了手机屏幕，问："你聊完了吧，那你能不能告诉我你那脸怎么回事？"右边下颌往上一道红色痕迹，猫抓的一样。

"就是你想的那样。"

周绪"嚯"地笑了声，他这么坦诚也是少见。

"是不是太过火了？你不知道今天要见崇森的负责人？"

梁聿之说："现在已经这样了，你有什么好提议？"

没有。脖子上还能遮一遮，脸上难道要戴口罩吗？

周绪耸耸肩："你不在意我无所谓啊，不过我听说崇森这位方总是个漂亮女人，虽然年纪已经35岁了，但很有韵味，且择偶口味十分广泛，你可能失去了一次特殊的机会。"

梁聿之扬起嘴角，大方道："这机会给你。"

崇森属于零售类的头部公司，是星凌今年想啃下来的大骨头，零售业的数字化转型必然给星凌更多的机会，零售商也渐渐更关注用户的购物体验，愿意为此投入，但谁也不会白白将机会送你手边。

在这次与崇森负责人碰面之后的第三天，梁聿之收到了邀约。

方颖约他吃饭，说她最近车送修，如果方便的话麻烦去接她。

如周绪所说，方颖确实是个很有魅力的女人，明明在崇森一路拼上来的，职场上杀伐决断，私下里却挺温婉。她在饭桌上优雅地喝红酒，掀掀眼皮看梁聿之，请他讲讲计算机视觉怎样具体地在实体店推进。

梁聿之提供了专业的回答，她一边听一边点头，目光在他脸上绕了挺久，笑一笑说："梁总不是北方人吧？"

"我祖籍 G 市。"

"哦，那巧了，我祖籍也在 J 省，我父亲后来才去了 S 省。"她忽然讲起自己，"我小时候常常去 W 市过暑假，是不是离你还挺近的？"

梁聿之点头笑："是。"

"也算有缘。"她端起酒杯，"再喝一杯吧。"

这顿饭吃完，梁聿之新聘的司机蒋师傅过来开车。

方颖同他一起坐在后座，有一搭没一搭地与他讲话，车子停在红灯路口时，外面有暖光照进来。方颖借着那光看他那张好看的脸，手指探过去摸了下他颊侧那道已经变淡的痕迹："好好的脸，这里怎么受伤了？"

梁聿之笑笑："女朋友不太懂事。"

方颖便也笑起来，仿佛觉得很有趣，尔后收了笑，温和地讲一句："那也可以找个懂事的。"

"暂时没这个想法。"很无所谓的语气。

方颖心里便了然了。她向来图个你情我愿，也不会勉强谁，只是略感可惜，不过这张脸多看看心情也挺好，便又在下车前说有空再约。

梁聿之扯了领带，叫蒋师傅走，往三环那边开。

他今晚去酒店住。

到了那儿先脱衣服洗澡，出来擦了身体，对着镜子看了下脸上的痕迹，托某人的福，这几天见到的所有人都关心他这道伤。

他拿到手机打算给她发消息，点开对话框还是上次那条，便又关掉了界面。

懒得理她。

唐西澄在家待到元宵节过完，已经到了阳历3月。她6号回B市，室友颜悦还没回来。对前路已经定下的一部分毕业生来说，这个学期是最没压力的，所以不少人懒懒散散没那么着急返校。

唐西澄当天下午到，回去先打扫屋子，做好所有的清洁工作。

姜瑶早在微信里找了她几回，说她的语言考试成绩很好，要请大家吃饭，特地等唐西澄回来凑大家的时间。

姜瑶问：你今天肯定很累，那先休息一天，我们定明天晚上吧，你有没有想吃的？清淡点儿还是重口点儿？

唐西澄告诉她都可以，让她决定，也没问她有哪些人。

第二天傍晚，按照姜瑶给的地址打车过去，发现就是之前梁聿之带她来吃的那家粤菜，有好吃的榛子陈皮冰激凌。

进去房间，看到蒋津语和乔逸已经在席上坐着。过完了一个新年，大家都有些变化。蒋津语的头发变成了直的，染成了全黑色，非常冷酷。乔逸依然将他的小辫盘出了新花样。姜瑶则变胖了一点儿，一直吐槽家里的聚会太多了，害她根本没有办法减肥。

乔逸就捏她的脸，说她再吃下去会变成小猪。

大家都笑。

等到菜上齐的时候，有人姗姗来迟。

唐西澄听到姜瑶喊"哥"，转头看了下，梁聿之在服务生的引导下走进来，3月份的天气还没那么暖和，他已经只穿西装衬衣了。

姜瑶为梁聿之留的座在唐西澄左手边。

他坐下来脱外套，衣袖擦到她的手肘。

乔逸揶揄他"大忙人"，问他今天又忙什么。

梁聿之似乎有些气躁，按了按眉心，难得吐槽了一句："周绪八成有什么毛病，和方颖打球还要拉上我，他愿意打打一天好了，关我什么事。"居然把他骗过去。

方颖这人蒋津语也认识，她公司接过崇森的案子，顿时知道什么情况了，笑了："那你不会失身了吧？"

姜瑶立刻瞪大眼睛："不是吧？"

梁聿之今天戾气有点儿重，回骂蒋津语："你不说话没人当你哑巴。"

这桌上唯一没说话的人转头看了他一眼，继续保持沉默。

服务生来上菜。

姜瑶按套餐定的，招牌冰激凌每人一份。

她知道有榛子，嘱咐梁聿之："你放那儿别吃啊。"刚要说"等会儿我吃吧"，见他已经将那份放到唐西澄手边。

好吧。

这么久了，姜瑶从来没在他们俩之间看到什么甜蜜火花，她已经几次怀疑他们根本没在谈恋爱，但刚刚这一下，他实在做得太顺手了，好像还——有点儿甜。

在唐西澄吃冰激凌的时候，蒋津语在聊之前与崇森合作的事，她形容方颖"是个活色生香的女人"。乔逸流露出极大的兴趣："我倒想见识见识。"

姜瑶给他一个白眼："我鄙视你。"

乔逸浑不在意，笑笑朝梁聿之说："下次打球喊我去。"

"这话你和周绪讲。"

梁聿之显然不想再接他们的话题。他对周绪有点儿生气，以为有急事，撒下一个重要会议过去，结果是在球场周旋半天。

唐西澄看出他明显有些饿了，但吃东西的动作依然得体，"狼吞虎咽"这种表现在他身上不会出现，他没吃太多便搁下筷子，喝了口香槟酒，骨节分明的手指将酒杯放下。

在她的目光收回之前，梁聿之察觉了，看她一下，又无事发生地继续喝酒。

唐西澄也没觉得怎样，偷看被发现，并不是什么丢脸的事，她同样很坦然地低头吃碟子里的松露豆腐。

饭吃完没散，转场去了乔逸那里。他的酒吧生意仍然老样子，在社交平台上搞了点儿营销，也就热闹半个月，B市的网红酒吧太多，他这种玩票性质的明显干不过，这个时间楼下只三三两两坐了几簇人。他们过去时驻场的男歌手还在，是乔逸朋友介绍来的，20岁出头，干干净净的一张脸，年轻帅气，主唱民谣，满身文艺气息。

唐西澄觉得他唱得不错，停下脚步听。

姜瑶明显更激动："好帅，看会儿看会儿！"

乔逸有点儿嘚瑟："我的眼光能差吗？"

梁聿之瞥了一眼，并未停留，径自去二楼。

蒋津语早见过这位歌手弟弟，也没她们那股新鲜劲，她要去打游戏，乔逸嘱咐吧台酒保关照两位女生，便和蒋津语一道走。

等那位帅气歌手唱完离场，唐西澄和姜瑶才去楼上找他们。进屋只见乔逸和蒋津语在打双人游戏，姜瑶问："我哥呢？"

乔逸正在紧张地操作，拨冗回答她："里面。"

游戏间是纵向的，往内延伸，乔逸在里间设计了健身房和台球室。

姜瑶坐下来围观他们，唐西澄则推门进去里间，穿过一片健身器材，最里面那扇门未关，呈半掩状态。

她走过去看到梁聿之一个人在玩桌球。余光注意到有人来，他侧头看了下，眉眼不冷不热。

直到那杆打完才问她要不要玩。

唐西澄走过去，梁聿之将球杆给她，走去墙边沙发上坐着，看她走动，找角度，挺像样子，显然并不是新手。

唐西澄的确玩过桌球，很多事情邹嘉都带她体验过，没多精通，但她不是那种因为不精通就露怯的人，她无所谓，反而心态好。

她外套在楼下，身上只一件短款毛衣，俯身运杆时露出一截白皙的细腰，然后球杆击打主球，顺利落袋。

连击几杆后，她回身看梁聿之，他夸了句"不错"，走过来清台，直起身时见唐西澄正在看他，并不陌生的眼神。

她站在球台另一侧，梁聿之脚步没动，将手里球杆扔在球台上，才对她说："过来。"

唐西澄很顺从地走过去，伸手拽住他的衬衫襟口，踮起脚，仰头亲他。

梁聿之抱她的腰，将她放在球台上坐着。

乔逸通过一关，见姜瑶一副跃跃欲试的样子，便将手柄给了她。他进里间去找梁聿之，走到台球室门口，登时瞪大眼，接着便见梁聿之侧目看过来，仍然将唐西澄圈在臂弯里，似乎有意遮她泛出红潮的脸。

乔逸再不识相也不至于这时候闯进去："你们继续，继续。"他很利索地退出去，甚至没忘记将门带上。

姜瑶问他："我哥和西西在玩桌球啊？"

"差不多吧。"

不然难道要说"他们在接吻"？

乔逸仍处在不小的震惊中。他自以为很懂梁聿之，没想到啊，低估了。

只有蒋津语是个敏锐的人，已经从乔逸的回答里发现异样，朝他看了一眼。

后来从台球室出来，梁聿之和唐西澄要先走，乔逸随他们下楼，梁聿之让他记得送姜瑶回家，乔逸假咳了声，一脸了然地朝他笑："行了，操心那么多，你赶紧走。"

那天之后，唐西澄和梁聿之保持着一定的碰面频率。最初很随机，她想起来就去找他，后来开学后稍微忙起来，除了毕业论文，手头还有个校内刊物在做，这学期在做改版调整，有些即将毕业的老成员选择退出，因此留下来的人要承担更多。

唐西澄为此投入了一部分时间，这件事是大二开始的，也是她在大学期间唯二参与的课外组织之一，另一个天文社，她进去两周后退出，因为发现最主要的活动就是过百人聚在一起联谊。

颜悦从家里拖着箱子回来后，唐西澄的独居结束，生活因为有个室友而更规律，三餐都去学校吃，颜悦放话说要在最后时刻吃遍食堂所有窗口。她们白天就在图书馆各做各的事，后来在同一层碰到肖朗和他的室友，就此占据了同一张桌子，平常互相帮忙占座。

颜悦特地拉了个小群。

大学的最后一点儿时间，很多人逐渐淡出校园，同样有很多人开始留恋。

唐西澄仍然会去见梁聿之，但时间固定到周五，她会在公司附近等他下班，或者他有别的事，那么就约个附近的地点，他结束后会来接她。

颜悦当然发现唐西澄开始夜不归宿，很自然认为是在谈恋爱，她很惊讶，但并不奇怪。她们做同学和室友几年，颜悦很清楚有多少男生尝试接触过唐西澄，只是没有结果而已，而肖朗是其中最有耐心的，但现在看来，似乎也没什么用，有人捷足先登。

颜悦无法不好奇对方是个什么样的人。

她问唐西澄，只得到最普通的回答：挺帅的。

"可是肖朗也挺帅的啊。"

颜悦说这话时，唐西澄正在收拾衣物，只简单用手语回她：不一样。

好吧，审美这东西确实很主观，颜悦也必须承认。

唐西澄收拾完东西，去了约好的地方，但并没有等到梁聿之，来接她的是那位姓蒋的司机。

梁聿之在微信里给她发来一串数字，紧随其后有两条信息——

会比较晚，在家里等我吧。

也可以敲门，孙阿姨在的。

唐西澄便明白了，那 8 个数字是他家的入户密码。在这之前，他带她去的一直是三环边那家酒店。

蒋师傅将她送到就离开，唐西澄进了院子，输入密码开门。

里面亮着灯，厨房里有些动静，应该是孙阿姨在忙，她关上门，孙阿姨就已经走过来，微笑着打招呼："唐小姐来了。"

孙阿姨拿了双新的家居拖鞋给她换："梁先生要晚点儿回来，您先休息。"

唐西澄点头，去上次那间小书房里看书，却注意到书架最底层那只全身银黑色的四足机器狗。她之前在星凌见过各种机器人，但没见过这样的。

外观很酷。

她拍了张照发给梁聿之，过了会儿收到他的回复，告诉她遥控器在上面一层，也不讲怎么使用，似乎想让她自己琢磨。

唐西澄毕竟在星凌待过四个月，公众号的稿子都写了不少，她也能发现这只机器狗不那么普通，遥控器是非常规设计，看上去像支非常小巧的钢笔，笔帽就是跟随器。

这显然不是市面上已经量产的类型。

快七点时，梁聿之回来了，车子停进后车库，绕过来准备进屋，忽然听到院子前面有点儿动静，走过去便看见唐西澄在遛 Kiki。她往石榴树那边走，低头在看手机，Kiki"嗒嗒"跟着，有种柔软和冷酷的反差和谐。

他站那儿没动，唐西澄回过身时看到他，一路走过来，Kiki 也跟过来。

梁聿之看到她将跟随器别在腰上。

唐西澄打字问他：它有没有名字？

"Kiki。"

他刚答完，Kiki 忽然发声："爸比，你今天的浑蛋工作结束啦？"

唐西澄惊讶地转头，然后笑了出来。

这是之前褚想为项目头秃时设定的，喊它名字，它会给你当天的第一句问候，梁聿之还没清除这句，他之前并不在意，现在才觉得有必要重新检查一下褚想所有的设定。

"别笑了。"他看向唐西澄微微弯起的眼睛，"很傻。"

实际是，她笑起来十分好看，尤其是在此刻院中柔黄的光下。

唐西澄带着 Kiki 跟他进屋。

孙阿姨在准备好晚餐之后就已离开，只有他们两个人吃饭。这已经很平常，之前每次只要碰面，晚饭也是一起吃的，有时候事前，有时候事后。

现在也没什么不自然，唯一的区别是今天并不是在酒店。

饭后梁聿之去楼上书房开一个电话会议。

唐西澄已经发觉他今天很忙，她独自在楼下玩之前玩过的《毛线小精灵》游戏，手机一直不断地振动，全是微信消息。

姜瑶在群里张罗滑雪的事。

天已经暖起来，眼看今年的雪季就要完全过去，有必要抓住尾巴去玩一下。为了商量具体细节，她拉了个四人小群，乔逸、梁聿之加上她们两个。

姜瑶现下已经选好地方，开始协调大家的时间。

唐西澄在玩游戏的间隙回了几条，过了挺久，梁聿之来了，那个会议略微拖沓，一共四十多分钟。

唐西澄将界面暂停，用眼神问他"你好了？"。

他点头，走过来。

唐西澄拿起手机，打几个字：如果以后你哪天很忙，可以告诉我。

梁聿之看了一眼，抬眸："然后呢？"

唐西澄答：我们可以换别的时间，或者就下一次。如果我有事我也会告诉你。

看起来是很正常的沟通协调。

"行。"他回应得同样干脆。

梁聿之说完那个字，面无表情地起身，对她说："去洗澡。"

去哪里洗？

他家里不止一个卫生间，唐西澄不确定她能用哪个，跟过去问，他却没耐心看，敷衍地瞥一眼，将她的手机推开了："随便你。"

之后径直上楼。

梁聿之有点儿生气了，唐西澄当然能感觉到。

她在楼下待了一会儿，接了杯水喝，想了想拿着自己的东西去楼上主卧。

梁聿之觉得自己那点儿突然冒出来的情绪莫名其妙，冷静思考之后认为是唐西澄那份无处不在的掌控感让他不爽了。凭什么都按她的节奏来？她想找他就找，她甚至连这么点儿时间都不能等。这段时间以来，他对她是大方奉陪的态度，那是他不在意，懒得和她争，她还真当他是到点上钟的？

唐西澄敲了两下门，没有回应，便自己推门进去，视线往前，没看见人。卧室很大，转个身才见他坐在前面露台藤椅上按手机，很忙的样子。

唐西澄走近，没打扰他，靠着栏杆看外面天空，等他忙完，搁下手机，她才将打好的字给他看——

你没有不高兴吧？我没别的意思，只是觉得会耽误你工作。

欲盖弥彰地找补。

"放心，你没那么大影响。"

被呛了一句，唐西澄顿了下，手收回来，听见他平淡地说："以后还是这个时间，我没空会告诉你，另外以后没人接你，你想来这里就自己过来。"

之后朝她抬抬下巴："去洗澡吧。"

这是不再给她说话的机会。

唐西澄站了两秒，走去拿自己带来的衣服进去卫生间，过了会儿又出来，梁聿之没看她："要用什么浴室抽屉里找。"

唐西澄打开抽屉，看到有牙刷、毛巾，她拿出来，脱衣服进浴室洗澡。

等她洗完出来，梁聿之才起身。

这个过程中，他都没看她。

唐西澄听着浴室哗啦啦的水声，在擦头发，一直擦到半干，想去洗脸台那里用吹风机，但梁聿之还没洗完，她就没进去，随意看了看这间卧室，注意到前面那排岩板置物架。

她看到了那个摆件，灰色的消波块。

他的微信头像。

起身走过去仔细看了一会儿，这时里面的水声停了。

转头见他走出来，只套了条裤子，上身没穿衣服，他走去衣帽间。

紧致流畅的背肌在视线里消失，唐西澄走去洗脸台前吹头发，他这里的吹风机很高级，噪声极小，只有轻微的嗡鸣声。

快要吹完的时候，门被推开，梁聿之走进来，往脸上涂抹白色的剃须膏，站在镜前刮胡子。

唐西澄透过镜面看他冷峻的脸。

过了会儿，关了吹风机，走过去拿他手里的剃须刀，梁聿之松手给她了，但他就那么站着，并不低头迁就她的身高，任她踮起脚尖，一只手撑着身后流理台，帮他刮胡子。

她的动作很慢，有些小心翼翼。

梁聿之一点儿也不意外，他早就知道她能屈能伸，主动的时候让人觉得她满心满眼都是你，冷淡起来裤子提得比谁都快。

他都不知道她这种破性格，梁泊青怎么忍那么多年，就算养女儿，谁都想养个乖巧温软的，谁愿意要这种背上长反骨的。

但很奇怪，她此刻这样在眼前，脸无比干净，长发松散漂亮，很专注温柔地拿手指抹掉沾在他下唇上的白色泡沫，明显带有几分讨好的意思，梁聿之又觉得挺受用。可能人人都享受驯服的滋味，看坚硬的人在你手上变柔软，冷漠的人为你情不自已，高傲的人不甘却低头，有难以描述的极致满足感。

唐西澄很细致地替他刮完了脸，认真审视了一下，似乎有点儿满意，淡淡地笑了笑，又拿洗脸巾擦干净，最后用那种甜香的须后水，结束后，她清理了剃须刀，每样物品放回原处。

梁聿之就看着她做这些，在她回过身时，拨开她的长发亲了上去。

这天晚上，唐西澄发现梁聿之没那么好脾气了，他就看着她的脸，看她紧蹙的眉、泛起热气的眼睛，显然他是个自尊心很强的人，但凡他真的计较起来就挺让人吃不消。

唯一温柔的短暂瞬间是叫她别咬嘴唇，然后俯身去堵她的嘴。

结束之后，唐西澄完全没有力气。她拉梁聿之的手，感觉到他的手指摸过来，指腹触碰她的嘴唇，声音低哑地问她渴不渴。

她的脑袋点了点，梁聿之松开她，拿了水过来。

唐西澄拥着被子靠在床头喝完整杯水。

梁聿之看她露在被子外面的雪白肩头，上面有零零散散的痕迹，不知怎么想起褚想之前的话，有份不讨厌的工作，有三两好友，有个彼此契合的亲密伴侣，就挺好。

好像他现在确实是这样。至少，他和唐西澄很契合，即使她今天晚上这么扫兴也没影响。

第二天早上，唐西澄起来后，梁聿之已经出门。他让司机来送她走。

这次分开后没到三天，他们又见面了。

姜瑶定好了滑雪行程。

他们在乔逸那儿碰面。

姜瑶之前在群里发了必备的装备清单，乔逸和梁聿之都有全套，姜瑶也只差雪镜这种小件，只有唐西澄什么都没有。她打算全去场地租，姜瑶说租的雪服脏，她也没在意，但到了地方准备去租装备时被梁聿之喊住。

他在开后备厢。

唐西澄走过去，看到他的后备厢装得很满。两个大袋子，除了他自己的雪服、雪鞋，还有另外一套新的。

唐西澄有点儿惊讶：你新买的吗？

梁聿之看了眼她的手机，说："垃圾桶捡的，你要不要穿？"

见她还站在那儿，他弯腰拿出装粉白色雪服的袋子丢给她："自己拿鞋子。"

唐西澄回了个"谢谢"的手语，猜他应该能看懂。她走过去拿了角落那双女士雪鞋。

姜瑶也已经从乔逸的车里拿好东西，招呼唐西澄一起去换。

她们俩换好后，与另两人碰面。

唐西澄远远看到梁聿之，他穿一身黑白的雪服，还是挺酷的。

姜瑶和乔逸要去玩高级道，唐西澄之前就在群里说好她要在初级道练单板，邹嘉以前带她在室内雪场玩双板，后来练了两次单板，效果不佳，已经有两年没碰。

她打算请个教练，一小时三百元的那种。

乔逸说别费那个钱，就让梁聿之教："他在 M 国拿过单板教练证的，干吗舍近求远，自己人不用白不用。"

唐西澄也不知道他愿不愿意，等姜瑶和乔逸先进去了，她才摸出手机问他：你和我一起吗？

这回他没出口呛她，点了头。

到了室外雪场，初级道上很多新手，有朋友陪练的，也有很多人专门请了教练陪同指导，边滑边摔跤的人一堆，他们刚过去就目睹前面一个男生摔得四仰八叉，但大家都在笑。

在这样开阔的一片冰雪天地里，确实连心情会更好。

的确是解压的好地方。

梁聿之让唐西澄自己滑一下，看看她什么水平，结果刚起步没多久就摔了，她前刃转弯不行，而且刹车控速反应不够。

连摔了两次之后，梁聿之给她讲摔倒泄力技巧，之后教她控速、换刃和转弯。

与旁边聒噪的其他教练相比，他的话没那么多，在必要时才讲一句，他在她练习时只稳稳地跟在她身后，但也极少出手扶她，只有一次唐西澄快要撞到护栏，被他及时拉住。

唐西澄以为会带他一起摔倒，但他太稳了，只是略微晃了下，之后便站稳，帮她正了正歪掉的头盔："别这么快。"

他摘掉手套，手指有些红，碰到她颊侧时有一丝凉。

练了快两个小时，唐西澄稳了很多，连续转弯不会再摔。

他们坐下来喝水休息。

意识到梁聿之来这一趟，都还没玩一下，唐西澄看了下时间，在手机上问他：你要不要去找乔逸他们？我可以自己在这儿练习。

"然后摔到骨折，再让路人给我打电话？"

唐西澄不服：……有这么糟糕吗？

梁聿之视线从她手机屏幕上移开，喝了口水，忽然问："你以前跟谁学的？"

唐西澄答：一个朋友。

邹嘉他也不认识。

"没把你基础教好。"

唐西澄解释：她也不是专业的。

停了下，她继续打几个字：你真的有教练证吗？

梁聿之抬眼："要给你看？"

唐西澄没点头也没摇头，只是看着他。显然，他以前的生活挺丰富的。不知是不是受周围的雪光影响，梁聿之觉得她的眼睛很亮。视线落到她眉侧，那道小小的伤疤很清晰。

他抬起手指点了点那里："这里怎么了？"

他问完这个问题，忽然收回视线："你不想说就不说。"

过了会儿，手臂被轻轻碰了下，低眸看到她手机上的字：我小时候出车祸，受了伤。

挺重的伤。只是时间过了太久，现在能看到的也就只有这么小的一点儿伤疤。

梁聿之当然不知道她车祸的事。梁泊青最初在电话里找他，什么细节也没有说，只说要出国一年半左右，老师家的一个小孩请他关照，后来临走前碰面才告知她的特殊状况。

没提其他，只讲心理原因。

那时梁聿之完全没兴趣了解这种无关紧要的事，一句也不多问，他从一开始就想好把这活儿交给乔逸，去机场接她那次，是因为乔小二那个浑蛋答应好了却临时放鸽子。

是在这一刻，梁聿之意识到他对唐西澄没什么了解。

不过以他们现在这种关系，显然也没这个必要，理论上来说，还应该保持合适的距离，互不干涉。这一点，梁聿之心知肚明。

他没再问什么，只是再次看了眼她的眉尾。

唐西澄问他：很难看？

"不难看。"

实话，他的确没觉得难看。她的眉毛眼睛都很美，并不因此失色。

将手里那瓶水扔下，梁聿之起身，说："休息够了，走吧。"

重新回到雪道上。

那个最初摔得很惨的男孩已经能够滑很远，一直张着双手发出很兴奋的喊声。唐西澄在不久之后达到了不逊于他的水平，平稳自如地控制着脚下单板，一路向前方瓦蓝的天空疾驰，她摘了面罩，感受冰凉的风冲到脸上，极度清醒自由。

梁聿之看到她在滑行中短暂地回过头，逆着风，头盔下的长发飞舞，那张脸上有某种模糊的不太确切的快乐。

从滑雪场回去时，天已经擦黑。

车子依然开到乔逸的酒吧，乔逸本要留他们吃晚饭，但各自都有事，姜瑶开她自己的车先走了。梁聿之要去公司，唐西澄晚上和颜悦约了火锅，正好晚高峰，她没让梁聿之送，自己坐地铁回去。

很幸运，一进去就有个空位坐。

运动了大半天，其实已经很疲惫，一路靠在椅背上昏昏沉沉。坐了五六站，手机在兜里振动，收到一条微信消息。

迷蒙中点开，有点儿意外，梁聿之给她发了一段视频，时长有一分半。

是她滑得最好的那段，那部分道上很开阔，没什么人，镜头里只有她和呼呼的风，一路下坡、转弯、前进，无比丝滑，观感极其舒适。

没想到他会拍下来。

唐西澄看完问他：我是不是滑得很好？

梁聿之回得很快：八十分吧。

唐西澄问：你堵在路上了？

梁聿之回复：嗯。

果然是可怕的晚高峰，让他能够秒回。

唐西澄想起一件事：可不可以看一下你车里有没有我的钥匙？

她的钥匙消失了，好几天了，这几天都和颜悦同进同出，回想了下，最有可能是从他家里回来那天弄丢的。

收到的回应是"没有"。

唐西澄：也可能丢在你家里了。

梁聿之回：那下次你自己来找。

前面车流动了，梁聿之搁下手机，不再回她。

颜悦在家里等唐西澄，她们一起去附近吃火锅，最近刚弄好了论文的开题，算是放松一下。

饭桌上聊些有的没的，颜悦说得多，唐西澄更多时候在回应她。

这学期开学后，颜悦和男朋友见面的频率低了些，也不再每个周末都出去。她是个聪明的女孩，从小到大都是优等生，擅长反思，也能够快速发现问题、总结问题。

"我发现我们的热恋期已经过了。"她忽然这么说了一句。

热恋期？

唐西澄正在吃一颗海带芽，抬眼看过去。

"半年，差不多就半年。"颜悦的表情有那么一丝无奈，"以前是他黏着我，现在居然反过来了，他总说他很忙，没那么多时间腻在一起，以前也不知道是谁要腻在一起？"

这种问题不好回应，唐西澄只能以倾听为主。

颜悦又说："睡到了就不在意了，再拖拖就该换一个了。男的是不是都这么薄情？"

唐西澄已经吃完了两颗丸子，搁下筷子，打手语问她：**那你想分手吗？**

"分手？"颜悦蹙着眉头，"可我还喜欢他啊，不想分，我们在一起也有很多开心的时候，他好的时候也很好。"

唐西澄到这里就不足以给出更多指导了。但是颜悦并没有让话题停止，很真诚地问她："你男朋友这样吗？也这么忽冷忽热的吗？"

她所指的人当然是唐西澄每次出去过夜的对象。

但他不是男朋友。

唐西澄无法回答，便敷衍地点了点头。再一想，可能梁聿之连忽冷忽热都算不上，他那张脸就没怎么热过，区别大概就是冷和更冷（生气的时候）。

想到这里的时候，听见对面颜悦叹了口气，说："男人真烦。"

唐西澄与她对视，两个人忽然都笑了。

但这之后，颜悦眼睛有点儿红红的，变得感性起来："我觉得可能真的撑不到毕业了，现在已经这样了，以后异地恋怎么可能坚持？谈恋爱真难过。"

谈恋爱真难过。

但颜悦还是说不想分手。

在很年轻的时候有个喜欢很久的人，总是更执着一点儿。

CHAPTER 04

L 先生

唐西澄周五傍晚打车去了梁聿之家里。他上次说，以后不再接她，她也没计较，在路上给他发消息：你家里有没有我不可以进的地方？

得到的回复是：楼上书房。

那是他工作的地方。唐西澄很理解。

她到了之后第一件事是找钥匙，从楼下找到楼上，最后在楼上主卧的置物格中看到了，明明他已经找到了，但是不告诉她。

唐西澄收好钥匙，看了看旁边那个消波块，拿起来摸了摸，像是和真实的消波块一样的水泥制品，但是等比例缩小了很多倍。

唐西澄有点儿喜欢这东西，它让她觉得平静。

但她不能偷走，便又放回原处，拿着自己的钥匙下楼。

梁聿之还没回来，孙阿姨今天也没在，整栋房子里只有唐西澄一个人。她依然去小书房里找 Kiki 玩，她没养过真实的柔软的宠物，可爱的小狗或者小猫她不会去养，甚至不玩毛绒玩具，她更喜欢坚硬有力量的东西，Kiki 就是。

唐西澄很快就发现梁聿之更改了部分设定，上次那句调皮的问候已经没有了。她带着 Kiki 满屋走，看它扭那坚硬的酷酷的屁股，朝她握手，她将各种小物件放它背上由它运输。

梁聿之进门时，迎接他的是驮了几罐牛奶和咖啡的 Kiki。

某人显然玩得正在兴头上，一看到他，那种略带兴奋的眼神收敛了，走过来将那些牛奶、咖啡放回去。

她手里拿着遥控器，手机没在手边，便又折回去找手机。

等她再过来，Kiki 已经跟着梁聿之跑了，他不必用遥控器，语音就能控制。他嫌 Kiki 脚步声大，说"安静点儿"，Kiki 的脚步就轻缓了，萌萌的声音回答他："这样可以了吧？"

唐西澄手里的遥控器成了多余的。

梁聿之在盥洗室洗了手，带着 Kiki 走出来，在沙发上坐下来，喊唐西澄："过来一下。"

他告诉她不必每次用遥控器，手机也可以。他要教唐西澄怎么用手机操作。

其实很简单，安装了他发过来的小程序，再添加一个账号，设定密码。他作为主控开放权限给她，就可以自如操作，甚至修改部分设定。

做完这一切，他把 Kiki 留给唐西澄，让她自己练习。

他并没有去多想，为什么会愿意花时间教她弄这个，只是觉得对她来说，显然手机更方便。

大约十五分钟，唐西澄就全弄明白了，这时候才发现梁聿之已经在厨房做饭。

他会做饭，唐西澄是知道的。但他这样的人忙完一天回来，还愿意自己做晚饭，就并不多见。他显然做得很熟练，和做其他事一样，条理清楚，不急不忙。

很快，鸡翅的香味飘出来。

唐西澄走过去看，有种等饭吃的状态。

梁聿之正在开罐装啤酒，侧目看了她一眼，没有防备地，啤酒的泡沫忽然一下喷涌出来，弄了他满手。

唐西澄看见后愣了下，转而拿厨房纸巾过去帮他擦手，动作很快。

"可以了。"梁聿之说了句，她才退开。

啤酒剩了半罐，他全倒在鸡翅里。

唐西澄肚子清晰地叫了两下，他的锅又是那种很静音的，没那么大动静，她明显看到梁聿之低头笑了一声。

鸡翅做得很成功，并没有因为只有半罐啤酒而口感不足。除了鸡翅，他还做了牛肉粒、清炒荷兰豆，加上蔬菜汤。

不算十分丰盛，但两个人吃足够了。

他们坐在餐桌两侧吃饭。

唐西澄将碗里最后一口都吃干净，看了眼对面男人垂首吃饭的样子，视线中是他优越的鼻峰线条，她拿手机发条信息，问怎么今天孙阿姨没来。

"她有事。"梁聿之看完简单地回答。

唐西澄告诉他：其实我以后也可以吃了晚饭再过来。

梁聿之抬起头看她："你不会以为我特地回来给你做饭吧？"

唐西澄与他对视。

"想多了，我自己要吃。"他说。

哦。

唐西澄喝了口柠檬水，忽然又想起别的。她和颜悦住，有几次颜悦做了饭，就由她来洗碗，不吃白食算是某种约定俗成的礼仪吧，便又给他发一条：那我来洗碗。

"有洗碗机。"

唐西澄："……"

梁聿之看她的表情，嘴角微扬："那你就负责把碗放进去吧。"

行，也是个活儿。

唐西澄便照做，这件事容易，她在家里也帮周姨做，简单冲一下碗碟，依次放进洗碗机摆好，加洗涤剂，启动。

做完这些，唐西澄上楼去洗澡，已经不再问他可以用哪个卫生间，她直接去主卧。仍然在抽屉柜里拿毛巾和牙刷，却发现里面多了其他的东西——一些洗浴用品，女士的洗发露、沐浴露，还有洁面膏和面霜。

上次过来就只带了衣服，因为只住一晚上，并不想折腾。

可以合理推测这些东西是为她准备的，唐西澄便直接拿出来用。结果进去浴室，脱了衣服才发现遇到意料之外的情况。其实晚饭后已经有点儿感觉，她以为是吃太饱轻微腹胀，毕竟时间不对。

但现在这是摆在眼前的事实，她的例假提前来了。

没有别的办法。

梁聿之刚上楼，就在走廊里收到唐西澄发来的微信：可以请你帮忙吗？

他走进卧室，没人，洗手间门关着，但没水声。

他回了个"？"。

唐西澄：我经期提前了，但我没有准备。

梁聿之："……"

唐西澄一边在浴室洗澡一边等梁聿之，就在她差不多洗好的时候，他也回来了，过去敲了下卫生间的门，唐西澄将门打开一半，梁聿之看到她带着水珠的脸，湿漉漉的长发搭在肩上，浴巾裹住胸部往下的身体，雪白的脖颈

113

和肩膀露在外面。

她从他手中接过袋子，攥着浴巾的那只手随意往上提了提。

梁聿之视线短暂地停驻，将她的动作收进眼里，喉咙微动了一下，尔后伸手将门带上。

她的身体生得很好，他当然知道。

唐西澄穿好衣服，吹过头发出来，发现梁聿之不在卧室，她也没去找他，坐到露台上看了几篇文献，直到过了半个小时还没看见他，这才走出去。

正准备下楼，见旁边一个房间门打开，那个身影从里面走出来，他的额头和脸庞都是汗，身上那件短袖也是半湿的，整个人有种热腾腾的感觉，看起来是刚运动结束。

他看了眼唐西澄："你站在那儿干吗？"

唐西澄走过去，在手机上问他一句：我今天要不要睡客房？

梁聿之眉头微皱了下，说："没收拾，很脏。"

他不讲别的话了，要去喝水。

唐西澄便又回到卧室，躺到床上。

过了没多久梁聿之进来，脱了身上汗湿的衣服去洗澡。

也不知道过了多久，唐西澄感觉到他出来了，脚步声在卧室里回荡，他走去衣帽间又走出来，然后掀开被子躺到她身边。

这是他们第一次什么都不做，单纯地躺在一张床上。

两人各据一方，中间隔着明显的距离，梁聿之始终挺安静。在唐西澄以为他已经睡着的时候，他忽然翻身起来，摁亮了床头那盏温和的落地小灯，问她怎么了。

唐西澄翻来覆去挺久了。

她的小腹胀痛，每个周期的第一天都是如此。

唐西澄想着"我还是去睡客房吧"，撑着手肘准备起来拿手机。

梁聿之忽然问："肚子不舒服？"

他居然知道。

唐西澄点点头，他忽然侧身靠近，手从被子中摸到她的小腹："这里？"

掌心覆在那里，轻轻揉了揉，一阵温热传递到身体里，唐西澄在微暗的橙黄光线里，看到他没什么表情的脸和微微闭紧的唇。他就那样撑着一侧手肘，慢慢地帮她揉肚子。

很无端地，她有一丝不自在。

梁聿之也发现了，盯着她的脸，觉得奇特。明明更亲密放肆的事都做过很多回了，从来也没见她不好意思过，比谁都勇猛直白，这时候耳朵有什么好红的？

本想嘲讽一句，看她眼神避开了，便又作罢。

然而，再看一眼，又奇怪地有一丝心动，他也并不克制，低头亲了唐西澄的耳垂，之后移到唇上，舌尖递进去，缠了一会儿才退开。

唐西澄感觉到梁聿之的身体起反应了，但他并没有继续做什么，只是放在她小腹上的手掌更热。

渐渐地，肚子舒服了不少，唐西澄困倦起来，后来就睡了过去。

第二天早上醒来，发现梁聿之没起床。他很少这样，前面几次唐西澄醒来他不是在穿衣服，就是已经离开房间。

她起来去了趟厕所，再回来已经睡不着，看了下手机才发现有编辑部的学妹找她要已经排版好的新一期稿子，这才想起来答应今天早上要发，结果睡晚了，那稿子还在她电脑里。

她又坐起来，梁聿之也睁了眼："再睡会儿。"

唐西澄把手机搁到他面前，梁聿之看了眼，倦懒地撑肘坐起："这点儿事这么急？"

他声音里有种清晨的沙哑。

唐西澄打字给他看：**不想让别人等**。

"你责任心这么强？"因为没睡好，梁聿之有些头疼，乌黑的眉微蹙，"下次能不能把活儿带来做，大早上往回赶累不累？"

唐西澄问：**那你不介意吗？**

他看了眼，掀被子下床："我介意什么，我又不帮你干活儿。"

唐西澄洗漱收拾好，梁聿之做好了三明治，吃完送她回去。

在车上，他问："肚子还疼吗？"

唐西澄摇头，停了下，打了两个字：**谢谢**。

这天之后，唐西澄便如他所建议的，有未处理完的事就会带自己的电脑过去，两三次之后，她留在梁聿之那里的时间变得更长，甚至有次他说很忙，没空送她走，于是连住了三个晚上。

乔逸已经发现，这个月以来梁聿之一到周末就消失了，很难约他出来。后来他有次上门来找，碰上唐西澄也在，才知道原因在这里，骂某人金屋藏娇、重色轻友。

梁聿之倒不觉得有什么。他很坦荡。

他的时间，他爱怎么过就怎么过，爱和谁一起就和谁一起。

他喜欢唐西澄的身体，愿意在工作之外花那么些时间和她腻着。

尤其是，他觉得唐西澄变得温和了一点儿，可爱了一点儿。

有次下班回来，他在车里看她带着Kiki在小区里招摇，被一群小孩围观，献宝一样地给那些小孩展示Kiki厉害的技能点，心里蓦地有一点儿软。

这时候，已经到了4月底，唐西澄的生活非常模式化，待在学校或者是和梁聿之在一起，其间和姜瑶约过两次。她手头的论文进入收尾阶段，其他同学也一样，这也意味着离毕业更近。

正好肖朗要过生日，想趁此机会放松一下，请他们自习占位小群的几个人吃饭，原本时间定在周四晚上，后来临时协调，变成周五。

唐西澄忘了提前告诉梁聿之，等收到他的消息才想起来。

他在五点半给她发了"？"，问她：人呢？

唐西澄回复他：今天有事，同学生日，我晚上不过来了。

他没有再回。

唐西澄也没多想，以为他在忙，或者开车。

但实际上，梁聿之看到那条信息时，在厨房处理鳝鱼，左手还戴着手套，沾着黏糊糊的污秽。

他忽然就不想弄了，摘了手套扔在那里。

但也没别的事做，翻了翻被他屏蔽的群聊，周绪在那儿喊人去他家温居，新搬的别墅，晚上要在院子里弄烧烤宴。

姜瑶发了一排"举手"的表情包。

乔逸说红酒他来带。

梁聿之看了会儿，没什么兴趣，上楼跑步，直到周绪打电话过来，亲自邀他。

"你来吧。"周绪颇有诚意，讲，"把你们家西西也带来，我绝对好好招待她，这还不行？"

梁聿之懒得多讲，然而他也确实无聊，应了："等会儿来喝酒。"

周绪新家的温居活动颇热闹，不少朋友来捧场，十几个人聚在院子里。

4月天气不冷不热，春天最好的时候，夜晚的户外非常舒服。烧烤、甜品、红酒、沙拉，应有尽有，大家喝酒聊天，在夜幕下看露天电影。

乔逸把姜瑶带去了，于是唐西澄在她们之前的滑雪小群里看到她分享了照片，拍的是投影幕布，正在放映的是部黑白老电影，在夜晚户外的草坪上，氛围感很好。

姜瑶说：*西西，你喜欢的。*

上次她们刚约过，一起去看了老电影。

姜瑶艾特了她，然后下一条艾特了梁聿之：*让我哥来接你吧。*

然而唐西澄还在饭桌上。她回姜瑶：*还在聚餐。*

姜瑶问：*你们吃什么？拍张照片看看。*

他们吃的是学校附近的杭帮菜。

颜悦正在饭桌上吐槽男朋友："我就不太明白了，怎么他每回吵完架后就像失忆了一样，从来不会反省，第二天没事人一样继续找我，欸，你们男的脑袋里是不是有个开关，摁一下，检测到不愉快片段，一键清除？"

大家笑，肖朗说："我倒想有这种开关，那就没有任何烦恼了。"

唐西澄打开摄像头拍了一张桌上的食物发过去。

姜瑶却关注到别的：*很漂亮的手欸，是个帅哥吧？*

唐西澄这才注意到肖朗的手搁在餐桌上，被她拍进照片。

姜瑶发了个星星眼：*可不可以拍他的脸？想看。*

这个请求唐西澄没法满足，她不可能拿手机偷偷对着肖朗的脸拍，只给姜瑶回了个"NO（不行）"。

这时候乔逸也跳了出来——

这手很好看吗，我怎么觉得没我手好看？

姜瑶：*呕吐 [emoji]。*

唐西澄笑了下，没再继续看。

梁聿之放下手机，喝了周绪递过来的那杯酒。

"口感不怎么样。"

周绪笑了声："是我的酒不怎么样，还是你的心情不怎么样？"

梁聿之抬眼看前面的电影，无所谓地说："你乔迁之喜你开心就行了，操心我的心情很多余。"

"我只是好奇，那位哑巴小姐这么有意思？你这段时间注意力好像全放她身上。"

哑巴小姐。

梁聿之眉眼微微一蹙。

几个字落入耳中，有一丝不舒服，虽然这是事实，他曾经也用这一点来标记她，甚至也是他最初对周绪吐槽过她话都不会讲，很没意思。

究其原因，无非是现在他们有亲密关系，他觉得被冒犯了。

他忽然就对周绪不耐烦起来："喝酒吧，你哪儿那么多话。"

周绪被撂了面子，但问题还卡在那儿不上不下的，无奈笑一声："你这人真难伺候，我真相信她有两把刷子了，不然也受不了你。"

那部 19 世纪 60 年代的老电影放完了，梁聿之回到家快十点钟了，什么也没做，洗澡之后就睡觉，到第二天早上起来看手机，乱七八糟的信息永远那么多，但某人就能做到像活在某个不通电讯的地方，半个字也没有。

他之前觉得她变可爱了，现在认为并没有。

起床后，梁聿之没去健身室，带着 Kiki 出去跑了一个小时，出了身汗之后头脑更清醒，心情还不错，毕竟是个天朗气清的周六，运动分泌的多巴胺也能让人快乐，回来洗澡，打开音响听歌做早饭，吃完早饭看邮件，处理零碎的工作。

以前那些不必上班的周末他几乎都是这样度过的，一般下午会用来休闲社交，和朋友打球、骑马，偶尔也攀岩、露营或是短途旅行。星凌那些员工的感受没错，梁聿之既不是完全游戏人间的那种人，也不是工作狂，他一直按自己的标准掌控工作和生活，也就这两个月不大一样，因为多了个特殊伙伴。

但现在也不至于因为她的一次爽约，就浪费掉自己大好的闲暇时间。

于是午饭之后，梁聿之开车出门了，姜以慧有个好友，姓程，是个策展人，这个月和几所高校的美院合作，做了个巡回展，这位阿姨待他不错，姜以慧提了几次让他去捧个场。正好今天有空，便决定过去，在车上给褚想打了电话，说刚好顺路去 T 大看他。

两点多从展厅出来，去 T 大二校门与褚想会合。

他今天穿得休闲，出门的时候随意在 T 恤外面套了件纯黑色的薄款运动外套，走在大学校园里也不显违和。

褚想说实验室里压力大，年轻人越发努力了，某些刚上研一的男生都开始秃头，看起来还不如梁聿之年轻。

梁聿之笑纳这种夸奖，随他去咖啡馆坐坐，褚想如今已放弃其他想法，选择来搞教育，T 大正在筹备人工智能研究院，离正式成立已不远，他这个时候加入的确很合适，可以预见未来有比较理想的发展空间。

梁聿之也认为这是个更好的选择。他自己经历了星凌的整个起步阶段，也知道在这类公司和在校园内的环境完全不同，褚想未必能适应。

聊完工作，褚想问梁聿之感情近况，他记性实在好，说："你上次说的那位，还在联络？"

眼看也两个半月过去了，以梁聿之的个性，这段时长足够一段关系时过境迁。

没想到他随口一问，却见面前这人点头了。

还在联络的。

"不错啊。看来我不必多事了，本来还想替你介绍一个。"

梁聿之有点儿好奇："是不是你们这种过了 30 岁的人会自然产生给人做媒的爱好？"

"这话说的，好像你离 30 岁很远一样。夸你年轻，还真当自己是少年啊，奔三了聿之，我记得你上次说那位妹妹 20 岁出头是吧，那你真得注意起来了，这种冰美式少喝，保温杯可以用了。"

瞥见梁聿之脸都黑了，褚想朗声笑出来。

他们实在是太熟，褚想一开始就占了个师兄的身份，也就他敢这么无所顾忌地奚落梁聿之。

等到喝完那杯美式，褚想接到电话，临时有点儿事，说："你自己转转，我等会儿忙完来找你，一起吃顿晚饭。"

梁聿之摆摆手让他赶紧走。

他独自坐了会儿，看看时间，刚四点。也许是因为刚刚褚想提到了，梁聿之想起了唐西澄，这里离她的学校不远，他给她发了条消息，问她在干吗。

回得还算快，说在图书馆。

之前问她几回，也一样，总是在图书馆，听起来给人感觉是个挺勤奋的好学生。梁聿之无法将她的好学生形象与在她某些时候的样子联系起来，多想一下竟无端耳热。

左右没什么事，便起身离开咖啡馆，准备过去。

正是周末，又是傍晚，Z 大校园里各条道上都不少人，三三两两的年轻身影去往餐厅、超市、奶茶小店。

不时有目光投在梁聿之身上。

他今天穿着虽然简单，并非工作状态的西装革履，但和那些大学没毕业的男生比起来，审美水平轻松胜出，更何况他身材长相都算佼佼，没人看才奇怪。

梁聿之在路口随便问人："请问图书馆往哪儿走？"

两个女生有点儿脸红地给他指了方向。

"谢谢。"

他从林荫道走过去，并没联系她，在附近的银杏树下走了走，这个时间，吃晚饭也不算早，已经有不少人早早从图书馆收拾出来。

大约快到五点，唐西澄收好了东西，和坐在对面的肖朗打个招呼，表示要先走了。今天颜悦感冒没来，她要带晚饭回去。

"一起吧，"肖朗说，"我要去吃饭，晚上学校辩论赛决赛，也没时间过来了。"他将电脑合上，收到书包里，顺便帮室友小黑拿上电脑。

肖朗手里东西多，唐西澄主动帮他拿水杯。

两个人一起进电梯下楼，往外走。

出了大门，肖朗问唐西澄晚上那场辩论赛要不要去捧个场，他做那场的主席。

"是大学最后一场了，也算画个句号。"

唐西澄今天晚上打算去找梁聿之，便打字告诉他：我晚上还有事，你加油。

肖朗靠近看了下她的手机屏幕，心里有点儿失望，但还是笑笑，注意到她书包下面放钥匙的小兜拉链没拉，开口说："你等会儿，拉链没弄好。"

唐西澄停下脚步，肖朗低头帮她拉上。

两人一起往食堂走。

这样的画面看在旁人眼里，便是那种清纯的男生女生谈恋爱时的相处，一起泡图书馆，过完充实努力的一天，再一起去吃晚饭，连从图书馆走去食堂的短暂路途也弥漫着甜蜜浪漫的气息。

一点儿也不稀奇。

大学校园里到处都是这种情侣，一块广告牌倒下来能砸到三对。

幼稚的小情侣。

梁聿之收回视线，给褚想打电话："你好了没，能吃饭了吧？"

唐西澄在食堂吃了饭，给颜悦买了清淡的鸡蛋面，走回去的路上给梁聿之发微信：我等会儿过来。

回到家，颜悦无精打采，一脸灰白："西西，恭喜我吧，生病加分手，老天对我不薄，多么丰盛的毕业礼。"

唐西澄不知道她突然分手，打手语问她：你还好吗？

"没有比现在更好的了。"颜悦自嘲地笑了，"我现在只想吃个饱饭，好好睡一觉。"

唐西澄把鸡蛋面打开，给她拿了筷子，认真打了行字问她：你需不需要倾诉一下？

颜悦摆摆手。

唐西澄看了她一会儿，回到自己的卧室，给梁聿之发消息：我室友失恋了，我要晚点儿来。

颜悦吃完饭，唐西澄陪了她半个多小时，等她去床上睡了才出门。

上车看了下手机，梁聿之没回她。

他有时候在家里开电话会议，会很久不回消息，唐西澄觉得也很正常。

出租车将她一直送过去，开了门才发现屋里没人，他不在家。

梁聿之是晚上十一点钟回来的。

唐西澄在小书房里看书，听到动静出来，只看到那个身影进来，将外套扔在沙发上，脚步微快地进了后面的盥洗室。

她走过去，听到里面类似呕吐的声音，愣了一下。

站了片刻，唐西澄走去厨房倒了杯温水过来。

梁聿之吐完漱了口，走出去，唐西澄将那杯水递给他，被他隔开手。

梁聿之绕过她往厅里走，坐到沙发上。

他身上是一件短袖 T 恤，唐西澄看到他裸露的胳膊和脖颈那里一片红疹，很明显是过敏反应。她在他家里见过药箱，便过去翻了翻，找到抗敏药，有两种，她都拿过去。

"我找司机送你回去。"

梁聿之声音有些低，没抬头看她，拿过手机翻通讯录。

唐西澄顿了一下，看着他翻到蒋师傅。她伸手将手机抽过来，锁屏扔到沙发上。

梁聿之抬眼："你看到了，我今天不方便，不扫你的兴。"

唐西澄觉察他情绪不好，他不高兴就是这种脸，冷到极致，眉眼毫无温度。身体不舒服，过敏到呕吐，全身起疹子，想必的确很不舒服，心情不好也能理解。

唐西澄不至于同他计较，拾起被他碰落的那板药片扔在他腿上，也没必要继续僵在这儿，她去储物间的药箱里找药膏。

等再出来，沙发那边已经没人，唐西澄看了看搁在案几上的过敏药，确定他吃了两粒，便拿着药膏上楼。

梁聿之在卧室洗澡。唐西澄没等他，把药膏放在床上就出去了。

她这天晚上睡在客房。

第二天早上，梁聿之下楼时，厨房里有点儿动静，唐西澄不知道在煮什么东西，一股煳味。

他皱着眉走过去，看到她煮的粥，水放太少，锅底整个煳住。

唐西澄也有些挫败，看了他一眼，把勺子交给他。

其实上面是白的，并没有焦，舀出两碗来没什么问题，但显然梁聿之很挑剔，他不会允许自己吃这种东西。

唐西澄看到他脖子上的红疹消了点儿，手臂上的还有，仍然红红的。

梁聿之将她烧煳的锅放在一边，换了另外的锅煮面。

唐西澄坐在餐桌旁等着。

他依然不和她讲话，煮好面只端了自己的，唐西澄那份在操作台上。

她知道自己烧坏了他的锅，她没什么可说的，他不高兴也很正常，便自己端了面过来吃。

这顿早餐气氛不怎么样，但口感依然好。唐西澄连汤汁都喝完了，抬头见梁聿之搁下了筷子。

"唐西澄。"他忽然开口，"我们谈谈。"

唐西澄觉得很莫名其妙，但点了头。

"有件事我想我们需要达成共识。我不是你的秘密情人，如果你在和别人谈恋爱，或者正朝那个方向发展，那我要结束我们的关系。"梁聿之的语气很平静，目光也很淡。

"……"唐西澄有点儿蒙。

梁聿之眉间短暂地蹙了下又松开，声音微冷："我没有兴趣卷进任何奇怪的关系里。明白了吗？"

他喜欢清清楚楚。

唐西澄很认真地梳理了一下他说的话，拿出手机问他：你是说我如果谈恋爱，要提前告诉你，是这个意思吧？那我知道了，如果你要谈恋爱了，也请你告诉我。那我们现在是谈完了吗？

她说的意思没错，她理解了。

但不知道为什么，梁聿之觉得并不舒服，好像谈好了，又好像并没有谈好。

他觉得哪里不对，可能是此刻唐西澄那种有些蒙又有些无辜的眼神。

他想起昨天看到的。她一点儿也不真诚。

见梁聿之不说话了，唐西澄默认谈完了，过去把碗收掉，走回来看他满是红疹的胳膊，又靠近拨开他的衣服领口，被他捉住了手。

"别乱碰。"

梁聿之情绪依然不高，松掉她的手，起身说："你自己玩吧。"

他坐到沙发那边看手机。

唐西澄没过去，看了他两眼，进去小书房看书。

梁聿之回了一些工作信息，就靠在沙发上，身上的红疹仍然发痒，他控制着不去挠。

忽然有很轻的嗒嗒声，是 Kiki 过来。

"爸比，打游戏吗？"

他当然知道是谁问的。

褚想为 Kiki 设定的虚拟声音真的挺可爱，但梁聿之现在没多大兴致搭理它。

Kiki 原地站了会儿，返回，过了会儿又出来，背上有两颗糖，他常吃的那种咸柠檬糖。

梁聿之："……"

她在干什么？

梁聿之点开手机给唐西澄发微信：让它安静点儿。

唐西澄把 Kiki 召回来，自己剥了颗糖吃，问他：你到底怎么了？

她也有些急了。理智上知道没必要，解决问题就好，但实际上她真的不擅长处理这种无从掌控的情绪，盯着手机时无意识地抿紧了唇。

唐西澄问：你为什么说我谈什么青涩的恋爱，你是看到什么了？

她回想他种种表现，只有那几句话比较清晰。

梁聿之回道：看到了你的小男朋友。

唐西澄："……"

茅塞顿开。

她又问：你去学校找我了？昨天？

昨天她身边出现过的男生只有肖朗。

唐西澄恍悟之后，很自然地思考起梁聿之的心理。她的经验实在太少。这种能不能算得上吃醋？还是他仅仅因为占有欲，不满她有其他的亲密对象，让他卷进奇怪的关系？

她现在要怎么回复？

突然就想到了。

唐西澄打字：不知道你看到什么，但我们只是同学。按照你的逻辑，你和你的前女友常常一起玩，我也可以认为你们藕断丝连。我是说蒋津语。

以为这一点无法反驳，然而看到他说：谁告诉你她是我前女友？

她反问：……不是吗？

梁聿之回她：不是。

好吧。

可是姜瑶明明说过，她也亲眼看到他们在公司楼下上演的分手现场。

不过没必要纠结这个，没有意义，唐西澄说：那我已经解释了，这件事可以过去了吗？

手指停了下，她又发一条：你有没有涂药膏？

梁聿之回复：没有。

她就知道没有。

唐西澄走出去，上楼去卧室拿到药膏又回来，到沙发那边，也不管他什么表情，坐过去帮他涂手臂上最严重的那一片。

凉凉的药膏涂在皮肤上，明显会舒服一点儿，她涂完手臂，到身前，他穿的棉质家居短袖，领口很软，唐西澄往下扒开一些，就看到他锁骨下方的皮肤也红得厉害。

她不知道他过敏会这么严重，之前只说会呕吐。

梁聿之没推开她，任那柔软的手指摸进去，凉丝丝的触感在胸口蜿蜒。他垂眸看她微敛的乌睫、小巧的鼻尖，和外面樱花一样的唇，心里那股郁气消解大半。

唐西澄抬头看到他的脸，没那么冰冷了，她多看了两眼，被蛊惑了一下，靠过去亲他的嘴角，以为他会躲开，但并没有，于是她多亲了两下，甚至抬手扶着他的下巴。

感觉到他回应了。

好像，并不是很难哄。

她摸到一点儿门道，亲到需要换气时才退开。

不是第一次觉得，他确实是最佳选择。

尤其此刻，他的唇红着，微微地喘息时喉结滚动了一下。

她可以想象很多。

单纯的欲望最粗暴直接，坦然面对就行了，反而很简单。但唐西澄现在想要的不只是这么简单。

梁聿之将她扯到腿上，唐西澄伸手抱他。

"想吗？"他主动说的第一句话。

唐西澄没有迟疑地点头。

梁聿之靠过来舔她的耳朵："可我现在很难看，也不好闻。"他指他涂满药膏的身体。

唐西澄的耳郭被他的呼吸弄得湿热，她想说没关系啊，我一点儿也不介意。

唐西澄穿了件毛圈棉的家居半裙，长度到膝盖，梁聿之的手指从她膝窝摸过，往上探进裙里。

唐西澄有些坐不住，一只手扣在他的左手腕上，那里有只运动手表，她不知按到了什么，发出轻微的嘀嘀声。

过了挺久，他才抽回手。

唐西澄从他身上起来，整理裙子。

梁聿之去了洗手间，唐西澄走到前阳台，打开玻璃门吹风。那两棵晚樱开得正好。

听到脚步声也没回头，过一会儿，人已经走到她身旁。

唐西澄回身看屋里，他便明白，折回去拿了手机过来，打开便笺给她。

唐西澄打字：你昨天什么时候去找了我？中午吗？

梁聿之不太想回答这个问题："所以你不只下午和他一起？"

她解释：我们只是在同一层自习室，一共四个同学，另外两位临时不在。

"过生日是他吗？"

唐西澄点头。

梁聿之："看电影是他，过生日也是，再每天一起在图书馆，你觉得我该怎么理解？"

看电影……哦，电影资料馆那次。

唐西澄递给他看：我的论文马上写完了，图书馆之后也可以不去了。

梁聿之只瞥了眼，没回应，视线望向前面的樱花树。

唐西澄将手机收回来，仔细看了看他，在阳光下，他身上泛起的红疹更显眼。她指了指，用疑惑的眼神问他。

"不知道吃到了什么，也喝了酒。"他也不确定是昨天蔬菜里的酱料引起的还是因为混喝了几种酒。他从小就是易过敏体质，这种状况一年总要经历几回，也没什么好在意，但唐西澄的眼神取悦了他。

他伸手揉了揉她的头发："我已经习惯了，只是有点儿痒。"

唐西澄问他：要不要再涂点儿药膏？

他摇头，指指前面："你要不要拍照？"姜瑶每年这个时间过来都要在樱花中各种摆拍。

唐西澄对拍照没什么兴趣，但他开口了，她看看那樱花树，确实很美。

那就拍一下吧。

她将手机递给梁聿之，走下台阶，去到比较大的那棵樱花树下。

清薄的身形，穿米白的线衫，浅灰的半裙下一截纤细白皙的腿。

梁聿之从手机取景框里看她的长发在阳光下泛出光泽，抬抬眉尖："不笑一下吗？"

唐西澄便顺从地一笑，在他的镜头里留下鲜活漂亮的梨窝。

这次唐西澄在梁聿之家里留到周一早上，前一天晚上说好，他上班正好带她去地铁站，到早上两个人却都睡迟了，略微匆忙地起来洗漱。

梁聿之还有个早会。他洗漱完换衬衣西裤，站在卫生间外扣衬衣的扣子，看唐西澄在镜前刷牙，满嘴的白色牙膏沫。她似乎怕耽误他的时间，动作很急，不时侧过头来看一下他的进度，睡眼惺忪的样子。

挺可爱。

"我在下面等你，不用那么急。"他手里拿了条领带下楼。

唐西澄已经洗完脸，很快地擦干，草草抹了面霜，换掉衣服下楼，看见梁聿之一身正装地站在厨房操作台前切三明治，他低着头，十分熟练地沿对角线划开，一分两半，装进食品袋封口，拿过来递给唐西澄。

"拿牛奶。"他指岛台最底层的柜子。

唐西澄照做。

梁聿之洗完手，两个人终于出门。

在车上，唐西澄问他会不会迟到。

"有点儿危险。"早高峰比较堵，但他看起来并没有太着急，"迟到也没关系，我很少迟到，偶尔一次也不过分是不是？"

应该吧，毕竟你是老板。

唐西澄继续吃三明治。

总算从最堵的路挤出来，车子开到星凌那条路上的地铁站。

唐西澄和他道别，拿上自己的东西下车。

"唐西澄。"梁聿之叫她。

唐西澄回过头。

"周四晚上，有空吗？"

她点头，以眼神询问。

梁聿之问："我前女友过生日，你去不去玩？"

重音在"前女友"三个字，显然，他故意的。

唐西澄笑了下，朝他点头。

"那到时候来接你。"他挥一下手，眼睛里有点儿笑意，"地铁别坐反了。"

完全不需要他提醒，唐西澄就没犯过这种低级错误。

她关上车门，快步走了。

蒋津语这次的生日活动不同于乔逸安排的浮夸聚会，她只是请大家吃了顿饭，然后在她认为最有调调的酒吧弄个大包厢。然而不论是在哪里，只要有乔逸在，进行到最后总要搞成益智活动，他在哪里都能打麻将。

寿星本人都拗不过他。

蒋津语只玩了几局就歇下来，唐西澄从洗手间出来，见她在露台窗口抽烟，很慵懒放松。

唐西澄看着她手里的烟。

蒋津语朝她点点下巴："想试试吗？"

唐西澄还真想试试。

蒋津语给了她一支烟，她抽的不是女士烟，有点儿烈，唐西澄入口就被呛到了。看她皱着眉头咳嗽，蒋津语笑起来。

唐西澄又试了一下。

"不好抽就不抽。"蒋津语说，"别待会儿姓梁的来打我。"

唐西澄刚好没事，便找个问题问她，烟换了只手拿，掏出手机打字：你和梁聿之谈过恋爱吗？

还真是像她能问出来的问题，毫不迂回。

蒋津语笑了声。

"谁和他谈恋爱还能做朋友？他是崩掉之后会清除联系方式的那种人，因为属于无用社交了，他不会给别人烦他的机会。

"反正他这个人，做朋友才能长久点儿……就是那种，不怎么憧憬爱情，更不期待婚姻的人，所以，别太认真。"

轻拍了下唐西澄的肩，她用挺特殊的眼神看她："不过我总觉得好像不必太担心你。"

有种奇特的感觉，她并不容易被伤害。

可能是从第一次见面就这样觉得。

梁聿之来找唐西澄时，她手上那支烟还在，他果然脸色不佳，瞥一眼蒋津语，只得到一个挑衅的笑。

直到离开酒吧，坐上车，梁聿之才问唐西澄为什么抽烟。

"你好好的，和蒋津语学什么？"他没多生气，有点儿逗她的意思，"总不至于等你梁老师回来，你已经烟酒不离手了，到时我怎么交代？"

唐西澄就不明白他为什么又提梁泊青，有一丝烦躁，打字反问：**那你是不是也要跟他交代你跟我做的其他事？**

梁聿之看她皱起的眉，不知道她为什么忽然情绪变了，抬手轻掐她的下巴："怎么好赖不分呢。"

唐西澄看着他，脸仍然那样冷着。

梁聿之忽然觉得很没劲，松开她，换了个姿势坐正，闭上眼休息。

前面的蒋师傅也不敢往后视镜多看，默默地继续开车。

已经快到十二点，路上没多少车，一路平稳顺畅。

梁聿之喝过酒，侧窗开了大半，风缓缓吹进来，他靠在那儿渐渐有些睡意。

开了半个多小时，转了条道。

唐西澄在翻微信列表，一直往下，看了眼梁泊青的头像，点进去，上次讲话是十天以前。她没多看，摁暗了屏幕。

手机刚收起来，很突兀地，车子毫无预警地向右大幅度斜冲。

极其短暂的一霎之间，梁聿之的脑袋被推开，有猩热的液体溅到他脖颈。

一片混沌中，梁聿之只看到眼前血肉模糊的手。

蒋师傅慌张地惊叫："唐小姐……"

事故发生得太突然，完全出乎意料。

前方有辆失控轿车突然横冲，他已经做出最快反应，急速避让，没料遽然撞到隔离护栏，断掉的一截栏杆从后车窗直插进来，正对的位置是梁聿之那侧座椅，脖颈或是头。

也不知道唐西澄是怎么做到反应那么快的。

那栏杆直接压着她的手背插过去了。

"叫救护车。"梁聿之脸色青白，他衬衣上全是黏腻的血，一手拿外套去包唐西澄的手，一手揽抱她，"唐西澄……"

确认她有意识。看她惨白的脸上冒出冷汗，他声音微颤："别动，西西。"

凌晨两点。

乔逸脚步匆促地赶到急诊手术室外，一眼看到梁聿之靠在墙边，那样子实在不怎么好，衬衫上全是红到刺眼的血迹，冷不丁看过去十分骇人。

他边走边从兜里摸纸巾，过去帮梁聿之擦了下脖颈和脸侧快干掉的血污，几乎能想象当时的现场，也听蒋师傅说，那栏杆当时插过去的位置有多惊险。

就差那么一点儿，梁聿之可能没命。

乔逸最初接到电话时还以为是在跟他开什么愚人节玩笑。

明明就是个挺普通的晚上，两个小时前他们还在一起，那么空旷的路，也不知道那个浑蛋是不是脑子有什么大病，醉酒不知道叫代驾，在大路上乱冲。

"事故已经在处理了，我让蒋师傅留在那儿，那辆失控的车的司机是醉驾。"他努力过了也没能让梁聿之的脸上干净多少，"西西怎么样？进去多久了？"

"没多久。"梁聿之干涩的嘴唇动了下，"刚做好术前准备，不到半个小时，止血带没什么用，她休克呕吐……"他蹙眉，没继续说下去。

乔逸看到他脸色很差，被医院走廊白惨惨的灯光映照一下，更是糟糕。

他这才发觉自己来得着急，什么也没准备，连瓶水都没带。

"来来来，还是坐着等吧。"乔逸拉他坐到旁边椅子上，过去接了杯热水来，给姜瑶发消息，简单讲了情况。

姜瑶那丫头果然还没睡，急得一个电话打了过来。

乔逸走到一边，压低声音交代她："别吵，我告诉你，你过来别开车啊，就你那车技，你一着急什么事都有可能发生，你让司机送……"

一个小时后，姜瑶按乔逸的提醒带了衣服过来。

她神色慌慌张张，一看梁聿之脸上身上那个狼狈样子，被吓到了。

"他没事，你别慌。"乔逸上前，"衣服呢？"

姜瑶忙从包里拿出一件干净的男款衬衣："哥……"

梁聿之看她一眼："你怎么来了？"

姜瑶听他声音有一丝沙哑，脸色也不好，但好像算是冷静下来了，心口稍松了松，小声说："你去洗把脸吧，给你带了衣服，我也给西西带了我的衣服。"她又从包里摸出消毒湿纸巾，"你脸上用这个擦吧。"

乔逸也说："去吧，收拾收拾，你这样子西西一出来就被你吓到。"

在洗手间的镜前站了片刻，梁聿之开了水龙头搓洗双手、脸庞和颈侧，血水不断从洗手盆里快速流下去。

他不受控地反复想起唐西澄血糊糊的左手。

乔逸没见到人出来，过来看，见梁聿之已经换掉那件满是血污的衬衣，在扣扣子，他也走去旁边洗了个手，说："姜瑶那丫头挺担心你，让我来看看。"

"如果她的手废了怎么办？"梁聿之忽然问。

乔逸一愣，转过头，看到面前人的表情。他们一起玩了很多年，梁聿之从来都是那么一副挺冷静的样子，没见过他这样。

"怎么会呢，你想什么呢？"乔逸努力笑了笑，"肯定不会的。搞不好她马上就要出来了，我们快点儿过去。"

他扯梁聿之的手臂。

他们一起出去，回到椅子上坐着。

手术一共进行了快三个小时，唐西澄从麻醉状态苏醒后，被推去病房。

在梁聿之去见医生时，她又睡着了。

乔逸看看病床上那人，平常好好的漂亮姑娘，现在状态实在差，脆弱苍白，算是吃了一遭大苦头。

姜瑶眼睛红红的，看着唐西澄受伤的手被包扎得严严实实。

"西西得多疼啊。"

乔逸捏捏她肩头："你在这儿看着她，我也去听听医生怎么说。"

他走过去，看到医生正给梁聿之看拍出来的片子，仔细讲明情况。

伤处已经缝合止血，唐西澄整体还算稳定，但因为失血过多，所以仍然很虚弱，另外掌骨骨折严重，恢复比较麻烦，需要时间。

乔逸听到这儿稍稍松了口气。没说不能治。

梁聿之在厕所里问他那话的时候，他真是被惊了一下，要是真糟糕到那个程度，无论是唐西澄还是梁聿之都承担不起吧。

也算万幸。

连续几个小时，唐西澄处于睡眠中，病房里的人进进出出她全无知觉，乔逸回去了又过来，还特地安排了个护工，蒋师傅很愧疚地跑来看她，一直对着梁聿之道歉。蒋津语早晨也来了一趟。

唐西澄再次醒来时，病床前只有姜瑶。

起初她有些恍惚，之后难以忽略的疼痛让一切变得清晰。

"西西……"姜瑶凑过来小声地喊她，忍不住握住唐西澄正在输液的右手，"你是不是很疼啊？"

唐西澄眼皮发酸，适应了一下，点点头。

痛感难以形容，像是被重力持续碾压，关于昨晚那瞬间的记忆清晰袭来。

她转头去看疼痛的来源，姜瑶急切地告诉她："会好的，现在先养伤口，伤口好了之后再养骨头。我和我哥都会好好照顾你的。"

唐西澄没回应她，这时候听到姜瑶喊一声"哥"，抬眼看到梁聿之进来。

"西西醒了，你快来。"姜瑶体贴地把位置让出来，走去外面，给他们留空间。

那个身影走过来。

唐西澄的视线与他碰了一下。

梁聿之伸手调整了输液管的流速，然后坐下来，手指探过来轻轻摸她的脸，用很淡的声音说："你的手废了。"

唐西澄目光微顿，直直地看他。

"害怕了？"他嘴角轻扯一下，伏身靠近，眼底有些红，"你傻不傻？"

唐西澄眼睫颤动，梁聿之低下唇，有些用力地亲她的嘴巴，收尾的力道却轻下来，指腹极温柔地蹭了蹭她眉侧伤疤。真想问她，有没有后悔，如果真废掉一只手，会不会后悔？为了我这样，不会后悔吗？也想问她疼不疼？但这显然是废话。

他压抑下繁杂起伏的心绪，最后只说："喝不喝水？"

唐西澄点头。

他一手轻轻托她的脑袋，拿吸管给她喂水。

唐西澄看到他耳侧有一点儿干掉的血迹。

这之后的一整天，唐西澄全程躺在床上，梁聿之喂她喝粥之后，她又开始睡觉，失血之后的身体似乎异常疲倦。有时候恍惚地睁眼，看到那道隐约的身影坐在床边。

一直到深夜，凌晨之后，输液管被拿掉，吃了点儿清淡的，唐西澄稍微有些精神，右手也相对自由，坐起来靠了会儿。不知道是适应了还是错觉，她觉得左手伤口的疼痛减轻了一些。

她拉梁聿之的手，指指柜子上她的手机。

拿到之后，放在被子上，单手操作，解锁之后先回复颜悦，怕她担心，只说这几天不回来住。

往下翻翻看到肖朗，问她怎么没去图书馆。

唐西澄告诉他有点儿事。

没想到肖朗秒回：没什么事吧？有点儿担心你。

唐西澄：没事。

抬眼发现梁聿之正看着她，她打几个字问他：我要住院几天？

"至少五天，等伤口好点儿。"他说，"但你的手要养很久，所以短期内你都不方便回去住，你可以告诉你室友，让她帮你收东西，我会过去拿。"

唐西澄愣了下。

她问：很久是多久？

"医生说一个半月到两个半月。"

她又问：我和你一起住吗？

"不然呢？"

唐西澄看看自己的左手，忽然想到手伤会带来很多不便，比如她的论文还有一点儿没写完。之前都没有意识到。

她没有说话。

梁聿之看着她："你这几天可以想想，有哪些东西需要拿。"

唐西澄还在思考，梁聿之已经将她的手机抽走："现在先休息。"他调节按钮让她躺下去。

隔天仍然输液半天，这之后唐西澄体力恢复很多，除了手疼，下地行动已经没什么问题，但因为手伤需要观察、换药，梁聿之严格遵医嘱，让她住满五天。其间他没去过公司，只在姜瑶和乔逸来的时候回家拿东西。

等到出院那天，梁聿之直接带唐西澄回家里。

唐西澄列了个清单，请颜悦帮忙收拾东西，她需要的并不很多，几本书、电脑、衣服和一些日常用品。颜悦也没觉得多奇怪，眼看着唐西澄住在外面的时间越来越多，已经明白这是快要同居的趋势。

只是心里多少会有点儿惊奇，什么样的人能让唐西澄谈恋爱谈得这么投入。

她刚完成了论文，打算回老家休息一阵，便赶在临走前帮忙整理好，拍了个照片发过来。

颜悦说：可以来拿啦。

等梁聿之开车出了门，唐西澄忽然又想起来漏掉一样，给他发消息：我书桌上那盆窝凤玉也帮我带来。

收到他的回复：嗯，知道，那个杨桃。

唐西澄回：……不是杨桃。

只是长得像。

梁聿之说：还有什么，你再想想，我快到了。

唐西澄答：没有了。

她带着 Kiki 在院子里玩，单手打字还不那么熟练，速度有点儿慢，能少说就少说。

大约过了一刻钟，手机忽然振动，打开一看，是颜悦。

颜悦发来一整排感叹号。

下面连着跳出两条——

你为什么不说你男朋友这么帅？！

唐西澄同学，我郑重地祝你同居快乐。

梁聿之对唐西澄的室友只有一个感觉，挺活泼的，和姜瑶差不多。

他有点儿好奇，她交朋友走的是互补路线吧，明明是那种闷死人的性格，反倒总吸引这个类型的朋友，全靠给人提供绝佳的倾诉体验吗？

而颜悦呢，只在第一眼看到梁聿之时被他的脸和气质震慑了一下，之后因为他主动打招呼，还把手里甜点递过来，说"西西给你的"，她就放开了不少，热情地将收好的行李箱推过来，让他检查有没有漏掉什么。

在梁聿之开箱去看的时候，她给唐西澄发了微信，之后便大胆搭话："西西怎么没跟你一起回来呢，她这几天很忙吗？"

"她手受了点儿外伤，不太方便。"

"啊？"颜悦没想到是这个原因，"不要紧吧，怎么她都没告诉我？"

梁聿之合上行李箱，说："恢复得还行。"

"那拜托你好好照顾她啊。"

看得出来她真的挺关心唐西澄。

梁聿之点头："当然。"

他将行李箱提起来，走去阳台书桌拿那盆"杨桃"，看到旁边的青蛙罐子，便一道拿了，对颜悦说："这个我也带走了。"

"行啊。"颜悦跟过去，"你等会儿，我找个袋子给你装一下吧。"

她找了个闲置的服饰纸袋。

"谢谢。"梁聿之把东西装进去。

颜悦忽然说："对了，我能不能问一下，你是怎么追到西西的？"

这个问题在意料之外，而且不好回答。梁聿之觉得有那么点儿好笑，心道这不应该问她吗？

颜悦也觉得这个问题有些尴尬："你不想说就算了，我就是有点儿好奇。"

梁聿之道："她没和你说过吗？"

颜悦摇头："西西不怎么说这些。"

他淡淡抬眼："没提过我？"

"那当然是提过的！"颜悦记得很清楚，"西西说你挺帅的。"

嗯，还真是她说过的话。

梁聿之很自然地低头笑了一下。

颜悦忽然觉得那个问题没什么好探究的了，唐西澄可能就是个终极颜控，肖朗长得是不错，又干净又阳光，但怎么说呢，反正不是这种腔调——一种高级男人的腔调。

这个表达挺俗烂，但颜悦也想不出更合适的形容，在梁聿之出门后，她在微信里问候了唐西澄的手伤，然后说：我现在能接受你不选择肖朗了。

唐西澄回了个"？"。

颜悦发来一个意味深长的表情包：反正，同居快乐哦。

梁聿之拿到东西之后，开车去公司。他已经快一周没来，手头堆积不少工作，和产研部门开会时，他中途看时间，十一点多了，给唐西澄发消息：孙阿姨到了没？

十几分钟后才收到回复：到了，在做饭。

梁聿之叮嘱：你有什么不方便都请她帮忙，别自己硬撑。

之前嘲笑梁泊青老父亲心态，如今风水轮流转，他竟也到这一步，像家里有个小孩一样，开会还记得她。虽然没到"牵肠挂肚"的程度，但已经是奇特的体验。

梁聿之长这么大就没体会过，他以前谈恋爱时也是极自由潇洒的状态，彼此各有各的生活，没那么强的沉浸感，他很少带女朋友回住所，更不会和谁同居。

他不喜欢羁绊，不喜欢过于稳固不变的东西，他也不相信那些，更不想和谁长期绑缚追求可笑的天长地久。

但他不可能不管唐西澄。

这些天他们始终没谈过那晚的事故，但梁聿之心里无法不去衡量这件事，也很难忘记她流的那么多血，在他怀里痛到浑身发抖的样子。

她性格算不上讨喜，沉闷冷漠，可爱的时候不多，还沟通困难，除长得挺好看之外，好像没多少优点。搁在前几年，是会让他觉得麻烦无趣懒得去接触的类型。

漂亮女人很多，但不是谁都会傻得为他弄到这样惨。

梁聿之不确定自己现在对唐西澄是什么心态。

一场会议开得心不在焉，然而还有一堆文件要签，下午另约了客户，已经是协调过两次才定下的时间。傍晚结束之后，梁聿之没耽搁，直接开车回去。

到家天刚刚擦黑。

他开了门，提着她的箱子进去，屋里没有一点儿声响，只有餐桌岛台那边的灯亮着。

他过去看到饭菜做好了，没动过，而唐西澄在沙发上睡着，以右侧卧的姿势，受伤的左手搁在腿上，原本应该盖在身上的毯子滑落在一旁。

睡着的人闭着眼睛，眉心微微蹙着，好像在梦里并不是很开心。

梁聿之看了会儿，俯身捏捏她的肩膀。

唐西澄睡得不深，立刻就醒了，蒙眬地睁开眼睛。

"怎么睡在这儿呢，也没吃饭？"

唐西澄还没反应过来，这表情看在他眼里有点儿迟钝迷茫，不知怎么就让梁聿之想起那天她手术之后清醒的样子，有些心软，朝她笑了下："总不会你在等我吧？"

唐西澄撑着手肘坐起来，他扶了一把，拿旁边的手机过来。

唐西澄打字解释：孙阿姨做完饭，我让她回去了。你刚回来吗？

梁聿之"嗯"了声，伸手拉她起来："先吃饭。"

他走去餐桌那边，将饭菜都摆出来，拿筷子递给唐西澄。她右手自如，自己吃饭没什么问题，吃完之后什么事也不用做，把碗筷放进洗碗机里的事也由梁聿之来承担。

可以说，唐西澄现在完全是吃白饭的状态。

梁聿之把她的东西拿到楼上卧室，开了箱子给她看，他一样样拿出来，将她的电脑、书和笔袋搁在卧室书桌上，把几套衣服挂进衣帽间，然后是她的米黄色浴巾、一套吊带款的棉质睡衣裤，打开装护肤品的小包，里面瓶瓶罐罐不少，往空荡的洗手台一摆，就有些不一样，生活气息更浓了点儿。

梁聿之显然知道这是对他生活的一种入侵。

大多数亲密关系走到一定阶段，必然至此。但他以前没经历过，有种异样的感觉，并不是排斥，更像是新奇。

尤其是他不小心打开了装着几件内裤的彩虹小袋，被唐西澄一手抢过时，看到她的表情，没忍住笑了。

"嗯……我不是故意的。"他指个抽屉柜给她，"你自己放吧。"

唐西澄被他笑得有些不自在。

她很少这样，大多时候都很镇定，但此刻她和梁聿之一样，都还没适应现下的状况。在这之前，她只有和别人合租的经历，甚至不睡一个房间，维持着很明显的边界感。

并不像现在。

生活的琐碎细节全都在对方面前无保留地摊开，内裤什么颜色，袜子什么花纹，甚至颜悦还在箱子底下替她塞了卫生棉条。

这和之前每周过来睡一趟，临时用这里的毛巾浴袍，换一次性内裤的感觉不同。

"小心点儿手。"

梁聿之看出她不太自在，走去了露台，让她自己收拾这些小物件。

他心里也会觉得神奇，不太理解女孩子的这种羞耻点，明明和他亲密的时候，他要摸要亲，她不躲不闪，只会更投入，却在某些时候又不一样。比如这些天在医院，擦洗身体什么的不让他碰，只肯让乔逸请的那位女护工帮忙。

梁聿之在露台靠了会儿，见唐西澄过来，便将手里没抽完的半截烟压在烟灰缸里，看她拿着那盆"杨桃"，问："放在这儿吗？"

唐西澄点头，把它放在露台边几上。

这里光线好。

梁聿之低头看了看，说："好像又长大了些。"

确实，虽然不明显，但它每天都在长。

"你看到了吧，我帮你把糖罐子也带来了。"梁聿之这时想起那只青蛙了，"原来你也吃咸柠檬糖。"

唐西澄看他一眼，从裙子口袋摸出手机，回答：*挺好吃的啊，后来看到你也吃。*

梁聿之笑了下："什么时候看到的？"

唐西澄回答：*第一次在你车上。*

"是吗？"梁聿之其实记不太清了，那天乔逸爽约，他只能自己去机场接她，因为一些工作上的事，他心情不怎么样，也有些后悔从梁泊青那儿接了个累赘，对她没多少耐心，似乎话都没讲两句。

不知怎么，忽然回想起那天她的样子，好像穿了件毛线裙，挺漂亮的。

唐西澄忽然低头打了行字，把手机抬高，梁聿之低头看了眼——

你那时候是讨厌我的吧？

他顿了一下。

他们当然都记得。

那天，傍晚才到 Z 大，唐西澄去找宿管处更新了门禁卡，走出宿舍楼时，梁聿之正倚在栏杆边讲电话。

她听见了三句。

"送人上学呢。

"嗯……算是亲戚家的小孩。"

"能有什么感觉？"他极淡地笑一声，"话都不会讲的，好没意思。"

他说她好没意思。

梁聿之嘴角扬了扬，低头一笑，竟无端有那么一分心虚："这么记仇吗？"

唐西澄不回答，只仰着脸，黑色的眼睛看着他。

5 月的晚风倏然越过栏杆吹了过来，她颊侧的头发轻轻浮动，梁聿之抬手握起那缕发丝，靠近她耳侧低声说："对不起，西西，我收回那句话。"

唐西澄感觉到了梁聿之对她的态度变化，在那天的意外事故之后。

或者说，在她为他受伤之后。

男女烂事中，多的是这种俗套情节，人人都喜欢对方为自己付出，这种事好像理所当然能推进亲密关系升温。

所谓"爱情"的催化剂。

唐西澄知道情爱能成台阶，能做刀剑。譬如她父亲唐峻，跌入谷底也能重整旗鼓，譬如她母亲杨瑛，半生心血全无所得。

唐西澄没那么自信，也没有丰富的经验。她唯一喜欢过的男人，沉默地喜欢了很多年，什么都没做，他已经走了。

她在梁聿之身上没有太久远的追求，只需要在有限的时间里得到可供短暂挥霍的一点儿感情就行了。但显然这也并不容易，她享受和他身体纠缠，但不擅长其他，他们停滞在那个状态上，直到这个意外。

好像有那么点儿柳暗花明的意思。

唐西澄并不在意梁聿之眼睛里增加的那点儿热度是因为感动还是愧疚，她只关心结果。

她也无师自通地摸到一点儿单薄的技巧，男人喜欢脆弱的、柔软的、依附的，喜欢被偏爱，喜欢做你的独一无二，喜欢你方寸大乱而他游刃有余。

譬如此刻，他在风里温温淡淡地给她道歉，贴住耳朵讲几个字，看她微微偏过头，呼吸变重，壁灯的光照着微红的耳朵，他就挺愉悦，靠在她颈间笑了声，问她洗澡吗？

唐西澄轻轻地点头。

梁聿之的左手伸到她背后，从上衣的下摆探进去，另一只手隔着针织衫薄薄的面料，就这样替她解掉了搭扣。

在唐西澄进浴室时，他就靠在淋浴间的门外，说："要帮忙就敲一下门。"

他提议过让她用浴缸，躺在里面很方便，他可以帮她洗头，被拒绝了。

她要先自己试试。

无端地固执。

隔着一道水汽氤氲的门，整个空间里的声响只有门内的水声。

梁聿之只是靠在那里，没看手机，也没做别的，他觉得自己现在这样像个门神，有点儿滑稽，但也没走出去，短暂的空闲里，他无目的地想了些事情，在医院的那几天，唐西澄多数时间在睡觉，她睡觉的时候很乖，毫无攻击性的模样，常常皱着眉头，有天晚上不知道梦到什么惊醒过来，他去握她的手，她迷蒙睁眼又睡过去，却整晚紧紧地攥着他的手指不放。

也不知道为什么想到这里。

回过神，发现里面的水声停了，然后听到敲门声。

梁聿之开门进去，唐西澄身上裹了条浴巾，指指自己的头发。

"还说不让我帮。"他笑一下，靠近她，"那只手抬起来。"

将淋浴头水量调小，一手捞住她的长发慢慢淋湿，关掉之后按了一泵洗发液揉搓，渐渐有白色泡沫覆满他的手指。

梁聿之的动作很温柔，间隙中垂下眸子，她的脸上挂着薄薄水珠，眼睛潮润干净，漆黑的睫毛也湿漉漉的。她的右手仍然攥着浴巾的上围。

两人在水雾和热气中，对视了一眼。

头顶暖气扇有轻微的风声。

无可避免的暧昧旖旎。

梁聿之心痒了一下，这周他没碰过她。但现在他只能克制，忽然手指往下，点在她鼻尖，留下一点儿白色泡沫。

他露出笑，看见唐西澄也跟着弯起了眼睛。

氛围实在太好。

起初也只是这样闹一下，后来梁聿之帮唐西澄冲干净头发，没忍住托起她的下颔亲了她，就忽然一发不可收拾起来。

她很香，嘴巴里香，身上也是，头发也是。

梁聿之觉得他的自制力降低了。他在唐西澄受伤的情况下这么忍不住，虽然全程都有顾及她的手，但那也很过分。

这种反省是之后的事。

这天很晚才收拾好，躺到床上睡觉时唐西澄已经全无力气。

她觉得很渴，然而在梁聿之拿了水过来时，她就已经睡着了。

梁聿之由此认为她体质有点儿差，过了几天，等她的手伤恢复得更好点儿，才问她："你平常运动吗？"

当然不。

唐西澄不喜欢运动。她知道梁聿之家里有个健身室，他似乎对自己的身体很有要求，经常会早起一小时，然后大汗淋漓地从健身室出来。

很健康的习惯。

但她做不到，她唯一的运动是带 Kiki 在院子里走，而且一般不会超过二十分钟。

所以在梁聿之问"要不要试试"时，她本能地想摇头拒绝，但最后想了下，打字问他：我可以早起带 Kiki 出去散步，你要不要一起？

梁聿之有些意外："我们三个吗？"

唐西澄看着他的眼睛，点头。

果然看到他嘴角扬起一点儿，笑了。

"好啊。"

然而到了隔天早上，被他从床上拉起来时，唐西澄就后悔了，好像给自己挖了个坑。她混混沌沌去洗手间刷了牙，单手洗脸，刚抬起头，被他用手里的毛巾用力擦了把脸。

"好了，换衣服。"

他已经换好，简单的黑色休闲卫衣，唐西澄多看了一眼。她去更衣室穿了件白色长袖，搭一件宽松的长裤。

之后下楼换鞋，她一共有两双鞋在这边，一双单鞋，一双帆布鞋。

她今天穿帆布鞋，梁聿之很自然地给她系鞋带。

出院那天就已经这样做过，前天去医院换药也是，但唐西澄看他蹲在那儿，仍然有一丝不自在，她具备自理能力之后，就没有过这种经历。

梁聿之将 Kiki 的跟随器夹在唐西澄的裤子口袋上，于是 Kiki 一直走在她腿边，他们沿着河边往前，有早起晨跑的人，Kiki 出门永远具备回头率，总有人停下来看它，会夸它"很酷"，问"它能不能跑"，唐西澄会演示一下。

每当这时梁聿之看着她的表情，就有点儿想笑。

像个带孩子出门的骄傲妈妈。

这种散步活动进行了三次之后，周边晨跑的人仿佛都知道了早上会有两个人带只酷爆了的机器狗来散步。

有人跑过去时会说："啊，就是这只机器狗啊。"

大约在出院一周之后，唐西澄手上的伤口才明显愈合，不必再继续去换药，但缝线的疤痕依然需要时间来消退，最麻烦的仍然是骨头，无法受力，就无法正常活动，比如她没法像之前一样双手用电脑打字。

校刊编辑部的活儿可以暂时交给别人，论文却只能自己写。

唐西澄还差个结尾部分。

梁聿之说要帮她写，那显然不行，他甚至不是个文科生，唐西澄没法交给他。后来他有了个折中的提议，让唐西澄用笔写在纸上，每天写一点儿，他帮她敲上去。

于是后来的几天，梁聿之睡前的活动就是当个打字工。

他对着唐西澄的手写稿一句一句敲到文档里，旁边还有某人在监工。

这件事听起来无聊枯燥，但实际上没那么糟糕。

尤其是看她的论文，偶尔揶揄调侃她"大文学家"，看她变脸色，伸手打他，挺有意思。

他觉得住到一起之后，唐西澄没那么坚硬了，连看他的目光都变得软软的。她显然是个慢热的人，大概过了这么久才开始信任他，也慢慢敞开自己。

他们的相处比之前更松弛。

唐西澄对这件事的感受就简单多了，她单纯觉得梁聿之的手长得好看，所以看他修长漂亮的手指在键盘上跳跃也算是个赏心悦目的消遣活动。

正文部分结束后，剩最后的致谢。

这部分比较自由，可长可短，可正经可轻松，很多同学会在这里煽情，也有很多同学会选择搞点儿小幽默，例如"感谢我从来没有出现过的男朋友，让我得以专心完成论文"，或是"感谢二食堂的紫菜包饭、三食堂的麻辣香锅"……

唐西澄写得中规中矩，和别人一样，她也在这里郑重感谢了大学生活中的一些人，有老师，有学姐，也有同学。梁聿之依次敲上去，最后看到后面那句"另外，感谢为这篇论文的撰写提供了巨大帮助的 L 先生"。

梁聿之的手指停下来，点了点那个"L"，偏头看她。

他想，总不至于是梁泊青吧，都一年多不在这儿，难道还会为她的论文提供什么远程指导？

唐西澄假装没注意。

梁聿之直接问："这是谁？"

唐西澄比画了个手语：**不告诉你**。

梁聿之看不明白，问她"什么意思"，表情有点儿凶，非要得到答案的架势。

唐西澄屈服了，伸出一根手指轻轻在他胸口点了下，被拉着手腕拽过去。梁聿之掐着她的脸咬她的嘴巴，松手时已经在笑，他什么也没说，偏过头继续将那句话敲了上去，最后键入一个句点，结束。

他留在她论文的最后一句。

CHAPTER 05

雨夜前的甜

　　5月过掉大半时，唐西澄的论文定稿了，只剩最后一个答辩流程。学院将本科生的答辩安排在月底。唐西澄准备好陈述稿之后，还有一周的空闲。

　　这段时间里姜瑶收到了offer（录取通知书），在朋友圈宣布：终于有学上啦!

　　评论区被祝贺挤满。

　　唐西澄这边能看到乔逸和蒋津语，她也发了"恭喜"，没过一会儿就有群消息推送，姜瑶说要搞个活动放松一下，乔逸第一时间响应，唐西澄去热杯牛奶的工夫，他们俩已经把活动内容和地点都确定了，她把消息拉完没看到梁聿之出现，便退出去私聊问他：姜瑶和乔逸说明天晚上来烧烤，你看到了吗?

　　这种与工作无关的群梁聿之很可能设了屏蔽。她在提醒他。

　　果然他没看到，一刻钟后才回复：没看，你回她吧，可以的。食材我明天准备。

　　唐西澄说：好。

　　对话却没结束，半分钟的安静之后，他又回过来，问她午饭吃了吗?

　　唐西澄答：吃过了。孙阿姨在收拾。你吃了吗?

　　不错，还知道问他了。

　　梁聿之回她：还没，晚点儿。

　　小赵这时拿着报价单来了。

　　梁聿之看看时间，打几个字：我工作了。

　　唐西澄回复：好，那你记得吃饭，拜拜。

小赵把手里东西递过去时，对话框没关掉，小赵很无心瞥到一眼，并不知道与他聊天的是谁，只看到屏幕最上方微信名的位置是那颗橙子。

第二天是周六，因为晚上的烧烤活动，吃完午饭，梁聿之便准备出去采购。唐西澄现在也算了解他，为什么他愿意主动承担这件事，而不叫乔逸或姜瑶顺路好买带来，八成是因为他对食物挑剔讲究，不信任两个对厨房和食材一无所知的人。

他去换衣服，唐西澄也跟过去，问：你要去多久？

梁聿之刚从衣柜里拿了条长裤，侧头看过她的手机，不确定地说："可能两个小时？"

他弯腰开抽屉拿袜子，唐西澄又将手机递过来：我能不能去？

"今天周末，外面人多。"梁聿之看她一眼，意思很清楚，不方便，来来往往的人，万一有个冒失的撞到她。

唐西澄打字：我的手好很多了。

手指已经有点儿灵活了，只是掌部不得力而已。唐西澄抬起左手，甚至动了动指头给他看。

急切证明的姿态有种幼稚的可爱。

梁聿之问她为什么想去。

唐西澄答：我也想出去逛逛，很久没出门了。

"哦。"梁聿之掀眼皮看她，"原来是你想出去玩，并不是想跟我一起。"他说完这句话收回视线，随手从旁边拿了件上衣，语气淡淡的，"我换衣服，你要在这儿？"

唐西澄只好走去外面。

梁聿之换了衣服开门，看到她就在门口，手机举过来，差点儿拍他脸上。

她坚持道：我想和你一起去。

"我以为你想杀人呢。"他逗她逗够了，终于露出了笑，"那你还不换衣服？"她身上穿着早上起来随便换的宽松卫衣，内衣都没穿。

梁聿之靠到墙边，给她让出进门的路。

站门口等了五分钟，唐西澄出来了，她穿了中袖线衫和半身裙，走到他面前背过身，梁聿之替她扣里面胸衣的搭扣。

大概因为线衫是浅色的，她在里面穿了件接近肤色的。

上衣扯起来，流畅的腰线和光洁的一小片背便都清楚可见。

年轻女孩细嫩紧致的皮肉，总是赏心悦目的。

梁聿之有时候觉得自己也挺俗挺下流，比如这样看一眼，脑子里就很难停留在这一点上，不自觉想起她更多的样子。

但手上仍然只做完该做的事，并没在这时候乱碰她。抿着唇将她的上衣拉下来，表情如常地看她进了洗手间。

唐西澄对着镜子画眉毛，梁聿之就靠在门边等她。之前有几次也见过她妆后的样子，都很淡，涂偏日常色的口红，加之她皮肤很好，涂不涂粉也区别不大。他对这些没什么研究，和大部分男人一样停留在通过口红来做判断的水平，也就姜瑶那种夸张的假睫毛让谁都能一眼看出来。

唐西澄懒得抹粉底，眉毛也化得偏清淡，之后涂个口红结束。

外面太阳很大，已经接近夏天，梁聿之找了顶自己的棒球帽，调整了头围，让她戴着。

超市里果然人不少。

唐西澄原本走在梁聿之身后，后来前面跑出几个小孩，他忽然放慢脚步，侧过头把左手递给她。

唐西澄牵上去，直到他们取到推车，手才松开。

挑食材唐西澄没什么经验，她是那种有的吃就吃，没有也可以随便凑合的类型，从来没自己买过菜。

尤其现在他们来的这种精品超市，她看什么都觉得很好，但梁聿之好像有他自己的挑选逻辑。他做这种事也和在星凌工作时一样，唐西澄曾经见过他给市场部的方案提意见，一条一条，清晰有据，是你自己发现不了但他说完之后你会由衷认同的那种。

唐西澄全程看他往推车里放东西，没有任何选择困难的表现。

他们没花多少时间就买完了。

将东西拿到车里，梁聿之看了下时间，说还要去个地方。

等到车子开到了，唐西澄发现居然来了菜市场。

她没去过菜市场，尤其是这么大的菜市场，每个摊位都让人眼花缭乱。比如他们去的这个摊，全是酱料，全世界各地的酱料。本以为梁聿之要买什么特别的菜，结果他要找一种味噌酱。

她问：*所以你来这里就只为了买这个？*

坐上车之后唐西澄反复研究了那瓶酱，忍不住问他：*用其他的酱料区别很大吗？*

"反正不赶时间。"梁聿之靠过来帮她扣安全带，"有最好的选择，为什么要将就？"

看唐西澄不能理解的表情，他笑一下，抬抬眉："你晚上尝尝看，你吃过最好吃的，以后可能也不想吃别的。"

好吧。

等到晚上，唐西澄吃到了涂着那种味噌酱的烤肉，不得不承认，梁聿之这个人，真的很会吃。从他带她去过的饭店、做的菜、选的食材，到他安利的酱料，完全没有踩雷过。

他们把烧烤架摆在院子里，在树上牵了装饰灯，拿几把露营椅，氛围就出来了。

梁聿之备菜，乔逸负责翻烤，她们两个女孩就只负责吃。

唐西澄连吃了两串烤肉之后，想起梁聿之，拿了刚烤好的一串去厨房，他正在洗蔬菜，袖子卷着，手湿漉漉的。

唐西澄递到他嘴边。

他也不客气，就着她的手吃完，问她酱是不是还不错。

唐西澄点头，她没拿手机，比画了个手语：很棒。

等梁聿之这边忙完，唐西澄和姜瑶已经吃到快半饱，两人坐在那儿聊天，也不知道说的什么话题，边讲边笑，毫无障碍。

等唐西澄去洗手间，梁聿之坐过去，问姜瑶："你手语哪儿学的？"

"我大学社团里就学了啊。"姜瑶笑起来，凑近，"怎么啦，是不是觉得我水平很高？来，叫声姜老师，我教你啊。"

梁聿之抬手推开她脑袋："别顺杆爬。"

"行了，不要端着了，为女朋友做个好学生，一点儿也不丢人。"姜瑶眼看唐西澄过来了，遮住嘴巴低声说，"我给你发点儿视频，你先打个基础，晚点儿我来现场考试，过阵子我再给你找专业老师，那么……今年的生日礼物呢，我要一个包，H家的。"

唐西澄走过来，梁聿之起身把那把露营椅让给她，过去和乔逸一起烤蔬菜。

这天晚上烧烤结束之后，大家一起看了电影，结束时都已经凌晨。

乔逸和姜瑶留在这里，占了楼上两间客房，到第二天才离开。

唐西澄的论文答辩排在周三，时间比较早，8:30 到 9:30 那场，梁聿之开车送她去。过程中他也没走，就在 Z 大校园里等她，四处逛了逛，最后回到那栋教学楼前，坐在树下的长凳上。

他离开校园很久了,本科在 S 市读的,虽然学校学科和她都不一样,但印象中本科生的论文答辩没那么严苛,基本是走个过场,他当然不担心唐西澄会过不了答辩,只是她的手没那么灵活,现场文字答辩,打字时可能会疼。

他在意这个。

也由此想到她的求学阶段应该不太容易,有很多别人不会经历的困难,也必然失掉了一些体验和选择,记得梁泊青提过,她失语时还在读小学。

忽然就有些心疼。

唐西澄全然不知梁聿之此刻的心理活动,她很顺利地结束了答辩,老师们很宽容,看过她的 PPT 和陈述稿,并没有问什么刁钻的问题,她的手虽然有点儿疼,但问题不大。

颜悦和她分在一组,在她前面,特意等她一道走。

两个人一起从大楼里出来,一眼看到站在下面台阶处的身影。他今天还要去公司的,所以穿的正装衬衣,黑色的。

颜悦笑着凑到唐西澄耳边说:"他真的好帅哦。"

她们走近了,颜悦打声招呼:"嗨。"

梁聿之朝她点个头,视线落到旁边。

唐西澄舒展眉眼,朝他笑了一下。

颜悦很知趣:"不打扰你们了,我先走,西西,晚点儿再约。"她挥挥手,提着包快步走了。

看她们俩的样子,答辩应该也没什么不顺利。梁聿之便没多问,接过唐西澄的电脑包。

两个人一起走去车上。

唐西澄感觉到他有点儿沉默,觉得奇怪,到了车上想问他,手机还没拿出来,被他拉住手,他也没做什么,只是轻轻地捏了捏她的手指。

他们已经有过很多次亲密,但单纯地拉手这种互动其实很少。

上次出门牵手好像是第一次。

唐西澄看着他的眼睛,想发现点儿什么,但并无所得。他好像就只是想牵一下,过了会儿松开她,发动了汽车。

路上,唐西澄看看窗外,拿出手机打字,等到红灯时给他看:我不想回去,好久没去书店了,我找个书店待着等你下班,可以吗?

"书店?"梁聿之说,"公司楼下就有。"

唐西澄也想起来了,确实有家独立书店,就在大楼的一层。

于是车子直接开过去，从停车场乘电梯上去。唐西澄在这儿上班已经是半年前的事，两个人站在电梯里都觉得场景有点儿熟悉。

唐西澄先笑了一下，梁聿之伸出手指戳她的梨窝："笑什么？"

忽然电梯"叮"一声，停在一楼，好几个人等在外面。

唐西澄快步出去，在电梯关门前回身挥了下手。

她走去书店，进门先点一杯咖啡，然后找到位子坐下，感觉手机在兜里振动，打开看到消息——

中午一起吃饭。

没有拒绝的理由，她说：好。

然而，世事难料，到中午唐西澄爽约了。

梁聿之从楼上下来找她吃饭，在书店里没看到人，以为她去厕所了，发微信过去五分钟都没收到回复，准备打电话，才突然发觉没有她的手机号码，最开始梁泊青就只推了她的微信过来。

她那个情况，平常也不会想到要打电话。

准备找梁泊青的时候，微信消息来了：*抱歉，忘了告诉你，我朋友突然来找我玩。*

梁聿之回复：*什么朋友？你现在在哪儿？*

唐西澄答：*我们在军博。*

唐西澄抬头看了眼邹宇兴奋的身影，继续打字：*你在 S 市见过的，就是我朋友的弟弟，在酒吧那个，他从学校过来的，我陪他玩一下。*

上周邹宇就在微信上找了她，当时以为只是说说，结果他真来了，到了 Z 大门口，才告诉她说进城来了。

唐西澄只好打车过去。

梁聿之知道她说的是谁，酒吧那个鬓毛，他有印象。

唐西澄解释得很清楚，但他的感觉并不好，为那个鬓毛放他鸽子就算了，手还没好乱跑就算了，还走得不声不响，连句交代都没有，算怎么回事，有那么着急吗？

唐西澄又发过来：*下午等他走了，我过来找你。*

梁聿之回复：*随便你。*

唐西澄问：*你生气了吗？*

梁聿之答：*没有，好好陪你的朋友吧。*

唐西澄不知道怎么回了。

邹宇跑过来说："怎么了，西西姐？"

唐西澄摇摇头，收起手机。

一整个下午，小赵都觉得脖子凉飕飕的，他也不知道为什么，老板好像吃过午饭回来心情就不那么晴朗了，处于多云状态，虽然看上去控制得还不错，也没随便迁怒到谁头上，但他就是能明显地感觉到一丝不对劲。

想想今天公司也没什么糟心事，有点儿奇怪。

等到三点多来送材料，见梁聿之在窗口抽烟，好像多云转阴了，离下雨不远的样子。小赵明智地没敢多问，避免撞到枪口上，把门带上就走了。

梁聿之抽完一支烟，回来按了下手机，有新消息，但没有她的。

他是真的有点儿生气了，军博那么好玩吗？沉浸式体验？三个小时抽不出一点儿空吗？还是又带人家去逛别的地方了？是不是还要爬长城爬山？她搞一日游地陪服务呢？

不想管她了，爱怎么样怎么样吧。

就那么巧，唐西澄此时正和邹宇坐在园林的凳子上吃汉堡。

邹宇虽然已经来 B 市快一年了，但因为学校比较偏，进城一趟也不那么轻松，他目前还有不少著名景点没去，今天去的这两个都离唐西澄的学校不远，这才找她一起。

本来还想去另一个景点的，但现在真的有点儿累了，这园子挺大的，走下来把人都走饿了。

邹宇觉得只吃汉堡有点儿过意不去，挪过去说："西西姐，晚上咱们吃点儿好的吧。"想了想，"要不去吃烤鸭？我来 B 市还真没吃过。"

话刚说完，唐西澄的手机响了一下。

点开，只看到一句：*你跟人私奔了吗？*

唐西澄回复了一个问号。

他的头像又跳出来——

位置发给我。

四点半，唐西澄和邹宇在景点大门口见到了梁聿之。唐西澄先看到他，举起右手挥一下，他看到了，径自走过来。唐西澄还在观察他的表情，天生自来熟的邹宇已经友好地打招呼："嗨！"

梁聿之扫他一眼，淡淡点个头，疏离得很。

目光移向唐西澄："不是说要吃饭吗？走吧。"

车子停得很近，没走一会儿就到了。

唐西澄拉开后车门，指了下里面，让邹宇坐进去。等她准备上车时，梁聿之从前面转过头说："西西，坐前面。"

语气温和自然，甚至有一丝隐约的亲昵。

邹宇也发觉了，不像普通朋友嘛。他反应很快，知趣地笑起来："啊对，西西姐，你坐前面去。"还意味明显地向她眨了眨眼睛。

唐西澄坐进副驾。

车子开出去，到了前面路口停下，梁聿之突然问邹宇："你有什么想吃的吗？"

问得邹宇有点儿受宠若惊，他当然不好厚脸皮挑挑拣拣，只说："都行都行，我啥都爱吃。"

梁聿之说："行，那我选地方了。"

唐西澄看着他，然而他的视线并没有落过来。

过了这个路口之后，他开了车载音乐，一路上都没和她交流。

到了吃饭的地方，唐西澄发现是之前来过的，那家设计风格很特别的餐厅。

梁聿之和服务生讲话，邹宇环顾四周，凑到唐西澄身边感叹一句："这里好高大上啊。"

等服务生领他们进房间，邹宇更加确信：这顿饭绝对不便宜。

他这时倒有些不好意思起来，本来唐西澄陪他玩，他要请客的，结果现在有人请了，他还不知道对方是谁。

"西西姐，我怎么称呼他呢，他是你男朋友吧，那我是不是叫姐夫就行？"

这话尾音还没落，梁聿之刚好走进来。

邹宇立马一张笑脸迎上去，梁聿之看他也有那么点儿顺眼了，将手里的饮品单递过去："看看你喝什么。"

邹宇道谢，接过来看。

唐西澄朝梁聿之露出笑，他却不买账，只那么瞥她一眼，脸上几无波澜，没给任何友好互动。

甚至后来他都和邹宇聊起天来，问学什么专业，大学生活怎样。整顿饭下来，他做得没有任何失礼之处，像东道主一样客气地招待了她的朋友，还替邹宇叫好了车，把人送回学校，搞得邹宇十分感动。

唐西澄在回去的路上收到微信：西西姐，你男朋友人真不错，下次我过来玩请你们吃饭。

唐西澄侧过头看一眼那个被夸奖的人，他看起来似乎很专心地开车，视线往前，半分也不偏向她，只是车里一直没人说话，气氛无端紧张。转了个弯过去，车窗降下来一点儿，初夏的凉风吹进来，窒闷感顿时减轻。

过了会儿，唐西澄看到他右手搁到储物格中摸找着什么，那里搁了不少杂物，她将耳机盒拿开，摸到一颗咸柠檬糖，剥开递到他嘴边。

做好了被推开的准备。

但居然没有。

梁聿之侧睁睨她一眼，唇贴着她的手吃了那颗糖。

唐西澄手指上留下一点儿微弱的热度。

那之后的路况极好，他一直单手掌控方向盘。

唐西澄便伸手去握他空闲的右手。

梁聿之没看她。

"我开着车呢，你干吗？"虽然这么说了一句，手却没动，指腹碰到她手上的疤痕，顷刻之间，心里那点儿气也撒不出来了。

跟她计较没意思。

一直到前面红灯，车子停下来，唐西澄才有机会把手机给他看——

对不起，今天是我的错。

"稀奇。"梁聿之说，"原来唐小姐也会认错的吗？"

十足平静的语气，搭配那样凉薄的眼睛，轻易能让人打退堂鼓。他高兴和不高兴，样子十分分明。

他第一次称她"唐小姐"，为了奚落她。唐西澄耐着性子，又朝他笑。

清纯干净的眉目，弯弯月亮一样，确实极易给人好心情，何况她还有那样犯规的梨窝。

在前方红灯跳掉之前，梁聿之欺身过来，惩罚似的吻了她。

唐西澄有点儿理解姜瑶当初说他"吃软不吃硬"，现在看，确实。

她渐渐明白怎样和他相处比较和谐，也并不是很难。

两周之后，唐西澄去医院拍片复查，看骨头的恢复状况，梁聿之特意找了相熟的医生，结果还不错，比预期的状态还要好一些。医生关照要注意避免提重物，其他一些日常小事已经可以自理。

这表示，唐西澄自己住也没什么问题。

从医院回来，又过了几天，她和梁聿之提起这事，过不了多久就要办毕业离校手续了，有很多琐碎的事情，住回去比较方便。

她在这里住了快五十天，只在月初回去拿过一些衣服。

聊起这事时，他们正坐在餐桌旁准备吃早饭，梁聿之听完她的话，淡淡出声："没这么着急吧？"

唐西澄打字发给他：二十号之后有些手续就可以走了。

梁聿之看了眼，说："你要办什么事情，我送你去就好了。这周有什么事情吗？"

唐西澄解释：周三院里要拍毕业照，周五班级聚餐。

"散伙饭？"

唐西澄点头。

"没事，有空的话我送你，没空就让蒋师傅送。"他语气温和，却并不是商量的意思。

唐西澄也不再坚持，敲几个字问他：那我在这儿住到什么时候呢？

梁聿之没立刻回答，手指捏着勺子，低眉搅拌沙拉里的酱汁，绿叶菜的清新和酱料的香气互相裹覆，过了会儿他抬眸，对她说："等你的手好了。"

视线却没就此收回，萦在她眉间，最后落于眉尾那道小小伤疤。

唐西澄看着他漆黑的眼睛，并没费劲去解读那里表露了什么。有短暂的一阵沉默，他将拌好的沙拉推过来："尝尝。"

语气平淡得几无情绪。

唐西澄点头，什么话都不再说，专心吃起东西。

梁聿之吃得比她快一点儿，吃完上楼，没多久下来，衣服已经换过，一边低头往腕上扣手表，一边说："你吃完放这儿，等孙阿姨过来收拾。"

唐西澄转头看他，她的嘴角沾了一点儿沙拉的酱汁，咖啡色的。

隔着餐桌，梁聿之伸手过来，用指腹帮她擦掉，走过去洗手。

唐西澄看他的背影，直到他走回来。

"我走了。"

唐西澄点点头，见他拿了手机走去门口，然而刚到门边又折回来。

以为落了什么东西，结果只是过来亲她，也不管她嘴里刚吃完的沙拉，很有耐心地与她唇齿纠缠了片刻，退开时声音有些低："要是觉得无聊，给我发消息。"

唐西澄的脑袋点了点，梁聿之抬手在她发顶轻轻薅了一下，转身离开。

周三下午，唐西澄回学校拍毕业照。

梁聿之抽不开身，遣了蒋师傅送她。

院里统一租借的学士服，各个班级拍完，再拍大合照，前后一个多小时。6月下旬已经十分热，天气又好，难得能看到湛蓝天空，烈日下每个人的脸都被晒得红彤彤，却没有谁因此不耐烦。

合照结束后，剩下的时间自由拍照，就这么一下午，衣服得还回去，大家散在学校各个角落找景，和同学、室友一起留下大学最后的记录，曾经有过的龃龉似乎都在这个时候消弭了。

梁聿之忙完来接人，唐西澄还没拍完，正和颜悦在图书馆前，班里几个关系不错的女生也在。

她回完他的消息，被人喊过去，大家已经摆好了造型。

唐西澄拿相机帮她们拍。

梁聿之一路走过来，校园里洋溢着浓浓的毕业季氛围，跳蚤市场沿宿舍排开，延伸到食堂门口，一瞬间让人梦回大学时代。要不是因为她，他有生之年还真不一定再看到这种场景。

一直走到图书馆前。

颜悦正在帮唐西澄拍单人照，他没走近，在附近看着。

好一会儿，唐西澄才发现银杏树下的那道身影，也不知道他来了多久。她从草地上起身，理了理学士服的下摆，朝他走过去。

等她到近前，梁聿之低眸瞧了瞧，妆化得不像平常那么淡，也不过分明艳，如星如月的一张脸，穿上学士服，书卷气刚刚好。

"真漂亮。"

他从来没这么直白地夸过她。

唐西澄便受用地笑了下，拿出手机问他：你怎么来了？

本以为是蒋师傅来接。

"事情做完了，有时间。"

唐西澄告诉他：我大概还要待一会儿，要帮颜悦拍。

梁聿之"嗯"了声："不着急，我今天也没什么事做了。"

她打字：好，那你就在那儿等我吧。

唐西澄指指长凳。

梁聿之点头，眼睛里有点儿清淡笑意，走近一步，抬手将她帽子上滑到前面的流苏拨到旁边，手指落下来时，顺便刮掉了她鼻头上的一点儿汗珠。

唐西澄闻到他衬衣上熟悉的淡香水味道，视线落在那张清俊的脸上，想着再说点儿什么，却看见他忽然做了个手语。

不算生疏，也没有不标准，只是他做起来有那么一点儿奇怪和滑稽。

她几乎愣住了两秒。

如果真的有良心这种东西，大概就是在此刻，唐西澄的良心轻微地作祟了一下。

他那句手语是：毕业快乐。

唐西澄心里那点儿异样感觉极细微，像是被某种丝线轻扯了一下，转瞬即逝。但那微怔的表情落入梁聿之眼中。他注视着她："没看明白？"首先怀疑自己的手语不够规范，虽然练习的次数不算少。

唐西澄摇头，抬起手回应了。

然后看到他笑了，唇微微弯起："不用谢。"

看来，并非只学了那一句。

树荫下隐约有些微风，他身上清冽的香味幽幽淡淡飘拂而来，稀释了夏日空气的潮热黏腻。她看过他的香水柜，不知道这是哪一款。像什么呢？

小时候的夏天，折一片荡着露水的荷叶覆上脸的感觉。

扯回短暂偏离的思绪，唐西澄视线落在他紧致清晰的下颌处，打算问他为什么突然学手语，梁聿之下巴点点颜悦的方向："还不过去吗？你同学在等你。"

唐西澄回过头，发现不只颜悦，草坪上拍照的其他人都在看这边，梁聿之今天的衣着风格与校园环境并不相符，他也绝非低调不起眼的长相，想要不引人注目很难。

她再次指指长凳，折身回到草坪。

二十分钟过去，终于结束了，唐西澄将衣服换下来请颜悦帮忙交还。

坐到回去的车上，唐西澄收到颜悦发来的手机拍的一些零散照片，从前往后翻了下，手指停在最后一张，是她和梁聿之，在葱绿的银杏树下，他帮她拨帽子上的穗。

居然被颜悦拍下来了。

颜悦还在那张照片之后发来一个偷笑的表情——

不用谢我。

情侣感绝了，黑衬衣和学士服。

本周的另一件事是散伙饭。对唐西澄来说，这种集体活动，她大多时候是很游离的，大学四年的班级聚餐、春秋游，她参加的次数不少，但通过班级活动联络感情的目的在她身上未达成过，她聚餐就只是吃饭，出游就只是去玩，几年下来，班里和她关系真正算得上亲近的只有室友颜悦，没几个人有那么充沛的耐心来和她深交，她同样也没什么兴致去向谁表露自我。

最后一次的散伙饭仍脱不出寒暄。有人不堪离别泪洒当场，有人回顾往昔推杯换盏，唐西澄全程没多强的沉浸感，只是有个男生在发表感言时提到她，幽默地表示，最遗憾的是大学四年都没敢追她，当年给她写好的情书还存在QQ邮箱的草稿箱中，回头看看幸好没发，文笔真烂。

大家便都笑。

只是个小插曲。

那天对唐西澄来说，更特别一点儿的可能是肖朗的表白。

他已经转专业，散伙饭按理说不必来，但他愿意过来参加，也知道会被拒绝，但仍然在昏黄的路灯下向唐西澄坦承了心意，只向她讨一个拥抱。

梁聿之从车窗看到那个画面，猜到怎么回事。

毕业季的常见情节，烂俗又无意义。

等唐西澄走回来，坐进副驾，他倾身牵过安全带，低头帮她扣上时说了句："散伙饭表白，拒绝之后来个街头拥抱，校园偶像剧统一流程吧。"

唐西澄抬眼，比画：你看过很多校园剧？

梁聿之瞥她："我手语还没这么好。"

唐西澄摸出手机打字。

他看了眼，收回视线，边启动车子边说："我有个朋友，开影视公司，拍一堆这种剧，听他说说足够了解了。"说的是方重远。他没告诉唐西澄，这个朋友你见过。

他眼神凉凉的，话里那点儿傲慢的轻蔑，唐西澄尽数感知到，但她无视。

过了会儿，还是他先开口，打正方向盘之后说："挺好奇，假如有十个八个男生都趁今天跟你表白，那是排队抱过去吗？"

唐西澄侧目看一眼，梁聿之回看过来，再折向前方。

明明已经跳了绿灯，前面那辆车子却停在那儿不知道干吗，他直接鸣笛。

通过路口之后，消停了，转过弯，又堵住了。

唐西澄当他刚刚的问题不存在，拿手机连车载音响，歌单还没点开，又听到一句："为什么不回答？"

唐西澄退出歌单，调出便笺，快速打字，举到他面前——

你的假设没有意义，因为没什么人喜欢我，只有他。

确定他看完了，她的手收回来，切到音乐界面，随手点个歌单开始播放，结果是个助眠白噪音歌单，在淅淅沥沥的雨声中听到旁边人淡声说："并不是只有他。"

待唐西澄看过去，前方忽然通畅，他目不斜视继续开车。

月底最后两天，唐西澄跑完了所有手续，盖了十几个章，领到两本证书。

一切彻底结束，正式走出校园。

她把一应材料送回租住的房子，帮颜悦打包东西，要寄的包裹不少，约快递上门处理，最后收拾完毕，小屋里空掉大半。

好歹住了快一年，颜悦有些舍不得，想起当初她们刚搬进来，热火朝天地装饰这个小家，也倾注了很多感情，但是她读研是回老家，必然要与这座城市告别。

两个女孩在小屋里吃了最后一顿饭，叫的外卖麻辣烫，却仍然吃得很香。

颜悦问唐西澄："你还会在 B 市吗，我以后过来玩这间屋子还在吗？"

唐西澄答：应该吧，我晚点儿应该会在这里找工作。

"那好啊，以后我来找你。"

颜悦下午的飞机，唐西澄送她到楼下，上出租车前，颜悦红着眼睛回身抱了她："西西，很开心认识你啊，虽然我知道我可能也没能真正地走近过你，但是——不许忘了我。"

唐西澄点了头，看着她上车，出租车开走。

她独自在路边站了一会儿。

四点钟，梁聿之过来接她。唐西澄发现他换了辆车，不只如此，他还带了 Kiki。

见她疑惑的眼神，他也不卖关子："上来，带你去玩。"

玩？

她问：玩什么？

"露营。"

唐西澄露出惊讶的表情。

"以前有过吗？"

摇头。她没有过这种经历。

"想去吗？"

想的。她一贯不排斥任何新奇的体验。

但她不解：可是为什么突然露营？

"当作你的毕业活动，可以吗？"他眉梢抬起，"大家都准备好了，在等你。"

唐西澄很快就知道"大家"包括谁了，车子开到半路碰到乔逸，车窗一开，蒋津语和姜瑶朝她挥手，原来是五人活动。

两辆越野一路开去郊外，花了两个小时。

他们的露营地在山顶，没有山下设施完备，但是看星星是最好的。

车子从盘山公路开上去，从车上下来，只觉得空旷自在。

大家从车上往下卸装备，唐西澄终于知道带 Kiki 来干吗，乔逸拿它做搬运小狗，10 多斤的储物箱就往它背上放，而它依然行动敏捷，不愧是最酷的小狗 Kiki。

两个男人承担最重的工作，连续扎三个帐篷，从动作的熟练利落程度可以看出他们的露营经验很丰富。

姜瑶和蒋津语在准备晚餐火锅，支起折叠桌，生好柴火。

而唐西澄负责给充气沙发打气，梁聿之扎好帐篷，她还没打完，他走过来接替她手上的活儿，说一句："有点儿慢。"

唐西澄抬眸看过去，旁边篝火橙红的光映在他脸上，眉眼都好似暖了几分。

他很快将气打满，沙发整个膨起来。

"你试试。"

唐西澄坐下来，承托力很好，她比画手语：很舒服。

沙发挺大，她像个小孩一样陷在里面，梁聿之嘴角扬了扬，手递给她。唐西澄就着他的力气起身。

火锅汤底煮到沸腾，蒋津语招呼他们："来，开饭啦！"

大家过去围桌坐下。

带来的食材装满三个箱子，一打开唐西澄就知道全是梁聿之准备的，他做这种事情十分细致，每样都处理干净，存放整齐，酱料也备全。

乔逸去车上取来红酒，给每人倒了一杯。

"来，碰一下，祝西西毕业快乐。"

篝火跳跃的暖光中，五只酒杯碰到一起。

这顿野外晚餐连续吃了一个多小时，消耗掉大半食材，到最后只剩乔逸和蒋津语还在坚持，边吃边吐槽他们几个战斗力不行。

姜瑶吃完餐后水果，匆匆忙忙跑到树后面打电话，故意压低声音，语气中有些遮不住的欢喜。她最近处于甜蜜的暧昧期，和一个咖啡馆偶遇的男孩碰撞出火花。

唐西澄在沙发上坐了会儿，起身走去另一边，停车的地方。

她绕过去靠在车门上。

过了会儿，梁聿之走过来，递给她一件防风外套。

唐西澄随意地穿上，拉链拉了一半，他伸手帮她拉到顶。

"好看吗？"他靠到她身旁。

唐西澄点头，仰起脸，夜晚的温柔山风迎面而来，她的长发向后飘拂，头顶一片无尽星空，山下灯火茫远。搁在车顶的蓝牙音箱正播放到《醉乡民谣》那首经典插曲 500 Miles。

似乎是有生以来最惬意的时刻。

两人没有交谈，静默地看着星星。

不知过了多久，低低淡淡的声音，随风入耳："西西……"

唐西澄转过脸，看到他在同时侧眸望过来，眼底似有细碎的光漫出。

"我在想，也许我们可以更进一步。"

风将她的一缕发丝吹到脸上，他手指探过来，轻轻拂开："我是说，我想试试做你的男朋友。"

梁聿之没有表白过，以前恋爱要么是别人先说了，要么是自然而然到那一步，双方心知肚明，并不需要一个口头表述来清楚分明地将从前和以后分割定性。他也不在意这些，甚至认为热恋中的人互相给彼此承诺这件事毫无恒久价值，当下的快乐而已，下一秒可能已经变了。

其实同居到现在，他默认和唐西澄的关系已经和恋爱状态无差，认为她应该也有同样的感受，然而她在散伙饭那天晚上的表现，让他隐约意识到，或许对这个年纪的女孩来说，还是需要一点儿仪式感的。

这个念头搁在心里，也没刻意准备什么，而此刻氛围不错，他很自然就说了出来。

话说完，连自己也感到一丝奇异。

眼下情形，似乎和烂俗偶像剧的表白套路没差多少。

直到在唐西澄的脸上看到类似怔然的表情，他问："很意外吗？"

没有得到回答，只借着车顶照明灯的光看到她翕动的眼睫。

然后，她踮脚拽住他防风衣的领口，他低低的一声笑湮灭在侵袭过来的深吻中。

那一秒的风极致温柔。

那天晚上是唐西澄第一次体验睡帐篷。

原本和姜瑶睡一个，后来姜瑶忽然说有事要找津语姐聊聊，便抱着她的小兔枕头去了蒋津语那里。

过了五分钟不到，唐西澄在用平板看电影的时候，梁聿之过来了。

帐篷里悬挂着一盏复古风格的小款照明灯，色温偏暖，是深黄色的。

她从薄被里爬起来，身上穿着他的黑色卫衣，梁聿之下午回去收拾装备的时候，找她的衣服，全是夏装，只能多拿了件自己的卫衣，偏小款，但显然穿在她身上仍然过于宽松，显得本就单薄的身体更有种羸弱感，长发那样松散着垂落，小小白白的一张脸在灯下，令人有种难抑的心动。

唐西澄用手语问他：**你怎么来了？**

"乔小二太烦了。"梁聿之掀开被子坐进来，"你在看什么？"

唐西澄把平板移过来，是几年前的一部西语片《荒蛮故事》，时长两个小时，黑色幽默式的短片集，风格怪异荒诞，她之前看了大半，还剩两个小故事。

他们靠在帐篷里一起看电影，不算宽敞的温暖空间隔绝了深夜的簌簌山风。

到片尾时，梁聿之说："有点儿意思。"

唐西澄也认同。

她还存了个日漫短片，问他还看吗，他点头说可以。

这部就真的很短，风格轻松治愈，没多久结束了，唐西澄将平板放到一旁，摸到瓶装水喝了一口，发现梁聿之在看她。

她将水扔在一旁，比画：**你晚上要睡在这里吗？**

梁聿之看懂了这句话，露出一点儿矜持却又昭彰的笑："这不取决于我。"

唐西澄也笑一下，比画：**那你走啊。**

她提起被子歪过身体，右手腕被一把捏住，继而他的影子罩过来，她身不由己地跌进睡垫，炙热的唇扫到她的耳垂，身上卫衣的领口歪斜，他拨开那里，在她雪白无瑕的肩头咬了一下："你穿着谁的衣服呢，嗯？"

尾音低而哑，压过来的身体紧贴着她。他在她身上轻抬起脸，微微摇曳的柔光里，唐西澄看到他窄长的眼皮翕动，睫毛深黑，微垂的状态，在眼下的皮肤上落了一点儿隐约的阴影。

极内敛克制的一双眼睛。

但他分明已经动情。

却也只是这样看了几秒，而后长腿从她身上滑下来，躺到旁边，略遗憾地拿手臂遮了眼睛。

"就如你的愿吧。"他打算走了，此刻的情状不在预谋之中，他的确没打算在这里和她怎么样的。

他多看她一眼都算得上煎熬。这样子倒像是回到毛头小子的状态，自己也觉得不可思议，决定到外面吹风冷静。然而仍有那么一丝不甘心，伸手扳过她的脸，压着快要喷薄而出的悸动亲了片刻，最后碰碰她濡湿的嘴唇："早点儿睡。"

不急这一时。

他撑肘起身，却被唐西澄按了下来。

那只纤细的手游蛇一样从他的侧腰摸进去。

梁聿之抬手扣住她的手腕，眼眸幽幽看她。

唐西澄伏在他胸膛，低头舔舐他的喉结，同时轻松地挣开了手。

外面遥遥风声仿佛倏然之间止歇，这一方狭小天地里只剩越发浓重的呼吸和似乎从喉腔里溢出的一点儿闷沉低音。

唐西澄亲吻他干燥的唇，看他皱眉，湿热的眼合上又睁开，眼尾微微泛出红色。

唐西澄有点儿疲累地坐在睡垫边缘，手伸在外面。

梁聿之拿瓶装水帮她洗手，揉搓掌心之后，又用清水冲过，抽了纸巾帮她擦干。

"好了。"

唐西澄收回手，躺到被子里面，手机上有姜瑶发来的微信，说不过来睡了，道了声晚安，还附带一个意味不明的表情包。

唐西澄同样回她一声晚安，往内侧个身，却被拦腰搂住。

她扔了手机，任他抱到怀里，脑袋搁在他胸口。

梁聿之腾出一只手熄灭灯，黑暗中亲了亲她的额。

第二天上午，唐西澄本来想着早起看日出，结果两个人都睡晚了，她朦朦胧胧被梁聿之叫起来，拉开帐篷的拉链一看，外面天都已经完全大亮，太阳完整地挂在那儿，与夜晚的风景完全不同，能看到云的天空的确令人心情更加舒畅。

等另外三个人都起来，大家一起吃了顿还算丰盛的早餐，之后就开始干活儿，一箱箱往车上收东西，拆帐篷，最后两辆车开走。

一晚上的惬意与自由都留在记忆里。

梁聿之将唐西澄送回去，洗了个澡去公司，只处理一些必要的事务，傍晚早早返回。

晚餐没让孙阿姨做，他自己处理食材，做了响油鳝糊，算是补了唐西澄没吃上的那次。

吃完饭，唐西澄告诉他要回家。

梁聿之以为她要回租的房子，结果不是，她要回 S 市。

有点儿意外。

"这个时候回去，是要看你外婆吗？还是……你打算回去工作？"忽然才意识到他们没有交流过她毕业后的事。

如果她是打算回那边工作，那代表他们将会异地。

很突然，这个问题他还完全没有料想过。

唐西澄没用手语，打字发给他：不是，我只是回去处理点儿家事。

梁聿之第一反应不是问什么事，他长久以来的界限感首先就制止了这种追问，过去拥有的亲密关系经验让他停留在一条原则上——互不牵涉对方的家庭，他不会问，也不喜欢被问，此刻推己及人地认为她说得这样含糊就是不愿意表露。

他理解也尊重，只问："事情很急？"

唐西澄只答：拖了挺久了，我现在毕业了暂时也没找工作，刚好有空闲。

她继续打字：我想明天走，我已经看了机票。

"这么快？"他说，"要不等周末？我可以陪你。"

她拒绝了：不用啊。我的手已经好了，而且到了那边会有司机接我。

显然，她已经打定主意。

似乎也找不出什么理由反对，沉默了下，梁聿之问她："你什么时候回来？"

她答：还不确定，可能顺利的话也没几天。

"那我明天送你吧。"

她答：好。

很正常顺畅的沟通。

谈完以后，唐西澄上去洗澡，梁聿之将碗筷收到洗碗机里，清洁料理台，他理智上很清楚她只是要回家一趟，合情合理，无比正常的一个小决定，但情绪上不得不承认他有一丝隐约的不适。

或者更恰当地说，是一种近似怅然若失的感觉。

体悟到这一点，让他觉得莫名其妙，从来没有过。

或许是因为同居，两个月的朝夕相处，他毕竟从前没有跟谁这样过。这是一种短期习惯之后的戒断反应，很正常，任何人都会有。

有的人自我意识薄弱，无法克制这种反应，很容易耽溺其中，因此会在亲密关系里表现得像只黏人的小狗，但他不会。厨房收拾干净之后，他的情绪已经正常。

　

唐西澄这趟回去，没收多少东西，只带了必备的衣物和电脑。

第二天早上，梁聿之送她到机场，他们像寻常情侣一样告别。在唐西澄进候机室之前，他们拥抱亲吻，最后叮嘱她照顾好自己，落地报平安。

之后，他回了公司，后来也在正常的时间里收到她的消息，短暂聊天之后，各做各的事，一切都很正常。

他是在当天下班回去之后，停好车，看到院子里空荡荡，没有她也没有Kiki，才后知后觉地认识到，这种微妙的戒断反应，好像比他想的更烦人一点儿，像个幽灵一样，无道理地突然冒出来，在心里冷不丁地刺一下，不疼不痒，只是有点儿空。

他在门口站了会儿，开灯进屋。

洗了澡出来，靠在露台抽烟，看一眼边几上那盆鸾凤玉。

不知怎么，觉得有点儿像她。

沉默的"杨桃"。

几个小时过去了，没有一条消息过来。

唐西澄离开后的第四天，梁聿之差点儿越过自己的界限原则，忍不住想问她"你家里到底有什么破事要办"，就这么忙？好几天了，她主动给他发微信只有寥寥两回。

她什么性子梁聿之现下也了解个七七八八，不指望她像娇娇小女孩一样黏人，实话讲，他也不喜欢那种，但按她这么个联络频率，真异地的话，不出一个月，他们该淡漠到直接分手了。

他心里多少不满，也不高兴频频找她，横竖近几日公司事务繁杂，有批产品瑕疵严重，他着手处理此事，也分掉些注意力。

后来，他真正开始过问唐西澄家里的事情，是源于姜瑶。

那天是晚上，乔逸喊聚聚，梁聿之从公司过去已经很晚，坐在乔逸那儿吃夜宵的空当，姜瑶从楼上下来，手机屏幕往他眼前递："哥你看这是不是西西？"

是别人发到群里的一个八卦帖子，扒的是个新冒头的三四线小演员，叫唐若龄，走黑红路线，上半年刚陷进小三传闻，前两个月上了部新戏，演个颇有特色的女二号，忽然就有了点儿热度，姜瑶追的小明星和她算是对家，矛盾很大，她们群里天天钉着对方扒，不知道从哪个犄角旮旯挖出来的料，说是撕破脸的熟人闺密爆出来的。

"我看着很像啊。"姜瑶手指飞速将贴子下拉，有张糊图，不知道过了几手的照片，像是中学时期的唐西澄，穿着校服，十分青涩。

"这里讲她爸婚内出轨还吸前妻的'血'，她和她弟一路读私立，就那个异母妹妹读公立学校，还说她妹妹残疾。"姜瑶手指的地方，一些字眼落进梁聿之眼里，"哑巴""抑郁症""心理问题"。

后面的姜瑶没再读，文字清清楚楚，虽然混乱，真假不明，但隐约能梳理出不少信息，有一条说到唐若龄的妹妹最近和家里公开翻脸，在争被她父亲代持的股份，好像已经起诉。

最后姜瑶都看气了："如果这都是真的，她们一家也太恶心了吧。"

梁聿之没讲话，他拿姜瑶手机将帖子发到了自己微信上。

晚上回去发消息问她：你家里事情弄得怎么样？

唐西澄回：还在处理。

梁聿之问：是不是不顺利？

过了半分多钟，回过来一个字：嗯。

梁聿之第二天回 S 市，下午落地。

下飞机坐上车，问唐西澄在哪个家里，意思是在她爸爸那个家里，还是她外婆那个家里，来接他的是方重远，边开车边讲："你要查的那些大概要到晚上吧，也太仓促了点儿，晚上咱们在珠珠店里碰头吧。"

这空当，微信消息来了。她告诉他不在家里。

她说：我约了爸爸，现在在路上，晚点儿我来找你吧。

他叫她把位置发过来。

还是很听话的，没一会儿定位发来了，是个咖啡馆，在斯杨总部大厦旁边。

方重远送梁聿之回住处，他回家放了东西，只洗了把脸便开车出门，去唐西澄说的那个咖啡馆。

到了附近停好车，走到小广场，远远看到那家店的招牌，告诉她：我到了，门口等你，谈完找我。

消息发完，站了片刻，往前走近几步，咖啡馆有整面的透明落地玻璃，眼睛掠过去便看到坐在窗边那桌的身影。

他没看她对面的人，只一味地看她。简单的T恤搭配牛仔短裙，细细长长的腿，骨肉匀停。

单从极客观的审美之心出发，那双腿无可挑剔地美，若低俗点儿说……他现在该转过眼去，不要看了。

她是侧后肩朝他，无法看到面部表情。

不知道他们谈得如何。

待梁聿之分出一眼去看对面的男人，发觉那表情不怎么好，已经晚了，没隔几秒，他目光骤然一沉，急步推门进去。

唐西澄被唐峻打了一巴掌。

她拿杨瑛刺激他，也预料到会有什么后果。

四周没坐几个人，隔得挺远的，有寥寥的目光看过来。唐峻脸上怒气难抑，然而那巴掌打出去，看她眼睛红了，却也有一丝后悔，尔后于复杂心绪中分出一点儿心神，辨认突然过来的男人。

梁聿之将唐西澄拉到身后，冷脸朝他："唐总，有什么必要对自己女儿动手？"

唐峻已觉察他眼熟，但纷繁情绪中一时无头绪，脸色同样不好："这与你何干？"

"与我有没有关系，你都不该打她。"梁聿之身体往前一步，被唐西澄拉住。

他回看一眼，隐忍了愤怒，带她出门。

等他们走了，唐峻猛然记了起来，对方是梁懋均的儿子，前年在梁老爷子寿宴上见过的。

坐到车上，梁聿之扳过唐西澄的脸看伤，这情形曾经也有过，那回是她在酒吧敲别人脑袋，他看得一肚子气，表情沉黯："事情搞不定你不知道说？非得我问到你头上，你也就在外面厉害，在我跟前厉害，回个家倒要挨打。"挨自己老子的打。

这话撂了，往上睇一下，见她一双眼已经湿了，想到她手伤成那样都没哭一下，又倏然心疼："哭什么？"

唐西澄隔着半真半假的眼泪看他。

梁聿之手指覆过她的眼睛，缓缓拂过去："好了，不还有我吗？"

将唐西澄送回去，天快黑了。梁聿之赶去和方重远碰头，除他之外，还有位律师朋友，叫赵谦。地方定在一家小酒馆，方重远特意盘下来给他的女友珠珠打发时间。

店刚装修完，内部试营业状态，方重远没事就带熟人过去坐，提提意见。

梁聿之到的时候，另外两人已经在了。

店里也就他们两个。

方重远朝他招手。

待他坐下，一沓纸被推到面前。

"给你查得详细了点儿，我看了下，其实没那么复杂，你先看股权结构。"方重远给他时间看，扭头招呼人送了酒过来。

梁聿之已经看到重点。斯杨有两个大股东——唐峻和钟越，接下来持股相对较高的有三家公司，再后面是一些小股东。而那三家公司中，有两家在他父亲名下，合计持有斯杨 14.2% 的股份。

"隐名股东想要确定股东身份，除了代持协议，还需要经过其他股东半数同意。"赵谦见他抬头，这样说道。

"协议没问题，她母亲之前交由律师保管，因为未成年，那 20% 由她父亲代持。"梁聿之说。

方重远道："唐峻自己加上代持的这部分，和他现在老婆的那 3%，一共 48.1%，他就靠这个稳稳把握斯杨的控制权。"随便争取几个小股东的支持就能超过 51%，何况现在看实际情况，小股东有大半唯他马首是瞻，连梁氏那两家公司也是支持他的。

"按公司章程，即使是特别决议，他也能得到三分之二以上的支持，等于拥有对斯杨的完全控制权。"赵谦说，"也就是说如果没有他配合，很难办。"

"这事搁别人手上确实没那么好办，但偏偏这么巧到聿之这儿了，得亏你们家家大业大，哪儿都能占点儿。"方重远笑了下，"我猜你应该已经想到了，14.2%，多也不多，少也不少，斯杨内部现在矛盾也大，唐峻和钟越不合，以往是以往，以后这 14.2% 给谁可说不定了。"

后面的话不必说，梁聿之同样明白。若是梁氏站到钟越那头，26.4%加上 14.2% 至少能让唐峻的绝对控制权不稳，若是钟越厉害，再拉拢小股东，或是想到办法增持，唐峻能没有危机感吗？

有用的就是这种危机感。

而方重远还提到另一个角度："我看甚至都不必做什么，唐峻如果清楚了你背后是谁，现在心里在打鼓了吧，他是有多短视才要得罪你们梁家？他从前妻手里拿了个斯杨搞到今天，已经算不上业内巨头了，分析利弊，为个家庭内部矛盾，没必要吧。给他女儿一个股东身份，也不影响他们唐家的实际控制权，还不都是姓唐的吗，蛋糕做大了比什么都强，他要没这个脑子，那也没什么好说的了。"

话讲到这儿，事情已非常明晰，他知道梁聿之比他还聪明，怎么会想不到。

"不过，你毕竟没接家里的事，约唐峻谈，如果能请你爸压个场，那就稳了。"方重远掀眼看过去，"我看对你来讲，难的恐怕在这里。"

一个硬脾气的人，几乎没求过家里什么事，现在要为个女人低下骄傲的头颅，不容易吧。

但方重远挺乐见这场面，回去的车上，他问梁聿之："什么时候把人带来见见？我还真好奇了，你那位唐小姐什么样啊，比我的珠珠还好吗，值得你这么火急火燎飞回来？"

梁聿之看他一眼："你对珠珠挺长情啊。"

"是吧，我都觉得我成情圣了。"

"她有什么特别的吗？"

"漂亮啊，你难道不图唐小姐漂亮吗？"

梁聿之笑了，嗯，他当然也图的。

那天下午之后，唐西澄有三天没见到梁聿之，她不清楚他这几天做了什么，唐峻在九号晚上来找她。表面上是带着东西来看外婆，甚至留下吃晚饭，但临走的时候还是暴露了他的目的。

"你跟梁家那个……"他站在玄关看唐西澄，"有多久了？"

唐西澄回答他，说半年。

唐峻沉思了下，温声说："西西，上次是爸爸不好，太冲动了，但你完全否定我对你母亲的感情，是不是也武断了？你母亲的心愿，我自然不会违背，只是你年纪轻，我先前是不放心而已，都是一家人，没必要闹到这地步，是不是？"

唐西澄微微点头。

"过几天，你回家里来吃饭，也请梁……请聿之过来。"

聿之。

唐西澄几乎发笑。

同样是姓梁的，他对梁泊青不屑一顾，换一个就不一样了。

这就是人啊。

唐峻走出去，外面司机已经到了，正在等他。俞欣眉坐在后座，待他坐进来，才开口："你真想好了？"

车子开起来。

唐峻靠到座椅上，语气疲累："我为这事打了西西，想想的确不该。"

俞欣眉并不想听这个，轻细的声音略微着急："我只是觉得奇怪，梁懋均的公子，什么样的女人找不到，为什么偏偏要找西西这样的……"这样一个有缺陷的。

"你想没想过，西西毕竟和正常孩子不同，不是我说话难听，她能不能拿主意，以后是不是被人拿捏都不晓得，梁家什么样的人家，你不会真指望跟人攀上亲家了吧，我怕的是人家意不在你这个女儿。"

"你这意思是梁家派了个儿子过来想吞斯杨？你真以为人家看得上这点儿东西，费这么大劲？梁懋均这么放得下架子，亲自陪儿子来见我？再说了，你以为人家真给了我选择？梁懋均什么手段你没见识过，还没听说过吗？"唐峻叹了口气，"该查的你也查过了。这事也无更好的办法，我这几晚总梦到杨瑛，到底是我对不住她，她留给西西的，就遂她的愿吧，总归在斯杨，西西与我们是一致行动人。"

没听见有什么声响，唐峻转头看去，登时又皱眉："这又是做什么？"

俞欣眉扬手拭泪："你心里总是有她的。"

"怎又绕到这里？"唐峻无奈，却还是缓声安慰，"不一样的，你明明清楚，非要和我闹。"

隔天上午，唐峻请廖秘书来接唐西澄，与她确定了后续程序，代持协议需公开，要拿到半数以上其他股东的同意申明，再提交材料变更工商登记。

一应事情办下来还要点儿时间。

午饭之前，唐西澄离开斯杨大厦，坐车回去。她没让出租车送到门口，有一小段路，栽满梧桐树，树荫茂密，她从那儿走回去。

6月上旬的S市，已经热了起来。

她额上渗出一层薄汗，进院子看到了梁聿之的车，是过年时开的那辆。

她绕去前院，用浇花的水龙头洗手。

大约是听到动静，有人从前门出来了。

唐西澄抬眼，见他立在台阶上，穿着清爽的白衣黑裤。目光叠到一块儿，他拾级而下。唐西澄已洗完了，两手轻轻甩了下，仍湿漉漉的。

梁聿之走了过来，太阳透过院子里的玉兰树在他肩上投下斑驳的光点。旁边一树石榴花开得热烈似火。

"你家的花比我那棵的长得好。"

唐西澄看了看那花，想起他家里那棵石榴树。

梁聿之也过来弯腰开水龙头洗手，他刚吃过东西，手上留了些糖霜，唐西澄俯身帮他卷衬衣袖口，半尺不到的距离是他的侧脸，皮肤的质感很好，他偏白皙，但又不是文弱女气的类型，论皮相骨相，都挑不出错。

他忽然偏过头，唐西澄顿了一下，也没退开，甚至靠近在他嘴巴上亲了一下。

梁聿之嘴角浮出笑，手指拨了下龙头，水声停了。

"胆子这么大吗，不怕你阿婆出来，看到她家小囡在亲别人。"

微低的声音，大约只有他们两个能听到。唐西澄的回应是再次靠近他。

被吮住唇。

他应该是吃过外婆做的某种糕点了，有些甜丝丝的味道。

也仅有几秒，分开的时候撞进他的眼睛里。

"是奖赏吗?"梁聿之微微挑一下眉。

唐西澄笑了笑。

嗯，是奖赏。

吃饭的时候，周姨端出一碗面，说给小梁先生做的，唐西澄才知道今天是梁聿之的生日。他 27 周岁的生日。

是过年来的那次，和外婆聊天，问到他年纪，他讲了一句。

没想到老太太居然记住了。

唐西澄惊讶，梁聿之也惊讶，他其实是记得的，早上姜以慧打过电话，问他晚上回不回去，往年生日都不在这边，姜瑶和乔逸会借这个机会搞点儿庆祝活动，他自己倒没多在意，今年也不打算过。

想不到在这儿吃上了寿面。

唐西澄觉得周姨手艺大概是真不错，他那么挑的人，那碗清汤寡水的阳春面居然也吃个干净。

梁聿之没久留，饭后坐了会儿便开口告辞，外婆让唐西澄送送他。

走到车子旁边，唐西澄问他晚上有空吗？

他登时就笑了，不是平常那种淡淡的笑，看起来过于愉悦，眼睛里仿佛荡着夏日午后的日光，有种炙热感，甚至让唐西澄愣了一下。

尔后他扯她的手腕，将人带到怀里，嘴唇碰碰她的耳后："好遗憾，难得你约我，但是我没空了。"

他傍晚的飞机，要回 B 市，是临时撂了挑子过来的，再不能往后推延。

唐西澄沉默了下，尔后告诉他：*那现在出去吧*。

梁聿之越发想笑："找个钟点房吗？"

唐西澄解释：*……给你挑个礼物。生日礼物。*

梁聿之第一次和女人逛商场，没想到是给自己买礼物。

大约是心情最好的一个生日，他一路都很想笑，某人说挑礼物是真挑礼物，一脸认真，走到哪个店都问他要不要进去看，卖相机的、卖皮带的，甚至是卖黄金首饰的。她想干吗，买婚戒吗？

奇特的脑回路。

但他受用极了，也不说喜欢哪样，就由着她，哪家店都进。

到最后，眼看真要误掉飞机了，才随手指了个门头："要不我挑块手表吧？"

就真的进去看了，也很快挑好，黑色的运动款机械表。

唐西澄看过他之前戴的表，她也认得出品牌，很怀疑他是不是赶时间，随便敷衍一下，拿回去也不会戴。但她没问，既然他选好了，她就结了账，却见他试戴了那表就不摘了，叫人家直接把外包装盒搁进手提袋里。

也许只是在她面前戴戴吧。

唐西澄看了下时间，确实已经不早。梁聿之却还是坚持送她回去。

车子停在她家院子外的路边。他忽然记起过年那时候，他们第一次过夜，她不声不响走掉，后来再见的那天就是在这个位置，这个时间，这辆车里。

那次还没多明晰的感觉，现下却很清楚，舍不得走。

"你办完手续，早点儿回去吧。"他对唐西澄说。后者点了点头。

目光碰了会儿，短暂的缄默。

梁聿之在克制情绪。

"嗯，那你现在可以下车。"他淡淡一笑。

唐西澄有点儿意外，他居然没有要亲的意思，她比画了手语说"再见"，之后下车，绕过车头，却听到声响。

一回身，被拖着手拽过去，推到车门上。他的手垫在她脑后。

　　梁聿之顷刻压过来，几乎是故意去咬她，解掉嗓子里难耐的干痒，唐西澄呼吸仿佛被封住，抬手揪住他袖口的布料，感觉他温柔了一点儿，然而喘息的间隙下巴被掐住，他又径自低头继续。

　　虽然到后半程缓和了不少，但整体仍然算是个殷切又暴烈的吻。

　　唐西澄觉得自己似乎没那么排斥，甚至身体有明显反应。

　　她将原因归结到最近没能纾解的生理需要上。

　　好一会儿，梁聿之才终于放过了她，他深吻过后的脸微微泛着红，贴着她的唇，感受她呼吸跌宕，最后说："别那么吝啬，多给我发点儿消息。"

　　唐西澄看着离她极近的眼睛，点头。

CHAPTER 06
撕毁假面

有唐峻的配合，一切程序都很顺利。

整个过程并没有拖延很久，十来天的时间，工商部门审核通过，斯杨的股权变更登记完成。

拿到股权证书的第二天，唐峻叫唐西澄回家吃饭，她拒绝了，说有事，隔天再过去。

当天中午，唐西澄约见钟越，直到傍晚从钟越家里离开。

坐上出租车时，手机进来一条消息。

她总是第一时间看他的头像，真喜欢那个消波块。

对话框里新来的那条，问她明天回去吗。

唐西澄敲了几个字：后天吧。

明天是工作日的末尾，周五。后天周六。

梁聿之退出聊天框，开始看机票，没什么原因，纯粹周五下午他有空，提前一天回去，就当接她回来。

唐西澄第二天睡到中午还没起来，周姨上来叫她，还以为她生病了，结果真的就只是在睡觉，也就随她去了。

午饭也直接睡了过去。

一点多钟，唐西澄从床上爬起来，洗漱穿衣，下楼见外婆和周姨都在厨房，做那种好吃的宽片糕。上一次做还是过年。

周姨歇下来，煮了碗面，唐西澄吃完，过去帮忙碾碎榛子、核桃仁，外婆讲究，不愿意用新式的破壁机，厨房里一直有个老式石舂，唐西澄用得不熟练，慢吞吞弄了好久，才有油汁出来。

做糕点的整个程序真是麻烦。

唐西澄想着她是不高兴做这种东西的，再喜欢吃也不行。

一直到下午三点多，才算蒸熟了第一锅。

唐西澄吃了很多，告诉外婆，晚上她回唐家，不要等她吃晚饭。

从厨房走出去，过了会儿又进来，打了行字给周姨看。

周姨惊讶地看看唐西澄，转头对灶边忙碌的老太太讲："西西讲送您回老家看看亲戚好不好？"

老太太几乎愣了一下，回过头看唐西澄，苍老的布满皱纹的眼睛红了起来。

唐西澄朝外婆笑了笑，用手语说：等空了可以收拣东西了，这两天我来安排。

三点一刻，梁聿之落地。司机已经提前把车开过去等，他没回自己住处，直接去找唐西澄，到她家刚过四点。

周姨来开的门，惊讶得很，看他风尘仆仆、面带疲倦的样子，问他是从哪里过来，不是上周走了吗，这是从 B 市回的吧？

他笑笑答一句"是的"。

"热坏了吧，快进来。"周姨颇受感动，心道这小梁先生真有心，但凡回来一趟总记得来看老太太。

梁聿之随她往里走，没看到唐西澄，只见茶厅里摊了一地的东西，有些旧书、相册，还有些盒装的工艺品、木雕之类的，老太太正戴着老花镜在那儿翻拣，抬眼一看，笑着喊"是聿之呀"，叫他过去坐。

"您这是在忙什么？"他坐到旁边一张矮凳上。

周姨倒了茶水过来，随口回答："西西讲要送老太太去老家，趁着这收拾的工夫，把旧东西理一理，不必要留的也要扔一些，有些老物件，老太太恐怕还想带回家去。"

"怎么没看到西西？"他喝口水问一句。

"去她爸爸家里了，在那边吃晚饭。"

还真不巧。

梁聿之放下杯子，弯腰对外婆说："我帮您的忙。"

他将手边一些旧书抬掇过来，每本让老太太过目，按她的意思搁在旁边叠放好。周姨也蹲在边上，东西实在是多，旧书收得差不多，摸到两本练习册，初中生的。

外婆也认出来，笑着讲："西西的，小囡东西瞎放。"

梁聿之见那发黄的封面上写着她的名字，挺好看的字，他颇有兴趣地往后翻几页，都是红色对钩，看来那时候她是有好好学习的。

将这练习册放好，听旁边周姨说："这样老的照片也有。"

他侧过头，见她们在看相册。

老太太笑："那年泊青头一回同西西照相，老杨照的，看西西那样不高兴……到后头几年，越照越欢喜。"她讲着，将相册挪过去，"你泊青小叔。"

梁聿之接过来，看到第一张，唐西澄十几岁的样子，个头到梁泊青胸口，小小一张脸，短头发，眉蹙着，淡红的唇抿得很紧，确实是不高兴的。

往后翻，每年都在这院子里，蜡梅旁边。

她的头发变长，微蹙的眉渐渐舒展，紧抿的唇也越发放松，到后面两张，并不是正面朝镜头，她侧了一点儿脸，看着梁泊青，被风吹起的长发和她的笑容一起被定格在照片里。

那样的笑，梁聿之没见过，明明羞涩，眼睛里却漾着亮晶晶的光。

无端地，那光令他觉得刺眼。

看了片刻，他合上相册搁到一旁。

周姨翻到一本素描本，正给老太太看："西西画画的本子，这后半本都是梁先生……"

"西西就爱画他，念初一时报名美术比赛，泊青当她模特，三个小时不动的呀，老杨讲他傻子。"

周姨笑出来："是梁先生能做出来的事，我看他就老实的，这样子教书学生还不爬头上去。"

"学生怕是不会，也只有我们家里西西给他大苦头受了。"

两人边讲边笑。

等那画本搁到边上，梁聿之拿到手里翻开，一直翻完，放回原处。

忙到五点多，将那摆东西理好，洗过手，老太太想起来招呼客人："有新做的宽片糕呀。"喊周姨盛来，拿给梁聿之。

他似乎反应了一下，抬手接了。

"上回就想你尝尝，看看合不合口，西西爱吃，每回吃掉一盘。"

梁聿之咬了一口，很甜的味道，他不喜欢，但还是吃完。

外婆又递去第二块，也没拒绝。

最后，整盘都吃完了，外婆以为他很爱吃，喊周姨把剩下的拿保鲜盒子装起来，说让他临走时带着。

等到那盒宽片糕装好，周姨张罗着做晚饭，他才想起来告辞，老太太留了几句，见他不出声，便送至门口，将糕点塞入他手里，叮嘱"开车子当心"。

出门坐进车里，手机突兀地振动，有消息进来。

梁聿之无端恼火，皱着眉解锁屏幕，聊天框跳出一串文字——

据斯杨公告，公司控股股东唐西澄拟将其持有的全部股份（占本协议签署时公司总股本20%）所对应的表决权、提案权等股东权利，独家且不可撤销地委托给股东钟越行使，委托期限为协议生效之日起四十八个月，双方签署了一致行动协议。股东钟越已于今日提请召开股东大会，斯杨控制权或变更。

方重远接着发来下一条：你的唐小姐挺厉害啊。

六点半。

唐西澄在唐家二楼的卧室，她以前住过的房间。她将抽屉里的东西拣了几样出来，有两个相框，是她和杨瑛的照片，另有一块旧手表，全都扔进包里。

还未出房门，已经听到楼下的声音。

她提着包，沿着楼梯往下，映入眼帘的是下面厅里的人暴怒的脸。

还剩两级台阶时，一道身影冲过来将她拽下去，在那巴掌要甩下来之前，唐西澄用力挣开了。沙发那边，保姆被这场景吓住，不敢出声。

唐峻被搡得倒退一步，俞欣眉扶住他。

"你告诉我，钟越给你许诺了什么？"唐峻脸色铁青，形容难看至极，几乎朝唐西澄吼叫，"你还是不是我唐峻的女儿？"

"你配做父亲吗？"唐西澄欣赏地看着他此刻的脸。

"你……"

俞欣眉面上陡然变色。

唐西澄却只看着唐峻那张失了血色的青白的脸。

"你明明已经……从什么时候开始？你到底为什么这样？"他的表情昭示他是切切实实地惊怒、不解。

"我只是为了提醒你，也提醒我自己，你们让我经历了什么。"唐西澄看着他，"你没资格质问我，也不配知道答案。"

唐西澄再也不看他，往外走，一直走出门。

有人追了出来。

"唐西澄，是谁教你做这些？你早都预谋好了对不对？"

"真厉害啊，对自己都这么狠得起来。"俞欣眉冷笑，"连梁家那位也拿来算计了吧，杨瑛可比你差远了，你小小年纪，这么卑劣，这么不择手段，就不怕报应吗？"

"这话你最没资格说。"唐西澄全无表情，"你们不卑劣，你们道德底线高，唐峻能得到斯杨？你能进唐家？你能在斯杨有那3%的股份？真有报应，你们两个都活不到今天，真有报应，被车撞的就该是你们的儿女。"

唐西澄觉得自己像被困在狭小的瓶子里很多年，到今天这个瓶子炸掉了，她得以释放，所有的戾气和阴暗全都膨胀放大，无所顾忌，畅快淋漓。

俞欣眉气到失控："你把斯杨交给别人，你不怕杨瑛死了都不安吗？"

"那等你下去了，你去告诉她吧，她要是知道我做了什么，不替我鼓掌她都不配做我妈。"唐西澄撂下最后一句，"回去哭吧，不奉陪了。"

她朝院子外面走，迈出大门的那一刻，脚步倏然顿住。

那片茂密蔷薇旁，立着一道身影。

对视的第一眼，梁聿之直直地看着她，他的眼睛里没什么内容。

良久的沉寂。

天刚刚擦黑的傍晚，没有一丝风，难以忍受地闷燥。

"不是会说话吗？"过分平静的声音，"不必继续在我这儿装哑巴吧？"

看起来仍是冷静自持的。他没有怒不可遏。

唐西澄站在原地未动，她依然陷在上一刻未平复的情绪里。

梁聿之忽然走近一步。

"你没选梁泊青，是因为他有女朋友你无从下手，还是觉得，在梁家他一个私生的不如我有话语权？又或者是……"停顿半秒，他低眉笑了下，再抬眼时眸光森寒，出口的每个字都冷了几度，"你爱他爱到舍不得利用？"

他眼神里透着薄薄的嘲讽。

唐西澄顿了一下，说："我没有要求你做过什么。"

听起来轻描淡写得过分。

梁聿之的唇闭紧，薄如刀锋，整张脸到这时才彻底地冷了。

没告诉过她，他想象过如果会说话她的声音是怎样，一定很好听，事实上的确好听，然而他说的第一句话像蜇人的毒刺。

他想问问她，你原本打算怎么处理我呢，是继续装作喜欢我，回到B市继续和我纠缠，还是已经用完可以丢掉了？

她的眼神就是明明白白地欺侮人，她什么话也没说，但已告知了一切。

这两种结果没什么区别。

"你没其他的话要说？"

"对不起。"

片刻的沉默。

梁聿之唇瓣翕张，淡漠地说："不必对不起。你也不容易，花那么多时间同我虚与委蛇，还差点儿搭进一只手，这代价超出你预期了吧……"他扯扯唇，笑了，"何必呢，对我而言不过是举手之劳，你长得也不错，直白地来告诉我你拿什么交换，很寻常的事，甚至是任何其他女人也都一样，我未必……"

未必不会同意。

几个字抵在喉间，仿似吞进火炭，炙烤他的自尊，也昭示他的自欺欺人。

他别开脸，一瞬间眼里的颓唐几乎遮掩不住。

不想再讲。

毫无意义，只会令耻辱加倍。

不过就是被毒蛇咬了一口，疼得切齿拊心又怎样，指望能向毒蛇讨到什么说法？

他觉得前所未有地滑稽可笑。

车子呼啸而过，并不是朝市区方向。

车外房屋、树木、高草一路急速后退。

疾驰许久，突然急速刹车，猛地停住。

车门打开，那道身影出来，走到路边呕吐，半晌，扶着树站直，解下腕上手表，扔进旁边水沟。

八点钟，邹嘉加完班，从公司离开，走到楼下看到靠在旁边墙上的人。

她认出来："西西？"

唐西澄朝她走过去，到近前，脱力一般地伸手抱住她。

邹嘉一愣："怎么了？"

忽然感觉肩颈湿热。

唐西澄脸颊贴着她的身体，邹嘉听到低低的一点儿声音："好开心……"

橘色火焰温柔地跳动，灶上的绿色小锅里，面饼在沸腾的热水中软开，咕嘟咕嘟的声响给予这样疲累的深夜一分含蓄熨帖的幸福感。

邹嘉熟练地切一捧白菜，往里磕两个鸡蛋。

香气四溢。

厨房延伸出去的一个狭小阳台，不到两平方米，未封窗，装了开放式的半截护栏。

唐西澄靠在那栏杆上，晚风徐徐入怀。

楼下树影幢幢，路灯似明珠一般隐藏其中，发出薄薄的美好的光，视野更渺远之处有无限斑斓热烈的灯火。

是S市流光溢彩的晚上，然而她从来没有这么认真看过。

"真美啊。"唐西澄由衷地说。

邹嘉关了火，走过来，陪她看了一会儿，轻轻拍她肩膀："去吃面。"

唐西澄真的饿了，虽然下午她吃了许多宽片糕，但还是将整碗面都吃完，觉得自己终于恢复了一点儿能量，头脑莫名其妙地亢奋起来。她告诉邹嘉："想出去玩，想喝酒，想做很多事。"

邹嘉笑了下，目光温柔地摸摸她的脸："但是你看起来很累啊西西，睡觉吧，你还有很多时间。"

唐西澄点点头："那我洗澡吧。"

这个澡洗得很快乐，站在浴室里，唐西澄几乎沉溺于热水兜头淋下的感觉，仿佛整个人连同血液都被冲刷置换一遍，自此拥有无边的轻松和自由，大约二十分钟后她关掉水，抹了抹潮漉的眼睛，擦干头发和身体。

邹嘉已经换过次卧的被子，唐西澄进去看到是淡绿色的空调被。她躺到床上，邹嘉找到空调的遥控器过来帮她调好温度，然后放到床头柜上。

在邹嘉走到门口时，唐西澄忽然问："你会觉得我很坏吗？"

邹嘉伫步，回首看她，笑了笑说："你知道答案。早点儿睡。"

她带上门离开。

唐西澄当然知道，邹嘉对她的基础态度一直是接纳，这应该是出于最早期的职业病。

第二天上午唐西澄回到家，外婆和周姨已经吃过早饭，都以为她昨天住在唐家，没多问。

周姨一边给她拿鞋子，一边告诉她已经把东西都理好，随时可以动身，又说多亏昨天小梁先生过来看老太太，也帮了忙，三个人手脚更快些。

等唐西澄换鞋进去厅里，看见她以前的练习册、画本，还有本英文词典，商务印书馆出的旧版，梁泊青买的。

他那时候送给她的东西太多了，很多书和文具，甚至那种课外练习题他也买过不少，总归是和学习有关的。她当时并不珍惜，用完就随手放。

外婆絮叨着对唐西澄讲只有几样老物件想要带回老家交给她姨外婆，另外，那本相册她要带在手边，那里头人全得很，老杨、阿瑛、西西、泊青，该有的都有，活一天少一天的，带身边保险点儿，想谁都能看看。又指单独拣出来的那几样，叫她自己收着，不要瞎放。

唐西澄点点头，没说话，她口渴，去倒水喝。

外婆又像想起什么，过来讲那宽片糕已经没有了，她若还想吃，那今天再做两锅。话说到这里，周姨笑着补充："那小梁先生同你一样，也好爱吃的，不比你吃得少，剩下那点儿老太太都给他拣了带回去。"

唐西澄的右手微微晃了一下，有点儿凉水落到手背上。她默然站了两秒，拿纸巾擦掉，捏着马克杯将那杯水喝完，抿了抿唇，抬头："阿婆。"

老太太被这久违的一声喊得愣了一下，难以相信。

周姨先叫了出来："啊呀，西西这是……"

看到外婆开始淌眼泪，唐西澄放下杯子拥抱她佝偻颤抖的身体，怕她太过激动受不住，安抚了两句。周姨在一旁惊喜交加，眼眶泛红："这多好啊，老太太，这太好了。"

好一会儿，唐西澄松开外婆，扶她去沙发坐下，外婆拿手绢揩眼泪，却还是止不住，百感交集："老杨晓得……他也放心了，我到下头，也好同他有个交代。"

足足有半个多小时，外婆的情绪才慢慢平复下来，问唐西澄："同泊青讲了没有？也叫他高兴高兴。"

唐西澄低头说："等他回来自然就知道了。"

外婆觉得也是，又算算日子："泊青上回电话里讲，月底差不多，个么（那）也快了。"

当天下午，唐西澄约了司机郑师傅过来，商量送外婆回老家的事。

郑师傅知道她能说话了，也很高兴，他个性憨厚不太言语，只咧嘴一连讲了两句"真好、真好"。

S 市到 X 市，车程有三个多小时，郑师傅看了看她们收好的行李，建议租一辆更宽敞的七座车，再加上老太太年纪大，太早出发不行，太晚到达也不行，建议就明天吃了早饭动身，到了地方还能有些时间收拾规整。

就这么定下。

这天晚上，唐峻打来两个电话，唐西澄直接拒接来电。

隔天早上，郑师傅早饭后过来，将一应行李搬到车上，等三人坐稳，车子出发。

从市区一路开出去，过了立交桥，走高速。

外婆贴着车窗望了一会儿，种种情绪交织，握着唐西澄的手讲当年知道她车祸，来S市的一路怎样失魂落魄，没想到那一趟过来，就这么住了十二年，早前老杨在，寒暑假还带唐西澄一道回去探亲小住，后来这些年就只在梦里回去过了。

唐西澄默默听着，直到外婆睡着。她摸出手机看时间，屏幕上有微信消息提示，点开看到是班级群的消息，有人艾特了全体，所以有提示，她顺手下滑，把之前没读的几条消息也看了，姜瑶昨天上午在小群里分享了一个夏日漂流攻略，艾特了她和梁聿之，说等他们回去约。

只有乔逸回了个表情包。

唐西澄点进去看完了那个攻略，摁灭屏幕，后背贴到座椅上，看向窗外变幻不止的风景。

从周五晚上开始，方重远就没联系上梁聿之，到周六下午给陆铭打电话："你哥什么情况啊？人丢了？"

陆铭刚通宵完，这会儿睡得迷迷糊糊，不知身在何处："什么什么情况啊……你说谁，哪个哥？"

"梁聿之啊。"方重远无语，"你还有几个哥，他昨天回来了，还是落地的时候联络了一下，后来就不回消息了，我打过电话，没接，你去看看吧。"

陆铭真真一头雾水，他甚至不知道梁聿之回S市的事："他那么大人，能有什么事啊，回来就回来了呗。"

"叫你去你就去，哪儿那么多废话。"方重远不耐烦，"赶紧的，我要不是这会儿还在岛上，也烦不着你。"

陆铭只好不情不愿爬起来，拣了两件衣服穿上，洗了把脸捞起车钥匙出门。

他也不知道梁聿之住哪边，直接去淮海路碰运气。

敲门敲了好半天，没反应，心想这趟白跑。

扭头要走的时候，有了声响，门打开了。

陆铭张嘴一顿输出："你什么情况啊？干吗不回消息不接电话的，多大年纪了学什么中二小年轻玩断联搞失踪？这是你的戏份吗？弄得重远找到我头上，扰人清梦！"

梁聿之被他吵得头更疼了，准备关门，陆铭一把挤了进去："干吗，这么不欢迎我？"

进屋陆铭才发现不对，盯着梁聿之脖子看了看："你过敏啦？吃什么了这是，这回怎么这么严重？"那疹子出得着实吓人，再抬头见他头发蓬乱，脸色也挺差，泛没什么精神的那种白。

"你没事吧？"陆铭这才关心起来，"你吃过敏药没？"

没吃。没药。

但梁聿之懒得跟他说，答了句"吃了"，嗓子是哑的："你还有事吗，没事走吧。"

陆铭没有要走的意思，看看屋里："你吃药还喝酒啊？不想活了吧。"

"关你什么事。"梁聿之不耐烦。

陆铭伸手摸他脑门："你没发烧吧，火气这么大。"

他们一起长大，梁聿之小时候一生病发烧就脾气大，不爱理人，谁多说几句他就烦，他嫌人家吵得他耳朵疼，巴不得谁都别去管他，偏偏大家都拿他当宝贝，都围着照顾他，陆铭每到这时候就坏嘴说他不知好赖，烧死拉倒。

梁聿之格开他的手，要推他出门。陆铭也被气到，真是江山易改本性难移，还是这么一副讨人厌的样子，但眼下看他那状态实在是不怎么好，多少顾念几分兄弟情，懒得跟他计较了。

"行了行了，我不吵你，你去休息，我给你收收屋子，弄点儿吃的总行吧？"他绕开梁聿之，走去岛台那边，"你要是没吃药赶紧吃，过敏严重了能死人的你知道吧，梁家可就你这么个孙子，你要死了，我可是躺赢啊，外公的财产我又能多分一份了。"

"你现在吵死我正好，全分给你。"

头疼得厉害，梁聿之冷脸回了一句，没什么心神跟他继续废话，转身进了卧室。

陆铭真心觉得他有毛病。

"我惹你什么了？我上赶着给你做饭，真是贱的我。"

嘴里骂归骂，却还是过去把窗帘拉开，收起摊在那儿的酒瓶，陆铭最大的优点就是心大不记仇。别管梁聿之性格多差，多气人，他总归能在最生气的时候缓和下来，想想这人的那点儿好，再继续跟他做兄弟。

说起来，要追溯到初中。陆铭那时候很浑，那个年纪正处于叛逆期，是迫切想彰显自己力量的时候，他在台球馆跟人起冲突，一言不合就动手，梁聿之来找他，人家正好拿台球杆砸过来，梁聿之替他挡了，结果是脑震荡，后脑勺缝了六针。

第二天他被拎过去给梁聿之道歉，那天一堆人在，没几个给他好脸色，他只记得他爸妈嘴巴没合过，二人紧密合作，轮番上阵，也不知道是真的教训他还是骂给谁听。后来是梁聿之从床上霍然爬起来，脑袋还缠着一圈纱布，白着一张脸说："是我自己愿意的，你们能不能别骂他了，吵死了。"

这就是陆铭永远没法真跟他记仇的原因。

梁聿之在床上混混沌沌睡了一觉，身上痒得难以忍受，他傍晚爬起来，去浴室冲澡，稍微舒服了点儿，走出去看到陆铭坐在他的沙发上吃薯片，开着投影看电视。

真当自己家了。

见他过来，陆铭耸耸肩："这没台词，不吵你吧。"指指桌上，"过敏药，我买回来了，赶紧吃吧，吃完咱们吃饭，饿死了，这薯片根本不管饱。"

"看多少年了，不腻吗？"

指的是正在播放的《猫和老鼠》，杰瑞正从水壶里爬出来。

"我是个长情的人。"陆铭按了暂停，起身去热菜。

梁聿之吃了药，走过去看了眼，无语："你叫外卖就叫外卖，换个盘子装是想骗谁？"

"那你总不能真指望我给你整一桌吧，我能煮个饭不错了，你这么挑剔，我不换个盘子，那塑料的包装盒你能有食欲啊？"

他把盛好的饭递过来。

等菜热好，兄弟俩各坐一侧。

陆铭是真饿了，他上一顿正经饭还是昨天晚上吃的，这会儿直接干了半碗饭才抬头看梁聿之："这家口味还真不错啊，你多吃点儿。"

菜确实不算难吃，但梁聿之胃口不佳，潦草吃了点儿就搁下筷子，倒了杯水喝。手机在沙发上振动，他走过去接电话。

是公事，小赵向他确认周一的连线采访时间："10:30 到 11:00，梁总这个时间可以的吧？"

"嗯。"他应了一声。

"那机票现在要先帮您订好吗？"小赵试探着问，他听出来电话那头的人情绪不是很高，也不是很确定老板跑 S 市是因为什么事，照例询问一句。

"我自己来吧。"

"好的，梁总，对方传过来了采访的问题提纲，那我等会儿发您邮箱？"

"好。"

梁聿之在沙发上坐下来。

十多分钟的时间，处理了未读的那些新邮件。有微信消息推送，他手指停顿一下，点进去，满屏未读红点，只有最上面那只独角小鹿的右上角是空白的。

依次看完新消息，寥寥回复几条，手指下滑，点进姜瑶的小群，看到那条漂流攻略，视线停在"@xx"，片刻之后，退了出去。

回到列表最上方，手指贴紧，左滑，三个选项"标为未读""不显示""删除"。

他点了"删除"，有确认项"删除该聊天"。

手指停留在那里很久，某种隐秘而持续的钝痛无声蔓延，在一瞬间尖锐到难以抑制。突然跳出的来电遮蔽了那几个字，屏幕出现姜瑶的名字。

"哥，原来我找的那个手语老师和你住得很近欸，他愿意每周上门的，我马上把他推给你哦，你快点儿通过一下。"

电话挂掉。

他删掉了那颗橙子。

梁聿之不知道陆铭那张嘴怎么描述的，第二天方重远找他："听说你现在生无可恋啊，出来坐坐？"

他回："算了，下午走了。"

"这不还早吗，下回还不知道什么时候回来，聊聊吧，我还有点儿正事要说。"

还是上次的地方，珠珠的小酒馆。

方重远坐了半个小时，才等到姗姗来迟的人。梁聿之穿得极简单，方重远怀疑他根本没换出门的衣服，上身那件灰色 T 恤是明显的家居款，得亏他那衣架子身材，穿出来还有几分随性自然的风格，没过分寒碜。

仍然坐在先前的位子，那次是为那位唐小姐的事，今天是不是为她，方重远不确定，看他皮肤上仍然清晰可见的红疹，说："我看你这体质真是老天爷看不惯，给你一个弱点，一不顺心就得折磨你一回。"

他喊珠珠倒杯白开水来，之后先讲正事，他有个学弟硕士毕业，马上要回国："和你同一个方向，看看你公司还有没有合适的位置。"

"研发岗还有空缺。"

"那我让他先给你发简历吧。"

梁聿之应了声："嗯。"手机搁在桌上，他身体往后靠，清瘦白皙的面孔毫无表情。

珠珠送水过来，身上一件吊带花裙子穿出了异域美人的韵味，方重远拉她的手，暧昧地将人扯近亲了口，珠珠嗔怪地推他，羞涩走远。

梁聿之淡着声："故意的吧。"

方重远笑起来："感情好，没办法，你和你的唐小姐怎么样了？"

唐小姐。

梁聿之捏着杯子的右手微不可察地拢紧了一点儿。

明明已经让令他难受的小鹿和橙子从列表中消失，可无法阻止的是，听到方重远提起，他心脏仍然被绞了一下，进嘴的那杯白开水泛出苦味。

方重远人精一个，看出端倪。

"不会真被我料中了吧，吵架了？因为斯杨的事，你不知情？"

梁聿之搁下杯子："聊点儿别的。"

"那就是了。"方重远坐直身体，"咱们商量的那天我就有点儿感觉，怎么那么巧，这事就搁到你手里了，但我想想也不算什么，我以为你心里有数也乐意，人家对自己老爹釜底抽薪，这也不碍你的事，无非借你一点儿力而已，我倒是很欣赏这魄力，20岁出头啊，这可比你我那个年纪时厉害多了。你这人就是太不接地气，被人追捧仰慕惯了。"

梁聿之："别一副无所不知的样子。"

"你也没否认啊，那就八九不离十。"方重远自认了解他，"人家女孩跟你，图点儿什么有什么大问题呢，哪儿那么多乌托邦的纯粹爱情，年轻漂亮的妹妹，不看你身家背景，全看你那脸，她干吗非得找你，帅的多了去了，就说珠珠，我难道不清楚她图我什么吗，不影响啊，这里头有感情有喜欢就够了，至于是七十分还是八十分，无所谓，你想要求一百分，那你就贪心了，你也给不了人家一百分呀。"

梁聿之神色疏淡："如果没有感情，没有喜欢呢？"

"你干吗这么极端悲观？"

因为我看到了她喜欢别人的样子。

梁聿之没回答，喝了口水按捺住胸腔的起伏。

方重远这时却笑了："都是男人，我不信你判断不出一个女人喜不喜欢你，你又不是个雏……不谈别的，那种时候你看不出来吗？说直白点儿，女人的性和爱很难分开的。"

这个话题点到为止："再说了，她对你难道就没有一点儿好，就没有那么一个真诚的瞬间？那你和她一块儿是在干吗，受虐啊？我看你虐别人还差不多。"

见梁聿之低垂着眼看着自己的手，神情若有所思，方重远觉得差不多了，苦口婆心应该有点儿用。

"你这人就是要学会倾诉，什么事都憋在心里是不对的，你看你弟，活得多开心，失个恋他每回都能在群里号一天，你也学学他。"他喝口清酒，说，"缓缓吧，人家妹妹要是找你，赶紧就坡下驴，她要是憋着不找，你也别死端在那儿，最多一周吧。反正别太要脸，你看我以前还不是爱谁谁，好走不送，但珠珠不一样啊，我舍不得那就得低头，男女不就这么回事吗？"

梁聿之没应声，回了句："你哪儿来这么多道理？"

"亲自悟出来的，你跟人家姑娘久一点儿自然就知道了。"

一副过来人嘴脸。

傍晚，梁聿之乘坐的飞机落地 B 市机场。司机蒋师傅来接，送他回去。

踏进家门，换鞋时看到柜那双藏青色的女款帆布鞋，梁聿之顿了一下，走进去洗手，在冰箱里拿了瓶凉水喝，照常给自己做晚饭，毫无新意的三明治。

上楼之后，他尝试无视卧室里的所有痕迹。

然而洗手池的台面上，那些瓶瓶罐罐太显眼，她说家里有，都没带走，白瓶的面霜、棕色瓶的眼霜、挤出来是泡沫状的洁面乳。

衣帽间的开放式衣柜中挂着衣裙。书桌上一摞文学理论的书，置物架上放着青蛙糖罐子，去露台抽烟，那颗"杨桃"搁在边几上。无孔不入。

梁聿之很少失眠，家里也没有任何准备，他只能在束手无策的清醒中干躺着，被某种荒谬的空缺感蚕食。

凌晨两点半，起来下楼喝水，没再回去睡觉，一直打游戏到天亮。

他单人通关了《毛线小精灵》。

这天之后，就住去了酒店。

唐西澄在 X 市的前几天几乎没闲着，花了很多时间和周姨一起收拾老宅。

巷子里的老房子，沿着河，拾掇干净之后住起来也很舒适，外婆一回家就不舍得走了，想要长住，唐西澄也同意，便找工匠修葺院子，中间抽空陪外婆去探望老姐妹，听她们聊天。

后来空下来，她独自逛了逛，小时候假期去过几回百草园，现在依然过去玩。

收到姜瑶的微信时，唐西澄正在小街上吃臭豆腐。

姜瑶问她：你和我哥怎么了？吵架了吗？

竹签捏在手上，唐西澄看着那条消息，思考了片刻，告诉她：分开了。

姜瑶回过来一个"哭哭"的表情包，说：为什么呢？是我哥哪里做得不对吗？我问他，他什么都不说，西西，如果他欺负你，你告诉我，我去骂他。

唐西澄答：没有，他没有欺负我。

唐西澄手指停顿一下，解释：是我的原因。

姜瑶并不相信：我知道我哥有很多毛病，不体贴，也不会说好听的话，脾气大起来让人想揍他，跟他谈恋爱一定很辛苦的，但是我真的很喜欢你们在一起，我们一起玩得很开心啊，你们可不可以再好好谈一谈？我会劝他改一改臭毛病的。

唐西澄不知道怎么回复，只好说：等我回来再找你，好吗？

姜瑶问：那你什么时候回来？

唐西澄答：很快。

X 市的一切安排好之后，唐西澄订了机票。

然而，有人早她一步。

梁泊青更改了行程，取消了原本安排的旅行，提前回到 B 市。他并没有通知唐西澄，下飞机之后回去自己的公寓，几乎没有歇脚就去找梁聿之。

他在车上连拨了两个电话，未接通，到梁聿之家里，输入密码进门，没人在家。

一个小时后，收到回过来的消息：什么事？

梁泊青问：你在哪儿？

梁泊青平复情绪，尽量冷静地回复他：我想找你谈谈。

那头没回应，几分钟后，只发了个位置过来，是他公司附近的一个酒吧。

梁泊青去酒吧的次数极少，走进去仍然对嘈杂环境不大习惯，站在门口，视线往内睃巡，侧身时有半醉的人撞过来。

"小心。"他扶了对方一把，温声提醒。

吧台旁两个女孩望过来，在他身上停驻，尔后侧首讨论他长相，视线跟随他一直到卡座后的角落。

　　"聿之。"

　　听到声音，窗边长桌旁的人转头瞥来一眼："喝点儿什么？"

　　"不用。"梁泊青在旁边的高凳上坐下来，闻到他身上浓郁的酒精味道，"你现在清醒吗？"

　　梁聿之道："你要谈什么？"

　　"电话里没讲完的事。"

　　"所以你就为了这事这么急着跑回来，唐峻找了你，你就打电话质问我，没有结果就直接飞回来，这么在意？"梁聿之将酒杯搁在台上，手指无意识地摩了摩杯口，并不看他。

　　梁泊青轻轻蹙眉，在喧闹的音乐中低声说："你和西西到哪一步了？"

　　"你为什么不问她？"

　　"聿之。"

　　"都做了。"

　　梁聿之忽然侧眸，略微疲倦的眼睛看过去，想看看他内敛谦和的小叔此刻有什么变化。

　　梁泊青早做了心理准备，仍然脸色微白，语气里带了无奈和明显的苛责："她年纪小，你年纪也小吗，聿之？"

　　"你以什么立场这样问我？"梁聿之直视他的眼睛，"你喜欢她吗？"

　　梁泊青皱眉："我拿她当晚辈。"

　　晚辈。

　　梁聿之偏开脸，听到梁泊青微缓的声音："我还是想听你认真解释这件事，我不想西西受到伤害，也不想误解你。"

　　只有梁泊青能做到这样。明明生气愤怒，却依然维持温和冷静，真心地关切所有人的感受。她就是喜欢这样的人吗？

　　即使梁泊青温言好语，梁聿之也不想解释，确切地说，他一句话也不想讲。酒劲上来，头昏脑涨，却愈加清醒地体悟到尖锐的嫉妒，并非突然萌发，而是这些天一直盘桓于心，终于在见到这个人时达到峰值，甚至遮蔽了愤怒。

　　这对梁聿之很陌生。

　　虽然大多时候，他在人前轻松展现该有的礼貌和修养，但其实他不是个好相处的人，他有刻在骨子里的骄矜自傲，对很多东西不屑。

尤其不屑那些虚无可笑的情感纠葛，舒服就在一块儿，不舒服就离远点儿，有什么必要苦大仇深要死要活，哪儿来那么多泛滥蓬勃的情绪，反正再热烈也会沉寂，多投入多认真都没意义。他不屑做没意义的事。

他其实认同方重远说的，没必要计较她的感情有几分，喜欢有几分。最应该做的是抛诸脑后。但他就是计较，他每天都在等她解释，哪怕只言片语也好，可什么都没有。

梁聿之无法让自己用理智友好的态度对待梁泊青。他兀自喝酒，该谈的绝口不提，这让梁泊青无可奈何，做不到厉声斥责，蛮横纠缠，也心知他性格里的倔强执拗，但凡他不愿意的事，棍棒在顶亦是徒劳，只能耐着性子继续坐着。

直到见他越喝越凶，没有要停的意思，才伸手按住那杯底："够了，伤身体。"

然而已经晚了。

离开酒吧时，梁聿之几乎是深醉状态，他被梁泊青带回了公寓。

唐西澄是当天晚上的飞机，隔天上午起床收到梁泊青的微信，并不惊讶他提前回来了，甚至已经猜到唐峻会找他。就像以前一样，她一旦情绪出问题，搞出事情，唐峻没耐心处理，嫌烦，就会找梁泊青，永远说着那句"西西听你的话"，所以这次依然是想用这一套吧。

唐西澄回复他：*我今天就来找你，还你的书。*

她没有等他同意，换了衣服，收好那几本之前从他那儿借的书，出门打车。

梁泊青的公寓离Z大不是很远，三公里不到。唐西澄曾经去过很多回，车子开过的每个路口都很熟悉。事实上，她几乎熟悉他的一切。

他一周十节课，周末会在家里做饭。她以前每两周过去吃一次饭。

他喜欢咖喱，每个月都要做一次咖喱鸡块。

有课的时候他每天都来学校，他办公室在十二楼，他给本科生开《经济人类学》和《社会研究方法》，她去旁听过，他会每次课推荐一本书，下次课请看过的同学做三分钟的分享。

社会学系2015级有几个女生暗恋他，给他取爱称"我家青青"，2016级女生则叫他"帅哥青青"。

他上课不带保温杯，只喝瓶装苏打水，没有意外的话，第一次课之后，就会有人往讲台上提前放好水。但他仍然只喝自己带的。

他期末考不给范围，但打分很松，基本没人挂科，他开的公选课《世界民族志》总是很热门，她抢了两年都没抢上。

没课的时候他在办公室，有时候在小球场前面的咖啡厅，他每年会开一个讲座，也每年做学校辩论赛的评委。

他总是很平静地做所有事，最忙碌的时候也不抱怨，她阑尾炎住院，赶上他课题收尾，学校医院两头跑，仍然抓着空隙给她选新年礼物。

他有干眼症，但总是忘记带眼药水。

他发微信喜欢打完整的标点，但他不用死亡微笑。他发邮件会有完整的落款。

他唯一一次对她生气是她甲流进校医院隔离却不告诉他。

嗯，历史学院的程黎老师是他女朋友。

出租车停到路边。

唐西澄下车走进小区，坐电梯上到九楼。

梁泊青没料到她这么快，开门的时候露出微微意外的表情："西西。"伸手接过她手里装书的纸袋放到一边，拿纸巾给她，"汗擦一下。"

7 月的最后一天，高温。

唐西澄走进去，说："你瘦了一点儿。"

梁泊青正在给她接水，略微顿了一下，第一次听她开口说话，有些不适应。

唐西澄坐到沙发上，看了看客厅，已经收拾过了。

梁泊青将水杯放到她面前，拉过旁边一张椅子坐下。

目光碰了一下，有几秒谁都没有出声，唐西澄看着那张脸，他们快一年半没见，他 34 岁了，仍然是霜雪一样干净的脸。

见他面色踌躇，似乎在想怎样开口，唐西澄轻轻地笑了一下："梁老师，我让你这么苦恼吗？"

"西西，失语……什么时候恢复的？"他问了第一个问题。

"你走的前一个月。"唐西澄微垂眼睑，手里揉着沙发上的青蛙抱枕，这是她送的，"不是突然好的，我一直在尝试，也练习很久，并不那么容易。"

"那为什么不告诉我？"

"我想告诉你的，只想告诉你的。"唐西澄抬眼，淡淡地说，"但是突然就知道你有女朋友了，然后你告诉我你要走了，我想我能不能说话对你也没那么重要了吧。"

"怎么会不重要？"梁泊青蹙眉，"你明明知道我多希望你好。"

唐西澄抿着唇看他。

梁泊青缓和一下情绪，喊她："西西，你爸爸告诉我——"

"我知道他告诉你什么。"唐西澄打断了他，脸色微冷，"所以你也觉得我做得不对？我应该和他合家欢乐？你赶着回来替他教训我吗？"

"我没有这么想，只是你的方式我不认同，你和聿之……"他顿了顿，头一次对她声色严厉，"你还这么年轻，一定要委屈自己用这种办法吗？为什么不能等我回来一起商量？为什么我才走了一年多，你就要这样子？"

几句话说到后面声音不自觉抬高。

他极少这样克制不住情绪，甚至忘记了此刻还睡在卧室里的人。

"委屈自己？"唐西澄站了起来，露出意味不明的笑，"你觉得我和他一起是委屈自己吗？不是你把我交给他的吗，你不知道他长得和你很像吗？除了眼睛，哪里都很像，你敢不敢听我后面的话？"

梁泊青起身看着她："西西？"

"如果我告诉你，我和他一起，都把他当成你，我一点儿也不委屈，很快乐，很享受，你会不会觉得我很恶心，梁老师？"唐西澄感受到破罐子破摔的痛快，直直地盯着梁泊青明显怔住的那张脸。她在他眼里寻找厌恶。

客厅里一瞬间陷入死寂，空气几乎僵滞。

离沙发最近的那间卧室里，空调持续不断地发出低低的工作音。

或许是冷气太过充足，明明是夏天，梁聿之却如坠冰窟，浑身发冷。

他的右手在门把上方悬了几秒，最终没办法控制地沉沉落了下去。

好像有什么东西被扯掉了。

他想到了那个词——遮羞布。

她无情地戳破了最后一点儿肥皂泡，显得他所有虚幻的妄想都无比可笑。他们一门之隔，曾经有多亲密，现在就有多遥远。

梁聿之的骄傲被击到粉碎。

他想冲出去质问她凭什么，对她嘶吼咆哮，用恶劣尖刻的攻击回馈她，告诉她我也不过是玩玩你，白送过来的我为什么不要，你比替身还不如。他向来知道怎么伤人。

但他迈不动脚步，那些言语如刀似剑，胸腔之间骤然崩塌了一块，被铺盖而来的难堪和丰盈的痛楚溢满。他一手撑在墙上，脊背始终无法直起来。

终于知道她为什么那么喜欢遮掉他的眼睛，她在他身上喘息战栗时眼里看的是谁，她受伤时神志不清想要抓的是谁的手，她论文最后的"L"是谁。

她在他面前闭嘴做哑巴，所以永远不会叫错人。

梁聿之讨厌一些人，但没有真的恨过谁，这一刻，他真的恨唐西澄，想压着她撕咬，叫她收回那些话。他活了二十七年，没有谁这么欺负过他。

然而直到外面再次传来她的声音，他仍然没有走出那道门。

这个时候他还不知道那是怯懦。

在别人的故事里作为背景板的怯懦。

这从来都是和他没什么关系的两个字。

客厅里。

沉默许久，梁泊青终于找着了声音，下意识往前："西西……"

唐西澄往后退了一步，避开他的手。

"对不起，没有长成你期待的样子，我就是睚眦必报、阴暗恶心，我只在乎我自己。我知道你宽容善良、光风霁月，但我不是。我喜欢我这个样子。"

"西西，是我做得不好，"梁泊青眼神微痛地看着她，尽量清楚地组织语言，"是我没有意识到你的想法，或许是我哪里做得不当……"

不出所料，他开始从自己身上找原因，像个极其罕见的责任心过度的家长，永远先反省自己。

"梁老师，我21岁了。"唐西澄无比平静，"我不再需要监护人。我很感激过去的十年有你，我知道你也很辛苦，你想报我外公的恩情，早就已经够了，你有你的事业，有女朋友，以后会结婚，生小孩，你管不了我一辈子，你去过你的生活吧，不必再担心我，以后我就自己过了。"

她眼睛微微泛红，但自始至终没有眼泪。

"我会过得很好的。"

梁泊青看着唐西澄决绝地离去，他没有挽留，没有追过去，只是立在原地许久。混乱起伏的心绪令他忽视了卧室内的细微动静。

不知道过了多久，他重新在椅子上坐下，与周遭的一切一同陷入长久的静默。

整个空间里平静得像她没来过。

后来是程黎打电话过来，梁泊青接听完，起身出门。

等到中午带了饭菜回家，去叫卧室里宿醉的人，才发现他已经离开。

唐西澄回B市的第三天，姜瑶来找她。

收到信息出门，在小区门口的零售小店外看到人，姜瑶拢起卷发扎了丸子头，穿烟粉色的短袖T恤和热裤，一如既往地弥漫令人愉悦的可爱和活力，只是她今天的表情并不多开心，但在听到唐西澄开口说话时，她秒速变脸，展露出真诚的巨大的欢喜，眼睛晶亮地瞅着唐西澄的袖子，反复确认，得到回应后开心得伸手拥抱："你叫我的名字好好听哦，虽然你用手语的时候也超级美，但我好喜欢听你说话。"

相处到现在，唐西澄依然常常招架不住这种盛大直白的热情。尤其是此刻，这种热情令她愧疚。在唐西澄认识的人中，姜瑶最赤忱简单，像明亮灼热的小太阳，连吐槽别人时说得最狠的话也不过是"我希望托尼手抖剃光那个谎话精的头发"。

和她是完全相反的另一类人。

唐西澄无法对着这样的人肆无忌惮地展现自己的阴暗面。

姜瑶关切地询问她和梁聿之分开的原因："我想找他，但都见不到他人，昨天去他公司，前台说他去南方了。你们在 S 市发生了什么吗……对不起，我忍不住去搜了一些，知道一点儿你家里的事，是不是我哥没有站在你这边？"

唐西澄摇头："不是。"

停顿一下，她告诉姜瑶："其实我们从来都不是恋爱的关系。"

这句话到姜瑶耳里，成了另外的意思，更加佐证了她的归因方向，她丧气地想：我就知道。

很难得地，姜瑶沉默了一会儿，最后说："我买好机票了，很快要去 Y 国了，要早点儿过去找房子，周日我想请大家吃饭，如果我哥回来了，我会叫他来，你有空的话可以过来吗？就当帮我践行。"

她并没有立即要答案："西西，你慢慢想，我会把定位发给你。"

姜瑶回去之后，很快订好了吃饭的地方，通知了所有想请的朋友，然而到了周日那天，她最想见到的两个人都没有出现。

那天晚上，姜瑶收到同城速递。

一打开盒子就记起来了，有一次她们逛街，她看中了两样首饰，胸针和手链，都不算便宜，她其实都好喜欢，以前读书时她过得很奢侈浪费，自己出来找工作之后有所收敛，甚至大言不惭对家里讲以后生活费自己负担，虽然后来也没负担多久，但消费习惯上的改变还是保持下来了，那天她克制住，只拿了胸针，后来颇遗憾地和唐西澄讲又觉得手链更好看，但鱼与熊掌不可兼得啊。

没想到唐西澄会记得，送她的就是那款珍珠母贝手链。

是离别礼物。

第二天下午姜瑶去找乔逸，她知道梁聿之已经很久不回自己的住处，她甚至去了另一间空置的屋子，但他也没在，最后是乔逸带她去的酒店。

看到梁聿之的第一眼，姜瑶就发现他瘦了不少，也有些憔悴，原本想好了骂他的话，这下又咽了回去。她一向是个心软口软的人，很难真对谁凶起来。

梁聿之问她有什么事，姜瑶吞吞吐吐："……就看看你。"

结果乔逸口无遮拦，抻头就是一句："听说你跟西西崩了？"

梁聿之没言声，似没听见一般走回去，站在桌前喝水。

姜瑶拽了拽乔逸，给他使眼色，她走到沙发边坐下。乔逸不知道她为什么要这么紧张，他无所谓地到处走动，打量整个套间。

在乔逸走去卧室之后，姜瑶踌躇地看一眼桌旁那人的侧脸，低声开口："我见过西西了……嗯，她说你们并不是在谈恋爱，我知道，对你来说这很寻常，你的那些朋友也都这样，虽然我不认同不接受，但我只是你表妹，这轮不到我管，我只是想说，我觉得你和西西在一起很好，你比以前开心，也许你自己没意识到。"

她看出他的脸色不好，唇已经抿成了线，还是把话说完："还有，我真的很喜欢西西，我不想因为你们分开失去这个朋友……"

那一刻不知道心头怒火从何而来，梁聿之将手里的杯子往桌上用力一磕，发出令人惊颤的一声响。

"你只有她一个朋友吗？你没有她活不下去吗？她有什么不可替代的？你们认识有没有一年？你没有她的那么多年怎么过的？"

他眉眼间戾色难抑。

姜瑶蒙了，被吓的："你干吗呀……"

乔逸跑出来："怎么了怎么了，你对瑶瑶发什么火啊。"

梁聿之木然地看着他们，竟有点儿想笑。

方重远觉得她的利用根本不算什么，梁泊青第一反应是他的错，坐跨洋飞机回来诘问他，姜瑶认定他是不想负责玩过就弃的那个。

到最后，在所有人那里，她都是被偏袒的。显然，他输得惨烈。

真厉害啊唐西澄。

他想告诉姜瑶，你以为她对你很真诚吗，她一直在骗你，她像看小丑一样看你用手语。

但最终，什么也没说。

姜瑶却已经被激得情绪上头，眼睛红红地看着他："是，我是有很多朋友，但我知道不是每个朋友都能毫不犹豫为我打架，所以我珍惜她，你呢，西西也救过你，谁都能那样对你吗？她伤成那样，她的手上到现在都有疤，你都已经忘了吗？你就是这样的人，别人为你做什么都理所应当，你什么时候珍惜过一回呢？反正我也要走了，我才懒得管你，你就跟你的臭脾气过一辈子去吧！"

姜瑶失望地摔门而去。

乔逸叹了口气，干吗搞成这样呢，到底安慰一句："你别太放心上，那个……瑶瑶也是一时在气头上，我去看看她。"

他跟着出去。

屋里恢复寂静。

梁聿之转回脸，低头一言不发地收拾碎在桌上的杯子，手指尖锐地疼痛了下，红色血丝沿着透明碎片滑落。

姜瑶离开 B 市那天，给唐西澄发了微信，很巧，唐西澄正在她们一起去过的那家网红酒吧里，她最近经常来，更巧的是，她又碰到了蒋津语。

她以为不会再跟梁聿之的朋友圈有交集，但蒋津语这个人实在非同常人。

"难道要搞小学生割席那一套吗？成年人的分开，不需要小伙伴的站队吧？"

"如果是我对不起他呢？"

"你对不起的是他，又没对不起我，关我什么事。"

嗯，好像很有道理。

蒋津语招手喊酒保，给她点一杯金汤力。

"怎么样，姜瑶走了，你呢，不会也要离开 B 市吧？"

"还没想好。"唐西澄喝了一口酒，气泡在舌尖漾开，"有什么建议吗？"

"考虑出去读书吗？"

"想去，但是我外婆年纪大了，我不能走太远。"唐西澄手肘撑在吧台上，做遐想状，"先找个工作吧。"

"有什么方向吗？"

唐西澄摇头："其实我什么都想体验一下。"

"你知道这话的言外之意是什么吗？"

"嗯？"

"其实我什么都不想做。"

两人忽然相视而笑。

"要不要来我这儿？"蒋津语问她，"正好缺 Account（客户执行，绰号阿康），科技与传媒组，给你内推，你选待在 S 市或者 B 市都行。"

唐西澄："说实话，我不是很有概念。"

"满足你什么都想体验的要求……这么说吧，我的阿康同事们，三分之一自己开公司了，三分之一回去管家里公司了，是不是挺适合你？"

"还有三分之一呢？"

"去做甲方了，并且发誓再做阿康天打雷劈。"

唐西澄笑了起来："好啊。我想试试。"

四点钟，唐西澄和蒋津语道别，在出租车上收到孙阿姨发来的消息，问她有没有空去取自己的东西。

迟疑片刻，唐西澄更改了行程目的地，车子开去梁聿之家里。

她以为是梁聿之吩咐的，到了才知道是孙阿姨自己的意思。

孙阿姨已经很久没见到唐西澄，之前唐西澄手伤那段时间，她每天过来做午饭，相处了不少日子。她年纪放在那里，见过的事多了，现下什么状况多少也能猜到。梁先生只打电话叫她今天来把扔了，多一个字都没有，是她看着好好的衣服和书，有些不落忍，这才想问问唐西澄，另外，她也并不很清楚每样东西，那些书哪本是她的，哪本不是，还真没那么确定，万一有个遗漏，梁先生怕也是要不高兴的。因此，犹豫很久还是联络了她。

唐西澄到的时候，孙阿姨已经收好鞋子和放在楼下的书。知道她能说话了，孙阿姨也惊讶，自然也为她高兴，两人站在楼下讲了几句，之后上楼。

唐西澄的行李箱在卧室，房间里没什么变化，她的东西全都原样放着，已经从孙阿姨口中知晓他没回来住过。

她摊开箱子，一样样往里收。

孙阿姨在上面待了会儿，想给她倒杯水，便又下楼，心里也清楚自己的做法越界，多少抱着侥幸，梁先生并不知道，是扔了是还了没那么要紧吧。

哪知道，人真的不能做亏心事，她心里正不安着，刚接完一杯水就听到车声。

梁聿之的车子停进了车库。

平常他回来并不是这个时间。

到底经验丰富，孙阿姨短暂慌神之后就镇定下来，也无别的办法，只能出门去车库那里，见梁先生从车里下来，便硬着头皮上前坦白事情，为自作主张道歉，又讲"唐小姐再几分钟就收好了"。

梁聿之没言语，站了片刻摸了烟盒出来。

孙阿姨察言观色惯了，一下看明白了，默默松口气，忙说："我过去催一催。"

唐西澄见孙阿姨匆促跑来，听明白情况，也担心连累她，速度很快地把书装好，拿下置物架上的青蛙罐子，丢进箱子，合上之后拖箱子出去。

到门口对孙阿姨道了声"再见"，后者没多讲，只握一下她的手。

行李箱的滚轮摩擦地面，声音一路远去。

梁聿之靠在车上抽烟，一截烟灰落下来，他低头看着，几秒后，别过一点儿视线，只看到银白色箱子的一角，消失在转角的藤蔓之间。

出租车在小区门口等唐西澄。

坐上车，手机不断振动，是邹嘉在群里通知：年假已请好！

邹宇立刻冒泡：我拉两个朋友进来哈，他们也想走独库公路！没意见扣1哦。

唐西澄回了个"1"。

退出微信，她点进邮箱，打开那封一直搁置的未读邮件——

西西：

想了许久，有两点向你澄清。

其一，那天你形容自己的那些话，我并不认同。

其二，时至今日，我并非因为杨老师才关心你，我从来没有把你当作负担。

我尊重你的想法，如无必要，不再打扰你。倘若以后有任何困难，希望你记得我仍然是你身后的家人。请相信这一点。

依然有完整的落款：梁泊青，2018 年 8 月 5 日。

很久之后，唐西澄回神，抬手抹了下眼睛，轻轻靠在车窗上。

盛夏的傍晚，天边红霞粲然。

明天是个好天气。

CHAPTER 07

重逢

"2月吃霾，3月吃沙，4月吃絮，运气好的话，你可以吃套餐。"

关于 B 市天气的经典总结。

每年年后的几个月，身在 B 市的同胞总是被迫对此温故知新。

唐西澄拖着箱子回 B 市那天，正是柳絮翻飞的 4 月底，同时赶上重度雾霾，迎接她的是毫无生气的雾蒙蒙的天空。她坐在出租车上头昏脑涨，蒙蒙地睡过去，脑袋猛然磕到车窗，发出重重的一声响，才恍然清醒过来。

前面的司机师傅显然对这种困倦的打工人见怪不怪，贴心提醒："姑娘，换个边儿，您朝里头试试。"

唐西澄从善如流，脑袋往左移，一路混混沌沌睡到公司楼下。

电梯到九楼，走出去，最先进入视线的是公司巨大的红色英文标志，尔后一道声音迎面而来："Cici，回来啦！"是创意部的同事 Fanny，搞文案的，和蒋津语关系很好，上个项目她们刚合作过。Fanny 一头浅黄色中长发，最有代表性的是她的眼妆，化得非常美，大胆妖娆。

唐西澄打起精神，朝她挥手，顺便欣赏她魅惑的眼睛。

"累坏了吧。"Fanny 上前捏唐西澄的脸，不知道从什么时候起，这成了她每回见面的习惯性动作，"看看，才来思格不到一年，我们 Cici 水灵漂亮的小脸都瘦了一圈了，真可怜。"

唐西澄弯着眼睛露出笑："在车上睡了会儿，不然真要困死过去。"

Fanny 太喜欢她笑的样子，手指戳她梨窝："怎么样，还顺利吗？有没有遇到笨蛋？"

"还行啊，反正比上次好多了。"

唐西澄没向她吐槽拍摄现场遇到的奇葩群演，也没抱怨不靠谱的道具组，进公司八个月，她的忍耐度大幅度提升，抗压能力显著增强，当然社会化程度也在大量的沟通和协调中极速提高。比如此刻，她心里只想快点儿坐下喝杯热水，但还是站在这里与 Fanny 进行必要的社交寒暄，按需表现出一个职场新人在前辈面前该有的乖巧模样。

"对了，我记得那个男演员挺帅的吧？"

帅吗？唐西澄说："要听实话吗，我都快不记得他的脸了。"

"你怎么回事，对帅哥免疫啊？下次可以远程直播让我欣赏，免得暴殄天物。" Fanny 拍拍她，"快去休息吧，可怜死了。"

回到工位之后，唐西澄迅速给身体补充了水分，松散地在椅子上瘫了会儿，搁在办公桌上的手机传来振动音。

手指点开，视线看过去，简笔画的黑白猫咪头像，微信名 zy。

对方问：西西，你回来了吗？

她回：嗯，刚到公司。

那边很快回复：那你一定很累，你先休息，晚上我来接你，一起吃饭好不好？

她答：好啊。

很快收到一个自制的表情包，是他养的那只布偶，有漂亮的蓝色眼睛，蓬松雪白的毛毛像白色棉絮一样，有可爱的字体"摸摸"。

是新的产出。

唐西澄笑了一下，点了保存。

休息到三点钟，去预定好的会议室和创意部一起开新项目的脑暴会议。

甲方是一家长期合作的公司，经纬科技，致力于无人驾驶技术的研发，这次是要组织一个宣传展会，因此需要思格为他们提供方案并辅助执行，唐西澄已经与对方进行了前期沟通，根据需求写了 brief（创意简报）。

会议持续了两个多小时，创意部同事的想法丰富且极具发散性，每个人都付出了大量的唾液，思格的整体氛围自由开放，这里聚集了一群又潮又有个性的人，因此过程中思路会时不时地跑偏，蹦出一些娱乐八卦笑话，接着话题再跳到时尚圈，尖锐地嘲讽一拨，大家轰轰烈烈地笑。唐西澄的职责便是及时将话题拉回来，最后收尾时，她快速梳理了过程中同事们提出的问题。

"暂时就是这些，请大家看一下，如果没有要补充的，我会尽快和对方确认再给反馈。"

散会时，每个人脸上都残留着剧烈表达之后的亢奋和疲惫。

脑暴之后的普遍状态。

对唐西澄来说，这是她前十年完全缺失的经历，读书时的每次小组讨论、上台展示，她都是旁观的那一个，在团队里承担的永远是文本任务。

然而习惯的养成真的很快，她已经快要适应如此饱和的口语输出。

回到工位，唐西澄重新看了经纬提供的相关资料，写完会议总结，更新了日程本。

这时候蒋津语在内部聊天软件上问她：*走了？*

唐西澄答：*还没。*

蒋津语说：*那等我一会儿。*

大约一刻钟，蒋津语从楼上下来，提了个小蛋糕给她，两人一起下楼。唐西澄确实有点儿饿了，进了电梯就开始吃，蒋津语问她晚上什么安排，要不要一起喝酒。

"我有约了。"

"和周奕啊？"

唐西澄点头。

"你们俩挺稳定的嘛，有两个月了吧。"蒋津语抬抬下巴，调侃，"那小子是不是该磕头叩谢我？腾达那个项目要不是我带着你去，他可见不上你呢。我还以为游戏公司的程序员都是那种傻傻的秃头男，没想到他一小男孩混在其中，真没看出来你吃这一款。"

"长得挺好的，不是吗？"

"长得好的可太多了，十二楼那个，你怎么没兴趣？"

唐西澄吃完了最后一口蛋糕，思考了下说："碰巧吧，你有没有觉得，他跟姜瑶的性格有点儿像？"

蒋津语笑出来："别告诉我，你找了个姜瑶代餐。"

唐西澄也笑了："别告诉姜瑶。"

真要追溯，唐西澄也并不确定是什么让她决定和周奕尝试一下，或许是丢掉了过去，如今毫无负担，想感受所有未知的新体验，或许是那段时间工作实在太紧绷，她需要一点儿调剂，而他是个令人轻松的存在。她认为周奕和姜瑶的性格像，并不是指单纯的外在表现，而是觉得他和姜瑶一样是个自洽完满的人，是肉眼可见地长在幸福家庭里的，似乎天生给人一点儿力量。

也或许根本没这么复杂。只是那个下雨天，他被春日雨水打湿的睫毛太好看。

唐西澄很少思考这些。

反正，谈恋爱只是人生中的一件小事，理由不充分又怎样。

和蒋津语分开后，唐西澄没有回住处，就在公司附近的书店等周奕。六点半，周奕开车来了，但附近实在太堵，好不容易找到地方停车，他下车走一段路过去。

唐西澄在书店的角落翻一本外文小说，忽然发觉旁边有影子遮过来。还未转过头，就被温热的手掌轻轻捂住眼睛。然后，脸颊被亲了一下，带着水果糖的甜爽气息。

眼前恢复光明时，看到那张颇具少年感的笑脸，周奕的长相很干净柔软，他的眼睛偏棕色，嘴唇是淡淡的红，唐西澄有时候觉得他像他家里那只布偶猫。

"等我很久吗？有没有饿坏？"眉目弯弯的样子。

"没有，我才看了几页，堵车吧？"他的笑容极具感染力，唐西澄也不自觉地露了笑。

"有点儿堵，好怕你等到不开心。"

周奕把手递给她。

走在人群中，与无数年轻的小情侣并无差别。唐西澄会有种感觉，她现在的生活和很多女孩一样，有份工作，同时正在体验一段很寻常的亲密关系。

晚饭是在附近吃的日料。

吃饭的时候，他们会聊天，周奕说得更多一点儿，讲到他们刚内测的游戏，又提到他一起玩的朋友分手了，半夜打电话给他哭诉，但他并不聒噪，他只是非常喜欢笑，看到她嘴上沾到芥末酱，他嘴角翘起，看到她吃生鱼片的时候皱眉，便笑得露出白白的牙。

中途，还接了他母亲一个电话，讲电话的时候也仍然笑着。

唐西澄早已感觉到，他同父母的关系非常好，他和妈妈讲话时整个表情都是真实的幸福感。

唐西澄沉默地看着，周奕回望过来，伸手过来握她的手，略抱歉地给她一个笑脸。

这顿饭很愉悦地结束。

走出餐厅，离停车的地方还有一段距离，要过天桥。

周奕一直牵着唐西澄，走台阶时迎面有下来的人，短暂地分开了他们的手，他很快又捉到她。走过天桥，人少了很多，在人行道的路灯下，他突然停下来，笑笑说："我等不到去车上了，可不可以在这里亲你？"

唐西澄没回答，踮脚靠近。

灯下两道细长的影子连在一起。

等到有人过来时，他们就分开了。周奕的脸微微变红。

在夜色下沿着道路继续往前走，城市的夜生活已经开始。明明是糟糕的雾霾天气，竟也有人慢跑，与他们擦身而过，吸引了不少路人的目光。

周奕视线追着前方："是机器狗，好酷啊。"

唐西澄也在看，目光停了几秒，她神思蓦然走远。

"我也见过一只机器狗。"

"嗯？"周奕转过脸。

"比它酷多了。"

唐西澄和周奕一起去了他家，这是她第二次过来。

他的猫依然不太认识她，蓝色的眼睛机敏地观察，但并不排斥被她摸。周奕为它取的名字十分简单，显得有点儿不走心，叫"咪咪"。她上次过来，周奕教她怎么撸猫，挠它哪里会让它舒服。

这次唐西澄熟练了很多，能判断咪咪的表情还算享受，应该并不讨厌她。

和猫玩了会儿，周奕过来叫她，他已经找好了她想看的那部电影。

两个人一起坐到地毯上。

周奕看电影的过程中并不完全沉默，他偶尔会凑近问唐西澄一句，他们身后是沙发，他以自在放松的姿势靠着，将她的手放在掌心里，常常无意识地揉一下她的手指，他从不遮掩或克制这样带有依恋意味的行为。

看到一半，周奕问唐西澄："要不要吃点儿东西？"

"有什么？"

"嗯，零食或者水果，我都拿一些来。"

他拿了一堆过来，连糖都有，唐西澄在其中看到她吃的那种咸柠檬糖，她拿了一颗。

周奕笑道："就猜你会拿这个，我上次看到你吃，就买回来试了一下，味道有点儿古怪，又甜又咸的。"

"是有点儿古怪，我身边也没人爱吃这个。"她说完轻微地顿了一下。

周奕"嗯"了声："你吃糖的口味挺广泛，虽然我不习惯这个味道，但我不排斥你吃完来亲我。"

唐西澄被逗笑。

电影放到片尾，是周奕先向唐西澄靠了过去，后者迎接他。她舌尖上咸柠檬糖的味道已经淡掉很多。

这个吻渐渐变深，到末了周奕难得地急躁起来。

唐西澄身上热了一点儿。

周奕忽然退开，隔着极近的距离，轻声唤她："西西？"因为身体热度升高，他的脸庞变成淡淡的红色，猫一样的浅棕色眼睛里有些热乎乎的东西，轻柔地涌出来。

和上次一样，他用眼神询问。

唐西澄抬起手抱住他，闻到他衣服上温暖的橙香。

一切都舒适自然。

是下班后的一个愉快夜晚。

第二天与周奕在公司楼下分别，唐西澄重新陷入忙碌的工作。

经纬的展会是近期的首要任务。

唐西澄再次与经纬宣传部的负责人沟通，处理遗留的问题，之后反馈给创意部和策略部的同事，方案出来做报价，又跑了趟经纬本部扯皮半天，过程还算顺利，没有经历太冗长的修改协调。

前后忙碌一周。

展会的时间定在五一假期之后，八号。思格这边安排了四个人过去现场协助，唐西澄自然在其中，与她搭档的是同事 Anna，另外两个是实习生。现场的拍摄由思格的外包方负责，要拍物料做后续宣传。

唐西澄当天到得很早，Anna 负责会场的相关事宜，她负责钉拍摄。

当天出席的大多是相关领域的研究者、工程师，经纬也邀请了合作方和同行企业的代表，另外还有一批媒体人员。

一点半钟，已有人进场，由经纬宣传部的人迎接，引导至展厅入口签到。

唐西澄与摄像师在一起，离签到处不远，拍摄出席人员由外门步入展厅的片段。

实习的男生过来与她讲话，她侧头听着，仍关注门口，目光在陆续进来的来宾身上短暂停留。就是在这时，一道颀长身影突兀地进入视线。

与大多数来宾一样，穿笔挺规整的商务装。不同的是，他戴了口罩，与西装外套同色的黑色口罩，露出的眉眼清绝冷峭。

唐西澄几乎不迟疑地认了出来。与他同行的男人正在讲着什么，两人并排走在引导员身后，一直到签到处停下。

他抬手摘了口罩，提笔写字。

重霾天气，他是易敏体质。想到这里，唐西澄有种后知后觉的惊讶——居然还记得。

时间是流动的，已经过去九个月。

旁边的摄像突然喊了一声，她收回目光，提步过去。

展会的第一项内容是一个小时的自主参观和个别讲解，由经纬安排的技术人员做讲解员，展示和介绍最新的产品成果。

摄像师需要跟随拍摄。

唐西澄沟通完，走到展厅后面的休息区喝水，Anna 也过来了，两个人站在那儿歇着，Anna 看着前方厅里攒动的人头，毒舌地吐槽："果然搞技术的人多秃头，这么多大佬就没见几个发顶茂密的。倒是企业方那边，我刚看到一个，真挺帅的，不知道哪家 boss（老板），比十二楼那个 Peter 还要强点儿，打个 9 分吧。"

唐西澄问："你给 Peter 几分？"

"8 分。"

"我觉得高了。"

Anna 笑她："在 Creative（创意部）那边混多了吧，眼睛都变挑剔了。"

唐西澄笑笑："那比不上他们，幸好脑暴会议你没听到他们怎么评价你的顶流偶像。"

Anna 脸色遽变："我偶像 10 分好吗，那群家伙嘴巴是真坏。"

展示讲解结束，下一项是主题演讲，一共两场，由经纬的高级技术经理主讲，地点转到隔壁的讲厅。

来宾一一落座，后方位置留给媒体人员。

演讲开始，场下安静，仅有摄像师在场内移动拍摄，最后机器停在讲厅右前方，摄像师忽然朝后面打手势。唐西澄看到了，从坐席右侧窄窄的空道快步走过去。

褚想坐在第三排最右的座椅上，余光里只瞥见一个纤细的身影擦身而过，他只本能地看了眼，没多关注，仍倾听演讲，然而转回头时冷不丁注意到身旁人的异样。

他顺着梁聿之的视线再次看过去，目光落到右前方，站在摄像师身旁的女孩身上。长头发，挂着红色工作牌，穿清爽的衬衣牛仔裤，工作人员的通勤打扮。

长得的确清丽漂亮，肤白唇红，芙蓉花一样，他也想多看两眼。

但也不至于走神这么久吧？褚想正疑惑，却见梁聿之已经偏回目光，看回台上。

直到中间茶歇，从甜品台走回来，褚想眸光随意一扫，再次看见那长发女孩，她正在讲厅后面和媒体的一位记者说话，不知讲到什么，露出笑容来，那张脸有种鲜活的美，他抬肘碰碰身边人："那个。"

下巴朝后面点了点。

梁聿之投去一眼，淡漠地看了几秒，瞥回目光，没言声地走回座位坐下。

"怎么了？"

"认识啊？"褚想琢磨着他的反应。

"别问了。"只这么一句。

褚想倒是肯定了："没否认啊，那就是认识了，你也不至于跟个小姑娘有仇，那就是……有情感纠葛？"

话音将落，见那人眉目冷落，垂下目光。

"只是个无关的人。"

褚想几乎算得上最了解他的，眼下这反应，心中已经有了数。

他知道去年有一段时间，梁聿之状态很差，抽烟抽得凶，见过两回，都瘦得明显，后来忽然喊他出去玩，他们约了几个朋友，去西欧跑了一圈，读书时常干这种事，但自从梁聿之回国，这种旅行就已经停了。

那一路上，褚想眼睛不瞎，梁聿之虽然每天都和他们一起，所有活动样样不落，但其实全程都不开心，情绪没写在脸上，不代表能真正隐藏。有天晚上酒店没订全，他们住一间，试着探问过，无所得，梁聿之的个性是憋死自己也不会向谁剖白的，能主动喊人组局出来旅行已经是憋到极点的表现。

后来回国，他们差不多半个月见一回，喝喝酒，等过完年，眼见着他状态好了些，见面也会笑笑，聊点儿生活，但总觉得不比从前。

褚想大概能猜到是情感问题，毕竟也曾有相似经历，甩人的一般都没事，走不出来的大多是被甩的。

至于对方是谁，也只有一个合理推测，在那之前他们只聊过那一个人，某位 20 岁出头的妹妹，他小叔当女儿养的那位。

线索一串，褚想触摸到事实：嗯，大概就是现场这位。

但毕竟不明经过，也不爱胡乱安慰人，现下他无合适的话可说，便起身离开，留某人暂时独处。

"你坐这儿吧，我再去喝点儿。"

褚想走出去，旁边静下来。梁聿之有些机械地去摸烟盒，忽然反应过来不妥当，手指松开。

此刻来宾大多在茶歇室休息，讲厅只剩少数几位在轻声交谈。

唐西澄和相熟的记者聊完，Anna 刚好走过来："Cici，你不去吃点儿吗？蛋糕不错欸，不甜不腻，比咱们公司的好吃多了。"

"还不太饿。"唐西澄拧开瓶装水，喝了两口，"他们俩也在吃吧，你要不再去吃点儿？把我那份吃了。"

"不要不要。"Anna 忽然冲她眨眨眼，"你现在转头。"

"看见了吗，第三排，我说的那位 9 分 boss，人家现在一个人坐着呢。背影都这么赏心悦目，肩颈线很性感。"

唐西澄视线转向前方，第三排只有一个背影。

Anna 的声音传过来："我刚去偷摸打听了，他是星凌的老大，年纪还挺轻，30 岁都不到，难怪头发茂密。你说我去要微信，他会不会给？"

Anna 没等唐西澄回应，就先一步扼杀了自己的念头。

"想想这种货色，怎么可能还是 available（单身的），算啦，多看会儿养养眼也好。"

两人一起望着前方男人的背影。

短暂片刻之后，唐西澄先收回视线，对 Anna 说："忽然有点儿饿了，我也过去吃点儿吧。"

唐西澄走去自助茶歇室，里头正热闹，业内大佬的 social（社交的；社交聚会）现场，一群精英人士坐在一起聊天，这儿一拨，那儿一簇，虽然都极具修养地控制音量，但人不少，便显得微微嘈杂。

唐西澄从旁边路过，听到的都是陌生的工科名词。

经纬财大气粗，仅是个间隙中的小小茶歇，也按最高的接待规格来弄。Anna 的话并不夸张，蛋糕的确好吃，唐西澄很快吃完一个，去取咖啡，右边有人过来，不轻不重碰到她的手肘。

"抱歉。"对方第一时间礼貌致歉，嗓音成熟。

唐西澄侧首，回以单薄的社交微笑："没关系。"

褚想这才发现是她，表情意外，心道这么巧。因为梁聿之，他不免对这女孩生出几分好奇，悄然看去一眼。

目光交会了下，出于工作人员的职业素养，唐西澄向一侧挪脚，让出位置："您先请。"

褚想笑了，略略颔首，口吻爽朗："女士优先。"

"谢谢。"

唐西澄没再推让。

靠在吧台前喝了两口咖啡，褚想不动声色向左瞥去目光，颇仔细地观察。近距离看，她眉目更突出，并非明艳，更偏柔淡，像清晨薄雾中某种辨不清的花瓣，朦胧，让人想拨开雾气一探究竟。

褚想挑了下眉。

"咖啡好像略苦了点儿。"温和的声音。

唐西澄抬头，确认他是和自己说话，问："您需要糖包吗？"

她视线移向台上的糖包盒。

"不用。"褚想淡笑，眸光友好，拿捏着不招人厌的分寸，"我有位朋友，喝咖啡极其排斥加糖包，我也受到影响。"

唐西澄笑了下，点点头，继续喝自己的。

褚想有点儿理解梁聿了，这女孩年纪不大，给人感觉是柔弱的，甚至笑起来的梨窝为她添加了单纯稚嫩感，但实质上，并非几句对话就能铺陈性格轮廓的人。

是会激发男人探索欲的类型。

"我叫褚想。"他投个直球。

唐西澄微愣了下，视线投过来，看到他笑着问："请问怎么称呼？"

"我姓唐。"

"唐小姐。"褚想举止自在，始终保持微笑，"恕我冒昧，是否方便交换一下联络方式？"

"抱歉，不太方便。"

唐西澄喝完咖啡，向他轻轻颔首，径自走出茶歇室。

褚想兀自失笑。看来某人是啃到硬骨头，生生把自己硌着了，偏偏还死不吐掉。

唐西澄出去后，那两个实习生正好在门口，问了她几个问题，几分钟聊完，她去洗手间。出来的时候，窄长的盥洗台前有道瘦长身影。

他在洗手，衬衫袖扣未解开，只往上扯紧，衣衫皱褶之下露出精瘦的腕部。

唐西澄脚步停在"woman（女士）"的标志下。

这时有位女士进来，她向旁边避让，鞋底在光滑的瓷砖地面摩擦一下，发出轻微尖锐的声音。

洗手池旁的人抽了纸正在擦手，目光随意掠过来，极短暂的一瞬，唐西澄对上他墨黑色的眼睛，还未看清整张脸，他已经侧回头，仿佛只是对无关路人随意而无心的一瞥。

唐西澄走去开旁边的水龙头洗手。

高挑瘦削的身影静默地立在她的余光里。不知是不是错觉，在单一的水流声中，闻到一丝香水味道，勾起略微久远的嗅觉记忆。

将水龙头关掉，入耳的是擦手纸巾丢进桶的动静。

整个过程短暂得不足一分钟。

唐西澄转头时，他已经走在前方，背影冷清淡漠。

唐西澄体悟到某种十分奇怪的感受，并非密密麻麻地网住心口，只是很淡的一丝，似有似无，在心脏附近细微牵扯，不像尴尬。

或许是曾经作祟过的那点儿愧疚卷土重来。

在新生活开始之后，被摒弃掉的过去的感受。

她在从前体会过很多深刻彻骨的难受，被泛滥充沛的情绪伤害，在能够控制自己之后，已经熟练掌握如何以钝感的状态面对一切，像灵魂从身体里抽离出来浮在空中围观自己的每日日常，从具体琐碎的生活中获取一些单薄普遍的快乐。

几乎成本能的习惯让唐西澄自如地压抑掉此刻微小的不适。

她轻轻吸了一口气。打声招呼也没什么吧，她便向前走一步。

"梁聿之。"低沉的声音。

第一次叫他的名字。

唐西澄在短暂的时间里想如果他回过头来，她要做什么表情，礼貌地微笑一下？在嘴角露出弯弯弧线，很简单的事，她每天都在做。

唐西澄看到那个黑色的静默的身影停住，宽阔走廊上，他没回头地站在那里，仅一两秒的时间，径自往前。

下半场的主题演讲围绕自动驾驶技术的场景应用，时长一个小时，末尾留出了十五分钟现场提问时间。结束之后是自由交流和媒体采访。

五点之后，陆续有来宾离场，仍然有不少业内人士留在现场与经纬的技术专家个别交谈，媒体在这个时间里对部分来宾进行单采。

褚想有位本科师弟在经纬，邀他和梁聿之去楼上办公区坐坐。

展厅内的人散完之后，经纬的工作人员和思格的人一起处理场地。

Anna带着两个实习生先走，唐西澄和摄像师回看素材，仔细沟通了剪辑思路，她走的时候不到六点。

周奕给她连发了几条信息，甚至拍给她看停车的位置。他这段时间似乎不太忙，已经在下班时来接过她两回。唐西澄没耽搁，很快收好东西，从展厅离开。

褚想刚从楼上下来，正站在广场出口处等梁聿之取车，眼见着那道身影从面前走过去，距他仅十几米远。

他惊讶地抬眼，不一会儿，梁聿之开车过来，降下一半车窗叫他上车。

褚想坐到副驾上，视线仍落在前方。

他不知道梁聿之有没有看到，那位唐小姐径自走到前面路牙旁，白色车子里下来一个男人，说男人其实不太恰当，看衣着风格应当是个和她年龄相仿的年轻男孩，个子高高的，从车头绕过来时，俊秀干净的脸上露出笑容，十分自然地拉她的手，帮她打开副驾车门。

直到那辆汽车启动，褚想才侧目去看身旁男人。

如他所料，梁聿之看到了。

褚想上次体会这样微妙难言的时刻，还是发生在他自己头上。他亲眼见到前妻和新欢一道出席交流会，而他是那个交流会的发言人之一。

那种酸涩滋味，完全不想回顾。

因此现在他感同身受，无障碍共情。

他琢磨着劝慰的话，想说要不换我来开，车身就在这时动了，驶入前方车流。然而，他们本该右转，车子却径直穿过路口，直行往前，连续过了两个路口。

梁聿之跟着那辆车。

褚想喉咙动了动："聿之……"看着那张白得几无血色的脸，到底没说出别的话来，心底无声地喟叹。

后面的一路，褚想保持沉默，降低自己的存在感，仅仅关注他的操作，担心他被情绪影响酿成事故。然而梁聿之似乎出奇地冷静，始终沉默地看着前方，即使是拥堵停车的时候，也没有收回视线。

大约五公里之后，前方车子停在一个路面停车处，旁边是商场超市。

两道身影从车里出来，手很快牵在一起。

他们应该是要去超市，绕出来走到路牙，短暂地停下来，那位唐小姐接起电话，年轻的男孩站她身旁，抬手拨她耳侧的长发。

对视的一刻，两张脸同时露出笑。

无可否认地亲昵。

褚想心下不忍，侧过头说："够了，聿之，别看了。"

梁聿之听不见他的话。

直到那两道身影走远，消失在商场大门内，他的眼睑垂了下来，感知到心口因剧烈震荡而闷堵疼痛，没痛到不能忍耐的地步，只是像碎冰块翻搅，贴着血肉摩擦，从中渐渐渗出刻骨的酸楚。

他在这种不受控的疼痛和酸楚中无端生出一股怒气，对自己的怒气。

许久之后，褚想抬手碰他的肩。

"找个地方喝点儿吧，我来开车。"

褚想就近找了一间小酒吧。

没多少位子，卡座满员。吧台有空位。

昏昏淡淡的灯悬下来，黄得发苦的黯色光线兜头笼罩着他们。

旁边坐着两个年轻女孩，用黄莺一样的清灵嗓音互相交谈，话题内容伴随着酒吧内轻柔的纯音乐，自由地在小小空间里传递。

"你说他怎么想的，年纪大了，找不到更好的人了吗，要来吃回头草？"

"谁知道呢，分开都半年多了，早向前看了，进度快的都能换两三个了，跑来纠缠有什么意思啊，搞得自己多深情一样，演苦情剧吗？你没听他说的话，好恶心。"

"是不是非常讨好？"

"是啊，什么忘不了什么的。"

褚想忽然有点儿后悔坐到这个位子，看一眼旁边人，只见他面无表情，只有唇色仍然是白的。

旁边的对话依然没有停止。

"你真的一点儿也不喜欢他了？"

"喜欢的话，就不会开始下一个了。"

混沌不堪的痛苦中，梁聿之在这一刻用了一个无法自洽的自我安慰方式，冒出一个不可思议、没有逻辑的可耻的念头：至少，她也没那么喜欢那个人吧？

然而，这个负隅顽抗的念头溢出来的瞬间，他对自己的怒气到达峰值。

和你有什么关系？

她喜欢谁，不喜欢谁，和你有什么关系？

褚想无法捉摸梁聿之此刻的内心想法，他只希望旁边的两个漂亮女孩可以安静一点儿，最好不要再语出惊人。

默然喝了半杯酒，褚想到底还是先开口："我跟赵昕为什么分开，没跟你说实话，其实是她喜欢上了别人。"他觉得自己真是个厚道的好师兄，眼下要自揭伤疤，为了让这个闷蛋好受点儿，"没什么理由，有一天，她突然非常坦诚地问我能不能接受开放式婚姻。"

梁聿之微微侧过脸。

褚想笑了下，语气轻淡："我以为她在开玩笑，但那就是事实，她说喜欢那个人，但也不想和我分开，那段时间，的确很痛苦，我没法想象以后没有她，我甚至犹豫过，要不要接受，但最终还是意识到，这并不是解决办法，只会让痛苦和折磨没有尽头，必须彻底放弃，我才有可能会好……聿之，其实是有选择的，让你难受的东西，不能一直让它硌在那儿。"

良久的沉默。

"你现在彻底好了吗？"艰涩的声音问。

"嗯。"褚想表情松快，"好了。"

两个人并没有喝太多，离开时都是清醒的。

叫了代驾过来开车。

在车上，褚想说："我去你那儿一趟吧，看看 Kiki，也该给它做个体检了。"

算起来，从去年到现在，Kiki 在梁聿之那儿已经十五个月。褚想过去之后，先和 Kiki 玩了会儿。

梁聿之靠在沙发上，Kiki 的声音传过来："爸比，打游戏吗？"

是褚想在检视所有设定，后面连续的几句："爸比，别生气了。爸比，过来一下。"

突然眼眶酸热。

褚想也意识到了什么："她设的吗？"

没回应。

几秒后，听见一句："你删掉吧。"

褚想："等你真正不在意了，你自己删吧。"

梁聿之却径直走过来，拿了遥控器，没有迟疑地直接清除。

Kiki 的设定可以一键删除，但其他的东西没有这么简单。

褚想看他一眼，没再多说。

那天晚上，梁聿之在露台坐了很久。

残留的酒劲一点儿一点儿消逝，整个人似乎更加清醒。

接近午夜，他起身倚着栏杆抽了一支烟，直到最后一点儿猩红的火星彻底灭掉，将烟蒂摁在烟灰缸里，侧过脸，视线停在墙角的边几上。

那盆五角鸾凤玉一如既往地在风里沉默，已经快要占满整个小盆。

梁聿之走过来，拿起它，扔进卧室的垃圾桶。

忙完经纬的展会，唐西澄迎来略微轻松的一周，有一个完全不用加班的周末。

因此，周五下午，周奕在微信里约她出去玩，她没有犹豫。

这是他们在一起之后的第一次出游，虽然只有短暂的一个周末，但也值得期待。

去的地方不远，是一个海边的社区，周奕的朋友推荐的。

周奕看了一些酒店，在微信上发给唐西澄，两个人下班后一起挑选，订好了房间。

他们坐绿皮火车过去。

周奕问唐西澄："之前有去过哪里玩吗？"

"去过北疆。"唐西澄告诉他，"去年8月份去的。"

"好玩吗？"

唐西澄点头："很美，我们自驾，很方便停下来。"

"和谁去的？"周奕忽然问她。

"和朋友。"

"男朋友吗？"

"不是。"

他们没有聊过这样的话题，唐西澄有些意外，以为他会继续问，但周奕没有，只是微微一笑，说："那就好，不然我会嫉妒。"

唐西澄没见过有人这么直白地告知自己的小心思，但这话由周奕来说，她一点儿也不觉得突兀，她已经习惯他类似的种种表达。

他在她面前，从没有真正的不安全感，因此也没有过任何尖锐的情绪。回想一下，唯一的一次小矛盾是她手机没电，没能及时联络，让他担心，才对她说话严肃。

周奕忽然又靠近，带着橙香的气息在她脸颊边弥漫："西西，以后我们一起去很多地方好不好？"

他的语气充满温柔的憧憬。

然而唐西澄的第一念头是：以后是什么时候？我们怎么能知道以后的事呢？

她无法真心地回应这样的问题，只是对他笑了下。

火车到站之后，打车去那边，整个社区看起来像个度假村，人不是很多，甚至有点儿荒凉之感，但他们并不觉得失望，依然被出游的愉快包裹。

住的酒店走到海滩需要十五分钟。

第一天的下午在海边度过。

唐西澄穿了长裙，周奕的眼睛一直在她身上，毫不吝啬地夸她好美。他夸人的时候会直视眼睛，显露十足的真诚。

他带了相机过来，替唐西澄拍照，又请游客帮他们合照。

晚上回去，唐西澄躺下来休息时，周奕仍在修图，修完过来给她看："太美了，我能不能发在朋友圈？"

唐西澄微微愣了一下。

她不怎么更新朋友圈，更不会发自己的照片，但周奕不是，他会发生活小片段，比如他的猫，比如一起吃饭时，他会拍饭菜。

但至今，她在他朋友圈里只露过一只手。

在社交平台上官宣，似乎是现在谈恋爱的一个必备环节。

唐西澄不在意这个，但看到周奕的眼神，知道他很想这样，便点头："你决定吧。"

周奕弯着眼睛，畅快地笑起来，身体直接压过来亲她。

当晚，蒋津语看到了周奕那条朋友圈，没忍住爆出一声脏话。

当时乔逸在她身边。

梁聿之则与她隔了两个位子。

实际上，他们已经很久没聚，这回还是因为乔逸大哥请的客，吃了饭后直接来了乔逸的酒吧。

姜瑶出国，梁聿之和唐西澄崩掉，他们的小团体活动完全停止了。尤其是梁聿之，去年的后半年几乎没见到他人，仅从乔逸那儿听过一嘴，知道他年末潇洒地跑去国外玩了一圈。

今年也只在年后回来见了一回，连他的近况都不甚清楚。

蒋津语没隐瞒过唐西澄被乔蕤到思格的事，她也知道乔逸曾在梁聿之面前说漏了嘴，想必他心里也清楚。但是，唐西澄谈恋爱的事，她还真没透露过。

眼下属实是没憋住，谁知道惊动了事儿精乔小二，闻声直接趴过来看她屏幕："西西吗这是？那男的谁，她男朋友？"

蒋津语瞥一眼梁聿之，没见他脸色有什么明显变化。按他的性格，和唐西澄那茬按理说早该翻篇了。

她懒得琢磨，管他呢，真刺激到他也没什么，刚好欣赏一下，便答了乔逸的问："是啊，比你帅吧？"

"至于拿别人损我嘛，我的颜值不需要比较。"乔逸伸手点开大图，"西西变漂亮了啊，以前可没见过她穿这种裙子。"

她答："那可不，我们公司好几个男的对她贼心不死。"

说着斜一眼右侧的人："欸，梁少爷没有新动向吗？"

她等着那人回一句"关你屁事"，但很神奇，并没有，他只是掀眼看她一下，什么话也没说，手指按在玻璃杯壁上，眼睫垂下去。

这倒让蒋津语意外，拍乔逸大腿："什么情况？"

乔逸耸肩。

他从来就没搞清楚过梁聿之和唐西澄的事，去年琢磨过，没琢磨出来，便不管了，他心大得很，也不认为梁聿之会为这个事情怎么样。

他只是觉得大家不一起玩了很遗憾，当然最主要的是姜瑶走了，以前那丫头在的时候他没感觉，这一走倒总觉得缺了点儿什么，耳边太清静了。

梁聿之喝完那杯酒，将杯子放在吧台上，起身："走了。"

蒋津语微挑眉，心下升起一点儿讶异。

从海边社区回来，唐西澄与周奕的感情似乎更进了一步，虽然 5 月中下旬，周奕一直很忙，新游戏上线，后来他又出差去了趟南方，唐西澄没怎么与他见上面，两人仅在手机上保持联系，但没太大影响，并没有因此疏远。

其间，依然是周奕更主动，他从来不在意谁先找谁，想到她就会给她发消息，晚上空了也会视频聊天。

这种异地恋爱的节奏主要是周奕在把握，唐西澄需要做的只是回应他。

在这段关系里，她的确很轻松，有种随波逐流的自在感。

唐西澄以为这样的体验应该能持续一段时间，至少半年吧。她的期待并不很高。

然而，这也并不容易。

周奕 27 号结束南方的工作，回来已经很晚。原本唐西澄与他约好第二天碰面，但那天晚上九点多加完班，到公司楼下，一道身影在灯下靠着，抬起头时，唐西澄看到他略微憔悴又溢着开心的脸。

"西西！"周奕几乎像小猫一样到她面前，也如同小猫一般柔软具有治愈力。

唐西澄的疲惫消减大半，讶异地看着他："不是说……"

"不想等到明天。"周奕将脸埋在她肩颈，热热的气息拂在她的皮肤上，"我果然一点儿也不适合异地恋。"

他们一起回去。

在周奕的家里，唐西澄洗了澡，坐在沙发上用手机回工作邮件，忽然视线被遮挡，周奕拿了宽大的毛巾帮她搓湿漉漉的头发。唐西澄忽然什么工作也不想做，任由他帮忙，之后周奕一缕一缕帮她吹干头发。

在吹风机嗡嗡的工作音中，唐西澄闭着眼躺在沙发上几乎睡着。

"好舒服啊。"她由衷说了一句。

周奕关掉吹风机，忍不住碰她刚洗过的清爽干净的脸："西西。"

他靠得很近，唐西澄睁眼对上他坦荡潮热的眸子。

"嗯，怎么了？"她的声线压低，带着一点儿笑意，周奕贴到她耳郭说了几个字，同时温柔地开始前奏。

体力消耗了很多，澡也白洗了，两个人却并没有直接睡过去，唐西澄觉得有点儿饿。

周奕恰好开口问她要不要吃午夜火锅。

一拍即合。

"我买到了你上次说的那种酱。"

酱？

哦，味噌酱。

"那个菜场真的很远。"周奕的声音听在唐西澄耳里有些飘忽，"但我想试试有没有你说的那么好吃。"

唐西澄"嗯"了声："不知道会不会合你口味。"

等待外卖送菜的时间里，唐西澄重新洗了澡。她出来的时候，汤底已经煮起来，周奕将酱料挤在碟子里。

开吃之后，唐西澄问他觉得怎么样。

周奕回答得很诚实，是很好吃，但他应该不会特意去买。他在很多方面都拥有宽容度，对食物也一样，不会对什么究极执着。

然而他又微微弯眼："但你爱吃，所以我已经加了老板的微信，以后不怕找不到。"

显然，周奕是在恋爱关系中挑不出差错的男朋友。

唐西澄当然知道。

甚至，他们分手，也完全不是他的问题。

那天，原本应该是个普通寻常的周六。唐西澄中午在楼下看到周奕时，他似乎心情比平常更好。坐上车，唐西澄问他："我们去哪里？"

周奕弯弯唇："去了就知道了。"

他仔细看她的脸："你今天的口红很好看，新换的？"

"这你能看出来？"

"你是不是要说我不是直男？"周奕歪了歪头，"但我直不直你知道。"

唐西澄笑起来，车子开出去，才问："所以你安排了什么惊喜吗？"

"不告诉你。"

唐西澄想想今天是什么日子，不是她的生日，也不是周奕的生日，嗯，是儿童节。

以他的性格，安排特殊的儿童节活动也不算稀奇。

车子一直开到他们曾经吃过的一家餐厅附近。

"是在这里吃午饭吗？"唐西澄问他。

周奕停好了车，帮她解安全带，笑着说："先下车。"

唐西澄打开车门，和他一起下去。

他们穿过广场走去餐厅的正门，周奕牵着唐西澄的手。

推门进去餐厅，他视线往右，朝休息区挥了一下手，那里坐着两个人。

那是唐西澄和周奕在一起之后，第一次有失措感。她几乎是本能地抽出了自己的手，转身出门。

周奕蒙了一下，立刻追出去，跟上她。

"西西！"

唐西澄一直走到路牙边上，周奕去拉她的手，没拉住。

唐西澄后退了一步，是戒备的姿态。

"你怎么了？"他已经意识到不对，"……只是见一下我爸妈。"

"我不想见。"唐西澄脸有些冷，"为什么你不提前说，就带我见你家长？"

周奕没见过她这样忽然炸毛的样子，一时摸不着头脑。

"我爸妈过来看我，听我说了你，很想看看你，他们都是很好的人，我也想让你见见他们，我以为你会高兴的，这样很严重吗？"

"……我们谈恋爱，只是我跟你的事，为什么要这么复杂？"

"这复杂吗？"

周奕搞不明白，脸色茫然："我谈了喜欢的女朋友，想让父母看看，不是很正常吗？我的室友大学谈恋爱，寒暑假也会去对方家里，我想让我父母看看你，我觉得他们会喜欢你，你也会喜欢他们，有机会我也想见见你的父母，这复杂吗？如果我们一直在一起，以后结婚也要见的，只是提前而已。"

"我没有父母给你见，我也不要结婚。"

周奕愣住，怔怔地看她。

唐西澄胸口微微起伏，垂下眼："对不起，你回去陪你父母吧，我先走了。"

没再看他的表情，她很快穿过马路。

走了很远，才发现手指一直攥得很紧，掌心有很多汗。她松开手，无目的地沿着街道往前，最后走去路边的地铁站。

这一大的晚上，周奕发来消息：今天是我不好，没有提前告诉你，现在能不能见面？

唐西澄回复：我想冷静一下。

过了几分钟，收到周奕的回复：好，我等你。

那之后的一周，他们没有联系，唐西澄仍然早出晚归地上班，独自过寻常琐碎的生活，也有不习惯，也有觉得难受的时刻，但都在可以克制的范围内。

直到下一个周六，她拨了周奕的电话，晚上七点多，没有等待多久就被接听。

"西西？"

唐西澄问："有空吗？"

隔着听筒，听到那头低低的声音："我以为你不会找我了。"

唐西澄停顿了一下，说："我来找你吧。"

周奕却选择自己过来。

唐西澄在楼下的林荫小道上见到他。

旁边路灯坏掉一盏，单薄的灯光昏暗得几乎看不清彼此的表情，周奕依然将视线落在她的脸上，对视了两秒，他尝试来拉她的手，唐西澄避开了。

周奕僵了一下，收回了手，他在心里组织语言，其实想问她父母的情况，但想起那天她那么冷的脸，便也不敢触碰。

"对不起，周奕。"

周奕已经在这一周中想过了很多遍她会说什么，对结果也做了心理准备，但听到这一句仍然很难受，他直接地问出来："你那天说不会结婚……虽然我还没想那么远，但我是抱着希望的，所以，你从来没想过和我有结果吗？"

"人和人之间没有结果，不是最大概率的结果吗？"唐西澄平静地说，"而且，结婚也不是结果。"

周奕道："你说得没错，但也有很多人的爱情婚姻是很长久很幸福的，像我爸妈，他们就一直很好。"

"我知道有这样的，但我不相信会发生在我身上，我也不向往那种长久永恒。我只想自由一点儿，和你在一起挺开心的，但结婚这样的事从来不在我的计划里。"

"所以西西，你谈恋爱是抱着随时抽身要走的心态吗？"

周奕的声音忽然低沉下去，透出一丝酸涩："那你有没有想过，可能别人已经很喜欢你了，别人想要有结果呢？"

短暂的沉默，只有风拂过树荫的声响。

"抱歉。"唐西澄捏了捏手指，"我现在知道了，我应该最开始就告诉你的，或者，我根本不应该开始。"

不知为什么，周奕虽然是生气的，但听到这样的话，心里仍然微微一疼，借着黯淡光晕觑着她的眉眼。

"不用道歉，西西，谈恋爱没有对不起。"他唇瓣微抿了下，"我也没有后悔。"

"周奕，这三个月谢谢你。"

唐西澄没有说分开，但周奕知道，她已经说了。

在这个晚上，唐西澄结束了这段短暂的关系。

最先发现异样的是蒋津语。

她注意到周奕的朋友圈不更新了，点进去看，发现原本用来做背景的那张唐西澄的背影照已经被换掉。

等到这个月的年中聚餐那天，散场之后，和唐西澄轧马路回公司的路上，蒋津语才开口问她。

唐西澄承认了。

得知缘由，蒋津语忍不住笑了："这小孩挺好玩啊，这才几个月啊，见家长……"

"也好啊，没浪费他更久时间。"唐西澄也笑。

蒋津语瞥她："Cici，要不要试一下那个最快走出失恋的方法？"

"什么？"

"快速投入下一段啊。"蒋津语暗示她，"十二楼那个……"

唐西澄："……"

她低头往前走，听到蒋津语淡淡地叹了口气："你别说，在这一点上，你跟某人的人生观其实还挺合的，我印象中他几乎说过一样的话。"

唐西澄刚想问，就反应过来了。她知道那个他是谁。

半个月之后，唐西澄最后一次见周奕，已经6月底了，B市完全进入炎热闷燥的夏季。

唐西澄出差回来，周奕约她在思格楼下的咖啡馆见面。

唐西澄过去时，他依然和以往一样朝她露出笑脸："冰美式，对吧？"

"谢谢。"

"不用客气。"周奕从包里翻了下，"你的。"他带来了唐西澄落在他家里的一本书。

"想来想去，还是想见你一面。"

周奕告诉唐西澄他已经接受了公司的安排，将要去南方，未来一年都会在那里："本来已经拒绝了，因为我接受不了异地恋。"

他低头笑了一下。

唐西澄不知如何回应，沉默了两秒，说："希望你在那边顺利。"是真心说这句话。

周奕棕色的眼睛温和地看着她："我们还能是朋友吗？其实不想和你变成完全的陌生人。"

唐西澄点头："好啊，如果你不介意的话，我可以。"

周奕终于又笑了，带着一点儿无奈和释然："所以是真的没那么喜欢我吧。"

看到她要开口，他截住了话头："再见了，西西。"

周奕离开之后，唐西澄独自坐了十分钟，喝完了那杯咖啡。

透过咖啡厅的透明玻璃，她看着外面街道上来来往往的陌生人，忽然有点儿想回家。

没有犹豫多久，打开手机挑了周五下午的机票，回到微信界面给周姨发条消息："我这周回来啊。"

6月末的S市并不比B市凉快。

繁茂、热烈、万物奔放的夏季，潮热是感官最真切的体验，令人体会到蒸腾地活着的感觉。

院子里的石榴花开得绚艳疯狂，占据了阳光下的整片墙根。

年初从老家回来，周姨在老槐树下开辟两小块菜地，栽种葱蒜和上海青，唐西澄牵着长长的水管为所有植物浇水，她在家里越发懒散，长发松松绾着，穿一件绿色的中长T恤，遮到大腿中间，踩着拖鞋径直进去，踩上松软的土壤。

外婆喊她去梳头换衣裳。

唐西澄笑笑回身应"好"，却拖延着，透明冰凉的水流从管中泵出，从植物的叶片滑落，没入土壤，树叶罅隙间落下的光点轻盈地在她肩头跳跃。

外婆心下纳罕，多少与从前不同了，这一年常显露些小孩心性来。

唐西澄浇完那些菜，没忘记角落的仙人球，不那么急需水分的生命，偶尔也需要关照。她想起了被落下的鸾凤玉，不知会被扔在哪儿，最终枯死在哪个角落。

早餐吃馄饨。

说是早餐，其实已经快十点，唐西澄起得晚，周姨掐了两片青菜叶现煮了一碗馄饨，她一边吃一边听外婆讲泊青上个月回来开会，顺路来探望，又破费带了好些东西。

唐西澄拨着碗里菜叶，随口问："梁老师怎么样？"

"看着瘦了些。叫他吃了饭走的，他讲要赶飞机。"

唐西澄"嗯"了声："他是忙的。"

外婆话匣子打开了似的："讲起来，泊青家里的侄子，叫聿之的……倒是没有见过了。"也不需要唐西澄接话，自顾自道，"现下环境，年轻人工作忙的，个个不容易。"忽又开始嘱咐她在外要注意，吃饭是要紧事，同朋友同事相处要如何如何。

像是幼时上学一般，零零碎碎操心许多事。

唐西澄只需要点头回应。

当她再次回到工作地，便又成为外婆口中"不容易"的年轻人，每日通勤时在地铁上昏昏欲睡，或隔着灰蒙蒙的出租车窗窥视深夜的城市。

工作以外是稳定的独居生活，像读书时一样独自去看电影，每周的口语课也在坚持上，已经持续半年，进步明显。

又为了学车，新找了驾校，空闲时间就此瓜分完毕。

到 7 月底，生活有了新变动。

快要住满两年的房子，房东因为家里要挂牌出售，好言好语与她协商，唐西澄便也不想多纠缠，重新去找住处。

搬家是件烦人的事。

整个过程很匆促，唐西澄跟着中介看了一天的房子，在晚上九点多定下，一间 loft（阁楼式）公寓，60 平方米，在十六层，阳台有整面的落地窗，都说这种屋子住起来很烦，楼上楼下地跑能累死，但她不在意，当晚就签好合同。

之后用了大半天时间收拾东西，约了搬家公司。

离开前，唐西澄与房东结清水电，交回钥匙，想到去年毕业，颜悦说以后还要回到这里，如今已经变成没办法实现的事。

傍晚搬到新家，整理归置物品，结束时看时间，十一点多了。

简直是最累的一天，和在拍摄现场连钉两天差不了多少。

唐西澄瘫坐了五分钟，拿小锅煮泡面，边吃边翻手机，朋友圈里姜瑶更新了照片，她和朋友正在岛上玩，那里有冰蓝色的海、优雅的火烈鸟，风景漂亮人也漂亮。

姜瑶灿烂的笑容依然充满力量。

时间进入 8 月，思格接了个政府项目，依托新落地的城市科创中心和下半年的高阶论坛打造科创城市的名片。

项目评级很高，思格内部专门拉出一个临时小组，集体奔赴西南。唐西澄是蒋津语点名要的，她以创意总监的身份直接向科技组的 leader（领导）开的口。

这一趟出行时间会比较长，半个月打底。

临走的前一晚，唐西澄在家里收拾行李，语音电话通着，蒋津语在那头提醒她："多带点儿漂亮衣服，小裙子不嫌多，这趟这么久，有艳遇的概率很大。"

唐西澄刚好在往箱子里拣裙子，问她："上次甲方那个总监，没后文吗？"

"后来见了几次，不是听音乐会就是看话剧，周末好不容易睡个懒觉，人家大早上喊我去看展，看完还要问我观后感，我这人真吃不消文艺男，脸再好都不行。"

蒋津语的语气里带了点儿无奈："我一大俗人，就想过点儿活色生香的日子，容易吗我？"

唐西澄轻笑："可能是你现在的发型，比较有女文青的气息。"

"那干脆明天落地开完项目启动会，先做个头发，下午去逛商场看帅哥，看惯了这些糙老爷们，我们去南方搞儿精致的。"

"怎样算精致的，Peter 那种吗？"

"Peter 在咱们这儿算一枝花，出了思格他也不经打，等你明天洗过眼睛就知道了。"

好吧。

唐西澄以为蒋津语只是嘴上说说，没想到在西南的那段时间，她真的践行了这番豪言，工作之余的闲暇没有一点儿是浪费在酒店的，唐西澄被她带着去各大网红地点，打卡多家酒吧。

帅哥确实看了不少，但艳遇并没有。

蒋津语某天约会了一位精致的寸头美男，后来因为适应不了对方的口音，就此作罢。

唐西澄一见钟情的则是兔肉，鲜椒兔十分好吃。

比较安慰的大概是，工作方面进展很顺利，为思格在西南地区打下漂亮的一仗。

在这个项目里，唐西澄承担的依然是 Account 的部分，收集素材，明晰对方的需求，组织会议，不断地沟通、反馈，调控项目的整体节奏。

第一次深度合作，蒋津语感知到她是一个目标太清晰的人，似乎在任何低效的沟通局面中都能最快地察觉，聚焦到关键问题，态度上始终外软内硬，琐碎磨人的工作在她手上也能较高效率地推进。来思格刚满一年，并不是谁都能做到这样。

返程的飞机上，蒋津语问唐西澄想不想调组："你有想法的话可以申请，在不同的组体验过，会有利于你的提升，像快消组、日化组都比较有挑战。"

这是正经作为前辈的建议，唐西澄这一年跟的项目都是科技方向的。

"我考虑一下，或者我把今年经纬的项目跟完。"

"也行，月底 S 市那个 WAIC（世界人工智能大会）应该是你去跟吧？"

唐西澄点头："回去歇不了几天了。"

"你这差不多连轴转，"蒋津语想起来，"你年假没休吧，有工作狂的潜质啊。"

唐西澄笑笑："年底再休吧。"

回B市之后，经过一周的休整，唐西澄转场S市。思格安排了两个实习生与她同去。

WAIC，世界人工智能大会，科技领域的盛事，这次在S市举办，主会场在世博中心，另在展览馆设创新应用展，是AI企业的绝佳宣传机会，各家公司提前去布置展位。

唐西澄在现场协助经纬的团队，一直忙到晚上。

她让实习的两个女孩先回去，自己留下来和经纬的宣传总监对细节，结束之后已经快九点，就近吃了晚饭。

走到酒店的门口，忽然被叫住，回过头看到对方。

是陶冉。

离开星凌之后，她们基本没有联系。

没想到这么巧，在这里碰上。

唐西澄走过去："陶冉姐。"

陶冉表情惊讶："西西，你……"

唐西澄简单解释失语是心理障碍，现在已经没事，陶冉点头："没事了就好。"又看向她的工牌，"现在是在思格？"

"嗯，跟客户一起过来的，我们和经纬有合作。"唐西澄问她，"星凌也有展览是吧？"

"对，这么好的机会，我们怎么会放过，你们哪个展位？"

两人对了一下展位号，发现离得并不远。

"明天空了过来我们那儿玩吧，大家都很久没见你。"陶冉笑着邀她。

唐西澄只当她是客气，点点头，看一眼大厅，问："现在是要回房间吗？"

酒店前台在另一侧，这边全用作客房，不吵闹，走进来的人都很快过去电梯间，只有她们俩停在这里。

"哦不是……我住对面。"陶冉晃晃手里的文件夹，"在这儿等梁总，要给他。"她低头看表，"应该马上到了。"

唐西澄已经想到他会来，没多惊讶，点头说："那我回房间了，陶冉姐。"

"好，去休息吧。"

220

话音未落，门口进来两个人。

"梁总。"陶冉出声。

唐西澄侧过头，撞进一双眼睛。极短的目光触碰，他面无表情地移开。

两道身影走近。

梁聿之身旁的人是星凌的技术总监，姓丁，今年刚被挖过来。丁总监不认识唐西澄，颇好奇地看她一眼："是咱们的人？"

"是我们以前——"

一道声音打断了她。

"资料呢？"

"在这儿。"陶冉将手中文件递过去。

他低头翻阅。

空气中似乎有一丝奇怪的凝滞感。

陶冉看向唐西澄，后者向她打了个"先走"的手势。

陶冉在职场拼杀十年，敏锐细腻，就这片刻已发觉细微的异样，朝她微一点头。

唐西澄转身，沿着左边的廊道往前，她的房间就在一楼。

在场摸不着头脑的只有丁总监，略遗憾地看着那个走掉的身影："怎么走了？话还没说完呢。"

梁聿之合上文件夹，侧眸瞥他："你又不认识，有什么好说的？"

视线远处，那身影已走到廊道尽头，进了房间。

丁总监莫名其妙被说，感到很无辜。

陶冉心中则越发肯定，这两个人不对。

那天之后，展览正式开放，馆里人流量大增，需要时时关注现场状况，其间仅有的一点儿空闲，唐西澄只逛了逛经纬展位左右的几家，主会场更是没有机会进去。

短短几天会期，这一片区域聚集了太多人，300多家企业、专家学者、企业高管、投资人……单单媒体记者就有900多位，酒店满员。

在这么多的人中，要第二次碰到同一个人显然是低概率事件。

唐西澄没再看到陶冉，也没去星凌的展位，但再次遇见了梁聿之。

是会期的第二天晚上。

唐西澄已经回到酒店，经纬的宣传总监打电话过来，说张总安排了晚餐，请她也一道去。那位张总，唐西澄知道，在之前的饭局上见过两回，给她的印象并不好，之前有组里的 leader 顶着，她推掉过两次庆功宴，但这回一起来的只有实习生，她就是思格的代表。

踏入餐厅之前，唐西澄以为只是经纬内部的晚餐，直到走进包厢，她才知道不是这个性质。

业内人士齐聚的盛会，是同行交流的平台，也是商务社交的机会。

在这样的饭局上安排几位女性活络气氛增加趣味，似乎是身居高位的人心照不宣的共识。除了唐西澄，被叫过去的还有经纬的一位女员工。

那位宣传总监早已空出了张总右手边的座位，请唐西澄坐。

张总正和两位衣冠楚楚的男士聊天。

其中一位戴细边眼镜，长相端正，注意到唐西澄，问："这位是……"

"哦，我们的合作方，思格的唐小姐。"张总微胖的脸侧过来，"Cici，这两位是兴达的郑总、丰越的吴总。"

梁聿之就是在这时进了包厢。

唐西澄听见张总喊了一声"聿之"，继而那身影走来，穿着惯常的职场装束。在对面落了座，他言语淡然地与另外两位打招呼。

张总转向唐西澄："Cici，星凌的梁总。"顺口玩笑了一句，"今天这可都算是你们思格的潜在大客户啊，别放过机会。"

唐西澄维持着体面的微笑，视线落过去，从那疏朗冷清的眉眼滑落，最终停在纤尘不染的衬衣袖口。他的手搭在桌上，用温淡的声音问："明天是有经纬的演讲吧？"

明显是当不认识她。

幸好她不必参与他们的交流，毕竟张总今天的宴请不需要会说话的人。

做做摆设而已。

后面便是司空见惯的酒局推拉，唐西澄虽是职场新人，也已然不陌生，只是今天现场多了个旧相识。她以前不知道他在应酬场上的样子，现在见到了，说游刃有余并不为过。

他们聊的话题很广，起初聊 AI 领域的前沿技术，名词陌生难懂，又说起近几年的投资方向，后来跳出行业，也谈经济、时政。

酒过三巡，话题就更加开放跳跃。

唐西澄注意到他会避开某些话题，不高兴接的话他笑笑沉默。

在这个过程中，她在做合格的花瓶，偶尔张总笑着叫她喝酒，她被蒋津语带出来的，酒量多少也进步了点儿。

张总一直是那张笑眯眯的脸，眼周褶子堆出奇怪的慈祥气质。

桌上气氛很好。

到后来，张总肥腻的脸上漾出了红，不知怎么注意到唐西澄搁在桌沿的手，毫不避忌地捏到手里："Cici，这手怎么弄的？"大为可惜的语气，仿佛看到无瑕白玉上多出一道裂纹。

唐西澄手背的疤痕其实淡掉很多，但不可能完全消失，近看仍然明显。

张总这么一句把大家视线都引了过去。

隔着桌上一片盘碟酒杯，梁聿之看着那只纤白的手，不知是因为那处疤痕还是因为张总摩挲她手背的动作，他的烦躁快要压不住。

唐西澄答了一句："是旧伤，不小心弄的。"

她不动声色地抽回了手。

吴总笑笑接过话："都说手是女人的第二张脸，唐小姐的这张脸即使伤了，也还是好看的。"

张总仍然惋惜："我认识一位医生，做整容美容的，技术精湛，晚点儿看看能不能做疤痕修复。"

"谢谢张总。"

"再喝一杯吧。"

唐西澄端起酒杯，忽然听到淡淡的声音："张总，想起来还有点儿私事同你聊，要不换个场子吧，顶楼酒吧还不错。"又看旁边："一起坐坐？"

那两位也有兴趣，郑总说："那正好，本来还想明晚上去看看。"

张总见状便道："行，听聿之的。"转头对经纬的宣传总监说："那你们撤吧，两位女士你送送。"

唐西澄临走前，朝对面瞥去一眼，他依然容色平静，面露凉薄，也依然不看她。

回到酒店，刚过九点半。

唐西澄走去洗脸台，水龙头打开，她慢慢地洗掉脸庞的黏腻，凉水扑到眼睛里，疲累和憋闷得到缓解，然而心口某处仍然不断溢出躁郁感，像加热到五十摄氏度的羽毛在胸腔里温柔地扫荡，从最初的若有若无渐渐变得清晰强烈，到八十摄氏度，羽毛干硬粗糙起来，她的脸也跟着变热，似酒劲蓬发的状态，但她并没有喝醉。

室内充足的冷气也无法令她纾解。

唐西澄靠在沙发上，大脑空白地待了一刻钟，起身走出去。

夜里十一点，梁聿之与几位同行道别，离开酒吧。他喝了不少，但神志清醒，只有额角酸胀不适。

方重远得知他在 S 市，发来消息没被回复，这个点直接拨了电话来。

狐朋狗友就是不分时刻地扰人。

梁聿之边接电话边往酒店走。

侧门外的小广场比白日安静许多，喷泉的水柱上升、迸落，绵延不绝，映着流光溢彩的一圈灯火，是华丽沪城的微小缩影。

是在方重远挂掉电话的那一秒，梁聿之走到喷泉另一侧，看见了灯光下单薄的身影。

轻微地一停之后，他提步往前。

"梁聿之。"唐西澄叫他的名字。

他没回身，但也没继续走，背影孤冷地立在那里。

唐西澄走近一步："要不要聊聊？"

"我和唐小姐没什么好聊的吧？"淡然生疏的语气。

"以前……"

"别提以前。我早不记得和你的以前。"

他的声音忽然冷漠，笃定得好像他们之间已经两讫，见面就该当彼此是陌生人。

唐西澄找不到别的话说。以为他要走了，再抬眸却依然看到他被夜风吹得微微鼓起的袖管。

"你不已经是斯杨的大股东了吗，是那些股份不够吃，要努力到这个地步？"倏然的一句，混在风里，嗓音低沉。

唐西澄愣了一下。

"你不是也很努力吗？"

他无话可说了，这次是真的打算走，然而身后人再次开口："梁聿之……"

缥缥缈缈的声音，像在梦里叫他。

唐西澄感觉胸腔里的羽毛烧到了一百摄氏度。

"今天，要不要一起住？"

意识到的时候，这句话已经出口了。

梁聿之霍然转身，灯光下，他嘲讽地扯唇："我该怎么理解唐小姐的意思？"

唐西澄道："就是那个意思。"

梁聿之几乎气笑了，胸腔到喉口都是难抑的酸怒。

"你不是在谈恋爱吗？不是有男朋友吗？你们不是感情很好吗？出个差就这么耐不住寂寞，几天也忍不了，你指望我愿当你的一夜情对象？我是不是该感谢你这么看得上我？"

唐西澄不清楚他怎么知道谈恋爱的事，或许是蒋津语说的，她没反驳，只告知事实："我已经分手了。"

梁聿之快无法分辨自己是什么感受，眼底没理由地泛热，他别开脸："唐小姐真是洒脱，想必也很容易找到下一个吧。"

唐西澄也不知道要说些什么，她的手指蜷起来，摸到湿腻的手心，用温和的声音说："我们……挺合拍的吧，你没有怀念过吗？"

"那种虚伪恶心的记忆，我为什么要怀念？我说过，我早不记得了。"

"我记得，我们在浴室里——"

"唐西澄，"他冰冷粗暴地打断她，"你没有羞耻心吗？"

"也有的。"唐西澄沉默了下，"你没有想法就算了，那……拜拜。"

唐西澄抬脚离开，走进酒店大门，沿着廊道回到自己的房间。

进了房间，她直接去洗澡，用温凉的水冲了几遍，出来站在镜前吹头发，想着明天结束要不要去找邹嘉聊聊。

已经过了十一点半，她没什么睡意。

她从洗手间出来，换了睡衣，忽然听到敲门声。顿了一下，唐西澄走过去。

门一打开，外面的人一步跨入，唐西澄被推到墙上，肩背撞到整排开关。瞬间陷入一片漆黑，门被踢上，有人疾风骤雨一般咬上她的嘴唇，他身上的香水味和酒味一齐激烈地袭涌而来。

不知道他喝了哪些酒，很烈，横冲直撞中，凶悍的舌尖几乎将残留的浓酽全数渡给她。

不知道多久。

唐西澄感觉到口腔里有一丝咸腥，似乎唇肉破皮出血。

在难以承受的窒息感中，他退开了，唐西澄短暂地获得呼吸的自由，浓重的热息溢在耳侧，下一秒，肩膀突兀剧烈地疼痛。

他在那里咬了一口，齿尖深深陷进肉，毫不留情。

唐西澄生生忍受了，抬起自由的那只手去摸灯，刚亮了半秒，只对上一双微红的幽邃的眼睛，还未来得及看清整张脸，灯已经被按灭……

凌晨五点，唐西澄从被子里探出脑袋，被汗水浸湿的头发紧贴在鬓角。

她半睁眼。

"梁聿之，我口渴……"几无气力的声音。

站在床尾的身影僵了一下，尔后他继续扣衬衣的扣子，好一会儿才过去拿了桌上的瓶装水拧松丢到床上。

唐西澄撑肘爬起来，喝了几口，又躺回去，将纯白色的被子拥在肩头。

"要不要以后也继续？"她决定直面自己的需求。

梁聿之侧眸看她："继续什么？是谈恋爱对你不够刺激？"

还是你就是忘不掉梁泊青所以又来找我？

他硬生生忍住这句话。

唐西澄挪了一下脑袋，低缓的声音有些淡："我没有喜欢的人，我也不想谈恋爱了，谈不好……恋爱结婚这些东西都是要互相承诺的，我不想给，也不想要。"

她想起蒋津语说的，掀眼看向他："这也是你的态度吧？"

是，确实是。

一切捉摸不到的感情都是虚无的，必会走向凋朽的。

他一直很认同。

但是，不知道为什么，作为听到这种话的对象，此刻的体验并不好。梁聿之看着她那张白似雪的脸，懒散疲倦地露在被子外，迷蒙而真实的眼睛望着他，心里浮起两个字——报应。

她已今非昔比，在他面前丝毫不再伪装，彻头彻尾地可恶又坦荡。

我跟你很合，在不负责任上很合，所以找你。

他别过视线，低头扣袖扣，声音微哑："要继续到什么时候？"

"随便，没有限制。"唐西澄停了下，"但是，是单一的，出于健康考虑。"

梁聿之没言声。

他被她狠狠咬过，知道她是什么人，他知道最应该做的是羞辱唾弃她，然后转头就走，然而他站在那里，看到镜中自己的颈下，她的唇舌落下的印记，如同被围剿的败寇，前方只有混沌泥淖，他不甘心缴械却又无处突围。

"所以你答应吗？"

唐西澄看到他沉默地弯腰拾起地上的领带，关掉了玄关灯。

临出门前，于暗淡朦胧的晨光中，梁聿之侧眸看向床上的人，听见自己自甘堕落的声音："就按你说的。"

或许，多少也存有隐秘的恶意的报复心，这次会是我先腻了，是我先离开你。

梁聿之离开后，唐西澄继续睡回笼觉，直到早晨闹钟响起才昏沉地醒来，体力恢复了些，浑身酸软地走去洗澡。出来时站在镜前查看身体，手指碰一下肩膀的齿印，仍然痛感明显。

他昨天很凶。

唐西澄裹着浴巾出来穿好衣服，拣拾昨夜的烂摊子，梁聿之只穿走了他自己的衣服，现场其他一概没管，依然狼藉着，入户柜上原本整齐的饮料乱七八糟地倒着，有罐可乐滑落在地。

唐西澄一样样收好，在小沙发旁边发现一张名片，是位投资人，她不认识，可能是梁聿之兜里掉出来的。

她收在手里，找到手机在微信里翻到他，拍了名片发送，立即弹出红色的叹号和提示信息。

他删掉了她。

想想也不意外。唐西澄看看时间，决定到自助餐厅碰运气，前几天早上她都在展馆吃面包，没去过餐厅。

但其实这家酒店的自助早餐口碑不错，一直有美食博主专门来打卡推荐，唐西澄过去吃了一碗小馄饨，查完邮件，用手机列新案子的 brief 要点，大约过了四十分钟，来吃早餐的人越来越少，在她补过口红也打算离开时，看到梁聿之走进来。

穿上衣裳，他又恢复了白日的衣冠楚楚，衬衫平整，领带周正。

他和那天晚上同行的男人一起，之后各自去取餐。

没去选馄饨葱油面，拿的是牛角包和沙拉，唐西澄在他取牛奶时走过去，将那张名片递到他空出的左手上："你落的吗？"

梁聿之偏过头，眸光在她着了淡妆的秀致脸庞上短暂一掠，视线落下，看到她指间捏着的那张名片，他抬手接了，同时牛奶满杯。

唐西澄观察他新配的领带的纹路，问："你今天回 B 市？"

"明天。"他将杯子搁进餐盘。

唐西澄也不耽误时间，声音低了点儿："你住哪个房间？"

没听到回答。

唐西澄抬头看他侧脸，面色不显情绪，只有唇微抿，似乎不想说话。

难道……后悔了吗？

稍短的沉默。

随后，薄淡的声音入耳："1203。"

梁聿之端起餐盘，与唐西澄擦身而过。

这是会期的最后一天，结束后，需要撤掉展位。那位张总大会结束后就已经先飞了，留下展馆这边的人收尾。一切忙完后，经纬的宣传总监请大家吃了晚饭。

唐西澄向两个实习生确认她们明天的机票，并告知："我后天再回。"她打算顺路回家看外婆，多留一天。

回到房间，先洗了澡，打开电脑处理掉这次的项目总结。等到十点多了，她只拿上手机和房卡去乘电梯，幸好电梯不需要刷卡。

到达十二楼，按指示找到1203，抬手轻轻敲了两下，并没有听到动静。

没有回来也是有可能的，或许他们有庆功宴，或者他另有应酬。

唐西澄已经转过身，背后却有了声响。

他似乎刚洗过澡，头发是湿的，凌乱状态，遮住了一点儿额头，然而身上没套酒店的浴袍，穿的是惯常在家里穿的那种宽松T恤。

沉默地对视几秒，梁聿之的表情很淡，唐西澄刚要张口，他已经折回室内，门半开在那儿。

唐西澄自觉地走入房间，合上门，听到吹风机工作的声音。

套房与普通客房差别巨大，走进去只感觉宽敞开阔，不知道什么时候流行起来的半开放式盥洗台和浴室，透明玻璃几乎放弃了70%的隐私性。

他在盥洗台前吹头发。

唐西澄走去沙发坐下，旁边案几上有一罐已经打开的柠汁饮料。她视线扫过去，研究瓶身上的配料表，过了会儿，吹风机的声音停了。

里面的人走出来，半干的黑发呈现蓬松的状态，他停在案几旁边，手指握起那罐柠汁喝了两口，唐西澄的视线落在他凸起的滚动的喉结上。大约是光线原因，他的皮肤过白，侧颊、下颌到脖颈，细腻得让人想要揉搓，让它变得红起来。

罐子被再次放到案几上，他走去调冷气的温度，再回来看了眼搁在沙发扶手上充电的手机。

唐西澄站起身走过去，截住他的后路。

"梁聿之，你不想的话，可以拒绝。"唐西澄不掩饰对他的渴望，从昨天的话说出口开始，她仿佛彻底肃清了一切，对自己极度坦诚，"我现在想亲你。"

她笔直看着那双眼睛，不再等待，将他推到沙发上，如果他不愿意，他自然会反抗，到时候再停止。

唐西澄坐上梁聿之的腿，但在搂他脖子时被捉住手，她去看他的表情，那双眼睛里有什么一闪而过，下个瞬间姿势陡然变换，她被丢到沙发上，面前的身影覆过来，唐西澄的右肩完全被桎梏，修长干燥的手指从她左手指缝嵌入，严丝合缝地扣紧，掌心相贴。

梁聿之俯首吻下来，带着柠汁的味道。

没有昨天凶戾，但也不温柔，硬挺的鼻子直直撞到她的。

疼痛中，鼻腔里挤入某种洗浴液的微香。

唐西澄能感觉到，他从昨天到现在都是不高兴的，也能想到他在记恨什么。但她想要谈从前，他又不要听，她就懒得管了。

现在这样的关系是双向的，他自己答应的，取悦彼此的事并非她独自受惠。

身体开始出汗的时候，唐西澄被捞起来，抱到床上，唐西澄隐约感受到他颤动的胸腔和急促有力的心跳，他在离她半寸的位置垂眼看她。

唐西澄辨不清那个眼神，她只觉得他的瞳色很黑，非常干净的清黑。在薄薄的唇落过来时，唐西澄迎接，终于自由的手摸上他松软的微潮的头发，触感清凉。

是难得友好和平的一个吻，默契地交替含住对方的舌尖，轻吮又放掉，不厌其烦地重复。

很突兀地，手机铃声响了起来。

两个人都僵了一下，唐西澄听出是自己的，最近几天都在嘈杂的展馆，她换了很难被忽略的且不悦耳的铃音。但她打算无视，依然去勾缠他。

然而不到两分钟，再次重复。

梁聿之从她身上退开："去接电话。"

唐西澄只好爬起来，呼吸还有些不稳，她找到自己的手机，走到卧室阳台接通，平复心绪，听明白事情，回应对方："嗯，是交给她做的，我现在问问什么状况，稍等，我会很快回电话。"

她挂掉，又另外拨电话给实习生，要来新提交的文件，很快看出数据导入了旧版，她讲清楚，安抚了几句，交代尽快修改重新提交，又给创意部同事回电。

梁聿之沉默地看着。

那道身影靠在半开的窗帷上，阳台是里外连通式的，外间的光落进一缕，倾泻下来，那蓬密的长发在明暗之间。

她平心静气地讲电话，用温柔的嗓音帮别人解释错误，客气有礼，略微维护。

仿佛对谁都仗义。

唐西澄无意识地拿手指拨动帘幕，听着电话那头的同事抱怨，渐渐有一丝急躁，回首看一眼，梁聿之靠在床头。

壁灯未开，他的轮廓有些模糊。

好一会儿，电话终于挂掉，又收到实习生发来请她确认的新邮件，唐西澄快速看完回复，过去开了床头壁灯，走去关掉外间的，她回到床上，掀开被子，坐进来。

"你每天都这么忙吗？"低沉的声音。

唐西澄："也不是。这一阵事情比较多。"她身体往下，滑进被窝，脚趾碰到他的小腿。

梁聿之抿唇，眼睑微落："……经纬那个张总，经常见？"

"没有。"

"他手段很脏，离他远一点儿。"

"怎么样的脏？"唐西澄好奇地侧眸，对上那道视线，又抿唇收回目光，"随便问问，我知道，他就是恶心的老浑蛋。"

她没掩饰厌恶。

"那么恶心你也笑了一晚上。"

唐西澄听出嘲讽，盯他两秒："那你觉得我要怎么做呢？你不是也经历过吗，你不是陪人家活色生香的女客户吗？蒋津语不是说你差点儿失身吗，你都受着的事情？我要怎么做？"

"你只有这个选择吗？"

唐西澄撑肘爬起一点儿，直视他："又想说我的股份是吧？我回去坐吃山空，还是凭我死了多年的母亲过去谋个闲差让他们把我供在公司？你家里那么厉害，你怎么不回去继承家业呢？你能有你的选择，我不能有？"

语气是平静的，但攻击性毫不遮掩。

他很清楚，这才是她真实的样子，温顺跟她没什么关系。

梁聿之别过脸，不吭声了。

气氛僵了下来。

唐西澄沉默地躺了两分钟，靠过去摸他，被推开手。

"理亏所以不好受吗？"唐西澄伏到他胸口上，"我帮帮你。"她低头封他的嘴，刚强硬地吻了两秒，被扣着后颈推开。

"唐西澄，你自找的。"

下一秒，他欺身压过来，不再客气。

唐西澄印象中，梁聿之没有在这件事上放过狠话，总之，这是十分混沌的一个晚上。

反反复复，好像涸辙之鱼。

过度放纵的后果是第二天早上闹钟响起之后，梁聿之骂了句脏话。然而手机的主人压着他的右臂睡得无知无觉，头发全绕在他臂弯，他不得不拨开她的脑袋，在意识模糊中爬起来替她关掉扰人的闹钟。

再次醒来整个上午都已经过去。

半梦半醒间睁眼，视线下意识寻找一番，最后看到她站在那儿，裹着浴巾，对着镜子拨弄长发，裸露的肩臂显出优越的弧线。

梁聿之眼神蒙眬地看了会儿。

"别遮了，欲盖弥彰。"他倏然开口，久眠后的嗓音涩哑低沉。

唐西澄回过头："你就是故意的。"

对视间，两个人都在对方脸上看到嚣张之后的疲惫。

梁聿之撑肘起来，倚到床头，目光凉淡地睐她："你以为你下嘴很轻吗？"他没拉起被子，她做的事昭彰难掩。

唐西澄视线落在他的右手小臂上，他的手臂线条紧致，能看到凸起的青色筋络，然而那里现在有一块很吓人的瘀肿。

"你手臂……那不是我弄的吧？"

"不是吗，你再想想。"他拣起裤子套上，眼尾一丝讥诮，"要不要我提醒你？"

"不用。"

唐西澄盯着他露出裤沿的人鱼线，已经记起来，她推他坐到浴缸上，那时他的手臂没防备地撞到了流理台的斜角。当然，她也没好到哪儿去，在他身上攀附时肩胛骨硌在同一个斜角，现在还像裂开一样疼。

感觉那个流理台的奇葩位置值得投诉。

梁聿之已经站起来，没再看她，走出去拿手机叫了餐，又进来走去盥洗台打开水龙头洗脸。唐西澄盯着他背上的几道长长的红痕，看了看自己的手指，明明她的指甲修剪得挺干净圆润，算不上尖锐的武器。

"你好了就出去。"他要洗澡。

"又不是没看过。"

那身影侧过来，被水沾湿的墨色的眼睐她："没够吗唐小姐？今天真不打算走了？"

警告的意味。

唐西澄看他一眼，拿上手机走去外间，回复一些工作消息。

里面水声持续了十分钟，过了会儿，他走出来。

唐西澄进去换好衣服，出来见他若无其事地打开了笔记本电脑坐在阳台桌旁。

"梁聿之。"她叫他，说，"我要下去了。"

他抬眼淡淡道："叫了两份餐。"

话音落，外面有声响，唐西澄开了门。餐车推过来，是牛排意面、橙汁，以及餐后蛋糕。

唐西澄腹内空空，在看到食物的一瞬间已经有了原始的欲望，没有犹豫地选择留下来。

她坐在室内桌边，梁聿之在阳台，他们各吃各的。

唐西澄一点儿食物也没有剩下，甚至觉得小份的蛋糕不够，她朝阳台看过去时，梁聿之也正好侧眸："我不吃蛋糕。"

"哦。"

他看到她非常纯善地笑了一下，走过来时眼睛里映着清亮的日光，脸庞细腻的皮肤上有柔柔的细小绒毛。

和以前一样的日常感。

在这瞬间梁聿之感到一丝恍惚。

唐西澄解决了他的蛋糕，下楼回到房间收东西，已经快一点了。她没耽搁地收完，拖着箱子去退房，出来走到小广场，看见前面的身影。

他动作居然比她快。

唐西澄走到路牙边等车，隔着一段距离看他站在那儿打电话，穿一身黑色的衬衣长裤，没打领带，左手搭在24寸纯黑行李箱的拉杆上，是行道树下引人注目的风景。

没过几分钟，有辆红色超跑停在路边。

唐西澄忽然想起件事，走过去将手机解锁，点到通讯录页面递给他："我没有你的电话。"

站在这样近的距离，唐西澄在阳光下才发现他脸上也有磕到的伤口，右眼角有一点儿暗红瘀伤。

梁聿之没接。

唐西澄迟疑了下："那你要不要加回我的微信？"

手机被抽走，他低头输完11个数字，递回，瞥了下她放在那边的银白色箱子："你怎么走？"

"我打车。"唐西澄存好他的号码，抬头，"那再见。"

她转身走回去。

陆铭坐在车里目睹全过程，等梁聿之坐进副驾才打探："那女孩谁啊？你公司的吗？"

"和你有关系吗？"梁聿之低头扣安全带。

陆铭不死心地继续："颜值挺高啊，你没兴趣的话可以牵个线给我。"

"开车。"

陆铭斜他一眼，将车子开出去。

"干吗，难不成已经是我小嫂子了？我只接受这一个理由哈，不然你挡不住我。"没走多远，停在红灯路口的一片车河中，"我刚刚已经拍下她了，社交网络这么发达，不用你我也能找到。"

梁聿之直接拿过他搁在中控台上的手机。

"喂！"陆铭看着他的动作，叫道，"你怎么知道我密码？"

"你不就那一个傻瓜密码吗？"梁聿之点进相册，看到陆铭拍的唐西澄，左侧面的全身照，通勤风格的夏季装束，极合身的衬衣和裙子，曲线明显，他点了删除，翻到相簿，在最近删除里彻底清掉这张。

他做得这么果断。

陆铭倒真觉得奇怪了，凑近一点儿，注意到异样，冷不丁拨开梁聿之的衬衣领口："……你们睡过了？"

那之后，陆铭再问什么，他都不答了。

陆铭一个人叽叽喳喳："我那天还听外公和舅舅操心你的另一半呢，什么谭家的女儿、冯家的姑娘的，想想也是，你都28岁了，又不像我，你家里只有你一个，你要是有什么动向，赶紧定下来吧，我看外公还想抱抱重孙……"

无人理他。

陆铭转头，见他合着眼，也不知道是不是真睡着了。

果然，男人一奔三，真是什么都差了一截。

想想他也只比梁聿之小七个月，多少有点儿忧心。

梁聿之晚上在爷爷那里吃的饭，也不再折腾，就近住一夜。

刚进入9月，夜里天气泛凉，已有了最早的秋意，院子里梧桐树弯弯折折，叶片遮挡了月色，在风里沙沙作响。

张妈等老爷子睡下，出来收几盆花，唤了声："聿之啊。"

他转身。

"这树都同你一般年纪了，年年看起来还是老样子。"张妈将花盆往檐下搬，他过去接手，将五六盆花都搬过去。

"夜里怕是有雨，这风吹得人骨头凉。"张妈借着廊灯看看面前人，"不开心呀？"

"没有。"

张妈笑笑："你惯是不承认的，打小就这样，听你的话要反着来听的。"

梁聿之笑了下："您休息吧。"

"真不要讲讲？"

他摇头："没什么事。"

"还是老样子。"张妈叹口气，摇头进了屋。

梁聿之在廊檐下看那几盆菊花，品种分不太清，长得也很相似，刚出了些花苞。手机在这时振起来，他拿出来看一眼，屏幕上一串陌生数字。

他接通了，搁到耳边："喂？"

"梁聿之。"并不那么熟悉的声音，隔着听筒更要陌生几分，但他听到的第一秒就知道是谁，只有她张口就这么叫他。

"是我。"唐西澄说，"这是我的号码。"

"嗯。"

"我就是确认下你给的手机号没问题。"唐西澄的话说完了，"那我挂了。"

"唐西澄。"他忽然叫她。

"嗯？"她听到那头的风声，似乎也有细微隐约的呼吸声。

"你在做什么？"

唐西澄愣了下，有点儿莫名其妙，回答："没做什么，刚吃完夜宵。"

"吃的什么？"

"……小馄饨。"她补充，"周姨包的。"

电话里安静着，她叫他："梁聿之？"

"嗯。"

她停了下，也问他一句："你在做什么？"

"没什么。"

"好像挺大的风，在外面吗？"

234

"院子里。"

"哦。"

几秒的沉默。

"可能要下雨了。"他说。

"嗯，B市也这样吗，我这边也是。"

"你明天回B市？"

"对。"唐西澄起身，检查窗户有没有关严。

"嗯。"唇微翕，又闭上，再次开口，"挂了。"

"好，拜拜。"

电话断掉，手机跳回主屏幕界面。

梁聿之点进通话记录，新建联系人，输入：txc。

CHAPTER 08

男朋友

　　那通电话结束在秋雨前夕，唐西澄回到 B 市，逢上来例假，恰好她有事忙，原本要考的科目三因为去西南而停滞，这次一鼓作气解决这件事，科目三科目四都通过，顺利拿到驾驶证。

　　其间，邹嘉来 B 市出差，唐西澄腾出周末，和邹宇一道陪她玩了两天，只是不赶巧，没到红叶最好的时候。

　　日子过得紧凑，每一天都具体可感，以至于 S 市的那两个晚上有点儿像梦。

　　中秋节那天，部分加班的同事在公司小聚，吃了月饼蛋糕，看了大电影，放音乐胡乱跳舞，从热闹喧嚣中离开，唐西澄坐在回家的出租车里想到他，算一下，已经过了半个月。

　　但他没找过她。

　　唐西澄也不在乎这种事谁来主动，彼此已经沟通清楚、心照不宣，其他的没那么重要。

　　她看一下表，不早了，不过还没到他休息的时间，便发了短信：**要不要见面？**

　　出租车都快将她送到家了，才收到回复，是一个地点。

　　那间餐厅，她去过两回，一次是他们两个，另一次加上邹宇。

　　唐西澄在手机上更改了目的地，完全反方向，司机师傅惊讶："这又得原路返回啊。"

　　"嗯，您前面掉头吧。"

　　到了地方，下车走过去，准备绕进曾经迷路的院子时，听到有人叫她，回过头，树下那辆车后窗降下来了，暗色中，他白皙英俊的脸在窗后。

唐西澄走过去："你换车了？"

他淡淡地"嗯"了声，眼皮抬起："你叫个代驾吧。"他懒得动了。

唐西澄低头，贴近车窗看了看他，酒气并不重，但眼睛疲色明显。

"要不我来试试？"

车里人又掀眼。

唐西澄："我拿到驾照了，不过才几天，你放心吗？"

"你最近就是在忙这个？"

"嗯。"

梁聿之瞟了她一眼，视线落回去，不知在想些什么。

唐西澄敲窗檐："不放心就算了，你的命还是挺金贵的。"

"你这么自信，我有什么不放心？"

他开车门下来，坐去副驾。话是那么说了，到底还是提起几分心神，多少有点儿当年坐姜瑶车的阴影。但显然，她开得比姜瑶好太多，是新手司机里的特优生。

其实也并不稀奇，她只是看起来弱势，实际上，什么事什么人到她手上，好像都被掌控得不错。

两个路口之后，梁聿之心神完全松下来，不再关注她的操作，倦怠地靠着，视线有意无意地落在她握方向盘的手上。

唐西澄边看前方边问他："你对地点有要求吗？没有的话我按我的打算了。"

"你什么打算？"声音幽幽的，有几分虚浮。

唐西澄关注前方路况，略微减速："我订了酒店。"

"随你。"无所谓的回应。

唐西澄便继续往目的地开，忽然想起什么，又开口说："其实没必要提，但我怕你矜持，提醒一下，以后你有需求的时候也可以主动说的，或者我们商量个固定的时间。"

梁聿之仍然望着她的右手，从细瘦的腕部到白皙的手背。倏然间，他手伸过去，拢在她的手腕上，轻轻揉捏。

唐西澄陡然慌乱。

"梁聿之，你干什么？！我开车呢。"

唯一的失控瞬间。

短暂的五六秒，他收回了手指。

唐西澄脸都白了些，虽然前方空旷，但她毕竟是新司机，被干扰无法避免紧张，镇定下来后直视前路，到红灯路口停了车她才侧过头："很危险的你不知道吗？你想死，我还没活够呢。"

"不想跟我死一起吗？"他仍然那副散漫的表情，语气带着调笑，"没事，副驾的死亡率高于司机的。"

唐西澄皱起了眉，很少见他这种略无赖的样子，觉得他是酒喝多了不太正常。

"不准再开这种玩笑。"

她丢下一句，不再看他。

车子继续往前，两人都不再说话。

梁聿之的脸向右侧了一点儿，望向车窗外红红绿绿的混乱霓虹。

车子开到酒店，停车的时候，唐西澄遇到了困难，连着三把都没成功，侧方停车的确是她的弱项。她下意识看向右侧，副驾那人事不关己地坐着，好像一点儿也不在意他价值不菲的座驾烂在她手里。

她决定放开手脚，又操作了两回，顺利停了进去。

进去酒店，唐西澄去前台登记，梁聿之就在沙发上坐着，过了会儿，唐西澄过来："你身份证在的吧？"

梁聿之没动。

唐西澄："不想留下记录吗？"

他睨她一眼，那眼神唐西澄也不知道是什么意思，只见他拿皮夹翻出证件。

她接到手里，折回前台，前台登记完之后将两张身份证返还给她，他那张在上面，等待房卡的时间里，她看了一眼照片，无笑容的清淡表情，头发比现在短，脸没现在这样瘦，更少年感一些。

她顺道看了那串数字中间几位，19910610。

翻过来，瞥一眼国徽面的有效期，五年前拍的，他那时 23 岁。

乘电梯上去，刷卡开门时，唐西澄和他说话："能别冷着脸了吗？并没有更帅。"

门打开，走进去。

"你要是没有兴致现在也可以后悔，我不喜欢勉强。"

屋里刚亮起来，唐西澄转个身，撞进梁聿之的眼睛里。

"不是说我有需求也可以说吗？我现在就有，非常强烈，唐小姐要帮我吗？"他将她抵至墙边，动作并不多急躁，垂眸看她几秒，脸庞靠过去在她耳边说了几个字。

唐西澄脸突然红了："梁聿之，你——"

"别说话了，一句也不想听。"他低下头堵她的嘴。

唐西澄觉得这天晚上的梁聿之好像突然长了反骨，不对，他本来就有，只是今天那根骨头变得更硬更尖锐，突兀地在每个瞬间寻找存在感。

他总是做些让她反应不及的事。

结束之后，他也根本不管她，自己去洗澡。

她叫他的名字，说要喝水。

"这是我的义务吗？"他套上浴袍出来，擦着头发问她。

唐西澄汗湿的脸转过去看他，有一点儿蒙。很快，她理清了这件事，是他让她养成的这个习惯，以前几乎每一次，他都会问她渴不渴，要不要喝水，她只需要点头。

唐西澄收回视线，不说话了，他却又拿来水拧好了放到她手边。

后来唐西澄也起来洗了澡，收拾好之后并没有睡意。

"要叫点儿东西吃吗？"唐西澄问他。房间里只有酒店赠送的水果、月饼。

"吃什么？"

"你喝粥吗？海鲜粥。"

"无所谓，你选吧。"

唐西澄翻了翻外卖软件，很快点好了。

等餐的这段时间，唐西澄研究了酒店的电视，随便找了个节目看，是正在重播的某个恋综。她本来想换掉，画面闪过时，里面有个男嘉宾长得挺养眼的，于是就停在那里。

她调了音量，也不算吵。

正在进行的是个表露心迹的环节。

男嘉宾对女嘉宾讲话，用了一句非常大众的情话，"你满足了我对爱情和婚姻的所有想象"，而实际是，他们一共相处了两周。

唐西澄觉得男嘉宾那张还不错的脸也挽留不了她这个观众了。

她不再看了，让它当作背景音，让这个中秋夜热闹一点儿。

不到半个小时，海鲜粥到了，是机器人送来的。

唐西澄想起了 Kiki，多看了几眼。

她喊梁聿之喝粥，两人在桌旁相对而坐，唐西澄问："你吃这种干贝可以的吗？"

"可以。"

唐西澄把勺子递给他。

"这粥还行。"

唐西澄抬头，笑了笑："能被你夸，这厨子也不容易。"

"我有那么挑吗？"

"有点儿吧。"唐西澄停了下，尝试准确表述，"没到令人讨厌的程度。"

过了会儿，她又想起什么："我能见见 Kiki 吗？"

梁聿之没抬头，嚼着一颗干贝，过了会儿回答："我们这样的关系，不包含这个内容吧？"

唐西澄微抿唇，点头："行。"

两个人安静地吃完了夜宵。

唐西澄开口："要不还是商量一下吧，这样太匆促了，什么衣服都没带。"

"嗯，商量吧。"

"要不要找个固定地点？"

梁聿之看她几秒，拿了张卡过来："以后去这里。"

是张酒店房卡。

她接过来："时间就周五吧，不迟于晚上十点，有事提前四小时说，不准无故爽约。"

视线对上，唐西澄看着他的眼睛，微微抬眉："迟到爽约，要惩罚的。"

临睡前，梁聿之接到电话。

唐西澄在盥洗台刷牙，出来看到他坐在床尾，电话那头的人不知道说了什么，他声音严厉起来："大姑父把爷爷抬出来，是想叫我做什么？隔着一千公里为你们远程评理吗？我又要怎么劝我爸？你们有哪一次过节能不吵架？真有这么在乎爷爷，就都消停点儿吧，我没别的要讲了。"

他挂掉了电话。

唐西澄已经坐到床上。

梁聿之起身看她一眼："你先睡吧。"他走去沙发，在衣服口袋摸找了一下，去了阳台。

唐西澄躺了二十分钟，没睡着，便爬起来，裹了浴袍过去拉开阳台的玻璃移门。

那道身影靠在栏杆最右边，听到声响，侧首投来一眼。

他在抽烟。

露天式的开放阳台，有些微风，烟草气息很淡。

唐西澄也倚上栏杆，与他相隔几尺距离。她没出声，视线无目的地望望漆黑的天。

"没有月亮，你出来看什么？"他的声音飘过来。

"就吹吹风。"

"吸二手烟吗？"他侧眸，看她铺散在浴袍领口的长发，逆着光的脸平整又立体，昏蒙中依然耀眼地白皙。

郁躁减了几分。

他摁熄了没抽完的那支烟。

唐西澄注意到，说："没关系，我没觉得烟味很重。"

"是吗？"他走过来，捧她的脸吻住唇，舌尖探到深处再退出。

唐西澄道："这样就挺重的。"

他"嗯"了声，手指抽落她身上浴袍的系带，把人抱起来。

唐西澄第二天上午起来，一看时间，动作顿时匆忙起来，一边扣衣裳的扣子，一边快步往洗手间走，梁聿之看着她："你急什么？"

"我今天有课的。"她挤牙膏。

"什么课？"

"口语课，我还报了西语，已经赶不上了。"她开始刷牙。

"有这么爱学习吗？"

唐西澄吐掉牙膏沫，漱了口，边洗脸边答他一句："以前没法学，所以现在就加倍使用这个功能，很合逻辑吧？"

梁聿之略顿了下。

她胡乱擦完脸，没听到他接话，出来瞥他一眼："我不等餐了。"她往包里收自己的东西，走到门口道一声，"下周见。"

对于两个守时的人来说，践行约定并非难事。至少，在后面的两个月中，唐西澄没有找到惩罚梁聿之的机会。

他们的关系进入一种稳定而隐秘的状态，谁都没有告知除彼此之外的人。

褚想是最先发现的。起初，他发觉在周五总约不到梁聿之，后来有次打电话，无意间听到了那个声音，还以为是新欢，问过之后，一时无言。

梁聿之只说了一句:"我知道我在做什么。"

褚想便知道了,什么饮鸩止渴、重蹈覆辙,他心里都清楚。

但还是回头。

进入11月,B市开始大降温,一如既往,不给铺垫地跌入冬天。

整个中上旬风雨天气频繁。

这对常常要钉片场的唐西澄来讲,着实有些难熬,在暖气不够充足的场地待着,一天下来总要收获僵硬的手脚。

幸好忙碌一周,到周五迎来一个好晴天,且收工很早。

双重的小幸福。

唐西澄回到公司,休息了一下,收拾好东西,提上早晨带过来的纸袋。那里装着她的衣服和洗漱用品。连续几个周五都是如此,她下班直接去酒店,不再回家绕一趟,省时省力,如果时间早,就在酒店干点儿活儿,晚饭也在那儿吃。

梁聿之有时比她早,有时比她晚,也有那么两次,他顺路捎上了她。

相比于9月份的状态,他们在日常相处上也略微有那么点儿进步,会一起叫餐吃饭,或者中途休息时各自对着电脑工作,如果对方有电话或视频会议,那么默契地保持安静。

两个月下来,唐西澄不知道他怎么想,但她确信这是适合自己的方式,轻松自在无负担。

但人生的不可控就在于,往往当你觉得此刻还不错时,总有那么一些意料之外等在前头。

唐西澄走到电梯里给梁聿之发了短信:我现在准备过去了。

虽然他们处得还不错,但他至今仍然没加回她的微信。

走出电梯时,收到回复:刚上车,你不想等就先过去。

唐西澄回他:我不着急,等你吧。

六点半钟,梁聿之的车停到路边,唐西澄拉开车门坐进副驾,边系安全带边看他:"你今天挺早。"

"你也不晚。"

她转头时,唇上口红落进梁聿之眼中,与上周不同的颜色,偏深偏暗的红,显得整张脸更清冷。他忍不住注视着她。

唐西澄扣好了安全带,扬眸扫过他身上的薄款大衣:"这几天很冷吧?"上周还不怕死地穿风衣外套。

梁聿之"嗯"了声，收回视线，打了方向盘将车子开回主路。

"这两天棚里的体感温度简直是负十摄氏度。"唐西澄身体往后靠。

"你们那么大公司，租不到有暖气的场子吗？"

"公司大又不等于大方，预算砍了两回了。"唐西澄问，"你这里还有咸柠檬糖吗？"

"你找找。"梁聿之目视前方，车速略减。

唐西澄在储物格中翻找，有的，她剥了一颗塞进嘴里。

晚高峰，走走停停，几公里开了半小时，右转之后，经过商场，唐西澄看到底层店铺："那家咖啡店的玛芬蛋糕，我同事强烈推荐，能不能停一停？我想去买。"

梁聿之看了一眼，将车子靠边停下。

唐西澄以为他不会下来，结果走到门口见他跟着过来了。

"你喝什么吗？"

"你请？"

"嗯，我请。"

梁聿之笑了下："你选吧，我不挑。"

"你最好是真不挑。"唐西澄走进商场大门，右拐进了咖啡店。

梁聿之也进去，站在店门口等她。

没什么事做，他拿手机回了几条群消息，一道声音突然入耳："聿之？"

抬头，那道身影已走到近前："真是你啊。"

程黎束着长发，穿修身的杏色大衣，通身是成熟知性的气韵，她面带笑容地看了看梁聿之："这么巧。"

"是挺巧，你怎么在这儿？"梁聿之兴致不高。

"和朋友约了饭。"程黎不清楚状况，十分随意地与他寒暄，"好久不见了，上次陪我妈去Ｓ市，见到姜阿姨还聊起你，对了，泊青最近怎么样？"

梁聿之眸色冷淡。

"没联络，你不应该比我清楚吗？"

"哪有，自从分手，也不知道怎么回事，我还真没在学校碰到过他。"

"……分手？"

"他没说吗？我们分开半年了。"程黎淡淡一笑，"是和平分手哦，没撕破脸没决裂，还是朋友，所以你不用担心夹在中间尴尬。"

话音落，她的手机响起来。

"我要先走了，聿之。"

她挥一挥手，接起电话往扶梯方向走。

过了几秒，梁聿之回过身，看到站在门边的身影，她手里提着咖啡和蛋糕。

视线落在那张脸上，一秒后移开，他转身往外走。

唐西澄也跟着走出去。

重新坐回车里，两个人都没讲话。

梁聿之沉默地启动汽车，驶回夜晚的道路。

大约五六分钟之后，唐西澄听到微沉的声音："你在想什么？"

她侧过头。

梁聿之没看她，也没等她的回答，兀自扯动嘴角："知道他分手了，觉得自己又有机会了是吧？"

他的语气很平静，话说出口的那刻无视了心里的所有感觉，唯有一个念头在脑袋里无法压制地轰鸣——请你快点儿否认吧唐西澄。

然而后者此刻有点儿迷惘，皱眉看着他，唇瓣动了动："梁聿之……"

"别说了。"

他抿紧唇，车子刹停在路边："下车。"

唐西澄问："你干吗？"

"我叫你下车。"他侧眸，声音遽然严厉了一倍。

唐西澄盯了他一瞬，转头去开车门，提着所有东西下去，嘭地关上门。往路边走时手里的袋子滑落一个，给他买的那杯拿铁摔落在路牙上。

唐西澄站在那儿，别过脸，看到那辆车没有迟疑地开走。

她被气到了，拾起翻掉的咖啡杯扔进不远处的垃圾桶，没停留地往前走。

五分钟之后，被冷风吹得泄了气，唐西澄扬手打了车，直接去酒店。

十点半钟，门外响起磁卡感应的声音。门打开，梁聿之脚步微顿。

灯光明亮的套间内，唐西澄坐在桌前，合上电脑，转身望过去。

"你迟到了。"

视线相对，梁聿之低眉不再看她，抬手关上门，将车钥匙丢在入户柜上，大衣脱下扔到沙发上。

他往洗手间走。

唐西澄站起来："把话说清楚吧。"

梁聿之停了脚步，回过身。彼此之间隔着不短的距离。

"以前的事，我在 S 市提过，你说你忘了，不想谈。是，我以前确实是喜欢梁泊青，那时候我家里的事情我的确也利用了你，但那时你说了，不用道歉，我也付出了代价。你还说对你来说只是举手之劳，随便一个女人你都可以……已经这么久了，我以为这些你不在意了，但看来不是，你到现在还是要用梁泊青来刺刺我。"

唐西澄抿唇，微停了下："梁聿之，真这么过不去的话，就到这儿吧。"

"说得真好。"梁聿之嘴角浮了点儿笑，"何必对我说这么多，不过就是要快点儿结束，清理障碍罢了，你那么厉害，没什么事做不好，你那些手段拿去追他，自然会成功的。"

"你够了吗？"唐西澄皱眉，"就当不提从前，我们这种关系，我现在也不必跟你解释我跟他的事，你没必要在这儿胡乱揣测。"

"的确没必要。"梁聿之喉头哽了一下，直直望着她，"我一个替身，有什么资格揣测你的打算呢？我该庆幸我这张脸长得像你喜欢的人才对，不然你都不会看我吧？"

唐西澄蓦地一怔。

"我该庆幸我只有眼睛不合你的心意，庆幸你对着这张脸那么热情。"

梁聿之胸腔起伏，薄唇冷抿，眼睛已经完全红了。压抑过久的难言情绪急遽喷薄，好像长久埋在泥淖下方，被窒息感折磨，终于找到微小的透气孔。

"我找你要什么公平呢，明明你说得那么清楚，我也听得那么清楚，句句都是他，句句没有我，我从头到尾什么都不是，只是你的工具！我是疯了才会答应跟你保持这种关系，我是疯了才会一次两次让你这么欺负！"

眼睛被无法缓解的闷痛感逼得酸胀难忍，他未来得及转过身，眸中已经湿热。

唐西澄明显蒙了，有些手足无措地立在那儿，因他毫无停顿的一字一句，也因他突然潮漉的眼睛。

她没有遭遇过这种境况。

除了中学时打架，她已经很多年没把谁弄哭过。

她呆呆地站了一会儿，竭力让自己镇定，本能地找回先处理问题的逻辑，混乱地梳理他的每句话，然而手脚比大脑更先做出反应，当她意识到的时候，已经走了过去。

她捏着纸巾，有些僵硬地抬手，然而他别过了脸。

干涩的喉咙动了动，唐西澄一时没找着话说。

再次到他面前，那双湿黑的眼仍旧回避她的视线。

"别碰我。"

唐西澄不再做什么，只是站在他身边，视线落在他的下眼睑。

没沉默太久。

"我不知道你在。"唐西澄尝试解释，"我……我那时候情绪过激。"

"最开始，也并不是故意接近你，就是，碰上了。

"我已经不喜欢他了，没有打算要去追他，我今天只是觉得惊讶。

"我在 S 市找你，是因为觉得我们很合，没有要再欺负你的意思。"

……

他们都清楚，有一个中心点没有解释，因为那是事实。

屋里安静得令人心慌。

唐西澄看着他左侧的颌骨，心口那种曾经被丝线缠扯的不适感渐渐扩大，变得真切清晰，让她难受起来，突然像回到小时候，无力的、不知道做什么的小时候。

她明明已经将那些事都结束在去年 8 月，不留羁绊地往前，但他成为其中唯一的计划外。

"梁聿之……"她眉眼垂落，毫无章法地去握他的手，"对不起。"

唐西澄无暇思考他会不会依然排斥碰触，她对当下正在处理的状况的确是缺乏经验的。但她的举动其实歪打正着，在自己未感知到的时候，已从解决问题的逻辑跳到安抚情绪，正是此刻最需要的。

或者说，是某一类人最需要的。

我没那么希求你连篇累牍给一个亡羊补牢的解释，也不寄望你提供怎样妥善熨帖的弥补措施，我第一想要的是你正视我的感受，是你的在意，哪怕仅比从前多一点点儿。

当然，梁聿之此时的自我认知没这么清明，他处理负面情绪的优先方式一直是克制和回避，情绪糟糕到极点时，他通常很难好好听别人讲话，他自尊心很强，从不低头，也很难轻易原谅谁，但他垂眼看着唐西澄缠过来的手指，发现自己无法甩开她。

在这样失态和狼狈的时刻，他依然可耻地贪恋这一点儿单薄拙劣的慰藉。

就像她在 S 市那么混账，他也还是动心，踩着尊严去敲那扇门。

所有的委屈与愤怒都敌不过一个事实，无论这个人有多恶劣，无论心里再怎么过不去，他仍然想和她有瓜葛。

唐西澄看着他眼下的一点儿湿迹，不知他在想什么，她能说的话都已经说完了，这僵持的静默令人不适，她只好轻轻收紧了手："你好点儿了吗？"

梁聿之半低着头，看到她微微蹙起的眉，眼眸里依稀可见不安，好像遇到棘手的困难。

他终于开口，声音低沉："我去洗手间。"

"哦……好。"

梁聿之视线从她脸上落下，唐西澄随之低头，后知后觉地松开了他的手。

浴室的水声响了几分钟，等他再出来，脸庞已经恢复清爽，只有眼睛残留淡淡的红。

唐西澄的目光落过去时，听到他说："你先洗澡吧。"

"嗯。"她点头，眼下也没有别的事可做，尴尬相对并不是很好的选择。

唐西澄在浴室洗了快半小时，吹完头发再出来，看到室内没人，右侧露台壁灯的暖光落进来一线。

她猜他应该想自己待一会儿，便没有过去。

这整个晚上的事对唐西澄来讲都是失控的，没有预料到碰到程黎，也没料想引发这样的后续。她心绪同样未平静，坐在床上缓了缓。

不知道过去多久，梁聿之走进去，去卫生间洗澡。

等他再出来，唐西澄靠在床头看他："睡觉吗？"

他点头，掀开被子坐过来，关了床头灯。

两人之间隔着一点儿距离。

奇怪的气氛无法忽视。

唐西澄觉得闷，想做点儿什么，便主动贴近，伸手抱他带着沐浴液香气的身体，伏到他肩上尝试亲吻。

慢慢地，得到了回应。

温热的手掌扣住她的后颈，牙关被撬开，他的舌尖抵进来。

交缠的气息中，唐西澄脑中无端回想起他湿湿的眼睛。

唐西澄从没觉得自己是多好的人，也不追求这个，但偶尔也有抑制不住良心的时候。

她听过了他的控诉，也看到了他的眼泪，自然而然窥伺到他的心思，无法当作什么也没看到，无法当作今晚的一切是无关紧要的小插曲，无法仍然当他是各取所需心态统一的轻松伙伴，无法坦然地和他继续这样的事。

这确实很欺负人。

不可避免地，唐西澄头一次分心了。

黑暗中，梁聿之感觉到了，他的唇最后停在她颊侧，气息微微地平静下去。

"睡吧。"

身体退远，脸朝向另一边。

唐西澄也没有再碰他。

各怀心事的夜晚。

唐西澄躺到后半夜，脑子里糊里糊涂，不知道什么时候陷入梦中。隔天醒来，身边已经没人，看看手机，发现梁聿之给她发了短信，他有工作，已经去公司了。

唐西澄起床吃了早餐，收拾东西准备离开，穿外套时，在沙发上拾到他的打火机。

她捏在手里，拨了拨砂轮，收到口袋里。

那天晚上，唐西澄想给梁聿之打个电话，但组织了一下语言，发现好像除了告诉他"我捡到了你的东西"，没其他更多的有效信息能传达。

她放弃了。

新的一周依然与寒风为伴。

唐西澄被工作填充的大脑似乎恢复到常规状态，只是每天回家，看到入户柜上的打火机，依然会被提醒她有待处理的事件搁置着。

动过念头，要不就这么算了吧，但想起他那天说她就是要"快点儿结束，清理障碍"，这么一来，倒像坐实了。

然而，装作无事发生，和他继续之前的约定，也同样不行。

好像怎样都很恶劣。

唐西澄做惯了果断的人，在这件事上史无前例地让自己陷入了进退两难的死胡同。她幼年时纠结敏感，之后用漫长的时间重塑自己，几乎已经屏蔽无效的自我求索和情绪内耗，然而在这一周破天荒地进行了很多无结果的思考。

下一个周五依然照常到来。

B 市迎来初雪。

唐西澄在京郊跟一个公益小项目，关于乡村文旅的，公司打算拿来参赛，不是她的活儿，她只是临时来帮 Anna 钉现场，项目组租了个院子拍素材，一直到晚上八点多结束。

唐西澄去还从村里人家借来的道具，又去隔壁院子找房东。天冷极了，大家一身疲累，匆促地往车上搬东西，都想赶紧在大雪之前回去，越晚路况越差。

结果，一急躁，搞出乌龙，等唐西澄回来，两辆车居然都走了。

打电话联系，才知道 A 车的人以为她上了 B 车，B 车的人以为她坐 A 车。这次多是其他组的同事和没合作过的摄制组，情急中出这么个岔子也能理解。

然而雨雪变大，所有人都想快点儿到家，司机也不大高兴回头再跑一趟，和她商量能不能住一晚，明早来接。这话并不多离谱，他们租的这套院子本就是做民宿的，今天的费用已经支付，住一晚的确可行。

唐西澄便也懒得折腾了，决定独享整套院子，当度假吧。

她再次去隔壁找房东，回来才想起该和梁聿之说一声，她今天不能去了。

这一周里，他们互相没有联系。

不得不承认，此刻因为不可抗力无法赴约，唐西澄微妙地松了一口气。

然而，电话打通时，又多少有些心虚。

果不其然，她说完话后，电话里沉寂了几秒，低低的声音才传过来："你不想来了可以直说。"

唐西澄："……"

她还是下意识想解释："真的是意外，我还没回城里呢，我现在在村里给你打电话。"

梁聿之问她什么村里。

唐西澄便把事情讲了一遍，她的表达没多少情绪色彩，不带抱怨和沮丧地告知事实："就是这样，反正我被丢在这边了，明早司机来接。"

不知道他是不是信了，听筒里又没声音了，唐西澄叫他的名字："梁聿之……"

"嗯。"

她靠在窗前，眼睛看着窗外飘絮般的雪花，思考再说点儿什么，这时听到他的声音："我给你发位置共享，你在微信里加入一下。"

"什么？"

"我现在过来接你。"

唐西澄愣了一下，再看手机，他已经挂掉电话。紧接着，微信来了共享位置的请求，她点了"加入"，看到地图上方他的头像和她的在一起，下方显示出他们各自的位置。

不知道他是什么时候加回了她。

唐西澄在对话框中发几个字：雪很大。

梁聿之的回复很简单：没事。

唐西澄所在的村子在长城脚下，夜里雪天，梁聿之开了近两个小时。他十一点多到达，停车时看到院子里跑出个人影。

唐西澄借着屋檐下悬挂的灯笼的光亮，看到那辆车，便拿了伞过去。

地上已有薄薄积雪，干枯树枝被风吹得摇摆作响。

北方冬天的风与江南的是两种风格。

光着脸出来片刻，就已经生疼，呼吸中都是寒意。

温度很低，汽车玻璃上袭满冷雾。

车门打开，梁聿之从车里下来，带着车里的热气一起，瞬间被清寒包裹。

唐西澄将伞抬高，罩过他的头顶。

风雪漫天中，他们对视了一眼。院子里昏昏黄黄的光斜照过来，唐西澄看到薄淡不清的光线沿着他的五官折叠，他的右脸在微微的暗影中。

"梁聿之。"

"嗯。"

手里一空，伞被他接过去，同时伸手将她揽近："先进去。"他的大衣肩臂处很快覆上一层晶莹。

唐西澄的脸贴在他的衣服襟口，闻到被纯净的风雪涤荡过的淡香味。

两人很快走进院子，停在廊下。

梁聿之收了伞，拍掉肩上落雪。

唐西澄推开门，屋内暖气立刻冲减了室外的严寒。

"是这样的？"梁聿之环顾屋内，似乎有些惊讶。

唐西澄侧过头："你以为什么样的？"

这套院子房东去年才装修，整套日租五千，中式风，设施齐全。

屋里安静了一霎。

梁聿之没回答，唐西澄大概猜到了，她也没说别的，取了双拖鞋拆开给他。

"你坐会儿吧。"

梁聿之脱了大衣，里面是一件毛衣，并不多厚，他走去沙发坐下，唐西澄倒了杯热水搁在案几上，看向他被风吹得微红的鼻尖："我说了雪很大吧。"

他眼睑微抬，注视她："我说了没事。"

稍短的对视后，各自收了视线。

唐西澄在另一张单人沙发坐下，垂眸沉默一会儿，说："雪太大了，要不晚上就留在这儿，天亮再走？"

"你决定吧。"梁聿之喝了一口水。

唐西澄余光里是他捏着杯子的手指，她望着那清晰分明的骨节。一周不见，不足以失忆，上周的情状多少又回到脑海里，她忽然发觉其实没那么了解这个人，她对他的认识掺杂了很多间接认知，来自乔逸、姜瑶、蒋津语，曾经相处的时间里，她的主要心思并不在他身上，更多是被那张脸吸引。时至今日，却变得复杂起来，他成为她手里的一个难题。

唐西澄看看时间，说："你困吗？好像不早了。"

梁聿之道："再坐会儿。"

"好。"

那张脸半侧过一点儿，顶灯的光自上而下，他微敛的眼睫落下一点儿薄薄的暗影，显得整双眼睛偏黑，有一丝幽静感。

他问她："你有没有吃晚饭？"

唐西澄顿了顿，点头："吃过了，早吃过了，你饿了吗？"

梁聿之摇头。

两个人都能感知到尴尬，也似乎都有意避开雷点，生怕一字不对就毁掉此刻气氛。唐西澄看看窗外的雪，起身找了条薄毯给他："你盖着腿吧，更暖和点儿。"

她走去玻璃窗边看着，暗色中一片一片的白色，精灵一样飘舞而下。

"其实今天是我生日。"唐西澄忽然说。

梁聿之抬眼，看着她的背影，11 月 22 日。他不知道，以前在一起时，没过到她的生日。

"没礼物给你。"他这样接了一句。

唐西澄转身朝他笑了，走回来："嗯……要不你把 Kiki 给我？"见他望过来，便又微抿唇，"我开玩笑的。对了，姜瑶还没回来吗？"

"可能下个月回。"

唐西澄："你们联系多吗？"

"没什么联系。"没告诉她，姜瑶因为她一直跟他赌着气。

好吧。

唐西澄不再说什么，指指："这几间都是卧室。"

"我睡这间。"他随意选了一间。

唐西澄听明白了他的话。

梁聿之看着她微微疲惫的眼睛，说："你先去睡吧，我回个邮件。"

唐西澄工作了一天，确实已经挺困了，便告诉他洗手间的位置："早点儿休息。"

"嗯。"

看起来像两个保持距离的朋友完成了礼貌的交涉。

进去卧室，靠在门背上，唐西澄微微地叹了一口气，手机却响了一下，打开看了眼，发信息的人与她一墙之隔。

对话框里出现新的一条：**生日快乐。**

她回复：**谢谢。**

这天晚上，唐西澄实在太困，没什么脑力再进行更多的思考，很快就陷入了睡眠。

第二天一早，两人醒来洗漱过后便开车走。

不知道雪是夜里何时停的，路途中风景与昨日全然不同，白茫茫的一片，但道路上积雪不多，有清晰的车辙印。

唐西澄一直贴着车窗看沿路雪景，直到驶过熟悉的路才发觉不太对，转头问梁聿之："这是往哪里呢？"

"我家。"他注意前方车况，说，"不是想看 Kiki 吗？"

声线平淡，唐西澄听不出情绪，她静静的，没有接话。

梁聿之投来一眼："还是，你又不想看了？"

"想看的。"唐西澄轻声说。

当然想看的。

在 S 市那几天，展馆里出没的机器狗不止一两只，但它们都没有 Kiki 酷，唐西澄的确是颜控，外形在她这里加成太多，Kiki 的外形不像它们那么钝，它身体的各部分协调感很高，何况 Kiki 又矫健又灵敏，声音萌，却并不大众化，作为一只机器狗，它是挑不出缺点的满分小狗。

这次久违的见面，唐西澄惊讶地发现 Kiki 似乎比之前更厉害，走台阶的灵活度提高了。唐西澄不是很确定，回过头问道："走得比之前好，是吗？"

"嗯。"梁聿之告诉她，"我师兄给它做过检修升级。"

"难怪。"她眼睛盯着 Kiki，情不自禁说，"真厉害。"

"你也很厉害，明天会更厉害哦。"Kiki 忽然回答。

唐西澄笑了起来："这是你设的吗？"

"不是。"看到她的梨窝，梁聿之眸光停驻，"这种都是他弄的。"

"嗯，确实不像你的风格，励志鼓舞型的。"

梁聿之想问那他是什么型，终究没开口。

他站在阳台门边没动，看着她带 Kiki 走下台阶，一直走去覆着白雪的樱花树下，来来回回，好像她从没离开过。

很久之后，唐西澄带着 Kiki 从石榴树那边绕回来，发现门边已经没有那个身影。她让 Kiki 休息，走进屋子，看到他在厨房切蔬菜，锅里在煮着什么，有白色的热气升起。

不论是从前还是现在，很客观地说，他做饭的时刻其实很有魅力，安静地低着头，站姿松弛，动作总是不紧不慢，从不会将料理台弄得脏乱，让人觉得安定。

唐西澄就这样看了一会儿，直到梁聿之回身取胡萝卜时发现她。

"不玩了吗？"他站在那儿问。

"等会儿再玩。"她没有走过去，下意识不想侵入那个画面，两个人隔着挺远的距离。

"你在做什么？"

"素面，没太多食材。"他说，停顿一下，目光微动，"等两分钟可以吃，你坐着吧。"

唐西澄点点头，在餐桌边坐下。

没等多久，他端了面碗来，清汤面，边上卧着金黄的煎蛋，加上绿叶菜和胡萝卜。

唐西澄看着他的手将碗搁在她面前。

"谢谢。"

"不用，当作补你昨天的寿面。"

梁聿之走回了料理台，唐西澄的视线追过去，微怔地看他。

过了片刻，她低头拿起筷子。

人的味觉记忆具有特殊性，并不单纯围绕味道本身，也会令人由此联想相关的一切。唐西澄吃完一碗面的二十分钟，足以让她记起他们曾经吃过的好多顿饭。

似乎，他们在口味上也挺合的。

早餐之后，梁聿之收拾厨房。

唐西澄再次带 Kiki 玩，走到石榴树那里，无意地向右一瞥，视线停住。她透过侧厅休闲室的玻璃门看到了里面一个小盆。

定定地看了两眼，唐西澄折返回来，去侧厅。

Kiki 急急地跟着她。

走到近前看了一眼，唐西澄确定就是她的那一颗，她以为不知道会死在哪儿的弯凤玉。它长大了不少，已经被换到一个更大的盆里。

失而复得。

唐西澄百感交集地观察它，直到梁聿之过来，看到她蹲在那儿捧着那个盆。

唐西澄转头对他说："我以为你扔掉了。"

梁聿之没言声，也没走近，他停在侧厅门口。

唐西澄的视线又移回去，她低声说："它都这么大了，为什么还不开花呢？"

"开过了。"淡淡的一句。

他转身出去了。

唐西澄一愣之后起身跟过去："真的吗？什么时候？"

"5 月。"

"它开花好看吗？"

梁聿之看她一眼，视线滑落，停在她手里的植物上，几秒后，他走过去拿手机，没一会儿，唐西澄听到微信提示音。

她收到了一张照片。

"……原来是这样的，好精致。"从中间开出的一朵，大大的规整得像太阳一样的花朵，是很清丽的黄色。

梁聿之也认同这个评价。

那次扔掉它，隔了十几天回来，它在垃圾桶里开花了，就那么惊艳的一朵。

他才相信，原来这东西真的能开花，她外公没骗人。他下意识拍了照，拍完却不知道给谁看，就一直留在相册中。

"你带回去吧。"梁聿之对唐西澄说，"本来就是你的。"

唐西澄抬眸觑他的眼睛："谢谢你。"

停顿几秒，她叫他的名字："梁聿之……"

却没有说出话。

似乎有什么应该表达，但找不到合适的语句。

她所有的眼神都落在梁聿之眼中，他知道怎么回事，她感到负担了，从那个晚上开始。他得到她认真的道歉，也听到她亲口说不会去找梁泊青，但同时让她有负担了。

沉默了下，梁聿之沉声开口："送你回去吧。"

唐西澄抱着那盆鸾凤玉跟随他去车里。

太阳已经出来了。

车子开过雪化后泞湿的街道。

红灯间隙，梁聿之选了个歌单放着，唐西澄听到了很多曾经在他车上听过的歌。

两人一直没交流。

直到车子开到唐西澄住的地方，停在小区门口。

梁聿之问她："什么时候搬来的？"

唐西澄说："快半年了。"

他点了点头，唐西澄一手拿自己的东西，一手抱着鸾凤玉，迟疑一下，问："要上去坐会儿吗？"

稍稍沉默过后，梁聿之摇头："不了。"几乎没停顿，他平静地说出后面的话，"我明天去南方，会比较久，可能下个月中下旬回来，你有什么事找我，可以打电话或者发微信。"

唐西澄脸侧向他："工厂有什么问题吗？"

"没什么，今年没怎么去，这趟待久点儿。"他目光幽幽地看她，"你回去吧。"

他探身靠近，伸手为她开了车门。

"再见。"唐西澄下车，准备关上车门时，梁聿之叫住她。

"唐西澄。"

"嗯？"

那道视线越过来，笔直地落在她的眉眼处。

"我不想要你因为我上周的话勉强自己什么，我一点儿也不需要。"

唐西澄停在车门边，对视的那一眼，准确地理解了他的意思。

他退了一步。

在让彼此不适的僵局中，他先退了一步。

唐西澄第一次见梁聿之时，在心里认定他是个自我意识过剩的自大狂，有掩饰不住的优越感和掩饰不住的对别人的不屑。她不满梁老师为什么把她交给这样的人，她听到他贬低她的话，毫无感觉，只在心里"哦"了一声，果然是这样的。

风从侧方拂来，她最后向车里看了一眼，轻轻点头："我知道了。"

关上车门离开。

梁聿之这一步退得挺彻底，时间与空间双重意义上的。

他退到了两千公里之外。

但是，当他在南方待到第十天还不走时，有人开始烦他了。

冯臻是梁聿之的本科同学，两人一北一南，一人顾 B 市星凌总部，一人管这边的工厂，配合还算融洽，除非必要，梁聿之不常往这边跑，即使来也只待短暂几天，只有去年年中那趟稍久些。

一旦他过来，冯臻碍于情义以及他的大老板身份，便不能晾着他。

但跟个大男人天天搁一块儿吃饭能有什么劲，何况冯臻刚追上多年女神，正是蜜里调油巩固感情的阶段，找了几拨朋友组了多个饭局也没把梁聿之哄走，他直接摊牌。

"我是真没法这么天天招待你了，你是没吃过爱情的苦，不知道我这持久战打得多不容易，也让我甜会儿吧。反正这顿喝完，明天我不来了啊。"

梁聿之看他一眼。

"去她那边？"

"不然呢。"

"你就一直这么两地跑？"

"有什么办法？总算没白跑，苦尽甘来，所以你就当心疼心疼我吧，要么赶紧回去，要么你自个儿找乐子去吧。"

冯臻一脸"我正沐浴在爱情海洋，请你自觉避让"的表情，挺欠揍的。

冯臻这位女神梁聿之也知道。他们读书时，冯臻已经瞄上人家，对方是比他们低一届的学妹，当时名花有主，冯臻态度积极，觉得没结婚都有机会，硬生生等到人家分手，孜孜不倦至今。

梁聿之问他："以前不是不喜欢你吗？"

冯臻说："所以我这来之不易啊，走的是极端困难模式，全靠我这毅力。"

梁聿之凝视着杯中绵密的啤酒沫，不知想些什么，过了会儿说："你怎么做的？"

冯臻觉得稀奇，以前他有进展了，主动讲，梁聿之都没兴趣听，还说他"谈个恋爱折腾了多少年都没谈上，不知道在开心什么"。

"你这怎么突然关心起我了？"冯臻多少有点儿受宠若惊。

"无聊，随便问问。"

"也没怎么，"冯臻欣然道，"就耗着呗，把她身边人都耗没了，我就成了最理解她的人，她也就看见我了，我觉得现在她大概对我也就那么40%的喜欢吧，但是来日方长嘛。"

在这件事上，他始终如一地乐观着，从没因为得不到回应而过分沮丧痛苦。

梁聿之却做不到。他会被对方眼中的犹疑和退却轻易刺痛，他甚至宁愿唐西澄仍然是那副掌控一切、无所顾忌的姿态。

唐西澄在这天晚上接到了一通电话。

看到屏幕上跳出的名字，她感知到心口清晰地起伏了一下。

接通后的前几秒悄无声响，将手机贴近一点儿，声音若有若无，像是微重的鼻息混着南方夜里的暖风，尔后是低沉的两个字："西西……"

像贴在耳畔。

唐西澄在这个声音里怔了一下，电话那头倏然有了些窸窣动静。

"对不起，不想打扰你的，但是……"

嗓音温淡模糊，后一半陷入沉寂。

他像在两种状态里转换，叫她西西时不那么清醒，说对不起时已经扯回了理智。

"梁聿之，你喝酒了吗？"

他低"嗯"了声，似乎强打起一点儿精神："想听你讲几句话，随便什么。"

静止几秒，唐西澄开口："你别喝那么多酒。"

"没喝多少。"

"嗯，我也看不到，"唐西澄想了想，找个话题，"我前两天见到姜瑶了。"

"你们一起玩了？"他的语气松了点儿，一副聊天的状态。

"在酒吧里坐了会儿，聊天。"

"她怎么样，还那么吵吗？"

"那不算吵吧。"唐西澄不自觉地反驳，"她讲话挺有意思的，我没觉得吵。"

梁聿之"嗯"了声，不意外，她们两个一直互相维护，显得他在哪头都像坏人。

不过，此刻聊天的氛围让他并不介意这点儿细枝末节。隔着电话，他们之间似乎更好一些，她的声音几乎有种令人沉溺的温柔感。

然而，唐西澄听出他的倦怠，打算结束对话，叫他："梁聿之。"

"嗯？"

"你打电话不用说对不起。"

稍短的沉寂后，他反问："你不会讨厌吗？"

"嗯，我没讨厌。"唐西澄笃定这一点，"但是你休息吧，你听起来很困。"嗓音像是飘浮着，落不着地。

梁聿之不想挂，但还是顺从地应了"好"，听到她说"晚安"，他回应一声："晚安。"

酒后的电话，醒来通常会后悔。

梁聿之原本做好决定，给足她一个月的清静，现在仅过了三分之一，依然是他先忍不住。回想过后，又觉得没什么好后悔。

隔了几天，又有了联络。

唐西澄为经纬做年前最后一个项目的方案，是个小范围的年终论坛，她在收到的资料中看到了梁聿之，他是其中一个发言人。

唐西澄惊讶之后，没多想就拍下来发给他：*你要发言？*

梁聿之并没有立刻回复。

他半个小时后才碰手机，自然猜到她在哪里看到的，问：*你也会去？*

唐西澄正在群里交涉，打完字退出去看那条，不肯定地告知：*不一定，到时候要看组内的安排，可能不是我钉现场。*

年底事情多，临时变动也多，她去的可能性连 50% 都没有。

他回了个单字：*好。*

以为对话结束，手机却在几分钟后再次振动。

唐西澄点开看到了一张照片，一只机器狗，鲜亮耀眼的黄色。

梁聿之问：*觉得比 Kiki 好看吗？*

唐西澄答：*还不错，但我还是更喜欢 Kiki 的颜色。*

他回：*我也是。*

唐西澄停顿几秒，继续敲一行字：这个是在星凌的工厂吗？

梁聿之回复：不是，朋友公司做的，过来看看。

唐西澄好奇：他们只做这个颜色？

梁聿之：不，除了基础色，他们还做了粉色。

唐西澄：粉色？

梁聿之：你想看吗？

唐西澄：嗯。

梁聿之：等试产之后我拍给你。

唐西澄：好，那你先忙。

梁聿之：没多忙，回你消息不影响。

唐西澄还没回这条，有人敲桌角："这么认真，饭都不吃了？"

她抬头："马上，门口等我一下。"

蒋津语摇头："来多久了还这么实在，资本家就需要你这样的。"她往门口走。

唐西澄低头打字：津语姐喊我吃饭，先走了。

梁聿之说：好。

等了一会儿，那只小鹿没有新的动静，他手指往上滑，看了两眼，收起手机。

如唐西澄所料，年前事情的确繁杂，经纬那个案子的现场最终交给Anna，她当天在 T 市没回来，只在工作间隙收到 Anna 发来的小视频。

还没点开，一串新消息紧随而来——

Cici，你错过了养眼良机。

记得吧，那个 9 分 boss？

今天给他加 0.5，动起来观感更佳，声音也挺苏。

我要撺掇组长努把力挤掉他们家的乙方，咱们取而代之！

唐西澄忍不住笑，回她一句：评价这么高，但是不愿意给人家 10 分。

Anna 道：给我偶像留点儿面子！

唐西澄回了个表情包，翻回去看那段视频，是梁聿之发言的片段，拍了有一分多钟，他在台上分享星凌在 AI 商业化中的创新，穿一身西服正装，流畅自如地讲解案例，有长串的英文词汇，他的发音是很好听的美音。

唐西澄看完退出去，手机恰好进来新消息。

梁聿之问她：还在 T 市？

唐西澄回：嗯，你结束了吧？

他回：刚坐下来。

唐西澄告诉他：我同事夸你。

梁聿之回：嗯？

唐西澄说：给你打到 9.5。

他似乎不解：9.5？

唐西澄回：10 分制，很高了。我们公司一枝花只得到 8 分。

梁聿之问：谁是一枝花？

唐西澄解释：一个叫 Peter 的，不重要，长得也就那样吧。你应该还在会场？

他回：嗯。你在忙？

唐西澄答：对，要去忙了。

他回一个"好"。

唐西澄手指停一下，往上翻一点儿，上次的消息记录停留在前天。

这半个月里，他们聊过几回，讲的话加起来也不算多。梁聿之似乎刻意在用这种方式谨守距离地与她保持联络，没再打电话，从南方回来后也不再提那个周五之约。

一直到这年的末尾，他们都没有再见面。

思格的年会结束后，整个公司弥漫假期前的氛围。

打工人最无心工作的一个阶段，全靠毅力挨着。

最后一天，唐西澄写完总结，离开公司，直接拖着行李箱去机场，和许多回乡的人一起由北至南。

今年受姨外婆邀请，她们回去老家过年。

司机已经先送外婆过去，唐西澄买的航班飞省会，再乘车。

除夕倒是很热闹，在老宅子里贴春联，准备年夜饭。

姨外婆的女儿一家也回来过年，带着两个十几岁的孩子，姐弟俩不见外地喊唐西澄表姐，姨表妹上高一，活泼开朗爱聊天，没到半天已经和唐西澄混熟，笑嘻嘻打探她有没有男朋友。

吃完年夜饭，又到了微信被新年祝福挤爆的时刻，满屏红点。

唐西澄发了一部分，回了一部分，过去陪外婆看晚会。

到十点钟，老人家撑不住，去睡了。

外面的小孩子依然精力旺盛，在巷子里追逐，烟花棒的声音此起彼伏。

唐西澄继续回下一拨祝福，沿微信列表往下，在一堆群发中看到梁聿之，最简单的四个字：新年快乐。

她也敲一句：新年快乐。

等回完其他的，发现来了条新消息：在做什么？

唐西澄说：在看小孩放烟花。

静了一瞬，手机振动。他拨了电话过来。

唐西澄沿着巷子往前，走到略安静的河道边，接通的那一秒，两个人同时沉默了一下。

后来他先开口问："在 X 市过年好玩吗？"

他们年前最后一次聊天，说到过。

"还好，挺热闹的。"唐西澄说，"你呢？"他今年在 G 市。

"没什么特别的，姜瑶太吵了，头疼。"梁聿之的声音淡淡地传过来，唐西澄几乎能想象到他讲话时微敛的眉。

那头的人又继续："别帮她说话，不太想听。"

"我没说。"唐西澄问他，"你在 G 市吃到了什么好吃的吗？"

梁聿之觉得都没什么，但她问了，便又仔细想一下："有个小时候的邻居开了家茶楼，做的一些小点心还不错，感觉会合你的口味。"

"是吗？"唐西澄视线投远，从遥远的灯火落回粼粼河面上，路灯的昏光随水波飘飘摇摇。

在不知所起的情绪里，她的声音低下来："梁聿之，我有点儿想见你了。"

平平缓缓的几个字，尾音轻落。

然而因她的音色，从话筒电波中传至另一端显出一点儿异样的清软，听在耳里有近似撒娇的错觉。

梁聿之呼吸都乱了一下，还未来得及回答，姜瑶的声音陡然出现。

"喂！"她在底楼院子台阶上仰着头看二楼栏杆处，十分不友好地道，"大少爷，你快点儿下来，张妈找你半天了！大过年的装什么自闭少年！"

突兀地打断了一切。

梁聿之从没这么烦她，往下撂一句："别吵。"

透过听筒，唐西澄同样听到了那道带着火气的声音："是姜瑶啊，她好像有事找你，那我们先挂吧。"停顿一下，说，"等晚点儿回 S 市见个面，好吗？"

梁聿之心口仍在切实的震荡中，克制的沉默后，他平静地应了："好。"

261

社交软件上的新年祝福随晚会持续轰炸到零点之后，再连绵到年初一的整个上午，也有那么一些慢性子拖到下午还在祝你春节快乐。唐西澄工作之后，微信里已经被同事、半熟不熟的甲方、合作过的各种外包商占满，从早到晚地收到缀满各种表情的大段群发祝福，她觉得烦，将手机调到静音，吃了晚饭和姨表妹上街去玩。

在回来的路上，快到家门口时，看到那条消息，已经沉到列表中间。

梁聿之问：你住哪里？给我个位置。

四十分钟以前。

唐西澄走路的脚一时停住，手指极快地打字，问：你在哪儿？

姨表妹回头看她："怎么了啊西西姐？"

"你先回家去，我要去见个朋友。"

"什么朋友？"小姑娘来了兴致，眼睛发亮，"大年初一，都九点多了，这个时间你要见谁啊西西姐，也太不让人放心了。"

"我都过完22岁生日了张洋洋。"

"可是外婆她们会问啊，要是问起来那我怎么说啊？"她弯眼笑起来，"如果你要见的不是普通朋友呢，那我很愿意帮你打掩护。"

"对，不是普通朋友。"

"OK（好的）！那你快去！"她的语气比当事人的还要激动，一把抢过唐西澄手里的纸袋。

唐西澄："交给你了。"

她折身往路口走，梁聿之的消息回过来了，定位显示城市广场附近。

坐上车，唐西澄才发觉她的心率似乎在过速状态，缓了缓，回他：等我一会儿。

小城从哪儿到哪儿都不是很远。外婆以前常常讲家里就这一点最好，人和人离得近，想见谁也就抬个脚的工夫。

唐西澄乘的车转入那条道上，还未停过去，她已从前窗看到泊在树影下的车，也看到路灯光晕里的一道身影。

等距离更近一些，那道清癯身影半侧过来，她才看到他右手指间橙红的一星火点，薄薄的雾白色缓慢散开。

梁聿之在她下车之前灭掉了烟。

江南冬天不常有北方那样劲烈狂躁的风，这个晚上尤其平静，光秃的树梢枝丫一律在浓浓夜色中哑然无声，甘于静默地做城市的旁观者。

有朦胧稀薄的月光。

唐西澄走过去的几步路，空气中的湿冷一路袭上身，她看到梁聿之站在车门旁，大衣敞开着。他总是这样，在非工作场合，真的很不喜欢好好扣扣子。

距离缩短，唐西澄视线里，那张脸庞更清楚具体起来，偏冷白的皮肤在逆光方向很醒目，衬得眉眼极深。

两个月不见，彼此多少有点儿陌生感。

譬如，唐西澄的一身装束梁聿之从未见过，偏复古款的正肩大衣，内搭同色系的羊毛裙，皮鞋的跟部比之前都要高一点儿，落进眼里愈加亭亭。

他一直知道，她是很美的。

当唐西澄走到近前站定，身高差令她依然需要抬头。

隔着不远不近的两三步，她张嘴，在浮起的淡淡白气中问："到这儿多久了？"

"没多久。"他的声音也沾染上冬夜的凉意。

"找我的时候已经到了？"

他没答，眼睛看她长了一截的头发乌墨一样荡在肩侧，有种想要伸手去碰的冲动。

片刻的沉默里，唐西澄已经明白了，想说你为什么不打我电话，又想起那时手机是静音状态，打了也未必能接到。

"你过来挺快的。"他忽然说了句。

"又没多远。"她看着他的眼睛，"你怎么突然来了？有亲戚在这边？"

目光轻轻撞到一处，互相看着的几秒内，梁聿之答她的话："我没那么多亲戚。"他微敛嘴角，侧过身开车门，提了个盒子出来。

"昨晚说的那家茶楼的点心，给你拿了两盒。"

他递过来。

唐西澄伸手接，指尖轻轻擦过他的，凉得她几乎轻颤一下。低头打开盒子看，里头另有精致的小盒包装，光线昏暗，不足以看清上面的图案设计。

"有两种比较甜，你可能会更爱吃，我多拿了一些，在下面那盒里。"

"有多甜？"

"与你外婆做的宽片糕差不多，我会觉得有点儿腻的程度，但你应该——"

他的话未讲完，整个人往后晃了一下，脊背被迫贴上车门，浅淡的柚香一瞬间扑进怀。

纤细却有力的手臂搂上他的脖颈，她像精灵突袭而来，仰头，黑色的眼瞳直勾勾地盯住他："让你过敏的东西，你为什么还记着？"

梁聿之微微一震。

两张脸挨得近，一掌的距离，四目相对。

"你吐了吗那次？阿婆说你都吃完了，你那天吐得厉害吧？"

唐西澄的身体压在他胸腔上，彼此失序的心跳在晦暗中轻易传递。

梁聿之的眼睫翕颤，他的唇张开的一霎，有人不给时间了，即刻抬起下巴汲取他口腔中薄薄的烟草气息，堵掉了他要讲的话。

唐西澄在不久前喝过黄酒奶茶，诚实地说，不觉得很好喝，她并非故意的，但无法避免将那奇怪的味道渡给了梁聿之，她甚至不需要太努力，他就已经松了牙关，他的舌头很软，毫不抵抗，任她一路游弋驰骋，直到他抬手搂她的背，在她撤出时阻止了她，张弛有度地反攻。

唇舌替代言语进行交涉。

有车从主路开过去，声音近了又远，但这片空间仿佛被切割开，全然陷入寂静。

唐西澄轻轻摸他的耳郭，感受到温度在她指尖升高，似乎过了很久，他的手终于松开。她也同样撤回手臂，双腿微软地后退一步，差点儿碰到搁在地上的点心盒子。

旁边道上的路人骑车而过，看热闹地疑惑瞥来一眼。

很快周遭再次静下来。

唐西澄捋了捋头发："我不该先亲你的，但我刚刚没忍住。"

微微波荡的声音扯回对面人的视线，梁聿之蹙眉失笑，声音略沙哑："你后悔得也太快了点儿，怕我揪着你让你负责吗？我还不至于。"

"不是。"

"梁聿之，"唐西澄捡拾思绪，也梳理逻辑，"你知道我挺坏的，我已经做过的事很少再回头看，我觉得没意义，我也不怕别人愤恨指责，但这段时间试着站到你的位置想了一遍，确实，我在你面前更坏，你心里过不去很正常。我以前喜欢梁泊青，因为他陪了我十年，最糟糕的十年，他从来没有放弃我，我的生活里最好的只有他，而我也才刚刚过了两个十年而已，我在很多年里都很难看到别人，我也的确因为他才会注意你……"

梁聿之下颌绷紧，偏开了脸。

唐西澄看到了，声音微低了点儿："梁聿之，既成事实的过去，我只能道歉，没有什么补救办法了。我也没办法再继续我们之前的关系，相信你也一样。我总是习惯做决定，但今天我想让你来选。"

她直视着眼前的人："你可以选择不再理我，我也不会再打扰你，时间久一点儿，什么都会过去，以后也许会成为双方都记不起来的人。"

"我如果要选这个，在 S 市那次就已经选了。"梁聿之冷声打断了她。

空气停滞了几秒。

他低头缓了缓，压抑鼓噪的心跳，漆黑的眼再次看向她："没有别的了？"

唐西澄指尖挤压掌心，走近一步："在 S 市那天我说过我的想法，现在也依然没有变，我之前只是听蒋津语说过，其实不知道你具体怎么想。我谈过一次恋爱，其实也不怕再谈失败一次。还有，我还不太确定我对你的感觉是不是因为我觉得愧疚，但梁聿之，我确实想见你，也想亲你。"停顿一下，纠正，"不只想亲你。"

因为最后一句，她略微垂了眼："可能听起来不够严肃……"

清幽的柚香再次浮过来。

半步之遥，那张脸如此刻天际朦月一般，眉梢收敛，淡红的唇轻抿了下。

梁聿之伸手，捧她的脸，低头衔住唇，他并没有更深一步，仅仅舔舐般地轻吻，像是安抚，又像寻找慰藉，片刻之后退开，手掌按到背上将人一把拥入怀中，脸庞碰触她蓬软的长发。

唐西澄额角贴到他的侧颈，几乎能感觉到温热的血液在他皮肤下蓬勃不止地流动。

"你是挺坏的，我也不见得多好。"梁聿之说。

唐西澄顿了一下，尔后极低的一句话落在耳畔："唐西澄，我们试试吧。"

唐西澄记起，类似的话曾经听过的，只是被落在了那个夜晚北方遥远的山风里。

埋首沉默的一分钟里，能清清楚楚感受他颈项皮肤的温度，胸腔的每个微小起伏，落在她发间的呼吸频率。她在很长的时间里从没认真地真正感受这个人，也或许，她感受过的，只是包裹在混沌的过去里，被她急切地轻易地囫囵丢掉了。

阒静之际，唯有彼此的心跳互相响应。

唐西澄手抬起，按在他的左胸处，脑袋退开，仍是被圈抱在怀的姿势，她仰起脸，极细致地看他。

"梁聿之，我来说，"她轻抿唇，目光最后的落点是他深色的瞳孔，"请你试试做我的男朋友吧。"

光线不足以令唐西澄看清那双眼睛里的所有细微变化，他似乎有些怔然，几秒之后，微微垂眸，视线再落回来，朝她点了头，低涩地开口应一个字："好。"

唐西澄问："你刚刚……是笑了吗？"似乎看到他嘴角轻微的弧度。

梁聿之没答她，松了手。

唐西澄的肩背重获自由，见他弯腰去提那点心盒子，她脚步跟随至车边，喉咙口那句"好久都不见你笑了"被压回腹中。

梁聿之拉开后车门："车里坐吧。"

唐西澄确实也想要去车里，一方面站着很冷，虽然他们刚刚都变热了一点儿，但这样低的气温很快会凉回去，尤其他还穿得不够暖和，另一方面她还没亲够，车里更方便。

梁聿之调了空调的温度，立刻有暖气出来。

唐西澄脱了大衣，等他坐过来，拉他的手，拿掌心覆盖他的手指，他的皮肤干燥，触感微温，应该没那么冷了吧。

梁聿之侧低头，她的手纤白小巧，掌心的热量渡来他指腹，薄薄的温度细密堆叠，由皮下血管送至心口。他喉结突兀地滚动了下，反手捉住那细细的腕，另一掌按她的肩，俯首吻了过去。

逼仄温暖的车内比外面更易激人情绪，密闭空间中的那缕柚香无端发酵，变得馥郁诱人，似乎有蛊惑的效果，他手指不自觉施力握她很紧，深吻近似攻伐。

车内升温。

唐西澄感觉空气变得稀薄。

彼此之间的氧气几要耗尽之时，梁聿之退开了，将脸伏在唐西澄衣服的领口，低哑地问："什么香水？"

唐西澄完全记不起那款香的全名，喘息的间隙努力回忆："什么柚什么嗯……反正津语姐送的，嗯，年终小礼物，不好闻？"她呼吸起伏不稳，神志却清晰了，"是不是……你对这个味道过敏？"

梁聿之哑然失笑，重重地在她锁骨过吮过："你就只记得过敏了……"

他重新捕捉那潮湿嘴唇，垂落的手捏至她侧腰，沿背脊骨轻抚而上，由后滑至前。

他仅是短暂地欺侮一把，很快地抽回了手。

唐西澄恢复半截理智，蹙眉瞥瞥窗外，确实，不太妥当："这里……是不是算市中心？"

"……我第一次来。"

唐西澄扭头撂了个眼神："梁聿之……"

他明显被她那一声唤得心里微痒，一直有种感觉，他的名字由她叫出来，似乎总有哪里不同。梁聿之探身去取前面的纯水湿巾，偏过脸，沉黯的目光看向她，同时擦净了手。

混乱迷惘中，无法拥有完整准确的时间概念。

像过了很久，又像惶然一瞬。

沉沉浮浮。

出风口的热气肆意碰撞，将冬夜冷雾全然隔绝。

薄薄的手掌贴到冰凉的窗壁上，隐约留下模糊印记。

唐西澄没想到张洋洋那个鬼灵精居然还会特意发消息过来，她正在帮梁聿之抚衣服的皱褶，车里残留的某些异样仍未消失。大衣口袋里的手机打破寂静，连续振动两下。

在梁聿之拧开瓶盖喝水时，唐西澄摸出来看了看微信，轻点一下，两条语音径自连续播放。

"西西姐，我都打点好了，你放心哦，和你的非普通朋友好好玩耍！

"多晚都没关系的，但是明天要给我看照片。"

迎上旁边投来的视线，唐西澄解释："嗯，我姨外婆家的表妹，一个挺八卦的高中生。"

"听出来了。"语声淡淡。

他继续喝一口水，低头拧回盖子。

"你要给她看吗？"

没料到他会这么问，唐西澄顺水推舟征询当事人的意见："看你愿不愿意了。"

"你有我照片？"

"……没有。"唐西澄反应很快，"但是我有视频。"

梁聿之侧眸。

"上次年底那个论坛，我同事发给我的。"她为 Anna 回护一句，"没有恶意，纯粹欣赏，也就一分钟，你反感的话，我可以删掉。"

梁聿之收回视线："随你。"

"那我留着了。"唐西澄收了手机，问，"你开过来要多久？"

"没多久。"将瓶装水扔回前面，见她还盯着，他给了确切的回答，"两个小时，路况挺好。"

"吃过晚饭来的？"

"嗯。"他回问，"你晚上在做什么？"

"出去逛了，手机太吵，所以我静音了，没看到你的消息。"唐西澄帮他扯一下袖口，"你怎么停在这里？"

"随便开过来的，不清楚停哪儿更合适。"

"那你为什么没提前告诉我，临时起意？"唐西澄观察他的表情，"昨天不是说回 S 市再见？"

他注视她："你想听什么？因为我什么事都做不了，只想着见你？"

言下之意，明知故问很可恶。

唐西澄从他眼睛里看明白，沉默了一下，她其实只是多找点儿话说，因为不说话的片刻，他们之间会有微微的难以忽略的尴尬弥漫。

自见面之后的一切举动言语都随心而为，由情绪推进，并不需要谁来教，谁来引导，然而此刻换了种关系，再静下来面对彼此，其实没那么快适应。

他们都察觉到了，但似乎都不那么擅长处理这种局面。

相对而言，说"试试"算是嘴皮之间的容易事，落到真实的相处中却是具体的每分每秒，无法快进跳跃，顷刻之间进入毫无嫌隙的甜蜜伴侣模式。

唐西澄永远是实践大于浮想的人，她没太多踟蹰，轻轻呼出一口气，主动靠过去："你现在饿不饿？"

"不饿。"梁聿之停了两秒，伸手揽她，随意握一缕长发揉在掌心里。

他听到她的声音："你带身份证了吗？"

他垂首看过去，唐西澄回看，迟疑了几秒："不打算过夜？"

"看你留不留我。"

"我表现得不够明显吗？那我再清楚一点儿。"她的手毫不避忌，立刻被钳住。

"只有这一招？"

"嗯？"

"你自己想。"

唐西澄凑上去，他却抬起右手，虎口抵捏她的下巴，带了些力道，令她无法靠近，他那双眉似乎蹙了起来："没耐心了？"拇指上移，指腹碰触她的下唇，"用这里告诉我。"

唐西澄睫毛颤一下："你确定？"

她一脸"我没理解错吧"的表情。

梁聿之："……"

梁聿之终于垂眼笑出一声，捏她的脸："唐西澄，好好说话。"

语气已经缓和下来。

唐西澄道："嗯，你今天能不能不走？"

"好。"

夜色中原地停留许久的车子重新启动，沿主路往前行驶，唐西澄在手机上挑酒店，因为赶时间，也没多研究，以最快的速度确定好。

唐西澄没带身份证，所以她等梁聿之去登记，再来接她。原本光明正大的事弄得无端有种奇怪的偷摸意味。

从酒店大厅里走过时，他们仍保持距离，进电梯才牵上手，唐西澄原本站在梁聿之身旁，因有其他人进来，她往后退退，靠近轿厢内壁，无聊地侧头看镜子，忽然地，他的右手递过来。唐西澄轻轻握住了，之后再没分开，出电梯后走过长长的走廊，唐西澄由他牵着往前，他刷卡进门时也未松开手。

灯亮之后，他们几乎同时去亲对方。

梁聿之的动作渐渐变得迫切，在车里的克制荡然无存，他带着她的手去碰皮带扣，他用沉哑的声音叫她："西西，帮我。"

他的眼神简直诱人犯罪。

唐西澄着实受不住，跟着急躁起来，一边动手一边去咬他已经微微红起来的唇。

他们分别了两个月，然而食髓知味的事不会生疏。

唐西澄扯过被子时，才恍惚发觉整个房间的灯都开着，亮得有些刺眼，他们身上的一切都看得清清楚楚，她蹙眉拿手背遮眼睛，透过指缝看他裹上浴袍，几秒后感觉光线柔和了一些。

她的脑袋被托起来。

梁聿之揽着她，将水瓶瓶口放到她嘴边："喝水。"

唐西澄兴奋过后的大脑没那么清醒，但仍然想起某个片段，她想调侃一句，话到嘴边又作罢，默默喝完两口水，说："谢谢。"

梁聿之看一下她的眼睛："这么客气？"

"因为……不是你的义务。"

他视线停一秒，低头将被子往她身上拉起一点儿："现在是了。"

那晚他们的第二次要柔和许多，更温存，彼此耐心地汲取对方的体温，回馈细微的情绪。

隔阂不至于就此消弭，但他们明显亲近了许多，结束后，一起洗了澡。

无准备的一个晚上，没有干净衣服可换，都只能裹浴袍。

唐西澄最后被抱回床上。

准备好好睡觉时，却有电话进来，梁聿之眉目懒散靠在床上接听。

唐西澄倚在他怀里，他并无避讳，通话的另一方应该是他的家人或亲近的朋友，不顾时间地在这个点打过来，他话里话外带着一丝不耐烦，是熟络到不需要见外的那种。

在回应对方的间隙里，梁聿之偶尔低头看唐西澄，左手随之摸上来碰她的脸，没什么目的，像是纯粹因为那只手很空，有点儿无聊，因此找点儿事做，修长的手指揉她侧颊，又轻轻抚过下颌弧线。

电话里的声音唐西澄也听到一点儿，对方是个男人，似乎不怎么清醒，讲的什么内容听不太清楚，只絮絮叨叨得啰唆黏糊。

最后梁聿之实在不想听了，对着话筒道："这句你讲三遍了陆铭，我真挂了，还有什么要倾诉的你换个人祸害吧，拨给方重远，他肯定没睡。"

他挂断了通话，将手机撂到一旁，见伏在身上的人抬头，他主动出声："我弟。"

唐西澄眼神讶异，她知道他是梁懋均的独生子，没有弟弟的。

"表弟。"梁聿之解释，深黑的眉无意识微蹙一下，又舒展，"他喝多了，小孩一样，很烦人。"

"比你小很多吗？"

他摇头："不到 1 岁。"

唐西澄笑："和你差别好大。"

梁聿之也笑笑，"嗯"了声。

"你们关系很好吗？"唐西澄又问他。

"就那样，读书时大多在一起，有两年都在爷爷那儿住。"梁聿之很自然地讲到这里，揽她的肩，将人往上抱起一点儿，两人挨得更近，问她，"还想知道什么？"

他并不排斥被问这些，甚至有点儿受用她这样的好奇。

但唐西澄并未继续，转移话题问道："对了，你什么时候走？"

梁聿之低头看她："这就赶人了？"

"不是。"唐西澄扣他的手,澄清,"我是在想如果你还有时间,明天我可以带你去玩。"

梁聿之反倒微微意外,面色稍霁:"一日地陪服务?"

"嗯,你还能留一天?"

"勉强。"他其实还有桩应酬在身,"有位长辈明天过寿,应好了的,中午我不过去了,晚上得露个面,去喝杯寿酒。"

"明白了,那你下午要早点儿走。"

唐西澄思忖,明天显然早起不了的,这样至多也只有半天的空闲。

"百草园你想去看看吗?"唐西澄说,"那篇课文……你学过吗?"

她指《从百草园到三味书屋》。

梁聿之反问:"我为什么会没学过?"

"我不太清楚你那时候。"

"我什么时候?"他有点儿跟她杠上了,"我们有隔很多年吗?"

意识到什么,唐西澄即刻笑了出来:"我可没有这个意思,梁聿之。我知道你是90后。"不只,她还清楚地记得他的生日,"嗯,你28岁半。"

"算得这么清楚?"

"也不难算。"唐西澄说,"不是给过我身份证吗?你生日在6月。"倏然顿了一下,后知后觉地记起2018年6月在S市,正好他生日,那天周姨做了寿面,她送过他礼物,现场去买的一块手表。那是他们最后在一起的时候,很快就决裂了。

梁聿之似乎也想到了。

沉默中,唐西澄脸低下来,贴回他肩上。

她没问那个礼物的下落。

梁聿之换只手臂搂她温软的身体,在额角落下一个吻。

他默然收下她无声的抱歉。

比预想的更疲累,第二天醒来,唐西澄睁眼两次仍躺着不想动弹,却看另一个人已经穿戴齐整。她双目蒙眬地叫他的名字,见那身影走近,到床边,毫无死角的脸庞在她视野里逐渐清晰。

手指探出被子摸他的脸,在眉眼处停留,指尖拂过柔软的睫毛:"梁聿之……"

他应声,捉她的手:"还要带我看百草园吗?"

"要的。"她勉力坐起来,他好心帮忙拉了一把,指指床头。

唐西澄睨一眼，无菌包装的女士内裤。

"你出去过了？"

"嗯。"

她并不是第一次发觉，他在某些事情上真的很周到。

起来之后，唐西澄已经尽力不拖延，刷牙洗脸用餐一律用最快的速度，结果他们仍弄到一点多钟才出门。到车上，唐西澄给姨表妹洋洋同学打了个电话，问问情况，顺便让她帮忙送身份证出来。

挂掉之后，梁聿之问："你怕你外婆知道？"

"并不是怕，只是她年纪大了，想法不同，她如果知道我在谈恋爱的话，每天都会很操心，连结婚生小孩都要想到的，也会担心对方不是良配，总之事情会变得很麻烦。"唐西澄看看他，"到时候你在她眼里就不是长得又好、心地又好的正面形象了，一定会被横挑鼻子竖挑眼的，你也不想吧？"

梁聿之沉默地打了个弯，过了会儿才说："你外婆不像这样的。"

唐西澄说："高中时有个男生偷偷跟到我家里，后来是被我阿婆打跑的，你能想象吗？"整个中学时期，没几个男生敢接近她，就那个男生是转学过来的，一时对她认知不清。

她讲这个例子，言下之意是你看我外婆并不只有你看到的慈祥和煦的一面。人一旦护短，是很容易变脸的。

然而听梁聿之低沉地回了句："他活该。"

唐西澄看向他。

"跟踪女生的小浑蛋，不该被打吗？"

那当然是。唐西澄也点头："嗯。"

车子已经到附近，她指个方向让他停车："等我一会儿。"

唐西澄开门下车，走一小段拐个弯拿到身份证再折返。

去看百草园需要身份证。

车子停好之后，他们沿路走过去。

正值年假期间，不大的景点，人却不少。他们花了挺长时间在排队等待上。唐西澄担心梁聿之会嫌烦，但他看起来耐心不错，连手机也没碰，只是一直捏她的手指玩，整个过程中他们跟着人群缓慢移动，从三味书屋到百草园的路变得很长。

到了园子里，人才少了一点儿。

唐西澄问梁聿之："是不是觉得和书上有点儿不一样？"

他点头笑了下："是有点儿。"

"我第一次来也是这种感觉。"唐西澄说，"你要不要拍照？我可以帮你。"她指着"百草园"那块石头，大家一般都会在那里拍标准的游客照。

"好啊。"

等正在拍的两个小孩走开，他便走过去，也不摆什么造型，就那么随意站着。

唐西澄举起手机，调整角度。这么久的工作经历直接提升了她的摄影技术，加上入镜的人本身条件优越，随意拍一张都很自然出众。

她招手让他过来，将照片递到他面前："怎么样？"

"不错。"

唐西澄："我发给你。"

他"嗯"了声，过了几秒问她："要一起拍吗？"

唐西澄抬头看他一下，有一些惊讶，她默认他是那种不会有兴趣拍什么情侣合照的人。没多迟疑，她点头："好，那找个人帮我们拍。"

旁边就有游客。

唐西澄请一位年纪相仿的女孩帮忙。

她和梁聿之一起站过去，姿势并不多亲密，只是互相扣着对方的手指。拍照的女孩却很熟练地顺口指导："肩膀靠近一点儿，可以笑了——好，OK。"

唐西澄拿回手机，向她道谢。

梁聿之走过来。

他们一起站在菜地里看照片，还挺自然，至少两个人都不算僵硬，虽然笑容清淡，显得内敛了点儿。

唐西澄当着梁聿之的面将这张照片发送到他的微信上。

从园子里离开，他们回到街上。

又看到黄酒奶茶，唐西澄问梁聿之要不要尝尝。

"好喝吗？"

"挺奇怪的，描述不出来，你自己感受一下吧。"她说，"我请你，稍等。"

等她买来一杯，梁聿之尝了第一口，就已经回味过来："你昨天喝了这个？"

"……你有点儿厉害。"

他便笑了，问她还要喝吗。

唐西澄摇头："我不太喜欢。"

那杯奶茶最终被梁聿之带到车上，唐西澄问还要不要带点儿臭豆腐，也很有名的，被婉拒。等车子开起来，唐西澄又猛然想起："会不会……酒驾？"她指黄酒奶茶。

梁聿之："不至于吧。"

"稳妥一点儿，你开回去再喝吧。"

他采纳："好。"

先将唐西澄送回去，车子停到巷口，时间已经接近四点。

唐西澄担心梁聿之赶不上应酬，很快地解掉安全带，对他说："你慢点儿开车，注意安全。"

"嗯。"

"那我走了，到了告诉我。"她不再耽误，开车门下去，然而门一关上又忽然想起来，没犹豫地绕过去敲驾驶位的车窗。

玻璃降下来，唐西澄探头靠近，里面的人已经伸手，扣着她后颈亲了过来。

略匆促的接吻。

五六秒后分开，梁聿之手指抹一下她的唇："S 市见。"

唐西澄一笑："嗯，S 市见。"

CHAPTER 09

消波块

　　唐西澄和外婆年初五告别姨外婆一家，启程回 S 市，出发得早，不到中午就到家了。周姨前一天已经从老家赶回来，将屋里屋外收拾得清清爽爽。

　　午饭之后，有电话来，打的是家里座机，周姨接的，挂掉之后过来讲："梁先生要来看老太太。"

　　唐西澄当然知道，梁先生是梁泊青。那封邮件之后，他们再没见过面，但他仍然会来看外婆，不知是否刻意避开，之前几次都挑唐西澄不在的时间。

　　外婆听到这个消息就已经高兴起来，交代周姨多备点儿菜，准备留人吃晚饭。

　　过了不到一个钟头，人就来了。周姨耳朵好，正忙着，听到车声，就要洗手去开门，唐西澄让她别急："我去吧。"

　　她起身过去开门。

　　梁泊青的车已经停在院外，他下车去后备厢取节礼。

　　视线里出现清隽疏朗的一道身影，唐西澄站了两秒，走下台阶，到近前："梁老师。"

　　梁泊青刚合上厢盖，闻声略顿了一下，转过身："西西。"他微微一笑，"好久不见。"

　　"嗯。"唐西澄也笑一下，看他手上的东西，"要帮忙拿吗？"

　　他低头看一眼，递个小盒过来："谢谢。"

　　唐西澄接到手里，走在前面领他进屋，周姨在门口笑着喊"梁先生"，接他手里的东西。

外婆已经走到厅里等，看到他们进来就唤他名字。

梁泊青走过去扶老太太："师母，身体还好？"

外婆连声应好，由他扶去茶厅坐着。

唐西澄洗好水果，端了热茶送去，外婆正和梁泊青聊到回老家过年的事，她没多留，出来帮周姨的忙，间隙中摸手机回梁聿之的消息，后者正陷在无聊的年后 social 中，刚从牌桌上撤下来，索然无味地坐到一旁，想着同她聊几句，一问才知道她已经到家了。

他问：不是说下午回？

唐西澄回：担心下雨，走得早。

这几天他们在微信上联络得不少，但也没频繁到即时汇报任何行踪变化的程度。

梁聿之晚上还有顿饭，原本想着结束后去找她，现在却有些待不住了，堪堪坐了二十分钟，他提前取车走人。

一路车速略快地开过去，到了附近，停在梧桐树下，能看得见院子，他准备给她发消息时，视线落到院子栅栏右侧的那辆车上。

他认出了车牌。

默然坐了一会儿，梁聿之低头解锁手机，点进微信，手指触一下列表置顶的小鹿，发了条消息：在做什么？

唐西澄正坐在小凳上掐芹菜的叶子，顺手拍了那堆叶片给他，回复：干活儿，择菜。

等了半分钟，她没有再说其他的。

梁聿之不只觉得失望，他也很自然地生气了。换了从前，这时候他已经掉头离开。但他今天没走，在车里兀自待了十分钟，理智地压下情绪，他再次给唐西澄发消息：你出来。

唐西澄刚收拾完厨余垃圾，洗净了手，再看手机时，微微一愣，很快明白了。

她拿上手机出门，脚步微快地走下台阶，到路边看到梁聿之的车。他们以前在 S 市碰面的次数并不算多，这辆车仅见他开过两三回，唐西澄从没有刻意记过车牌，但奇怪的是，看到的时候一眼就认出来了。

她几步过去，抬手拉副驾车门，却是锁住的，便又敲窗。

再次拉一下，车门开了。

唐西澄看到车里的人："梁聿之。"她一边叫他一边坐进去，关上车门。

她出来得匆忙，没穿外套，身上只一件白色的粗针毛衣，宽松款，看上去不太保暖。

梁聿之看她："不冷吗？"

"还好。"唐西澄察觉他情绪不高的样子，语调偏低。

她开口问："你怎么突然来了？不是没空吗？"

他"嗯"了声："又突然有空了。"没认真答她，直视着她的眼睛反问，"你家里有客人？"

唐西澄顿了一下，点头："嗯，是梁老师来看外婆。"她诚实地说明，同时注意他的表情。

梁聿之转回了脸，微垂的视线落在方向盘上："如果我不来，你不会告诉我，对吧？"

唐西澄看明白了，他在问之前就已经知道了，所以才那个表现。

"他只是来看外婆，其实和我没什么关系。"她解释，"我知道会让你不舒服，所以我觉得没必要特意向你提起。"

"可是我讨厌这样，"他侧过头，微蹙眉，"我讨厌被隐瞒被欺骗，我需要你对我坦白。"

第一次听他这样直接地表达自己讨厌什么，需要什么，唐西澄微微惊异，沉默了下，认真地回答："你没有问，所以我出于我的考虑没主动提，我觉得这不能算恶意隐瞒欺骗。"

对视了几秒，梁聿之一言不发地收回目光。

她的话没错，她的考虑也情有可原。他已经意识到问题不在这里，即使她一开始就主动坦白，他现在也不会好受多少。他控制不住地想象他们见面会是什么样，会说什么，她会用什么眼神看梁泊青，她心里真的会没有一点儿涟漪吗？

这些上不得台面的心思，无法宣之于口，于是他找了一个冠冕堂皇的罪名自欺欺人地怪她。

见他不再说话，唐西澄不知怎么处理，踌躇的几秒间，她在想，我是不是需要道歉？

但并没有等到她再开口，梁聿之先打破沉默："西西，你回家吧。"

唐西澄皱眉："我刚刚说了……"

"你说得对。"

唐西澄道："梁聿之，你别这样，我不喜欢你一生气就嘲讽人。"

"没嘲讽你。"他平静地说，"你做得没问题，是我需要静一下。"

看到他晦涩不明的目光，唐西澄心里有点儿发堵："你去哪儿，回去吗？"

他点头。

"我跟你回去好不好？"

梁聿之微怔。

唐西澄话一出口，已经变成决定："我现在去跟阿婆讲一声，你等我两分钟。"她开车门跳下车，把住门边，告诫一句，"不许走。"

唐西澄很快进屋，走去茶厅门口："阿婆，我要出去玩，不吃晚饭了。"不等回答，朝梁泊青道："梁老师再见。"

里面两人都未反应过来，她已经拿上外套，在玄关换鞋。

周姨从厨房探头时，唐西澄正好一阵风似的出门。

茶厅里，外婆同梁老师抱怨："小囡越长大越贪玩了。"

唐西澄快步回到梧桐树下，车仍然停在那儿。

她重新坐进去，对上梁聿之的目光："快走，我怕阿婆追出来。"

梁聿之："……"

梁聿之终于露出一点儿笑容，没说话，探身过去帮她系了安全带。

唐西澄感觉到他的心情好了一点儿，在他打方向盘掉头时，问："可以听歌吗？"

"嗯，你自己弄吧。"

"可我想听你的歌单。"

梁聿之回稳方向，看她一眼，指腹按一下解锁了手机递过去。

唐西澄发现他似乎在手机的私密性上不那么设防，以前也很顺手就把手机给她打字。她没碰其他图标，只点开音乐软件，他的歌单分类并不清晰，很潦草地用数字标着"1""2"……

她点开"1"，将他的手机放回中控台。

一路上唐西澄记着他说的"要静一下"，一直没讲话，只听歌。

车子一直开到淮海路。

是他们第一次的那间公寓。

进门之后，唐西澄换了鞋，脱掉外套，梁聿之已经进去洗手间，他回家大多第一时间洗手。

唐西澄在客厅里看了一会儿，发现屋里几乎都没什么变化，她走过去，梁聿之已经擦干手，见她来，又开了水，等她洗完拿干手巾替她擦了手。

"要吃点儿东西吗？"他低头看她。

唐西澄问他："有什么？"

"去看看冰箱。"

唐西澄跟着他走出去，看他打开冰箱，水果、蔬菜、牛肉、饮料、啤酒，什么都有一些。

"挺丰富啊。"唐西澄仔细观察，"你最近都住这里？"

他应声："嗯，你吃什么？"

"随便吧，你做什么都行。"

"那你过去等。"他指一下沙发，从冰箱里取出牛肉和青红椒。

唐西澄却没走，就靠在料理台旁边看他处理牛肉，将一整块切成均匀的牛肉粒，动作干净利落，起落刀的节奏很舒服，她认真看了一会儿，视线抬起来看他的脸。

梁聿之切完牛肉抬头，碰上她的目光："你就站这儿？"

唐西澄点头。

他没再说，洗了手，垂下眼继续切青红椒，切成细长的丝状，连着切完两个，将手里的刀扔下，走到唐西澄面前："不做了。"手掌覆到她脑后，将她困在料理台前亲吻。

他嘴唇的温度过烫，唐西澄揪着他的衣服，微微踮脚配合他的身高，忽然感觉身体一轻，被托着臀抱了起来，坐到了平滑的操作台上。

他们一直在接吻。

直到身体越来越紧绷，唐西澄去摸他的喉结，有点儿渴地吻了一下，感觉到他明显吞咽的动作。她的毛衣被脱下来，里面只一件薄薄的底衫。

正当两个人都亲到很热，理所当然要进行下一步的时候，忽然出现一道声音。

唐西澄瞬间清醒，浑身都僵了一下，还未反应，已经被梁聿之搂到怀里。

"陆铭你有病吧！"梁聿之满面愤怒，眼神像要杀人，"滚！"

陆铭脑袋缺根弦似的，兴奋地连看了几眼，没看清他怀里的人，意犹未尽，笑嘻嘻地撤出去。

气氛却已经被毁个干净。

唐西澄从梁聿之怀里探头，脸被闷得有些红，带着点儿惊魂未定的疑惑："……什么情况？"

"就那个讨厌鬼，烦人精，跟你说过的。"梁聿之怒气难消，想拧断陆铭的脖子。

他显然是真的气到了。

"你那个弟弟？"

梁聿之点头，皱着眉解释："之前叫他来取过东西，忘了换掉密码。"他没有比现在更后悔的时候了。

唐西澄拿起自己的毛衣，边穿边说："他是不是找你有事？"

"他没事，他就是有病。"梁聿之抬手帮她抚了抚翘起的头发，"吓到了吗？"

唐西澄轻"嗯"了一声："有点儿。"借着他的手臂从操作台跃下，整理好衣服，抬头看他，"我没什么，你怎么样？"

梁聿之："我在想要不要打死他。"

唐西澄笑了出来："你不会……嗯，那什么了吧？"

结果是，收获一个警告的眼神。

她却笑得更厉害。

这一出很尴尬扫兴，但他的反应有点儿好玩。

梁聿之都不知道她怎么能笑这么开心："对你是什么好事吗？"

"那当然不是，所以你还好吗？"唐西澄的眼睛不由弯得更明显，梨窝也扩大。

梁聿之捏她的脸："少操心了。"

"好的，"唐西澄收住笑，"去看你弟弟走了没。"

陆铭当然没走，但尚有两分良心，他跑到阳台上待着，想着要体贴一点儿，把整个空间留给他们。结果没多一会儿，看到梁聿之衣裳整齐地走到厅里来，他惊讶："你这么快？"

"你想死是不是？"

陆铭刚踏进厅里的脚后退一步，一脸无辜："我又不是故意的，干吗这么凶？"这时候瞧见一个身影从里头过来拉住了梁聿之。

只看了一眼，陆铭立刻就认了出来，是他见过的人。

好家伙，从去年到现在，居然还是这一个！

他朝唐西澄摇摇手打招呼，笑容十分灿烂。

唐西澄也向他笑了一下，同时打量这位梁聿之口中的"烦人精"，长得高高瘦瘦，却是娃娃脸，看上去25岁都不到，笑起来更减龄，有点儿像Anna那位10分偶像。

"嗨，我叫陆铭。"

"你好。"唐西澄刚说了一句，视线被梁聿之挡住。

"你滚不滚？"他对陆铭说。

"话还没说完呢，别大过年的就赶人。"陆铭并没有要离开的意思，"我带了菜来烫火锅！本来我要喊重远的，现在看来不用喊了。"他自说自话，跑去门口提了一大袋东西过来，"你们也饿了吧？咱们先搞起来？"

梁聿之："……"

唐西澄大概能知道这位是什么风格了，看到梁聿之黑着脸，她又挺想笑，能想象他们一起读书的那些年应该挺鸡飞狗跳的。

她捏捏身旁人的手，主动开口转圜："那我们就先吃火锅吧，也不用做饭了。"

梁聿之侧眸看她："……你确定？"

唐西澄笑笑点头。

这顿突如其来的奇葩火锅局吃到半途，唐西澄已经完全体会了梁聿之的感受，他那么不爱说话的人，居然有个这么爱说话的弟弟，还从小一起长大，不觉得烦人才怪。

唐西澄几乎从陆铭口中了解了梁聿之的整个青少年时代，他一说起那些事就滔滔不绝，偏偏又能表述得很幽默，连唐西澄都觉得有趣，忍不住要听下去。

只有梁聿之几次想堵住他的嘴。

趁唐西澄去拿榨好的橙汁，他警告陆铭："你要有点儿分寸。"

"我还没分寸吗？"陆铭说，"我都没跟西西说你收女生情书、你被女生堵路上表白的事。"

"你再胡说八道试试，情书不是你塞的？表白的破事哪次不是你给了对方时间地点？"梁聿之说，"少把你对女人那套用她身上，搞清楚你的身份。"

陆铭无辜道："我哪里没搞清楚，这不找点儿话题活跃一下气氛吗，都跟你一样不闷死西西了？"

"西西是你叫的？"

"那我叫什么，难道叫嫂子？"陆铭耸肩，"你这也没到那一步啊。"

"你什么都不用叫，你闭嘴滚蛋就好。"

"行行行，别骂我了，人来了。"

唐西澄拿着橙汁走回来："你们在说什么？"

陆铭呵呵笑了两声："没什么，沟通一下兄弟感情。"

唐西澄看一眼梁聿之的表情，显然并不是这样。她朝他笑一笑，递去安抚的眼神。

一直赖到晚上七点多钟，陆铭在梁聿之的眼刀之下开口和唐西澄道别。他一离开，梁聿之脸色都好看了不少。

唐西澄说："好像知道你的克星是谁了。"

"算不上。"梁聿之回看她，"不是你留他，早被我赶出去了。现在知道他很烦了？"

"是有点儿，但挺好玩的，有点儿可爱。"

"你不会以为我会高兴听你夸他吧？"

唐西澄笑着说："我收回这句话。"

两个人一起收拾了餐桌上的火锅残局。

八点多，唐西澄洗完了澡，裹着浴巾出来找梁聿之要衣服穿。

他在回邮件，抬头告诉她："你自己去找一件。"

唐西澄便进去他的衣帽间，他有很多衬衣，基本上是正装的剪裁，整齐笔挺地挂着。她想找件休闲点儿的，一件件看过去，还没选定，听到声音："没挑好？"

唐西澄转头，见梁聿之靠在门口。

她"嗯"了一声，继续看。

梁聿之走过去，从身后拨起她的长发，低头闻她肩上的香味："那就别穿了。"

"嗯……也行。"唐西澄被他的下巴弄得肩头微痒，"你没刮胡子吗？"

"嗯，没刮。"他刚刚只潦草地冲了个澡，"觉得痛吗？那我现在去？"

"不用，只是有点儿痒。"

"有多痒？"他似乎故意的，又拿下巴摩挲她的后颈。

唐西澄身体恶缩了一下，忽然想到什么："你密码改过了吧？"

他笑了声，有两分愉悦，嗓音低沉下来："你有阴影了？"

"你没有吗？"

"你试试。"

他身体贴近。

仅隔着他薄薄的衣服和浴巾，唐西澄当然感受到，她正想回应一句，被扳过身体，他吻过来，紧逼着一路推她到镜前。

歇下来之后，梁聿之才发现唐西澄的手肘和膝盖受了伤，擦掉了皮，红得明显。他找了消炎药膏帮她抹。唐西澄困倦地躺着，因为疼痛皱了皱眉，开口问他："你明天什么时候走？"

"下午。"

"你怎么返工比我还早？我在星凌的时候也没觉得你这么拼。"唐西澄睁眼看他，"别抹了，够了。"

他将药膏扔开："明天早上送你回去，我还得去趟爷爷那儿。"

"嗯，你不送我也行，我自己走。"

"我有时间。"

"好吧。"唐西澄最后问他，"那你今天算冷静完了吗？我是说梁老师的事。"

梁聿之看她一眼："你也没给我冷静的时间啊。"

唐西澄道："那你明天再开始冷静吧，一直到我回去，时长充足，又不占用现在的时间，一点儿也没浪费。"

他笑了一下："挺会打算。"

他转头关了灯，躺下来抱她到怀里。

第二天上午，梁聿之送唐西澄回家。他坐下午的飞机回 B 市。

唐西澄回去那天，他去了外地，行程有四天，两人错过了，没碰上面。

蒋津语组织年后小聚，喊了姜瑶，在老地方，三个人第一次偶遇的酒吧。下班后，唐西澄坐蒋津语的车一道过去。

姜瑶姗姗来迟。

她去年年底从 Y 国回来，赋闲到过完年，最近才张罗着和一个师姐一起创业，做自己的策展公司，正是筹备期，忙得脚不沾地。

她坐下来，先猛喝了半杯气泡水，长长地吁了一口气："累死我了！我长这么大，就没这么勤奋过！这才几天感觉都累瘦了。"

蒋津语看她圆嘟嘟的脸，笑说："不好意思，真没看出来。"

"不要这么刻薄啊，津语姐。"

姜瑶又问唐西澄："回 X 市过年不错吧，离我好近，我当时还想去找你玩的，谁知道我妈临时又改行程。"

"还行吧。"唐西澄说，"估计和 G 市也差不多。你在那儿待了几天？"

"我们待到初三走的，我哥不知道多不靠谱，说了一起走，他年初一就不见了。"姜瑶忍不住吐槽，话讲完才想到在唐西澄面前讲不太合适，立刻转移话题，"对了，津语姐，你过年怎么样，又被逼相亲了吗？"

"没有，今年这拨质量差到连我奶奶都看不上，直接到她那儿就筛没了。果然是我的好奶奶。"

三个人一起笑起来。

中途唐西澄去洗手间，姜瑶才对蒋津语叹了口气，靠近了一点儿："我都不知道怎么面对西西。"

"怎么了？你这不面对得好好的吗？"

姜瑶抿唇，回她一个勉强的笑，说："初六那天晚上，我爸喊我哥来吃饭，一共一个半小时，他看手机超过十次，晚上七八点钟，非工作时间。"

蒋津语："所以呢？"

"这还不明显吗？"姜瑶十分肯定地说，"他身边有别的人了。"

于是那天之后，蒋津语知道了，再之后，乔逸也知道了，梁聿之已经彻底明确地从上一段故事里走出来，有了新情况。但他们都不知道新任女主角是谁。

当事双方，唐西澄和梁聿之谁也没有去公告这件事，或许他们都认为时机不到。

默契的不止这一点——

回到B市之后，恢复工作模式，他们的整个恋爱状态似乎都建立在无言的适度的默契之上。譬如，他们很多的空余时间都共同度过，但谁也没提出要住到一起，他们有时候待在梁聿之家，和Kiki一起，有时候也留在唐西澄那里。

梁聿之第一次去唐西澄的小屋过夜时，非常不适应，因为她的厨房实在太小，且完全是个摆设，要什么没什么，半夜想煮个面吃，翻遍了橱柜，只找到几包干脆面，她的冰箱里没有蔬菜水果，只有咖啡和速食。而她显然已经这样生活了很久。

梁聿之很无语，第二天早上去买了一堆东西填充她的厨房和冰箱，一件件往里放的时候，说话忍不住就尖锐了一点儿。

"又不是没钱，学人家艰苦朴素，挺有意思吧？天天喝咖啡吃垃圾泡面，过了25岁开始吃保健品，是你的人生规划吗？"

他的语气很平淡。

唐西澄却听得想笑："好久没听你这么讲话，我都快忘记了。"

对上他的眼神，她又立刻正经地解释："我也不想艰苦，我就是懒。"

但她再懒也还是不能做到心安理得干看着他忙碌，但凡梁聿之做了饭，她吃完多少要帮忙收拾一下。

也是梁聿之来过之后，唐西澄才切实地感受到 loft 确实不太方便，她的沙发小，施展不开。中途转去卧室的话就得爬楼，有一次两个人差点儿一起摔下楼梯。

她在前一天晚上下定决心换个平层，等到第二天醒来又放弃了，住得久了有感情，而且她懒得看房子懒得搬家，不想动。

梁聿之也就那么勉强着，后来好像习惯了，熟练地抱她走窄窄的楼梯。

一切渐渐趋于稳定，很忙碌的时候他们会在周中见一次，并一起过周末。

B 市短暂的春天就在这样平静规律的日子里溜走了。

5 月末，唐西澄出了趟远差，回来那天是周日。

梁聿之有空，去机场接她。

车子往回开，直接去他家里，他备了菜要做晚饭。到了之后，唐西澄先去洗澡，她上次来是大半个月之前，进卧室看到床品换了新的，依然是灰色，这次浅一点儿，偏白。梁聿之依然是那样，他所有的东西都有一股干干净净的清冷感。

唐西澄洗完澡吹干头发，去衣帽间穿衣服。

她在这里留了两套衣服，同样地，她家里也有他的衣物。

天气已经很暖，唐西澄穿了那件薄的长款 T 恤，当连衣裙穿。从衣帽间出来，照常喜欢去置物架下摸一下那个消波块。

她喜欢梁聿之这个好习惯，一样东西放在某个位置就永远放在那里，不会莫名其妙变动、更换、被新的摆件代替，它稳固地待在原处，自始至终安定。

唐西澄下楼，走去梁聿之身边。

他已经在煮汤，见她来，看了一眼，洗浴之后的人没有了在外奔波的风尘仆仆，从上到下干净清爽，面色白皙透亮，皮肤极细腻，那双眼睛在对上他的视线时有了淡淡的笑意。

她喜欢在他做饭时来和他讲话，倚在操作台边，或是靠着冰箱柜门。

今天却没有立刻开口，只是安静地看他搅拌汤汁。

在他切那把葱花时，唐西澄出声："我们公司有几个名额，去 S 市总部那边，我觉得挺适合我。"

梁聿之将汤勺搁下，侧眸看向她。

"刚好可以回去陪阿婆一段时间，所以我申请了，也通过了。"唐西澄露出笑，"你应该不排斥异地恋的吧？"

视线在她脸上停留片刻，他转回脸，又拿起勺子搅拌："你要去多久？"

"大概三个月吧。"

他关掉灶头的火，应了声："嗯。"

唐西澄靠过去抱他的腰："我每两周回来一次，好不好？"

"好。"梁聿之任她抱了几秒，才分开她的手，"吃饭。"

唐西澄道："先亲一下。"

他俯首在她唇上吻了吻，蜻蜓点水一般，唐西澄不满意，反客为主加深了纠缠的过程，退开时告诉他："我说的亲是这样子。"

她看见他被吻红的唇瓣上扬，笑了。

他没别的话，只说一句："吃饭。"

唐西澄觉得他应该没有生气，那之后该笑也笑，晚上还是与她磨蹭到很晚才睡觉，到最后两个人身上已经全是对方的气味和温度，湿腻腻地牵连着，难以分割。

从6月开始，唐西澄的工作地变成了S市，工作的内容节奏与在B市时差别不大，交通也同样拥堵，最大的不同是生活，早上在家里醒来，能吃上周姨煮的小馄饨，晚上下班又能回到家里，有种久违的感觉。

最高兴的自然是外婆，连身体都硬朗了一些，每日在唐西澄出门前必定要跟到门口台阶上唠叨两句，好像她还是当年早出晚归读书的小囡。

过完一周，唐西澄适应良好，当然也有不习惯的地方。她与梁聿之的联系完全依托手机，他们又都没有视频的习惯，沟通便只靠文字和声音。

唐西澄原本计划两周一见，到周五就改了主意，她决定买周六早上的机票飞B市。

但在周五傍晚，她先收到了梁聿之的消息：*你下班了？*

她回：*还没，要晚一点儿。*

他没有再回过来。

唐西澄从公司离开，不到八点钟，下楼走出大厦，到路边准备叫车时，听到短促的鸣笛声，循声看过去，有辆车停在不远处。

走近几步就认了出来，她极快地走过去，开车门坐上车。

车里的人偏过脸看她："你这刚过来就加班？"

神色淡淡，语气极平静，好像他们早上才刚刚见过。

唐西澄没回答，朝他靠过去，做的第一件事是亲他。他最开始是没有回应的，也不放她的舌头进去，直到她伸手来揪他的领口，很努力很冒进，始终没有停止，他才松动。

互相裹缠了挺久，分开，各自坐好。

车子往前开。

唐西澄没问他为什么突然来，梁聿之也没说，他打开了车载音乐，如同在 B 市接她下班，只是很寻常的一段回程路。

共同听完一半的歌单，就已经到了。

进门之后很自然地接吻，在门厅处微黄的光下，梁聿之后背贴在墙上，勾着唐西澄的脖子。她身上衬衣的襟口擦着他领带的绸制面料，他今天下午从会场上直接过来，服饰皆齐整，完完全全的衣冠君子模样，最后唐西澄替他抽掉了那根松垮的领带。

自始至终只有唇齿间的声响，没有更进一步的动作。

唐西澄生理期，他们都清楚。

最后分开时，梁聿之身上已经没那么规整，领口的扣子是解开的，衬衫的胸口部分被摩擦过，皱得过分，是与之前不同的一丝颓痞感。

他边往里走边解掉袖扣，唐西澄捡起他的领带跟着他，一起洗了手，出来喝水时，才开始好好说几句话。

"你还有事情做？"唐西澄看到他也带了电脑上来。

梁聿之应了声。

"我也有。"唐西澄笑笑，"那一起干活儿吧，你匀个地方给我。"

"你要多大的位置？"他眼睛弯了一些，手指摸摸她的脸颊，"我分你十平方米，够不够？"

唐西澄第一次用梁聿之的书房，很宽敞，光线布置科学合理。

很长的宽板大桌，他们各踞一边。唐西澄在写策划案，敲字的间隙偶尔侧过头，便能看到相隔一米的人，一张很认真的侧脸，睫毛垂落，薄薄嘴唇微抿。

他在看表格，上面的数字密密麻麻。

过了挺久，唐西澄写完策划案，见他还在继续，便也没走，继续查点儿资料。

到十点半钟，她中途出去接水喝。

梁聿之忙完了，合上电脑起身，无意中一瞥，视线停留在唐西澄的笔记本电脑屏幕上。他走近两步，看清了网页的内容，居然并没有觉得很意外。

他们确认恋爱关系已经四个月，像很多情侣一样，与对方一起消磨时间，吃饭、休闲、享受二人世界，日复一日变得亲密，互相依恋。

但梁聿之清醒地知道有些更高的点他们并没有到达，也似乎永远不能到达。

她的人生规划中他不是参考因素，所以她为了陪家人，可以不必与他商量就决定来S市总部，同样地，也不必知会他，她在考虑出国读书。

唐西澄或许在意他喜欢他，她也在尽力投入地对待这段关系，但也就到这个程度了，他永远不会是她最重要的，这段关系也随时可能被放弃。

而他甚至不该对此有想法，因为她早就声明过。

静静站了片刻，梁聿之转身，从书房走出去，唐西澄刚好进来，在门口与他碰上。

"你结束了？"唐西澄说。

"嗯。"

"那你先洗澡吧，我等会儿就来。"

"好。"

他们错身而过。

梁聿之这趟回S市待了两个晚上，一直到周日下午。其间，唐西澄除了周六回家一趟，拿了些衣物用品，其余时间都在他的公寓里。

唐西澄并没有发觉梁聿之的异样，有几个瞬间注意到他兴致不太高，只以为是因为她正处于特殊时期，他们无法尽兴。多少会有点儿影响吧，也很正常，她这样想。

梁聿之的返程航班在三点钟。

但他仍然做了午饭，忙碌的时候并不知道唐西澄出门，直到做完饭喊她却没见着人，这不像她惯常的表现，但真要想一想，她对他做的没交代的事也不少了，不多这一桩。

一瞬的烦躁之后，梁聿之罕见地平静下来，没给她打电话，也没发消息，他摆好了饭菜准备自己吃。入户门却又有响声。

消失的人回来了，她脸上带笑，把手里的盒子搁到桌上："你都做好了？"

梁聿之视线落在那盒子上，包装细致的蛋糕盒。

"你这是……"

"给你过生日。"

他的生日在 10 号，周三，两天后。

"提前过，可以的吧？"

梁聿之微怔，看着她。

唐西澄开始拆蛋糕，很快摆好一切，垂眼为蜡烛点火，细腻的额上浮着点点汗珠。

"好了。"她抬眸，睫毛在微光中轻颤一下，"你要想个愿望吗？"她很久不过程序完整的生日，不太清楚他的习惯是怎样。

隔着微微跳跃的烛火，她的眼睛很亮，目光也认真，仿佛只看得到他。

某些看不见的皱褶被她的眼神短暂地抚平，在突然获得的一点儿熨帖中，他点头应了声："嗯。"

几秒后，配合地吹熄烛火。

他们一起吃了蛋糕和午餐。

梁聿之收拾好东西，去换衣服准备离开。他正对着镜子扣衬衣的扣子，唐西澄忽然走进来，朝他晃晃手里的东西。

梁聿之抬眉，看着她走到面前，纤细的手抬起，将那条簇新的深色领带绕在他的衬衣领下，颇认真地调整长度，她明显并无经验，动作很生疏，但最终成功地打出一个结，慢慢抽紧，手指帮他整理衬衣领口，最后轻轻抚一下领带。

梁聿之静静地由她做完一切，视线相碰时，他低声开口："这是礼物？"

"嗯。"

"为什么是这个？"

"听说是送男朋友的首选，我看网友说成功打好结的那刻成就感很高，我体验一下。"唐西澄朝他笑，"我只看了五分钟视频，怎么样，有没有90 分？"

"超过了。"梁聿之上前半步，头低下来，唐西澄攀着他的肩膀，仰起脸碰触他。

在他临走的这点儿时间里，他们纠缠了一会儿。

唐西澄觉得她和梁聿之的相处并没有因为异地受到影响，看起来甚至变得更好。他以前还会闹些脾气，现在却似乎更宽容，偶尔有些小矛盾，他也只是无奈地看她一会儿，他们很快就和好。

几乎每周梁聿之都过来 S 市，仅有两回唐西澄很坚持，他才在 B 市等她飞过去。在这一点上他有某种奇怪的执着。

有一次，他带着她的鸾凤玉一起乘飞机过来。唐西澄离开 B 市时把它交给梁聿之照顾，没想到它又闷声不响地开花了，她终于亲眼看到。

梁聿之依然叫它"杨桃"，见面时张口就说："你的'杨桃'回头率挺高。"

唐西澄经常在周五下班时见到他，以至于她开始期待每周的那个时刻。

从夏至秋，他们一起在淮海路的公寓里度过很多个周末。

到 9 月，天凉下来，秋意渐起，在唐西澄就快要返回 B 市的时候，却有了变化。

那天是个周六，很反常，好像什么都不太顺。

先是一个合作的同事，大约是有什么事状态不好，唐西澄前后沟通了几个来回，对方莫名其妙朝她发了脾气。唐西澄仍旧耐着性子把事情推进到位，为这事下午还去了趟公司。

直到晚上回去见到梁聿之。

说起回去的时间，她说推迟了一周，临时决定的，那之后他似乎就不太高兴了，几句话都回应得淡淡的。唐西澄连问了两次没得到明确的回馈，便有些气躁："我不知道你在想什么。"

他的语气也有些不好，视线没看她，垂落在手里的杯口上："我想什么你在意吗？"

唐西澄站在餐桌边，他在岛台后，隔着不远不近的距离。

氛围因为这样的两句话急转直下。

她正要再讲，手机响了，有电话打了进来，是周姨，唐西澄无端就有种不好的预感，走去旁边接通，然而还没听完电话就已经变了脸色。

她匆促地往门口走。

梁聿之将她的反应看在眼里，跟过来："怎么了？"

"我要去医院。"

她动作很快地穿鞋，梁聿之猜到了状况，立刻取了车钥匙。

坐上车，唐西澄竭力平复呼吸让自己冷静，但心里仍然一团乱麻，无法理智思考，她忍不住给周姨拨了一个电话，没接通。

遇上红灯，车子停在路口，更令人焦躁。

唐西澄手里攥着手机，视线虚浮地盯着窗外。

梁聿之侧低头，视线在她脸上停驻，继而落在那泛白的指尖上。

指示灯变换，道路恢复通行，他车速更快了些。

外婆急性心肌梗死，周姨反应快，老太太一不舒服就已经叫了司机来。

唐西澄和梁聿之赶到的时候，人已经送去手术室。周姨看到他们，没心思关心为什么小梁先生也在，她焦虑地向唐西澄述说事情的经过，语气急切，讲着老太太晚饭前就觉得胸痛，很突然，没个预兆，饮食与平常并无不同，也没有不当的活动，本以为是暂时的，谁知道饭后越发严重，就喊了郑师傅过来，到医院时人就不清醒了。

"明明3月份体检都蛮好，比之前还要好。"周姨想想就心惊肉跳的，想不通为什么。

唐西澄握她的手安抚一会儿，让她别站这儿等了，要不先跟郑师傅回去收点儿东西，外婆是要住院的。

周姨想想也是，便应"好"，叫她别急，没耽误时间，来得及时，应当没有大问题。

等周姨走了，唐西澄肩膀垮了点儿，后背贴到墙壁上，像寻到一点儿支撑。她这样低头沉默了十分钟，梁聿之也看了十分钟，终于走近，扶起那薄弱的肩，手掌贴到她的后背上，将人抱在怀里。

唐西澄没有推拒，渐渐感觉到他身体的温度传递过来。她抬手搂紧他的腰，将身体的全部重量短暂地交付于他。

手术进行了一个多小时，处理得及时，结果不算糟糕。

只是这突发的过程过于吓人。

外婆恢复意识后被送回病房，胸痛也得到缓解，但至少要住院一周。唐西澄先打电话给周姨，叫她放心，夜里也别再奔波，明天再过来。

病房里安静，她在外面打完电话，走回去。

外婆在睡着。

梁聿之坐在病床前。

唐西澄走近对他说："现在应该没什么事了，我留在这里就行。"

梁聿之转头看过去，她那张脸仍然微微泛白，唇色也很淡。他没应声，也没起身，仍然坐在椅子上。

唐西澄现在心定下来，才回想起他们之前是近似吵架的状态。但她现在也没那个神思去思考那么多，想了想，只说："你回去睡吧。"她知道他明天上午的航班，有事情要回去处理。

现在已经是半夜。他一直跟她留到现在。

梁聿之靠着椅背，同样不想多说："你休息。我只待这个晚上，明天我就走了。"

他的语气有明显的不容反驳的意思。

唐西澄睡不着，站了一会儿，也知道继续同他争没必要，她走去沙发那边靠着，很长时间都很清醒，偶尔掀眼看看病床前的身影，大约是到天快亮时，她蒙眬地陷入了睡眠，中途迷糊中惊醒，那个身影还在，她于是又闭上眼。

等早上醒来，周姨过来了，带来了早餐。

梁聿之已经不在，唐西澄问周姨有没有看见他。

"早上在的，小梁先生讲，他要先走了。"周姨心下讶异，估摸着是梁先生叫家里人来的，又觉得讲不通。

到中午，唐西澄发消息给梁聿之，问他落地没有，一直到下午才收到回复。他只回了一个"嗯"。

唐西澄没有再问。

等到晚上她接到电话，九点钟刚过，外婆已经睡了。

她走去楼道里，站在窗口。

电话那头有些嘈杂，似乎是在路上，有明显的风声，唐西澄听到他微微疲惫的嗓音："你外婆好点儿没？"

"好些了，后面要慢慢养。"

"嗯。"他应了一声，没再出声。

听筒里静默着。

唐西澄问："你怎么样，忙完了吗？"

"准备回去了。"

"好，我可能没那么快回来。"唐西澄迟疑一下，说，"昨天你不高兴，是不是因为——"

"现在别想这个了。"梁聿之打断了她，"安心陪你外婆吧，有什么事告诉我。"

"嗯。"

她顿了顿。

"梁聿之。"唐西澄叫他。

"嗯？"

"昨晚谢谢你。"

他已经走到车旁，脚步停下，想问，我们之间需要这么客气吗？然而，最终只是嘱咐她："西西，照顾好自己。"

唐西澄在 S 市留到 9 月下旬，外婆出院之后，精神渐好，她又待了一周，直到确认没大碍，才算暂时放心。

梁聿之中间来过一趟，在外婆出院的前一天，他白天去的医院，唐西澄那天有工作，在岛上。他到的时候没告诉她，离开时发了条微信消息，等唐西澄看到，他已经在返程飞机上。

唐西澄回去后看到他带来的营养品，周姨话里话外地夸奖他有心。

外婆似乎与周姨合计过，后知后觉地琢磨出一星半点，自那之后总状似无意地询问梁聿之的事，又拐弯抹角地嘱咐唐西澄，几乎明朗地昭示她的忧虑。

唐西澄有心宽慰她，嘴上却找不出半句恰当言语，几乎有一瞬间想直接告诉外婆"是，我和他在谈恋爱"，想叫外婆不必挂心，既不必着急为她想得多长远，也不必担心她年纪轻暗里吃亏受伤害，没有那么复杂，就是两个人因为投契好好地在一起而已。

然而这话现下也立不住，这段时间他们之间的状态已然算不上好，无论是在微信上还是电话里，交流变得短暂单薄，无外乎聊聊外婆的身体，或询问工作忙不忙，有一种粉饰过后的疏离式和谐。

唐西澄思考过问题出在哪里，最大的可能是因为异地，过多的奔波让他觉得疲累。她也想过另一个可能——是不是到了他的时长上限？因为他们的关系已经存续七个月。

唐西澄回 B 市时，没有提前告诉梁聿之。他这一阵挺忙，她并不清楚具体事情，只知道几次通电话时他都还没回家。

那天是下午的飞机，落地时正下着小雨，唐西澄却还穿着夏天的通勤装，坐在车上打了个哆嗦，蒙蒙的雨丝让整个城市弥漫湿气，从出租车潮漉的侧窗看出去，恍然间竟有点儿像微雨的江南傍晚。

出租车送唐西澄到她租住的小区。

这里几个月没住过人，唐西澄中途那两次回来都是直接去梁聿之那里，小屋内一切如常，只有手指碰触才能看到覆盖在上面的薄薄浮尘。

唐西澄没叫人上门清洁，自己花了一些时间收拾。

梁聿之是晚上八点多钟来的。他先发了消息，得知她已经在家，没多讲其他，直接开车过来了。

唐西澄在清理书柜，开放式设计最大的弊处就是容易落灰，她拿湿纸巾一本一本地擦拭。

梁聿之自己输入密码进了屋。

唐西澄听到开门的声响，转过头，视线一直落到门口。

梁聿之关上门，回过身的时候，就看到唐西澄站在阳台书架前。

上衣的袖口胡乱卷在小臂上，浅棕色的包臀裙勾勒出她明显的曲线，露出的一截小腿到脚踝处瘦而白，脚上却是那双冬天的毛拖鞋。

降温季，满大街都是胡乱穿衣的人。他却还是忍不住皱眉，想问她怎么就不能好好穿条裤子，明明就快生理期。

唐西澄并不知道他在想什么，径自朝他走过去，不多长的一点儿路。她问他："你没带伞吗？"

衣服上有星星点点的湿迹。

梁聿之"嗯"了声："没伞。"弯腰拿拖鞋来换。

唐西澄知道有伞的，他车子后备厢的角落里有她的伞，很早的时候拿给他用，他从来没有还给她。他后来换了车，依然搁在同样的位置。

相隔两三步的距离，唐西澄打量梁聿之。他身上穿了件她没见过的风衣，深灰色，里面是白色衬衫，没系领带，似乎瘦了一点儿，侧脸显得越发冷峭。

分明也没有多久不见，却真真实实涌出两分陌生感。

唐西澄喉咙动了动："梁聿之……"

他依然"嗯"了声，侧过脸来："吃晚饭了？"

唐西澄对着那双深黑的眼睛点头。入户小灯的光线苍白微弱，在他脸上留下一点儿光影。

对视的时间并没有长到让尴尬明显化。

他开口问："吃的什么，泡面？"

唐西澄说："不是，叫了外卖。"

梁聿之往屋里看一眼，明显清洁整理过的痕迹："回来一直在忙？"

"也没有。"中间吃饭歇了挺久，唐西澄指指阳台，"我在擦书架，快弄完了。"

"那你继续吧。"梁聿之收回视线，回身侧弯腰，提起门边的袋子，唐西澄才注意到他带了水果来，有好几种。

"喝橙汁吗？我弄一点儿？"

唐西澄应声："好。"看着他走去厨房。

过了会儿，听到榨汁机工作的声音。

整排书都快擦完时，梁聿之过来了，手里拿着一杯新鲜橙汁，他在里面放了吸管，将杯口靠近她。

唐西澄含住吸管，就着他的手喝。

清甜的液体滑进喉管，她在吞咽的间隙抬起眼睑。

梁聿之忽然伸过左手，摸了摸她的耳垂，而后手指移到她脑后的枕骨处。

唐西澄将橙汁喝掉大半，微微抬着脸庞，梁聿之将杯子搁在书柜搁板上，俯首。

短暂的十几秒，安静极了。

唐西澄手里还攥着湿纸巾，梁聿之搂着她往书架上抵靠，动作并不算粗鲁，然而薄板拼制的毕利书架不够稳固，微晃了下，刚刚准备擦的一本书搁在那儿，被唐西澄的手肘拂到，掉到地上，有张轻薄的卡片飘落出来。

唐西澄低头看过去，顿了顿。

梁聿之松开怀里的人，弯腰拾起书，也捡起卡片，定定地看了两眼，递回给她："挺浪漫的。"

卡片是张书签，手绘的双人卡通头像，白、绿底色的清新背景，下方居中有简短的英文，漂亮的手写字体：Cici Baby,Happy Reading。

卡片右下角有小一号的字体标记出设计者：By zy。

周奕做了一整套，12张。

唐西澄在分手后已经不再使用，这本书是最后一次碰面周奕还给她的，一直没有再翻开过。

梁聿之拿起书架上的橙汁杯，往厨房走。

唐西澄快步跟上去："梁聿之。"

他停下脚步。

"是以前用的，我忘了处理掉，对不起。"

梁聿之侧过身，唐西澄以为会看到怒气，可他的表情十分平静："没关系。"他走去厨房冲洗了杯子，出来看了眼腕表，"我先走了，你休息。"

唐西澄看着他去门口换鞋。在他要开门时，她没有犹豫地走过去。

"你生气可以告诉我。"唐西澄蹙眉，"我解释了，我不是故意留以前的东西，你也有过前任，我们没有必要因为这件事闹矛盾吧？"

梁聿之看着她："我什么都没说吧？"

"那你为什么要走？冷战更没劲。"唐西澄不由气躁，"刚好，我都问清楚吧，梁聿之，你是不是已经腻了，厌倦了？"

他不知为什么笑了一下："你是这么想的？"

"不然我不明白。是你总跑S市太累了？我们不是好好的吗？你这段时间为什么不开心了？"

梁聿之并不意外，甚至这话似曾相识，已经记不清时间地点，对方的面目也模糊，但他记得那刻自己略微厌烦的心态：不是好好的吗？你有什么不满意的？

再下一秒的心思便是：不能处拉倒，也不难为你。

真诚的凉薄，无辜的自私。

梁聿之看着面前这张依然让他心动的脸，头一次有了认输的念头。

他无声地笑了笑，无奈，也纵容。

沉默过后，问："你之前为什么分手，能说吗？"

唐西澄愣了一下，诚实地告诉他："观念不同，主要是关于恋爱结婚的看法。"

"所以，如果没有这一点，你们现在很可能还在一起？"

"我不知道，如果的事情没办法确定。"

"好。"

他眉眼微垂，声音始终是平静的："那你现在搞清楚你对我的感觉了吗？"

"你想问我喜欢你吗？"唐西澄肯定地点头，"我觉得是喜欢的。"

他目光淡淡地看她："什么程度的喜欢？"

什么程度？

唐西澄一时间不知怎么表达。

"是突然要异地几个月也只是通知我一句的这种？还是打算等到出国前再给我一句分手的这种？"

唐西澄一怔："你……"

"对不起，碰巧看到你的电脑，你想去的那所大学很不错。"

唐西澄心口收紧，试图解释："我没有那么想，出国这件事……我确实有去关注了解，因为上半年外婆体检状况很不错，所以我才有了一点儿想法，但是，外婆现在这样子，我也没有再准备。"

梁聿之扯出一点儿笑。

"你看，无论去还是不去，你的考虑里都没有我，不是吗？"

唐西澄眼里闪过错愕，停顿片刻，忽然去牵他的手："梁聿之，我不知道怎么说。我去S市没提前跟你商量，是因为我以为你是可以接受异地恋的那种人，我没有想那么多。"

"我的确可以接受异地恋，也不怕每周飞回去找你，甚至，你真的出国，我也不是不能追过去，"梁聿之注视着她，整个人陷入一种极致异常的冷静，"但是，你好像随时都会放弃，随时可以换个人，一切都只是你可有可无的体验，我不知道该以什么心态去坚持。你或许喜欢我，但你的喜欢永远只有五十摄氏度，而我想要八十摄氏度，甚至一百摄氏度。西西，我高估了自己，我没你那么洒脱，可能我在你这个年纪是这样，但现在不是，也可能……是遇到你之后，就不是了。"

不曾说出口的心思，直白地摊到她面前，他从来没这么耐心过，也已经不再计较是否难堪。

除了彼此的呼吸，一切哑然无声。

"你好像很了解我，比我自己还了解我。"

唐西澄低下头，唇色微微变白。

梁聿之站在那里，等了很久，没有得到更多的回应。他看着她垂下的双眼，知道他在难为她，也知道可能迎接最坏的结果。

但是，后悔吗？也没有。

"我们静一下吧。"他从她指间抽出了手，默然离开。

那只手抽离的一瞬，唐西澄指腹的触感和温度消失。

关门的一声轻响并不沉重，却像木槌敲在空落落的心脏上。

所有的声音远去，唐西澄惶然地站在寂静里，好像有很多东西需要想，却集中不了注意力。

今晚的对话全程都算不上激烈。

尤其是梁聿之，他的情绪、他的言辞都理智笃定，就连他的离开也是平静温和的。

他一针见血地分析她，也无所保留地剖白自己。

唐西澄见过他从前的盛气凌人，也见过他后来的克制退让，但从未看过他展露这样彻底的毫不掩蔽的诚恳。

几分钟之后，唐西澄离开门边，走去厅里。

外面是黑洞洞的雨夜。

室内的一切静止在寡淡的灯光里，有种无端的灰败感。

唐西澄突兀地想到梁聿之没有拿伞，他习惯将车停在小区大门右侧的树下。从这栋楼到小区门口，距离超过一百米。

又想到他应该已经快到车里，肩膀和头发一定是潮湿的。

仿佛这是当下唯一可以想的事。

B 市实在很难有连绵的雨季，第二天天亮时已经雨霁天晴。

唐西澄回到思格在 B 市的办公点，她之前听从蒋津语的意见，转去快消组，在 S 市的几个月跟的是日化组，现在回来，科技组的 leader 想要她回去，被蒋津语捷足先登，于是还是去快消组。

第一个上午耗在了脑暴会议上，散场时，Anna 刚好从另一个会议室出来，过来和唐西澄讲话，几个月不在，唐西澄错过了不少八卦，譬如管理层的腥风血雨，内部争斗的结果是上面空降了个老大过来，又譬如那位颜值 8 分的 Peter 现在名草有主，被一个刚来两个月的校招生拿下了，每天欲盖弥彰地搞办公室恋情。

"谈恋爱的副作用真不小，Peter 现在整天一张甜腻腻的脸，大喇叭花似的，"Anna 耸耸肩，状似起了鸡皮疙瘩，"我都对他祛魅了。"

唐西澄说："想象不到。"

"晚点儿你注意看吧，没以前那么臭屁，接地气了。"两人一齐走到办公区，Anna 看唐西澄，"你今天状态不怎么样啊，刚没听你讲几句话，昨晚没睡好？"

唐西澄"嗯"了声："是有点儿。"

Anna 笑："刚回来水土不服吧？还是 S 市湿润养人啊，这皮肤牛奶泡出来的一样，哪像 B 市这妖风一刮，我这脸抹三层面霜都不够。"

唐西澄也笑："但是有暖气啊。"

"所以你这是赶在供暖前回来了是吧。"Anna 问她，"要不要咖啡，帮你带一杯？"

唐西澄婉拒："早上喝两杯了。"

回到工位，唐西澄轻轻吸了一口气，大脑放空地坐了片刻。

蒋津语发来微信，喊她去露台休闲区吃午饭，已经叫了餐。唐西澄回了个"好"，退出聊天框，界面回到微信列表上，手指随意往下滑了滑。从昨天晚上到现在都没有联系，他的头像已经沉到中间。

看了一会儿，唐西澄摁灭屏幕，去露台找蒋津语。

吃饭时聊天，蒋津语敏锐地发觉唐西澄情绪不高。

"你现在的样子有种食不知味的意思，这家有这么难吃吗？"

唐西澄摇头："味道其实不错。"

她戳着一块牛肉，想说点儿什么，却不知道怎么说。

问题是什么？诉求是什么？

她长这么大没向谁倾诉过感情问题，以前她喜欢梁泊青，也只有邹嘉知道，单恋是一个人的事，没什么复杂的内容，更不会有矛盾冲突。和周奕那段，一直到分手，都很平和，没有她不能解决的。

最终，唐西澄只是告诉蒋津语她没睡好。

本质上，她就不认为这种个人情感问题有倾诉的意义，自己都搞不定的，别人怎么会清楚呢？

尤其，她和梁丰之，更不知道从何说起。

唐西澄想过联络他，一行字敲了两遍，又删除。她深刻地记得那句"你的喜欢永远只有五十摄氏度"，这是她最需要回应的点，但是怎么说？

否认吗？那是他真实的感受。

向他承诺以后会努力？那要怎么努力？如果做不到又怎么办？

迷茫中有种陌生的无力感：我不知道怎么做了。

到后来，甚至觉得他的"静一下"可能是分手的代名词。她回想了他所有的话，也想起他那时的眼神、松散的笑容，大概能够明白他的心情，是对她几乎不抱希望的平静。

在 S 市的三个月，她觉得一切都很好的三个月，是他最失望的三个月吧。

她在他眼里，一定是令人憎恶的没心没肺的人。

五十摄氏度大概已经是他粉饰过的表达。

他当然也拥有放弃的权利。

在 X 市那个晚上，唐西澄说谈过一次恋爱，不怕再谈失败一次。但真正要接受失败的时候，也并不那么容易。

9 月的最后一点儿时间，他们互相没有联系。一直到十一假期，唐西澄发现，梁丰之好像从她的生活中消失得很彻底，他不更新朋友圈，他们也没有交换过其他社交账号。从前听姜瑶说过，他不玩那些，唯一用过的 Instagram 也停更了。

她离开科技组之后，工作中根本不可能再碰上他。

处在网状连接中的现代人，变成不相交的平行线，一点儿也不难。

唐西澄再听到他的消息，是假期之后。

姜瑶策划了一个摄影展，邀请她去看，唐西澄挑了个下班后的时间过去，没几个人，从入口一直走到场馆深处，看到姜瑶，除了她，还有另一道高挑清丽的背影，她们站在展厅的西侧出口。

姜瑶的声音隐隐约约："大概又分掉了……他马上 30 岁了，听我妈和姑姑聊，今年要让他定下来，是我姑姑看好的人……还是姝嘉姐你动作快，什么时候让我见见姐夫？"

"下次啊，叫他请你吃饭，还想拜托你做伴娘呢。"

"真的吗？行啊，没问题！"

"那回头联系你，你自己来挑衣服。"

"好呀，你快走吧，别耽误了。"姜瑶朝她挥手，目送她走远。

姜瑶回过头，看到唐西澄："西西！"快步过来挽她的手，"你看完了？怎么样？"

唐西澄点头说："听实话吗？一百分。"

姜瑶笑得弯起眼睛："你有滤镜，我不信。走吧，请你吃饭。"

唐西澄不只和姜瑶吃了晚饭，她们还去了酒吧。

姜瑶兴致很高，第一个展办得很顺利，有了初初启程的一点儿小事业，她是个很容易满足的人，大约是太高兴，酒喝了不少，唐西澄都拦不住。

她喝高之后情绪亢奋，红着一张俏脸朝唐西澄感叹："不知道怎么就长大了，忽然就读完书又出国，又回来做事情了，时间过得好快，小时候还一起玩过的姝嘉姐也要结婚了，可能我哥也快了，好奇怪，好像每次我身边人跨进人生重大的新阶段我都有点儿小失落，"她拿指头比画，"就那么一点点儿，我总觉得我还是个小孩，我喜欢这样子，我就想跟我爸妈在一块儿，可是大家都走得好快啊……"

唐西澄一边扶姜瑶摇晃的脑袋，一边看那张可爱的红扑扑的脸。

实话说，她不是很能共情。她从小到大，都想很快长大，她不喜欢当小孩。

那天晚上到后来，是乔逸过来接走了姜瑶。

唐西澄还是第一次看到乔少爷那么正经骂人的样子，骂得醉酒中的姜瑶委屈巴巴，赌气发火不上他的车，他又换了张笑脸去哄，好话说尽，终于把人抱上车，再来喊唐西澄，说送她。

"我去打车！"唐西澄挥挥手，边走边笑。

她觉得她发现了什么，但也一点儿不觉得奇怪，姜瑶就是有力量让谁都喜欢她。她如果是男人，也会喜欢这样的女孩，有充沛的热情、充沛的爱。

唐西澄回到家已经快到十二点，有点儿头痛。她其实没喝多少酒，也很清醒，进屋坐了会儿，便去洗澡，被热水冲了二十分钟，整个人都舒服了很多。

裹着浴巾出来找衣服穿，在最左边的衣柜下方抽屉取了内裤，一抬头，看到挂在上面柜中的黑色衬衣。

他没有拿走，同样地，她也有衣物遗留在他那里。

唐西澄牵过衬衣的袖口，脸贴近，有若有若无的一点儿香水味道。

明明是清洗过的。

唐西澄在两天后，见到了梁聿之，在两个人都完全没有预料到的境况下。

那天的整个上午一切如常，忙碌的工作日，唐西澄从棚里回来已经过了午饭时间，潦草吃了个三明治，确定会议室没问题，发会议提醒。

是个中期沟通的短会，半个小时结束，刚回到工位，新来的实习生Julia 过来找她确定一个小项目的直播活动细节。

唐西澄在手机里找参考图发给她，在 Julia 看的时候，唐西澄看了下微信，列表有个小群不断弹出新提示，是 Anna 前两天拉她进去的摸鱼吃瓜小群。

唐西澄准备设个免打扰，点进去看到群里正在聊的话题。

没头没尾的几句，一串从别的群里转来的二手群聊记录。

唐西澄没点开，要退出的时候，有人发了张现场照片，车身损毁严重，车尾部分惨不忍睹，露出一点儿扭曲变形的车牌。

新跳出来一条消息：*多豪的车都没用啊。*

唐西澄盯着那张照片，退出，手指上滑，翻找事故地点。

Julia 这时候喊她，说了句什么，唐西澄没听清，有微微的耳鸣，她抬头打断："等一下。"

她点到通讯录，拨出一个电话，无人接听。

Julia 惊诧地看着她的脸色："Cici……"没得到回应。

唐西澄快步穿过走道，身影一瞬间消失在转角。

三点半，产研部门的会议结束。

梁聿之乘内梯下楼，从 B 区回办公室，丁总监与他同行，小赵跟在他们身后。走过开放的咖啡吧，走廊尽头的感应门忽然打开，一道身影快步进来。

几道视线一齐落过去，梁聿之心跳倏然停了一下。

隔着几十米的距离，那道身影短暂地停住，而后疾步走来，片刻之间到他面前。

梁聿之盯着她苍白的脸，她看起来不太好。

他本能地上前一步。

这么近的距离，唐西澄清楚地看到他好好地站在那儿，从头到脚都好好的，没有一点儿伤痕。她张了张嘴，喉咙因灌进的风变得干涩发疼："你故意的吗？"

"……什么？"

尾音刚落，面前的人蓦然靠近，他毫无预兆地被她搂住。

围观的小赵和丁总监被这一幕惊掉下巴。

唐西澄闻到他身上的烟草味道，感知到他确切的温度，脑袋和眼睛的热感慢慢降下来。

"你为什么不接电话？"声音闷在他胸口，嗡嗡的。

梁聿之愣怔着，心跳剧烈，不受控地抬起手臂："发生什么事了？"

唐西澄没回答，发麻的手指渐渐有了知觉，她平复下来，后知后觉地意识到什么，从他怀里退开，看向他身后。

梁聿之顺着她的视线回头看一眼，小赵瞬间回神，动作麻利地一把拉过丁总监："快走！"

办公区那边，一排脑袋齐齐缩回去。

整个走廊都安静了。

"我手机在办公室，刚刚在上面开会。"梁聿之看着她，"你怎么了？"

唐西澄点头，清楚自己神经过敏了，其实可以打陶冉电话问一下。

"没事，我有点儿误会了。"她难得地不自在，后退了一步。

梁聿之皱眉，想问清什么事："去办公室坐一会儿？"

"不去了。"唐西澄知道不合时宜，"你工作吧，我还要回去上班。"她看他一眼，没有停留，转身快步出了感应门。

梁聿之站了片刻，走回办公室。

过了会儿，丁总监从办公区悠然过去，往沙发上一坐，满脸欠揍地笑，小赵恨他是个直脑筋，都不知道掩饰一下。

果然，梁聿之的眼风扫过来："笑够了吗？"

丁总监抿抿唇，清了清嗓子，若无其事："够了。"

"刚刚你们在说什么？"梁聿之视线转向小赵。

小赵没想到他听到了，他刚刚躲在茶水间，跟前台聊了几句。他犹豫一下，把事情讲了下，一个小时前，天桥那边发生塌陷事故，离这儿就一条街。

那车主走运，捡回一条命，后座没坐人，只是那车后半截毁得有点儿吓人。

最主要的是，群里到处传的事故车辆，和梁聿之的是同一款车，损毁的车牌露出来的尾号数字都一样。

整个 B 区都在说，要不是梁总在楼上开会，还以为是他。

小赵显然也猜到唐西澄为什么过来，但他摸不准状况，绝不会轻易揣测评论，哪知道有个要死的丁总监，永远管不住那张嘴："看得出来，你女朋友很怕你死了。"

小赵心里无语极了，他知道丁总监这家伙就仗着自己有点儿本事，梁总还有几分惜才，口无遮拦惯了，平常乱插嘴也就算了，现在都敢对老板的私事评头论足，"死"不"死"的就挂在嘴边，真是没分寸。

小赵不欣赏这种直爽。再说了，你又知道就是女朋友了？这年头，男男女女的关系复杂得很，思路这么不严谨，迟早招祸。

丁总监完全不知道他的腹诽，陷入回忆：好像在哪儿见过……哦！去年 S 市那个，陶经理当时说是以前的同事。

他恍然大悟，办公室恋情啊。他理清了逻辑，回想那回碰面，了然地笑出声。

小赵瞪去一眼，习惯性观察老板的反应，却见梁聿之闭着唇不再说话，看不出什么情绪，倒也不像生气，默然片刻之后，神色如常地去翻桌上的文件，利落地签完字。

小赵见状立即上前取走，留个不顾死活的丁总监继续坐那儿。

出来一看，群里都快炸了，大家疯狂艾特他，全是问一手消息的，翻一翻，已经聊了大几百条，满屏的问号感叹号——

L 可是"女魔头"方颖都没啃下的硬骨头欸！怎么会这样？

该说不说，我当年一直嗑的是梁总和启安那个汪大小姐……

我为什么在出差！谁去把监控视频搞出来？我想看！

txc 来实习都哪年的事了？

能不能来个知情人！我要知道全部过程！

众说纷纭，全无根据。

后来开始扒女主角，有品牌部的也在群里，居然有模有样回溯人家在这儿实习时的蛛丝马迹，不知道从哪个缝隙里抠出来一点儿真假不明的过期糖。

小赵看了直摇头，心想：敢情你们"吃瓜"全靠"脑补"？我都不知道的事说得有鼻子有眼的？

一群"八卦狂魔"。

唐西澄四点多回到公司，先去找 Julia 把没聊完的事情沟通完。结束时，Julia 有点儿关切地问她没出什么事吧，因为她之前突然离开时的状态实在不好。

Julia 进思格两个月，已经跟了好几个项目，都是和唐西澄一起，见多了她平常的利落自如，第一次看到她这样，难免担心。

唐西澄只笑一笑说没事，回到自己的工位，没坐上几分钟，思绪刚松散一些，就有客户的电话打过来，所有的精神便又聚集起来，继续处理事情。

到下班时间，Anna 喊几个同事一起吃饭，来问她要不要一起，唐西澄婉拒了，她手头有活儿没做完。

晚饭也在公司解决，快七点的时候叫了餐来，边吃边看邮件。

手机短促地振动一声，唐西澄之前在和甲方聊，以为是对方回过来的，切到微信界面才发现不是，浮到列表最上方的是那个无比熟悉的头像，灰色的消波块。

有一条新消息——

下班了吗？

唐西澄微顿了一下，回复：还没。

等了一会儿，对话框里没有新的回应。

唐西澄低头继续吃饭，Anna 推荐的粤式烧鹅饭，鹅肉烤得油亮，看起来很诱人，但她没什么食欲，吃到一半就腻了，收掉餐盒，继续看 TVC（电视广告）的脚本文案，写完反馈意见。

离开公司时，差十分钟到八点。

坐电梯到大厦的一楼，从正门出去，袭涌过来的晚风已经明显让人感到深秋的寒意，唐西澄边走边在手机上叫车，比较顺利，很快就有司机接单。

她记了下车牌号，抬头，一时间怔了一下。

前面路牙边有道身影。

清冷的一身黑，侧脸笼在四周红绿交缠的霓虹光晕里。

似有所感地，他的脸微偏，视线落过来，微躬的肩背挺直。

不太远的距离。

唐西澄移步走过去，淡光里的那张脸逐渐清晰，从轮廓到眉眼，高挺的鼻梁，甚至连长长的睫毛也似乎看得分明。

一阵阵吹过来的风加深了嗅觉感受，不只下午闻过的烟草味，多了一点儿木质香。

目光相对的一瞬，唐西澄肩上的包很不凑巧地滑落到手臂，金属链条的包带轻微撞击，发出不轻不重却足以打破安静的声响。唐西澄低下头，梁聿之已经伸手，帮她扯回一点儿。

唐西澄拨上去背好，压抑了一下胸腔里的窒闷感，抬眼看他："你来好久了吗？"

以为会得到惯常的那句"没多久"，却见他看了下表："半个小时。"

梁聿之的视线重心在她眼睛上一停，又落下来，看她身上那件偏薄的风衣外套："去车里吧，送你回去。"

他按了车钥匙。

唐西澄跟随他走去车旁，车门打开，她弯身坐进副驾，扣好安全带，这才想起来叫的车，便赶紧取消订单，刚抬头，有东西递到手边。

"不太热了。"梁聿之说。

唐西澄愣了一下，接到手里，看到上面的标签，桂花乌龙。

她低头拆吸管。

车子启动，没入涌动的车流。

唐西澄喝了一口，喉咙间涌入温热的香甜，她转头说："还挺热的。"

"嗯。"

梁聿之目视前方，变了个道。

这个时间点，依然难以避免拥堵，没能顺畅地走很久，唐西澄手里的奶茶喝了三分之一，车子被迫停下来，挤在道路中间。

唐西澄咬着吸管，看到梁聿之的手搭在方向盘上，黑色衬衣的一截袖子从西装外套里露出来，袖扣紧扣在腕骨处，挺括的布料上扯出细细的皱褶。他的手腕皮肤很白。

处在无事可做的安静中，被刻意忽略的尴尬感便自然而然放大。

唐西澄将奶茶喝到了二分之一。

梁聿之偏过头说："今天耽误你上班了吧？"

一口奶茶正好进喉，唐西澄吞咽下去后回答："没有，其实来回也就一个小时多点儿，我下午没那么忙。"

"今天会开得很长，手机在充电，所以没带在手边。"他再次解释了一遍，视线短暂地落在中控台，又再次移向她，"是因为那个事故？"

唐西澄点点头："那么巧，怎么会和你的尾号一样？"

"正常吧，不算小概率事件。"

"其实我当时问问陶冉就行。"回想一下，仍然有挥之不去的尴尬，唐西澄思考了一下，问他，"会影响你吗？"

"影响我什么？"梁聿之视线偏斜的角度扩大，几乎是笔直地注视她，"曝光了我有女朋友？"

几秒的短暂沉默。

"……我还是吗？"

"为什么不是？"梁聿之眸光深黯，捕捉她所有的表情，"你已经做了什么决定？"

"我没有，但你之前说了那些，你说我的喜欢只有……"这句话停在这里，没有说完整。

微黄的灯光中，梁聿之看到唐西澄眉心轻蹙。

"我记得我说了什么，所以你认同？"

"这样的事，我认不认同都没什么影响，"唐西澄没有看他，"你的感受才有意义。"

你的感受才有意义。

梁聿之默然片刻，声线微低："那你要听我现在的感受吗？"

"嗯？"

"我觉得我武断了。"

唐西澄抬起眼，盯了他一瞬，心跳微微地快了起来。

鸣笛声忽然起伏，停滞的车流已经恢复移动。

梁聿之发动汽车，调整方向，从拥挤的车河里驶出去。

后半程车内始终寂静，两个人都没再说话。

路况好转，二十分钟后到了唐西澄住的小区外，仍然是在大门右侧的位置，那棵高高的树已经落掉大半叶片，一派萧瑟。梁聿之变道，靠边停车。

谁也没有下车。

梁聿之看向唐西澄："这些天，你有没有想过分手？"

"我想的是，你应该想要分开吧，那我应该会接受。"

他收回了视线，没再回应。

大约有半分钟，车里没有声响。

唐西澄手指拢紧，薄薄的纸杯向内凹陷。

"梁聿之，我认真想过你说的每句话，有些事情我还是没想得那么清楚确切，"她抬头，在轻轻震荡的心绪里看向他的眼睛，"但是，有件事我是确定的。"

"什么？"

"我每天都会想你。"

外面仍有风声，但梁聿之耳里，一切都停滞了一下。

"每天？"他倾身靠近，"有超过五分钟吗？"

"……嗯。"

密闭的空间里，两道呼吸一起一落。

梁聿之漆黑的眼睫垂落，忽然俯身，解掉她的安全带，手掌拨过那张脸，低头汲取缥缈的桂花香。

并不太久，仅仅交换了彼此温热鲜活的气流和舌尖的潮湿。

顺便，唐西澄手里捏扁的纸杯移交到他的手掌中。

短暂地分开两秒，沉默过后，再度亲吻，梁聿之扣住唐西澄的腰，力道明显，被她蓬软的长发擦到脸，他的呼吸深重，像被黏稠的空气包裹，有些丧失冷静，手肘撞到方向盘，发出重重的声音，最后克制不住地轻咬了她的下唇。

退开时，思绪是漂浮状态。

各自平复了一下。

唐西澄后背贴上座椅，缓和呼吸时，看到梁聿之解了一粒扣子。

似曾相识。

咫尺不到的距离，清晰的淡香味，她的目光滑过那张清隽脸庞，移落在他衬衣的领口，看他微微吞咽而滚动的喉结。

"梁聿之，我今天不去找你，你还会找我吗？"

"要听真话吗？"

梁聿之偏过脸，眉眼微微松散："我想我应该撑不到月末。"

他神情平静，轻淡的目光只稍稍与她对视一下，转而收敛视线。

他就这样向她亮了底牌，越过一切的耿耿于怀。

也突然发觉，并不那么难，至少比另一个选择容易太多。不见她的每一天，都像等待宣判，既想快一点儿，又想慢一点儿，也亲身体会到那句"没有结果就是好结果"。而他明明也可以做那个宣判人。

冗长的一段沉默里，窗外的风声清晰可闻。

车内是茧室般的隔绝空间，包裹身处其中的人，也包裹弥散不清的微妙的气息和情绪。

唐西澄看着他已经转过去的侧脸，浓墨似的眉尾，薄长的睫，由此往下的面部线条展露柔和，令人萌生强烈的想要碰触的欲望，她的心脏收紧，类似缺氧的感觉，甚至需要调动自制力。然而真的压下一点儿冲动，却又觉得极其空荡，无端地难受。

是失控感。

静了一瞬。

"我们下车吧。"唐西澄忽然开口。

梁聿之又转过头，看她一眼，没言声地解锁了车门。

唐西澄先下了车，置身于流动的风里，才忽觉车内空气的凝滞闷躁，她手心有几分潮热。

等梁聿之从主驾位下来，她已经从车前绕过去，将手里的包扔在引擎盖上，几乎没有停顿地到他面前，她抱他的时候爱踮脚搂他的脖子，带弯他的脑袋，让他不得不低下头配合，而她能很快地贴上他的嘴唇，再攻进他的口腔，找到他湿滑的舌尖。

在一起的时候，她很喜欢亲他，和他接吻的感觉一直很好，她总是最快地让自己得到满足。他也有生气的时候，会闭紧唇抵抗她，但永远不会很久。

此刻唐西澄却没有这样，她依然急切，但搁置了莽撞。

梁聿之关上车门，侧过身的时候看见她过来，她的长发和风衣松垮的腰带都被风吹起，不过一两秒，人已经到了他怀里。

梁聿之顿了一下。有香味拂到鼻间，她发丝上的，之前已经闻到，此刻更馥郁一些，某种不甚熟悉的花香。

他放轻了呼吸，几乎下意识地，克制地拥住她。

唐西澄靠在他胸口，额头上有轻微的一丝热烫感。

瞬间，她抬起脸，风从头发和衣袂间吹拂，看到他微垂着头看她。

她知道，她当然需要说点儿什么。

"梁聿之，我很不喜欢提前保证什么，表决心这种事没什么实际意义是吧？但现在，好像也找不到别的更有用的话能跟你说……"唐西澄在这时才终于伸手，纤长手臂绕至他的颈后，紧紧地环住，同时仰着脸靠近，贴近至他的唇边。

"我会努力好吗？好好地喜欢你，真的。"

呼吸可闻的距离。

她的声音裹在风里，末尾的两个字音一瞬间被吞没。

他给了沉默而热烈的回应。

揽在唐西澄肩背的手臂收紧，唐西澄可以感觉到梁聿之急促有力的心跳。他不是没有主动吻过她，但每一次亲吻有每一次的情绪。

唐西澄其实本质上不是多迟钝的人，此刻更清晰地感受到区别，他的手掌从她后脑撤下来，去搂她的腰，沿着脊背往上，嘴唇退开的同时，将她按到怀里。

平复片刻，梁聿之松了手。

身体分开的时候，唐西澄身上很热，连耳朵也微烫，她最先去看梁聿之的眼睛，但他避开了，状似随意地瞥向她搁在车头上的包，调整呼吸："回去吗？这里风大。"

微哑的声音。

"你冷吗？"

"怕你冷。"

淡白的路灯光，风里婆娑的树影。

"我还好。"唐西澄问他，"你最近抽很多烟吗？"

梁聿之视线落回来，看她一眼："还能闻到？"

"你以为香水那么有用？"

他没答，只说："今天没怎么抽了。"沉默一下，问她，"很难闻？"

唐西澄摇头，微微一笑："只是你以前经常都是香香的，没这么明显。"话说完，意识到什么，又收了笑。

梁聿之没有回应这句话，看着她说："再笑一下。"

"……"唐西澄如他所愿，弯了弯眼睛，"好了吗？"

梁聿之抬起手，指腹碰她脸颊上的梨窝："嗯。"

他低头捉住她的一只手攥紧，同时走一步，另一只手拿到她的包，链条带滑过引擎盖，发出哗啦啦的声响，他单手捏住一截包带，连着包身一起拿在手掌中。

唐西澄由他牵住，跟随他的脚步，走去小区里的石阶道路，两旁树丛中分散的地灯发出昏白的光，照着他们步调一致的腿脚。

绕过小花坛，唐西澄忽然想起来："我要去拿一下快递。"

快递柜在小区的东面。唐西澄带他走去另一条小道上。低着头穿过小树林时，梁聿之皱了眉："这是什么路？"

"捷径啊，我新发现的。"唐西澄拉着他的手，径自往前，"这里规划不当，该修的道没修，大家就都这么走。"不然得绕一圈。

回头看一眼，才注意到他个子高，貌似走得有点儿艰难，一些张扬的树木枝丫会碰到他的头，但他们已经走到一半，她只好说："再坚持一下。"

梁聿之："……"也不能不坚持。

终于走完奇怪的林中小道，到了快递柜前。

唐西澄过去拿手机扫码，梁聿之站在一旁，柜门打开发出声响，他走近取出里面的东西，刚合上门，又一声响。

连续好几次，最后一共五个快递，三个盒子，两个袋子。

唐西澄解释："最近有点儿忙，有几天没过来拿。"

"……所以特意趁今天吗？"他终于笑了，将她的包递还，弯腰摆好几个盒子和袋子，搬起来，并不多重。

"这两个我来吧。"唐西澄走近，伸手。

他却避让开，往前。唐西澄跟上去："不走捷径了？"

"不走。"那条奇葩小道，有被毁容的风险。

一路走进单元门，坐电梯上楼，唐西澄打开门，按亮门口的灯，先让梁聿之进屋。

他将手里东西放下，看了眼屋内。

接近一个月没有过来。

唐西澄已经拿出他的拖鞋，她知道他进屋总要先洗手，尤其刚拿过快递盒，便干脆说："你直接去洗澡好不好？我要先回个电话给同事……"停顿一下，看看他在亮光下白皙的面庞，"你的衣服浴巾都没动，你自己拿？"

梁聿之点了头。

洗手间在楼上，和卧室相连。他走过去，看到她的小床换了米白色的床品，除此之外都和从前一样，他的那件衬衣依然挂在衣柜里。

在右侧的抽屉里取了内裤和睡衣，他去了浴室。

唐西澄打完电话上楼来，去洗脸台前洗手，梁聿之刚好洗完从淋浴间来，唐西澄从镜子里看到他，黑发湿漉着，脸上还有未擦干的水滴，她在暖黄的镜灯光里一时微微恍惚。

梁聿之拿着毛巾一边擦头发，一边走过来，到她身后。

空间实在不够大，所有气息都清晰，他身上有她的沐浴乳和洗发露的味道。

"电话讲完了？"他低声问了句。

"嗯。"唐西澄擦了手，弯腰从柜下取了吹风机给他，从他身后离开。

梁聿之摁了开关，低头随意地拨弄头发吹了一会儿，到半干的状态就拔了线，一转头顿下，唐西澄并没有出去，就靠在门口，两三步之隔。

　　没说话的几秒里，他们互相看着对方。

　　之后唐西澄上前，手指探进他的头发，带着淡香的潮湿冰凉感。梁聿之略微往后，腰脊靠上旁边的储物柜，借着力，微坐着，并没有阻止她的动作，甚至微歪了一下头。

　　唐西澄空闲的那只手拨他的膝腿，挤进去，靠他更近，终于不满足于只摸摸头发，她的手指绕过来，摸他墨黑的眉，到眼角，看他眼神渐深，睫毛颤动。

　　一两秒后，手指下滑，落到鼻尖，沿着弧线往下，没能碰到淡红的唇。

　　梁聿之捉住了她。

　　"西西，"声音低沉，他盯着她，"你说你每天都会想我。"

　　唐西澄应他："嗯。"

　　"再说一点儿。"

　　"说什么？"唐西澄抽出手，贴靠到他怀里，去闻他身上洗浴后的味道，"我想想。嗯，其实有次想你的时候还做了一点儿事……"沿胸口到锁骨、颈侧，最后到他耳边，告知答案，又问他，"你呢？"

　　梁聿之的呼吸停了一下。

　　他捏她的肩，唐西澄被迫退开一点儿，看他跳着火的眼睛、微红的耳郭。

　　"你为什么不回答？"

　　"你什么都要问到答案？"

　　"嗯。"

　　话音将落，她身体离地，被横抱起来，走去卧室的几步路，他回答她："不止一次。"

　　唐西澄被扔在床中央，跌进柔软的床垫。

　　梁聿之俯身压上她，没有任何停顿，手指去解她衬衣的扣子。

　　他们都有些迫切，他摘掉了她左腕上冰凉的石英表。

　　梁聿之从她颈下抬首，再回去吻她的唇，几秒后退开，慢慢地探询她，他觑着那张薄红的脸，不放过她的任何一点儿反应，直至她眉心紧蹙，眸中一层薄雾。

　　他短暂地离开，去开右侧床头的抽屉，顺手按掉了大灯，打开角落的落地灯。

薄纱似的柔光里，情绪沉浮。

冲过澡，唐西澄走回卧室，捡起被拂到床边地上的衣服，另从衣柜里拿了条内裤回到卫生间，敲一敲浴室的玻璃，门打开一半，梁聿之伸手接过去，看她的表情。

"你干吗？"他边擦身体边问她，"还有力气？"

唐西澄笑笑摇头，替他关上门。

她回去躺到床上。

没过多久，梁聿之也过来了，掀开被子。

卧室这张床是标准的 1.5 米的，唐西澄一个人睡绰绰有余，多一个男人就略勉强，尤其他很高大，长手长脚。唐西澄往右侧挪动，让出一点儿空间，梁聿之靠过来抱她。

好一会儿，两个人都没讲话，维持静静相拥的状态。

身体的交涉凭本能，其他方面的交流却没这样的固定模式可参照。

唐西澄也有想说的话，她想问他这一个月怎么样，也想向他再确认一下今天跑去昱凌会不会坏他名誉，但梁聿之很安静，让她一时不确定该不该打破这样的氛围。

后来，是梁聿之先开了口。

他一直在捏她的左手，忽然就直接地问她："不想处理一下这个疤痕吗？"

唐西澄愣了一下，没想到是这样的开场白。

"不用吧。"她看了一下手，"也没什么要紧，而且再怎么弄也不会恢复得一点儿都没有。"忽然抬眼，"你很在意吗？你是不是觉得是因为你？"

他看她一眼，没回答。

唐西澄就明白了，回溯一下，诚实地说："只是意外，我的手比脑子快，也许旁边不是你也是一样的。所以你不需要一直记着这件事。"

停了下，她贴近他，问了个略敏感的问题："你以前是不是怀疑那是我的……嗯，苦肉计？"

梁聿之微顿。

"我没有，西西，我没这么想过。"曾经口不择言嘲讽她"付出了代价"，但理智上从来都清楚那完全是瞬间反应，不会有其他可能。

他于是问她："你后悔过吗？"

"我怎么后悔？"唐西澄拿手指戳他的脖子，"我后悔你就没有了。不管怎么样，我总不至于想你死啊。"她微微瞪眼，"我也没有那么坏吧？"

梁聿之心绪复杂地握住她那根手指："嗯，你只是一点点儿坏。"

唐西澄却认真起来，强调："梁聿之，不管我们有没有关系，是什么状态，我肯定是希望你好好活着的。我不会盼你不好，真的。"

梁聿之"嗯"了声，露出一点儿笑："所以你今天是怕我死了？"

唐西澄的尴尬犹存："……我还想问你，真的不会影响你？毕竟我以前在星凌实习过，你不会有舆论压力？"

"说我潜规则女实习生吗？"

"嗯。"

"那你要不要来帮我澄清？"

唐西澄："……"

看着她的表情，梁聿之轻笑："算了。反正我明天不在，随他们说吧。"

唐西澄露出疑惑的眼神，梁聿之告诉她要出门一趟，两天，去外地出差。

"周五回来？"

"嗯。"

唐西澄想了想："那周五我去你那儿。"

他应声："好。"

梁聿之出差了两天。他们用手机联络，但并没有一下子频繁到热恋状态。电话是唐西澄主动打的，也很及时地回他的消息。

其间，她给邹嘉发了一封邮件。

到了周五那天，唐西澄下班早，直接去梁聿之家里。他下午已经回来过，又去了公司。

唐西澄刚进门不久，接到电话。

梁聿之在那头问她："晚上我师兄想过来看看 Kiki，介意吗？"

"那个很厉害的师兄？T 大那个？"

"嗯。"

"不介意啊，我也想见见他。"唐西澄想了下，"那要做饭吗？要不我先去买菜？"

听到他好像笑了一声，过了会儿说："你会吗？"

"你可以列清单给我。"

他又笑了下："不急，我带回来就行。"

"……你什么时候回？"

"一个小时内。"

"好。"唐西澄忽又补一句，"你开车小心。"

电话里安静了一下，然后是微沉一点儿的声音："知道了。你自己玩会儿，冰箱里有吃的。"

挂掉这个电话，唐西澄去冰箱里看了一下，有水果和蓝莓蛋糕，看上去很新鲜，应该是今天补充的。她取了蛋糕吃，和Kiki玩了会儿，去看院子里的树。

上次来还是夏天，转眼已经是深秋景象。

手机忽然连续振动，唐西澄以为还是梁聿之，一看却是邹嘉。

接通后，邹嘉告诉她堵在路上了，刚好趁这个空当跟她聊一聊："看到你的邮件了，还挺意外的，没想到有这么一天啊，西西要问我感情问题。"

唐西澄隔着电话都听到她的笑声。

"我也没想到。"唐西澄说，"你不要笑好吗？"

"行。那现在准备要听我的建议了？"

"嗯。"

"我先问一个问题，你为什么选择问我？"

唐西澄不太明白："不是一直都是这样吗？"

"是因为我以前是你的医生？"

"应该是，我没有想过问别人。"

"嗯，我明白。"听筒里，邹嘉的语气一贯地温和，"西西，我的建议是，不如你试试把他当成我？"

唐西澄顿了一下："什么意思？"

"当你每次想找我的时候，你试试先找他，你想问我的问题，你试试先问他，比如你现在说你不知道怎么努力，你可以问他，看他会说什么。"邹嘉停顿一下，"西西，如果他想要在你身边，他必须要在一定程度上承担我的角色，而你可以尝试信任他和适度地依赖他，像你对我一样。我想，他也需要这个。"

唐西澄捏着手机，没有出声。

邹嘉理解她的沉默："我知道不容易做到。慢慢来，西西。最重要的还是那句，让你自己开心，好吗？"

唐西澄终于应声："好。"

邹嘉的声音轻快起来："反正你的邮件已经让我很惊喜了，连今天讨人厌的老板都顺眼不少，我现在对你男朋友很好奇，有机会让我见见吗？"

唐西澄道："要等我们回 S 市了。"

"行，我等。"邹嘉问她，"那还有话吗，宝贝？"

唐西澄笑了。

邹嘉很少这么叫她。当她这么说，就真的是切换了身份，在哄人开心了。

"还有一句。"唐西澄说，"谢谢。"

挂了电话没两分钟，唐西澄仍站在院子里，就听到了车声，梁聿之回来了。

他买了菜，进门搁下东西，在玄关换鞋，看到唐西澄过来，说："还以为你带 Kiki 出去玩了。"

"没出门，在家里玩了会儿。"唐西澄走到他身边，距离挺近，想起邹嘉的话，沉默了一下。

梁聿之注意到她的表情："怎么了？"

唐西澄摇摇头，看着他："不亲一下吗？"

他弯了弯唇，靠过来，低头吻了下去。

褚想来时，梁聿之在切菜，唐西澄从岛台柜中帮他取了盘子，说："我去开门。"

她快步走去玄关，打开门，看到客人。

褚想没想到是她来开门，一愣之后就笑了："你好。"

唐西澄惊讶："我见过你。"

褚想笑着说："抱歉，唐小姐，当初冒昧搭讪只是出于好奇，没有恶意。"

梁聿之这时也过来了，刚好听到这句话，诧异地看看他们。

唐西澄对他说："我们之前在经纬的展会上见过的，原来你们是一起的。"

梁聿之想起那天，看向褚想，后者摸摸鼻子，避开他的眼神，只笑着面对唐西澄，大方地再次自我介绍："我叫褚想。"

"褚老师。"唐西澄让出位置。

褚想将手里的红酒塞给梁聿之，一路笑着进门，边走边问："聿之，我怎么称呼才好，叫唐小姐似乎很见外？"

唐西澄主动说："叫我西西就好。"

"那好啊，西西。"褚想往餐桌那边走，看看操作台，"聿之，你们已经在做饭了？"

"还在备菜。"梁聿之说,"你先去忙?"

"行。"他朝唐西澄笑一下,"又到了体检时间,我先过去看看 Kiki。"

唐西澄点点头。

等他走去侧厅,唐西澄跟随梁聿之一起去厨房,听到他问:"之前和他说过话?"

"嗯,那次茶歇室里,说过两句,我不知道他是你师兄。"唐西澄听到侧厅那边 Kiki 的声音,有点儿好奇,"我想去看看他怎么帮 Kiki 体检。"

"全面的性能检测要带去实验室做,他现在只是简单调试一下。"梁聿之看她一眼,"你过去看吧。"

"好,我等会儿来帮你。"

唐西澄去了侧厅。

褚想熟练地调试每种功能,观察磨损程度,最后给她反馈:"看来下次要带回实验室一趟,毕竟是只老 Kiki 了。"

唐西澄:"很多年了吗?"

"聿之没告诉你吗?"褚想微微一笑,"我们读书的时候做的,那时候聿之养的狗去世了,叫 Loki,他一直都很难接受我取 Kiki 这个名字,我们还为此吵了架,他觉得 Loki 不能被替代,我觉得一个名字嘛,无所谓。后来就这么用下来,他大概也习惯了,不过心里估计还是过不去。"

唐西澄知道那只阿拉斯加犬,她在梁聿之的 Instagram 上看到过照片。

"可他不是毛发过敏吗?他怎么会养狗?"

"被上一个租客弃养的,他碰上了,照顾了几天,后来有别的朋友想要,他也不愿意送,就自己养着。"褚想笑,"他这人就这样,多少有点儿自虐倾向。"他站起身,"好了,你玩吧,我去看看他饭做得怎么样。"

梁聿之在煮汤,见褚想过来,问了句:"她呢?"

"在里头玩着,看起来她很喜欢 Kiki 啊。"

"她是很喜欢,她对这类有科技感的设计都很有兴趣。"

"是吗?"褚想微微敛眉,斟酌一下,"那你觉得她现在对你是……"

梁聿之低头切着咖喱块,刀口轻微起落,几秒后,抬眼:"她说她会努力。"

褚想品味了一下这句话,最后垂首笑了笑。

晚饭是三个人一起吃的。

褚想并没有身为电灯泡的不适应,整顿饭倒像是由他控场,不冷清也不

316

尴尬。他极具分寸地和唐西澄讲一点儿他们读书时的往事，挑轻松有趣的讲，间或揶揄某人两句。

氛围确实不错。

后来褚想和梁聿之聊起一位共同的朋友，说已经拿到博士学位，现在在大学里工作，梁聿之看了唐西澄一眼，果然见她停了筷子在听。

晚上褚想离开后，唐西澄先上去洗澡，她拿着毛巾，拨着湿漉漉的头发从浴室出来，梁聿之在露台，听到声音，回过头看她。

壁灯的光浅淡，他整个人都显得温和。

唐西澄站在卫生间门边擦了会儿头发，走去衣帽间，穿了睡衣再出来，见他还在那里，依然在看她。她擦着头发走近。

梁聿之看一眼她湿湿的长发："怎么不吹干？"

"等会儿。"唐西澄看看栏杆外面的夜色，又看看他，思索邹嘉的话。

"你……"

"西西……"

两人同时开口，声音撞到一起，都停了一下。

唐西澄歪头，继续用毛巾抹着右侧发尾："嗯，你要说什么？你先说。"

"还是想去读书的吧？"

唐西澄擦头发的手停住。

梁聿之没等她的回答，说："你想去的话该弄材料了，文科转商科可能没那么顺利，应该要看相关经历，最好多点儿备选，或者你可以做两手准备。你语言成绩有了吗？"

唐西澄点头，却没有说话，攥着毛巾的手垂下来。

"担心你外婆？"

他拿过她手里的毛巾，帮她擦发梢："医生已经说没那么严重，而且你中间可以回来，不会多难。"停了下，目光移至她眼睛，"不是还有我吗？有什么事，我也能顾上。"

他几句话说得低缓平淡，近乎随意闲谈的口吻，唐西澄却有点儿怔怔的，看着他。

唇动了下，没找到话说，心里的感觉难以形容。

她以为她会说"这是我自己的事"，但并没有。

干发巾从她的肩侧发丝移到鬓边。

"梁聿之，"唐西澄握住他的手腕，"你需要我做什么吗？我想要你告诉我。"她想到邹嘉的建议，但没有组织出更好的语言，很匆促地说出这句话。

她的样子落进梁聿之眼里，他目光向下，被她握住的那只手没动，毛巾还在手里。

不知怎么，忽然笑了一下。

"嗯……"他头更低一点儿，"亲我？"

唐西澄微愣。

没有让他等几秒，她有些动容地捧住那张脸，凑近吻住了他。

等梁聿之洗完澡，唐西澄的头发已经完全干了。

他一边往身上套 T 恤，一边转头看向房间里的置物柜，旁边有张懒人沙发，她跪坐在那里，长发顺滑地垂落，在肩背处微荡。

"在做什么？"梁聿之走过去。

唐西澄把手机给他看。

她拍了那个消波块摆件，有注意构图和光影，照片有种令人舒适的静谧感，但总觉得缺了点儿什么。

"好像还是你微信头像的感觉更好，你还有原图吗？"

"不一定找得到，相机拍的，很久以前了。"大约有六七年了。他坐到沙发上，手臂绕过唐西澄的肩膀，环抱住，拿她的手机，回到相机的取景框。

唐西澄看着他调整角度，没过一会儿，手指点下去。

明明是同一样静物，光影不变，用的设备也一样，但两个人拍的就是不同。唐西澄惊讶地看了一会儿："梁聿之，我有一个问题。"

"你说。"

"你的隐藏身份不会是什么著名摄影师吧？"

他被逗笑："只是玩过几年而已。"

"读书的时候吗？"

"嗯，工作后碰得少了。你怎么想拍这个？"

"我喜欢。"唐西澄伸手拿过来，感受到水泥制品的冰凉触感，"你哪里弄来的？"

"我做的。"

唐西澄侧过头来，梁聿之因为她的眼神又笑了："以前在一个朋友的工作室，随便做着玩的，也不难。"

"怎么感觉你什么都会，你还有什么我不知道的？"

"没了。"

"你不说也没关系，我迟早都会知道。"

似乎被唐西澄的话取悦了，梁聿之将她的手拢进掌中，反问："你很喜欢这个？"

"嗯。"

"送给你吧。"

唐西澄："真的？"

梁聿之点头："你可以拿走。"

"我就想它放在这里，但它是我的。"

"好，是你的。"梁聿之手臂收紧，靠近她，唐西澄在这片刻突然起了个念头，"要不要一起去海边看消波块？"

梁聿之微讶地看她。

唐西澄眼睛里的亮光明显，与她对视，他无法说不要，甚至已经萌生期待。

他问什么时候，唐西澄说："等夏天，好不好？"

当然好。

于是，念头变成约定。

唐西澄愉快地将手里的摆件搁回原处，再回过头，他们十分默契地接吻。她身上的无袖裙被剥下来。热浪渐渐袭涌。

柔软的沙发深深地陷进去。

CHAPTER 10
My Darling L

那天之后，唐西澄开始准备申请材料，整个流程她之前已经了解清楚，但真着手做起来还是很琐碎，工作之外的时间都用上，回学校跑了几趟。比较省心的是身边有个现成的前辈，自然比她自己闷头苦干好太多，尤其写文书时基本没纠结过，写完之后梁聿之帮她改一遍就定下来。

网申在唐西澄生日的前一天结束。22号那天刚好是周日，梁聿之订了餐厅，他们出去吃的晚饭。

他们回来得很早，在家里吹蜡烛吃蛋糕，还开了红酒。

大约是因为6月唐西澄曾帮他过了生日，他同样回馈她一个完整的庆生仪式。

在梁聿之收拾杯碟时，唐西澄感叹："时间过得真快。"

梁聿之却笑她："这句话你来说不太适合吧？"她才23周岁，远不到感慨岁月流逝的年纪。

唐西澄也笑了笑，跟着他走去厨房，看他开水龙头冲洗碟子。她说："我想起去年。"去年的这一天，他在雪夜驱车去村里接她，第二天带她回家，做了一碗寿面。

那面的香味仿佛还在。

"你做的面真好吃，比周姨做的还好吃。"周姨不在这里，唐西澄也不怕伤她的心。

梁聿之当然知道这个评价极高，也颇受用，朝她笑笑："你想吃的话，晚上给你做，当夜宵好了。"

他将杯碟放进洗碗机，听见唐西澄叫他："梁聿之。"

"嗯？"

视线相对，唐西澄靠在旁边操作台边，看着他不说话。

这一个月，谁也没开口提同居，但他们就自然地住到了一起，唐西澄偶尔想一下，似乎和毕业那年，他们最开始的那个阶段很相似，那时候她手受伤了，住在这里挺久，只是那时沉溺在当下的心境里，现在重新体会到被他照顾的每个瞬间，感受已然不同。

被某种情绪驱使，唐西澄开口告诉他："其实我一直都不喜欢过生日。"

梁聿之顿了下，擦干手，朝她走了过来。

"小时候过生日是挺开心，后来我妈妈离开了，那年就没过上生日。"唐西澄平静地说，"那天唐峻完全忘记了，他去拍婚纱照，我是那一天才知道他又要结婚了，而且我居然还有个姐姐，好神奇。"

梁聿之皱着眉看她，没有出声。

唐西澄低头，哂然一笑："后来总是记得那天，他们一起回来，我很蒙，很生气，很想吼叫，把他们都打出去，但我什么也没做。"

梁聿之伸手搂过她。

唐西澄的额头抵在他肩上："真讨厌那时候的我自己。"

"……你那时候只是个小孩。"他喉咙发紧，只说出了这一句话。

唐西澄低低地"嗯"了声，额角贴近他的颈部皮肤，说："明年还想和你一起过生日。"

梁聿之瞬间将她抱紧，在难言的心绪里应道："好。"

唐西澄在睡前收到了生日礼物。

梁聿之没亲手给她，他搁在卧室的桌子上，唐西澄先上来洗澡，看到了那个包装完好的银白色小盒子，上面有张卡片，用钢笔字写着：西西，生日快乐。

毫无疑问，是梁聿之的笔迹。

唐西澄解开完好的蝴蝶结绸带，打开盒子，明显愣了一下。

是个吊坠。

她捏着项链拿出来，看清楚那个精致小巧的吊坠形状，立刻笑了出来。

是个消波块。

太可爱了。

她翻来覆去地看，发现其中一个小小的锥柱上刻了字母：xx。

梁聿之上来时，唐西澄正站在镜前，她穿着吊带裙，他看到那吊坠在她的纤白的脖颈上，她没用延长链，戴起来是锁骨链的效果。

很莫名其妙，他脑子里冒出姜瑶有段时间常挂在嘴边的一个奇怪表达：很甜很欲。

唐西澄站在那儿，笑盈盈的："好看吗？"

他点点头，片刻之间起了反应。

"你怎么会想到的？"她几乎是跑过来，梨窝荡漾，"我喜欢这个。"

"是吗？"他扣她的腰抱她。

"你……"唐西澄一愣之后，笑得更明显，撞到他怀里，"来吧。"

这一年的 B 市初雪稍晚于去年，但并没有减缓隆冬到来的脚步。

又是在北方过冬的一年。

唐西澄却在这种天气里出差去更北边。这足够丰富一个南方人对寒冷的极致体验。她在冰雪大世界拍冰雕发给梁聿之，说：你知道这里有多冷吗？

他回过来：能想象。

唐西澄表达自己的体会：现在我知道你为什么非要让我带这件衣服了。

说的是临走那天，她收东西，他态度强硬地塞进来一件新买的防寒服，撑满行李箱。

梁聿之正在 S 市参加年终的业内峰会，休息的间隙有些疲倦，拿了杯咖啡，一边喝，一边问她：你穿上了？

小鹿跳了一下，两个字：当然！

鲜活的感叹号。

他稍稍停顿，回复：我看看？

唐西澄请同事帮忙拍了一张。

没等一会儿，梁聿之看到了照片，她穿着那身纯白的防寒服，戴着毛茸茸的帽子，站在冰雪天地里，鼻头红红的。

唐西澄问他：像不像熊？

他笑出一声，回她：是可爱的熊。

唐西澄和同事走去吃东西，等位时，她出去买糖葫芦，看到这条，边走边发了语音过去："梁聿之你有没有想我？"

收到回复：你觉得呢？

矜持的反问。

相比从前，他已经坦诚太多，但个性里的某些特点毕竟持久，彻底改头换面也不可能。

他们已经日渐习惯对方的表达和回应方式，唐西澄自觉地将他的话翻译为：对，我很想你。

她问会开得怎么样，梁聿之直接打了电话来。唐西澄在街边一边慢慢踱步，一边聊了一会儿，后来问他，你去看阿婆怎么不说。

"你昨晚不是忙吗？"

"我早上才听周姨提到。"

他"嗯"了声，停顿一下，说："你外婆好像已经知道了。"

"你是说我们的事？"

"嗯。"

唐西澄一点儿也不意外。

"她之前就猜到了，是不是对你问长问短，挑你毛病了吧？有没有被吓到？"

他轻笑："我在你心里有这么脆弱？"

"我怕你没碰到过这种状况，所以到底怎么样？"

"没那么严重，只是多聊了几句，还要留我吃饭的。"

唐西澄听出他语气里似有一点儿愉悦，放心了："好吧，那我不说了，我还在室外，这里真的好冷。"

换了以前，梁聿之大抵要说"活该，谁让你去的"，他会认为既然都决定去读书为什么还不快点儿离职，多干几个月有多大意义？你们思格缺了你运转不了？

但现在这些话都没说，只问她什么时候回。

唐西澄说还没定。

他还想问能不能稍微早点儿，最终将这句话咽了回去。

傍晚会议结束，梁聿之本想去爷爷那里，转瞬又作罢，恰巧在车上接到方重远的电话，索性转道过去赴约。在方重远的家里，还有另外几个朋友，他们这拨人自打读完书就回来窝在 S 市，三不五时地聚一场，单单梁聿之一个人在 B 市，一年赶不上两回。

座上有人嘲笑他麻将技艺都生疏了，又问他 B 市有什么好，多少年了还不回来。

梁聿之还没答，方重远抢过话头促狭道："B 市有什么好都不重要，重要的是有人家的心头好。"

这话一起，立时都是了然的笑。

尔后现场一位已婚的感慨还是单身自由，找喜欢的姑娘，爱怎么玩怎么玩，这婚一结，多少有点儿绑住了，玩得过了家里就要闹起来，也是头疼。便有人接话："我看聿之也自由不了多久了，听说程家那大小姐你母亲很满意是不是？都传到我这儿了。"

方重远看了梁聿之一眼，见他面色微沉，便插了一嘴将这个话题揭了过去。

等到场子散了，其他人都离开，方重远才问出口："程家那位，你怎么考虑的？"人他是认识的，方重远记得小名好像是叫乔乔，早些年某个婚宴上，他还见过一回，长得倒是明媚大方。

却听梁聿之声音淡淡："没考虑过。"

方重远疑惑："你这也还没到 30 岁，怎么你爸妈就突然这么急了？"

"还能为什么，"梁聿之神情有一丝厌烦，"不过就是爷爷要定遗嘱了，他们想要多一份筹码罢了。"

这么一说，方重远自然懂，这般操作再平常不过，也无可厚非，别说结婚了，最好是能即刻生个几胎出来，其中的利益可不是一分两分的差别。

方重远熟知梁聿之的个性，想他配合怕是不容易，便问："家里那边，你拗得过？尤其是姜伯母。"

"她还能绑着我不成？"梁聿之语气平直，"我会让她断了这份心思。"

见他不容商榷的态度，方重远嘴角微勾："说起来，那程斯乔其实还不错，你妈的眼光多高你也知道，真不要见了再定？"

梁聿之瞥他一眼。

方重远笑出一声："行了，知道你眼里只有你的唐小姐。"

这事，方重远最初从陆铭那里听到，他当时就惊讶了好一会儿，他以为时过境迁，谁知道峰回路转，这人兜了一圈，居然还兜回去了，也是稀奇。

从方重远家离开，回去的路上，梁聿之看了微信，他母亲姜以慧发的几条消息已经搁置一天，没有多想，他给了回复。

隔天是会期的最后一天，剩上午的一场演讲和交流。

十一点半钟结束，梁聿之收到唐西澄的消息，问他在哪里。他觉得莫名其妙，回复：刚出会场。

准备去取车，她又回过来：你走哪个口？

心头急跳了一下，梁聿之拨电话过去："你在哪儿？"

唐西澄说："C 区出口。"

"站那儿等我。"

他没有挂电话，唐西澄也没有挂，一直能听到他快步行走时的呼吸声。

没过多久，看到那个身影，他拿着手机，径直走向另一侧，在人群中环顾，唐西澄从躲风的角落出来，在电话里叫他："梁聿之。"

那身影停住。

几米不到的距离。

梁聿之回过身，看到她站在风里笑，午间的日光落在脸上，漂亮极了。

他呼吸缓了缓，走过去。

唐西澄道："你眼睛有点儿不行。"

见他嘴角翘起来，接着一步走近，她被抱到怀里。

"你为什么……"那声音落在她肩颈，带了笑，"故意的？"

"嗯。"唐西澄嗅他身上的味道，"好香，梁聿之你好好闻。"

"你属狗的吗？"

"别骂人。"

他笑出来，抱了一会儿，才松手。

"什么时候到的？"

"没多久，回家一趟就过来了，还以为赶不上你这边结束。"

风有些大，吹得唐西澄眯了眯眼睛，睫毛似轻羽微颤，梁聿之被撩得心痒，牵起她的手："走。"

穿过人群，去停车场取车。

唐西澄坐进副驾，牵过安全带，还未扣上，下巴被托起，他吻了过来。

唐西澄给了热切的回应。

缠了好一会儿，不仅没有消减难耐之感，反倒像火星被拨开，两个人都有些受不住，最后梁聿之克制着松手，帮她扣上安全带。

他唇上沾了口红，唐西澄拿手指帮他擦掉。

平复了呼吸，梁聿之启动车子，唐西澄拿他的手机选歌单，调低音量，能听清彼此说话。

车子开出去，一路前行，唐西澄告诉梁聿之她请了年假回来的，能连着歇到元旦假期："我总要在离职前休完年假吧，不然也太亏了。"

梁聿之问："你也知道？"

"我又不傻。"

他笑："确实。"

身上的反应却持久下不去。他尽可能不去看她，不自觉加快车速。

唐西澄发现他没往淮海路走，等到了附近才熟悉起来，是曾经来过的别墅区，那次她很急躁，车子停进车库里，他们连车都没下。

这一次，更急的好像是他。

他们没吃午饭，消耗了整个下午，青天白日，窗帘合得紧紧的，唐西澄趴在梁聿之身上，难得有一丝微妙的羞耻感，她脑子里闪过四个字，心想可真恰当。

唐西澄处在事后的百无聊赖中，却并不想从他身上下来，她拿手指无目的地描摹他的喉结，结果被误会。

梁聿之问她："干什么？"

"随便碰碰。"

手指被捉住，他的声音仍然是微哑的："那别碰这里。"

唐西澄笑起来，凑近他的耳朵："是你的敏感区吗？嗯，还有哪里？"

梁聿之无语。

"再问，我就不管你疼不疼了。"

唐西澄："……"

唐西澄重新躺好。

皮肤上的汗蒸发，身体轻微地凉下来，她很快有了饥饿感："想吃东西。"

"想吃什么？"

"随便，要你做的。"

"这边现在只有意面。"

"可以。"

"那我去煮，你再躺会儿。"

梁聿之起来，简单地冲了澡，出去煮面。

唐西澄又躺了一刻钟，疲倦地爬起来走去浴室，这边没有衣服，她只能穿他的，把自己换下来的衣服塞进洗衣机里。

这次的意面煮得简单，纯粹的酱料加面，唐西澄坐在岛台边慢慢吃，看到梁聿之穿着整齐地从衣帽间出来。

"你要出去吗？"唐西澄看了下时间，五点半过了。

"嗯。"他走过来，手指拨一下她的脸，看她颈侧的痕迹，"有个应酬，应该不会很晚。"

"好。"

梁聿之低头，吻一下她的额："等我。"

梁聿之离开后，唐西澄慢慢吃完了面，收拾餐具，洗净。

等衣服洗好，她取出来搁进烘干机里。

这次休假是真正进入清闲状态，网申之后，自收到第一份面试邀请开始，唐西澄已经在考虑离职，也在本周向 leader 透露，因此没有再交给她新项目，只需要处理手头已有的部分。

她靠在沙发上回完几封邮件，听到电话铃响。

不是她的手机，是厅里的座机。

她循声过去，迟疑了一下，握起听筒，那头陆铭的声音全无铺垫，乍然传进耳朵里："你什么情况啊，手机不接？我还以为你已经屈服了，真跑去相亲了呢！"

唐西澄微顿："你说什么？"

陆铭被电话里的声音问蒙了。待他反应过来怎么个情况，一拍脑门：坏了！

呆滞了一秒，他惊喜地啊呀一声，不留间隙地对着唐西澄一通关切询问，自恃思路灵活，东拉西扯企图蒙混过关。

无果。

唐西澄再一次问他："你刚刚说梁聿之去相亲？"

他果断装失忆。

"没有啊，我说了吗，你听错了吧西西，那什么……我约了朋友吃饭，回头聊！"他丢下一句"拜拜"，火速挂电话。

唐西澄放下听筒，站了一会儿。

她想起 10 月份那次，曾听到姜瑶同别人聊起他，说家里要让他今年定下来，是她姑姑看中的人，原来是真的。

梁聿之回来时，九点钟不到。车子开进车库，他人走出来，准备进屋，看到阳台花园那扇玻璃门开着，唐西澄站在那里，暖色灯光下身影温柔。

他带着笑走过去："在等我？"手探过去想碰她的脸。

唐西澄避了下，脸庞从他掌边擦过。

"相亲顺利吗？"她突然问。

梁聿之一愣，眸光顿住："谁跟你说的？"

"不重要，不如说说你相亲怎么样？"唐西澄抬头盯着他，"你未来妻子是不是很美？你喜欢吗？"

"西西，我——"

"不用回答了。"她忽然气躁。她不是要说这些，明明都已经想好，只要跟他讲清楚，谁都有随时退出的自由，他如果真的接受相亲，有了结婚对象，那就好聚好散。

这么简单的事。

但不知道怎么了，看到他回来，躁郁感蓬勃到压不住。

梁聿之垂眼看她："你在吃醋吗？"

他的声音忽然微妙地松下来。

唐西澄陡然抬眸，摇头："没有。"她语速微快，"反正我什么样你也清楚，你要是有了新的发展对象，要去结婚了，麻烦你提前告诉我，我不想莫名其妙变成小三。说完了，我要回家了。"

梁聿之这才发觉她衣服鞋子都穿得齐整。

唐西澄绕开他，往前一步，还未走下台阶，梁聿之一把扣住她的手。

"你凭什么连申诉的机会都不给我？"

"你凭什么不提前告诉我？我没有知情权？等你摆酒席了再通知我是吧？"唐西澄侧目冷眼，摆出针锋相对的架势，"我难道会缠着你？你想结婚就去结好了，有什么大不了的。"

"真的吗？我跟别人结婚你没有一点儿感觉？你这么快接受了？"

"不然呢？你都30岁了，你想稳定下来，你想结婚的话，很正常，我又没办法。"唐西澄胸口憋闷得想打人。

梁聿之同样压不住气了。

"我没那么想结婚，我也不需要你承诺什么，"他几乎用十分的力道捏唐西澄的腕骨，一把将她扯过来，"我就是想知道你是不是也会为我吃醋，我就是想要你爱我。"

感觉到她僵了一下，他稍稍别开了脸，也意识到情绪过激。

他松了手。

"她美不美，都跟我没关系，我没见到，也不会去见。"他视线落回来，"我今天是回去说清楚，我不会同意。你错怪我了，唐西澄。"

他直截了当地讲到这里。

陷入被动的倒变成唐西澄。她一时微怔："可是陆铭说……"

"我就知道是他。"梁聿之也想不出还有谁比陆铭更坑。

"他从小就这样，搅事精，什么都不清楚，听风就是雨，你能信他？"

"……我不知道。"

"你现在知道了。"

唐西澄点头，沉默了一下，说："对不起。"

她刚刚的盛气凌人顿时失去支撑的理由，显得十分可恶。

"我不想对你发脾气的，但是没控制住。"

梁聿之想起刚刚她冷眉冷眼，这几个月好好地在一起，几乎没闹过，她笑得比从前多，甜的尝多了让人忘形，他差点儿忘记她吵起架什么样，整个一张薄情寡义的脸。

气是真气人，但能怎么样？

也不是第一天认识她。

况且这种事，她生气才好，云淡风轻才可怕。

"你当然可以发脾气，这是你的权利。"语气缓下来，梁聿之低声说，"还要回家吗？送你。"

"……你在赶我？"

他无奈扯唇："我哪敢赶你，只怕你心情不好，不想留。"

"我现在心情挺好，你呢？"唐西澄停顿一下，"我道过歉了。"

他低下头来，扶她的脸："你道歉只靠嘴巴吗？你不知道抱我？"

唐西澄伸手按下他的脑袋。

没把握好力度，她的嘴唇磕得生疼，梁聿之也一样，但没躲开，纵容她冲撞进去。起初多少带着挑衅的意思，后来渐渐温柔热切。

她吻完，再去看他："这样好一些吗？"

低沉一笑，他伸手揽她入怀。

进屋后，梁聿之去拿水喝，转头见唐西澄倚在吧台前，似乎在思考什么。他拧开瓶口，走过来，唐西澄偏过脸，直接问他："你说你不同意，那你家里人很生气吧，会不会对你不好？"

"怎么不好？"他喝了口水，"他们能把我怎么样？"

唐西澄没有说话。

梁聿之朝她淡淡一笑："你担心什么？最多也就是经济制裁，我靠星凌也能活。"

他说得轻描淡写，唐西澄却很清楚，他们那样的家庭，婚姻有怎样的附加意义。

他说没那么想结婚，她无法分辨这是他的真实想法还是在迁就她。

梁聿之又喝了几口水，听到她叫他，声音略低下来："梁聿之。"

"嗯。"

"我刚刚撒谎了。"

他视线落过去。

唐西澄道："我是吃醋了，想到你和别人一起就很生气，我还想揍你。"

静了一下。

轻轻的一声响，是梁聿之手里的瓶子搁到了台面上。

他俯身，隔着细长的吧台亲她，好一会儿，松手："饿吗，出去吃东西？"

唐西澄点头："好。"

第二天早上，唐西澄半醒间听到窸窣声响，睁眼看见梁聿之在穿衣服。

"你这么早……"她侧躺过来，"有事？"

"有个客户刚好这两天在 S 市，趁这个机会约了见一下。"

"你好勤奋。"

他笑着："可不是嘛，以前还能混混，现在指着公司吃饭，万一倒闭了岂不是喝西北风？"

没听到回应，他侧目她一眼，覆身过来："开玩笑的，我怎么可能这么惨。"

"……嗯。"

梁聿之问她："你今天怎么安排？"

"中午要去见个朋友。"

他目光轻敛："什么朋友？"

"她叫邹嘉，邹宇你还记得吗？是他姐姐。"唐西澄停了下，告诉他，"她以前是我的心理医生，后来变成朋友，一直联系的。"

梁聿之没想到她回答得这么清晰，无声地看她几秒，说："晚点儿给我发位置，来接你？"

"好，还有，我今天晚上回家住，我怕外婆要生气了。"

"……好。"

"你开车当心。"

"嗯，"他在她唇上亲了亲，"走了。"

唐西澄与邹嘉约了吃午饭，为了方便，选在邹嘉公司附近的餐厅。

和往常一样，边吃边聊些近况。

听邹嘉讲，唐西澄才知道，邹宇也在等 offer，而且申请的都是 M 国的学校。

"没想到，一转眼他都要大学毕业了，你们都出去读书了。"邹嘉感慨，"现在才觉得自己好像老了。"

"没有，我觉得你跟以前一样。"唐西澄说。

邹嘉笑起来："进步很大啊，都会哄人开心了，恋爱谈得不错？"

"嗯。"唐西澄梳理不出具体的每个点，但直观的体验是她和梁聿之确实比之前好很多。虽然仍然有问题存在，但她不那么着急寻求建议了。

一点多钟，梁聿之发来微信，说到了停车场。

她们午饭刚好吃得差不多，邹嘉随唐西澄一道乘电梯到 B1 层，梁聿之的车就停在电梯出口附近，他一眼看到她们，走过来。

唐西澄介绍："邹嘉。"

梁聿之道："你好。"

邹嘉笑着回了句，开口时已经打量他一遍："听西西说，梁先生你做 AI 方向的？"

梁聿之点头："是，主要做企服，邹医生对这方面有兴趣？"

邹嘉失笑："……别叫我邹医生，改行了，现在是互联网民工。"

"是我没说清楚。"唐西澄解释道。

"没关系。"邹嘉笑着看她，"好了，西西，上车吧。"

梁聿之略微颔首，回身过去开了副驾车门，等唐西澄坐进去，他绕去另一侧，还未上车，邹嘉叫住他："梁先生，方不方便单独聊两句？"

"怎么了？"唐西澄问。

"没事，你坐着。"他合上车门。

唐西澄降下车窗看邹嘉，后者也只笑笑说没事。

他们走去另一侧。

邹嘉言语直接："你清楚我和西西的关系，那应该也了解她以前的事？"

"知道一些。"梁聿之说，"邹小姐有什么要告诉我？不妨直说。"

邹嘉微微一笑："也许并不重要。"

她朝车窗看了一下："我最开始见西西，她 11 岁，她外公送她来，她在门口拉着外公的手，半个小时才踏进门。我现在还记得她看我的眼神，畏惧厌恶，没有任何信任，第一天，我花了四个小时也没让她跟我表达一个字，她厌学严重，进食困难，手臂总有划痕。"

梁聿之心口一颤，蹙眉看着她。

"我想我不必继续回忆。我只是想说，你现在见到的西西，她已经做得很好很好了。"

看他一眼，邹嘉说："我先走了。"

她转身径自往前，听到身后的声音："谢谢。"

梁聿之回到车里，唐西澄问："邹嘉跟你说什么了？"

"没什么。"他低头，牵过安全带帮她扣好。

他眉眼靠得很近，唐西澄看着他："你脸色不太好。"

"有吗？"他抬眸看她片刻，感受难以名状，最终露了点儿笑，"夸了你几句，反正没说你坏话。"她再张嘴，他靠过去堵她，吻了一会儿。

退开之后，他把车子开出去，将手机递给她："听歌吧。"

唐西澄只好接过来。

后来车子开回去，再看他，似乎也没什么，便不再问，一起睡了午觉。

当天下午，陆铭跑过来负荆请罪。

他上午打了个电话给梁聿之，试探情况，结果被骂了一顿。这趟带了许多吃的过来，认罪态度良好，再加上唐西澄帮他讲话，勉强获得原谅。

年底积压的事务多，梁聿之要回B市几天，告诉唐西澄有什么事就差遣陆铭，他元旦再回来。唐西澄应了。

本以为就是随便一应，没想到还真碰上事了。

唐西澄不清楚姜以慧是怎样找到她的。但想来这事也不难。

当她接完电话，第一反应是找陆铭问问，知己知彼。然后她就见识到了陆铭空前的热情和兴奋。

他们约在咖啡馆碰面，唐西澄再三提醒他降低音量。

"为什么我觉得你有种看热闹不嫌事大的样子？"唐西澄问他。

"我只是很高兴我能发光发热！"陆铭的娃娃脸缺少一种可靠感，即使他拍着胸脯保证，"放心吧，我全程支持你。"

唐西澄勉强相信："谢谢。"

"如果我舅妈拿钱砸你，你就收下，反正不收白不收，你就假装分手，钱一到账再和好。"

"……你没有更好的想法？"

"没有。"

见面时间是元旦的前一天，2020年打头的最后一天。

梁聿之那天回S市，原本是晚上的飞机，他提前到下午，叫陆铭开他的车来接机。从机场坐上车，就已经注意到陆铭不大正常，神色怪异。

开回去的一路上，陆铭似乎格外繁忙，每到红灯便要碰手机。

梁聿之起先懒得管他，闭目靠着，快到爷爷家时，车子停在路口，他往左随意一瞥，瞧见了陆铭的手机屏幕，一闪而过的小鹿头像。

他几乎没想什么，伸手拿了过来。

陆铭再有反应，已经迟了。

梁聿之扔回他的手机，叫他改道。

唐西澄准备得很充分，但没来得及发挥。梁聿之推门进来时，她刚坐下不到五分钟，话才堪堪说过一句。她有点儿蒙地看他进来，带她出去，将她塞到车里。

"在这儿等我。"

他没停留地折回那间茶室。

唐西澄转头看主驾位，陆铭朝她两手一摊。

坐了几分钟，唐西澄开车门："我去看看他。"

陆铭忙不迭地跟上。

唐西澄停在茶室外，陆铭差点儿没刹住撞进去，被她挡了一下。

那扇门刚刚被人愤怒地摔过，没好好地合上，明显有一道缝隙。

里头的声音清楚地传出来——

"这几十年，是你们自己选的。你们怎么过的，你们不清楚吗？"

"我和梁懋均的事，和你有什么关系？无论怎样，我们只有你一个孩子，你怎么就过不去？"

"确实没什么关系。只是叫我知道，我不想过成这样。"梁聿之面色如霜，冷声道，"我劝过你离婚，那时你说你有你的不得已。现在我也告诉你，唐西澄就是我的不得已。原本或许我还有几分可能配合你们，现在，想都不必想了。"

门外，唐西澄怔然。陆铭噤声看向她。

室内，气氛凝滞。

片刻，姜以慧开口："聿之，你何必这么执拗？"

梁聿之却不想再说："但凡您还有一点儿顾念我，就别再去打扰她。"

他掀门出去，和门外两人迎面相对，一时顿了一下。

陆铭挤出个笑容。

他略过去，牵起唐西澄的手。

陆铭赶在车子被开走的前一秒，一把打开后车门坐了进去："等等我啊！"

没人搭理他。

车子沉默地行驶，陆铭在后座默不作声地给唐西澄发微信，她没看。

几个路口之后，车子靠边停下，梁聿之回过头："你下车。"

陆铭："……"

这车厢气氛能冻死人，坐着也没什么意思，他识相地下去了。

车里静下来。

梁聿之却没启动，他没看唐西澄，视线落在方向盘处："对不起，我没想到她会找你。"

他显然心情不好。

唐西澄思绪也仍然纷乱，想安慰他，却没合适的语言，最终笑了一下："你来得也太快了点儿，我还想感受一下偶像剧的待遇，不知道你妈会拿多少钱让我离开你……"

梁聿之侧眸，默然看她。

唐西澄收了笑，去握他的手："你过来一点儿。"

他到底还是顺从，靠过去。

唐西澄捧着他的脸，对着眉间亲了一下："回家，好吗？"

车子开回去。

堪堪傍晚，已经有小孩拿着烟花棒边笑边闹，漂亮的火花一簇一簇闪现，光芒耀眼。

是跨年夜的氛围。

梁聿之的情绪到晚饭之后才好了点儿，唐西澄洗了澡，看他在阳台外的花园装饰树灯，星星一样的灯火绕在矮树上。

她套上毛衣出去："好漂亮。"

他回她一个笑容，将最后一截缠绕好。

唐西澄去拿手机拍照，梁聿之看了一会儿，从身后过去抱她。

唐西澄微微一顿，他将下巴抵在她肩膀上，忽然扳过她的脸，吻上去。

十一点多钟，唐西澄清洗干净，回到卧室里，梁聿之靠在床头看手机。

以为他在看邮件，她坐过去，却有些意外，他在翻相册，删掉不需要的。

"这是什么癖好？年底断舍离？"

梁聿之笑了声："算是吧。"

他的手机里照片并不多，更多的是一些工作用的文字截图。唐西澄倚在旁边看他手指滑动、操作，明明很机械枯燥的事情，她却没觉得无聊。

过了会儿，他停下来，点开一张照片，是年初他们在 X 市的合照。

"只有这张。"

唐西澄问："什么？"

"只有这一张合照。"

唐西澄没应声，倚在他肩上。搁下手机，他将她捞在怀里。

"梁聿之，我们认识四年了。"

"嗯。"他们第一次见面在 2017 年，转眼就快 2021 年了。

有一瞬，两个人都静默，后来他们接吻。

等梁聿之去洗澡，唐西澄独自躺了一会儿，伸手摸到手机，朋友圈里正是各种跨年活动进行时。唐西澄随意看了看，退出来，去云盘里翻，找到那张旧照，看了一会儿，没有犹豫地操作完毕。

几分钟不到，评论区爆炸。

最醒目的那条来自姜瑶，满屏都是吵人眼睛的"啊啊啊"。

接着蒋津语的消息发过来：*我装不知道可真不容易！*

唐西澄问：*你知道？*

蒋津语答：*他送你上班那么多次，你们当我眼瞎吗？*

之后，梁聿之的手机开始振动。

等他洗完澡过来，唐西澄已经将自己的手机设置静音。她告诉他："你的手机一直响。"

"电话吗？"

"好像不是。"

他擦了一会儿头发，走过来拿起手机，先看到微信消息，姜瑶和乔逸都发了。

梁聿之看完姜瑶那条，很莫名其妙，手指点进朋友圈，下滑。

忽然，他顿住了。

那年炎夏，银杏树下两道侧影。

黑衬衫和学士服。

他帮她拨穗。

照片上方的字清晰地映入眼里——My Darling L。

CHAPTER 11

对戒

　　姜瑶回 B 市的那天上午，在群里艾特唐西澄和梁聿之，高调发言：今天晚上空出来！我要来吃饭！

　　距离唐西澄在朋友圈放"跨年炸弹"已经过去一周。姜瑶元旦前夜人在海边，后来又转去另一座海滨城市，忙完两场展览，这才刚刚得空返程。

　　乔逸冒出来提醒她：据说晚上有暴雪。

　　姜瑶回道：不管！风雪无阻！你要不要一起？

　　乔逸果断举手奉陪。

　　唐西澄直到下班才看到群里的动静，发现有人已经先于她回复了，他问姜瑶想要吃什么，得到的回答是：不重要，非要选的话就……火锅吧。

　　姜瑶还另外附赠一个意味深长的表情包。

　　很明显，吃饭是假，当面审问是真。

　　姜瑶来得早，在梁聿之备菜的时候，她就已经从唐西澄口中问出清晰的时间线："原来过年那次他是去你那儿了！难怪……我还说他怎么闷声不响玩失踪。"姜瑶恍悟地笑起来，然而转瞬又皱眉，说他们太过分了，"你们两个可真不够意思啊，算起来，这都要一年了，就没个人想起来告诉我一声吗？"

　　控诉的口吻。

　　唐西澄只能道歉。她从前没有思考过这一点，现在回顾起来，那时候她和梁聿之都没有主动公开关系，大约是彼此都下意识地觉得那个阶段并不稳固吧。

　　"你们分开我都难过死了，出国前还和我哥大吵了一架，后来那一年我都没理过他，我一直都怪他为什么不好好珍惜你。"

唐西澄顿了顿，沉默一下才说："并不是他不珍惜我。"

"这个不重要了。"姜瑶释怀得极快，激动中又颇有一丝委屈，"你是不是不知道，你们两个和好，最开心的人一定会是我啊？"

唐西澄笑说："我现在知道了。"

"讲真，你官宣的那条真的……"姜瑶一脸"被甜到了"的表情，语气夸张道，"我好嫉妒我哥哦，他为什么这么好命！"

姜瑶还记得她第二天就忍不住给梁聿之打电话问长问短，换了平常他一定不耐烦地应付她，讲不了两句就会撂电话，那天却好脾气极了，几乎是如沐春风的状态，甜蜜炸弹的作用可见一斑。

正说着，乔逸在侧厅门口探头敲了两下门："两位大小姐，悄悄话说完没有？"

是来告诉她们可以开吃了。

重聚的这顿火锅吃到很晚。乔逸带姜瑶离开时，外面已经开始飘起小雪。他们都喝了酒，乔逸叫家里的司机来接。

唐西澄送他们出门，站在台阶处看了会儿，极小的雪片纷落而下，她拿手接，沾到手心就再看不见，只有丝丝的凉感。

这雪下得一点儿都不够意思，哪里有暴雪的迹象？室外温度很低，唐西澄只穿了毛衣，这么一会儿冷得不行，折身回了屋里。

厨房那边，梁聿之在冲洗杯盏。

不声不响地，有人来箍他的腰，贴近说了声："辛苦了。"

梁聿之沾着水的手避开一点儿，侧过脸笑问："什么情况，偷偷吃糖了？"

揶揄她突然的嘴甜表现。

唐西澄手臂仍然没松。梁聿之就在这种半桎梏的状态下将剩下的盘碟冲过水，全扔进洗碗机，抽了纸擦干手掌，再来捉那扣在他腰腹间的手，折过身来将人捞进怀里。眉眼间的笑意犹在，整个人是愉悦的状态。

他们身上都有点儿轻微的酒味，晚上喝的鲜啤。

"你今天心情很好？"唐西澄仰着脸看他。其实不只今天，他最近都是这个样子。

梁聿之"嗯"了声，极坦荡地承认："我没有理由心情不好吧？"反问她，"你呢，吃得开心吗？"

唐西澄点头："对了，姜瑶说晚点儿找时间去滑雪，刚好是雪季。又可以一起玩了。"

梁聿之表情淡了点儿，看着她。

"怎么感觉，让你开心的是姜瑶？"

唐西澄登时一笑："不是吧，吃你妹妹的醋？"

梁聿之默默地捏她的腰。唐西澄看着他的眼睛。想起姜瑶说出国前和他吵架，不理他，把分开的原因归在他那头。显然，他从没有解释过，没有在姜瑶面前撕破那些。为什么呢？

"梁聿之。"

"嗯？"

"……没事。"唐西澄忽然不想问了。

她微微敛起嘴角，踮脚抱他，让他低头，在那眼尾印了个吻。

已近年关。思格迎来年会，正是唐西澄在思格的最后一天，她的离职手续已经走完，相熟的同事都知道她将要去读书。

蒋津语主动申请做这次年会的总负责人，唐西澄的老搭档 Anna 辅助她。

她们在年会的末尾为唐西澄安排了小小的送别环节，蒋津语亲自主持。

唐西澄都不知道她们从哪里收集到那么多她的工作照，也剪了活动中的花絮视频，几乎完整记录了她在思格两年半的时光。

BGM（背景音乐）一看就是 Anna 挑的，前一半搞笑风，后一半煽情风。

视频末尾，漂亮的花体字一个个跳出来：祝我们最好的 Cici 学业有成，前程似锦。

唐西澄眼眶微热。

散场时，Fanny 照例过来捏一下唐西澄的脸："有空回来玩哦。"

Anna 则给个夸张的拥抱："将来你要是和你的 9.5 分老公修成正果了，记得请我。"自唐西澄在朋友圈发了那张照片，Anna 震惊了好几天，此后提及梁聿之，都用这个代称。唐西澄都快适应了。

蒋津语最后才过来："怎么样，感动吧？"

唐西澄笑着点头，主动抱她："谢谢津语姐。"

收好了工位上的最后一点儿东西，唐西澄提着纸袋下楼去 B2 停车场，梁聿之在车里等她。唐西澄过去敲车窗的时候，他在看手机。

等她坐进去，探头瞥了一眼，发现视频里是她。

蒋津语拍了几个年会的现场小片段发在朋友圈。他看的是最后两段，大屏上陆续出现她的照片，瘦瘦的身影在不同的场景里，严肃的、轻松的，最后是张笑脸，某次户外团建活动中不知被谁抓拍到的一秒，完全不设防的样子，露出极灿烂的梨窝。一直看到末尾，定格在那句祝福语。

另一段拍的是年会现场的人群，胡乱晃动的镜头，音乐声里的热闹一隅，Fanny 正在捏唐西澄的脸。

梁聿之搁下手机，说："你的同事很喜欢你。"

唐西澄笑笑地看他："嗯，所以呢？"

"没有所以。"他的手指探过来，同样捏了一下她的脸颊，"安全带。"

唐西澄顺从地扣好，他已启动汽车，沿着通道开出去，冬日傍晚残存的一点儿夕阳从前窗落进来。

唐西澄侧过头自窗内看了眼那座大厦，在心里道一声：再见。

离职的事处理完，唐西澄进入坐等过年的状态，梁聿之却还很忙，唐西澄本想等他一道，但外婆这几天有些感冒，她便先一步回 S 市。提前离职也是想留出后面几个月陪伴外婆。

临近除夕，梁聿之才回来，他中午到的，直接去了爷爷家。

唐西澄傍晚时开他的车过去接。她停在院子外面那条小道上，下车给梁聿之发消息，有人正从院里走出来。

唐西澄看了一眼，认出来。

"梁老师。"

梁泊青有点儿意外，瞥一眼那辆车，便明白了，走到近前问："哪天回来的？"

"有几天了。"唐西澄抬头，"阿婆说你要明天才回来。"

"提前了。"梁泊青说，"上次碰到你们覃老师，说帮你写了推荐信，要出去读书了？"

"嗯。"

"那很好，"他停顿一下说，"有什么需要帮忙的告诉我。"

唐西澄点点头，看了看他瘦削的脸庞："你今年很忙吗？"

"有点儿，手头有项目比较着急，在赶进度……"语声停止，他循着唐西澄的视线看了下，见梁聿之在院门口。梁泊青将目光收回，落至唐西澄的脸庞上，清楚地看到她的表情。自元旦之后，他一直想找个机会与她聊聊，认真问她几句，现下却觉得似乎并不需要了。

梁泊青抿了抿唇："西西，我先走了。"

唐西澄回过神，想起要说的话，叫他："梁老师。"

梁泊青停步，侧眸看她。

"你注意身体，别太累了。"

他轻轻笑了下，目光和煦地朝她点头，尔后指一下院门："过去吧。"

直到梁聿之坐上车，唐西澄仍在观察他的表情，他扣好安全带，回看她，投来似无情绪的一眼："别盯着我。"

"那你笑一下。"

他没给反应，准备发动车子，又听到她的声音："不然我要亲你了。"

说话间已经动手要捎他的下颌，被反握住。

"想干什么？"他施力将她拉近，做了她要做的事，撤开的同时松了她的手，睨一眼她憋得微红的脸，"有空再练练。"

唐西澄好一会儿才缓过来。

梁聿之在外套口袋摸出几颗糖递过去："爷爷给的。"

老爷子不那么清醒了，有时会误认，当他是梁懋均，又当他还在小时候，拿糖来招待他。

唐西澄接到手里，剥了一颗自己吃，也剥一颗喂他，说："你爷爷还好吗？"

"老样子，能控制住不再严重已经算好结果。"

遇上红灯，车子停至路口。

唐西澄轻轻握他的手，梁聿之看向她，温声说："没事。"

晚上陆铭请他们吃饭，他和一个朋友合开的餐厅，主打马来菜。梁聿之并不看好，唐西澄却挺有兴趣。过去一看，店内装修的氛围感很足，只是生意看起来似乎对不起装修投入。

陆铭为他们安排好地方才被人叫走，一副颇忙碌的样子，过了一刻钟才过来。陆铭知道梁聿之不会有什么高评价，直接跳过他的意见去问唐西澄。

唐西澄最喜欢椰浆饭，认真夸了几句。陆铭听得心满意足。

吃得差不多，邹嘉打来电话，唐西澄出去接，陆铭才和梁聿之说起这个月家里的纷争，全为了那份遗嘱，弄得他一个不问事的都烦躁，现在总算尘埃落定，末了绕回梁聿之身上："上回还顺便帮你试探了下，你妈那态度……"他摇头，"貌似还是很坚决，到时候年夜饭你们可别又吵起来，多少年了，我真心想吃顿和气的。"

梁聿之说："没什么好吵的，她也清楚我的态度。"

陆铭思路跳脱："我说……你这么坚定的话，要不干脆把证领了，一来让你妈死心，二来也好把西西绑住，免得人家在外面待两年，就没你什么事了。"他看到梁聿之的表情，仍不知收敛，"你还别不信，这种事多了，西西年纪轻轻二十几岁大好年华，什么都有可能的吧？"

有几秒的静默。梁聿之看向他："不准在她面前乱说话。"

"放心吧，我已经吸取教训了。"陆铭一脸笃定的真诚，掏出一个盒子抛给他，"给你的补偿。"

梁聿之打开盒子。

陆铭道："绝对符合你的审美。"

他纯粹捧场朋友的品牌，无奈自己如今是单身狗一只，实在没什么需求，那天也是活动现场突发奇想。

陆铭自觉当得上人间好弟弟。

"不领证的话，也得有点儿什么宣示一下主权吧，你哄西西一起戴啊，至少表明她非单身是不是？"

梁聿之"啪"一下合上盒盖，正要扔回给他，唐西澄回来了。

陆铭笑笑向她挑眉，仿佛无事发生。

唐西澄看了梁聿之一眼，继续吃剩下的椰浆饭。

这一年梁家的除夕宴总算平静了，也是难得聚齐的一次。即使是这种假模假样的团圆和平，也并不容易，老爷子心情好，精神不错。过了七点半，梁聿之送他回去。

在泊车处，将老爷子扶上车，刚合上车门，梁泊青也离席过来了："聿之，我来送吧。"

梁聿之看他一眼："你开爷爷这车行吗？"

"开过，没事。"

梁聿之退开两步，解锁了后面他自己的车。

梁泊青问："去见西西？"

"嗯。"他停步，视线落过去，梁泊青本想问"你买烟花棒了吗"，这话停在喉间，最终只笑笑，开门上了车。

八点钟一到，外婆和周姨都要看电视，唐西澄陪在一旁，照例回祝福信息。春晚直播了十几分钟，梁聿之的消息发过来：*出来吧。*

唐西澄告诉外婆，她出去玩会儿，晚点儿回来吃汤圆。周姨忍不住笑，知道老太太心里也清楚得很，便先接了话讲："要回来了讲一声，我好先煮上。"

"好。"唐西澄应了声，速度微快地穿衣服出门。

她以为梁聿之在车里等她，一出院门却直直撞到他。

"你怎么站这儿？"

估计到了有一会儿了，他抱她时，大衣上的寒气袭过来。唐西澄去碰他的手指，有种干燥的凉，赶紧拉他上车。

"我和阿婆说了，晚点儿回来吃汤圆。"

"有我的份吗？"他没喝酒，但有些疲倦，懒懒地靠着座椅看她。

"有吧，我看周姨很有准备的样子。"唐西澄牵过安全带，"没有的话，我分一半给你。"

梁聿之笑应："好。"

唐西澄转头看他一眼，在他启动车子前，她低头从储物格的角落取出一样东西："这是什么？"

梁聿之抬眼见她手里已经捏着那个盒子。他愣了下。

唐西澄直接打开了，和她想的一样。情侣对戒，素圈，简洁而不失精致的设计。看不出来，陆铭的审美居然挺在线。

梁聿之想说是陆铭自作主张给的，也想告诉她只是个饰品，并不是所有的戒指都是那个意思，然而他还未出声，就见唐西澄取出女戒戴到了手上。

她几乎没有犹豫。

兀自欣赏了两三秒，唐西澄抬眸："要帮你吗？"

很清晰地，看到他眼神的变化，然后他什么话都没讲就将手递了过来。

唐西澄将那枚男戒套在他的左手中指上，仔细调整到合适的位置。

"很漂亮。"

"嗯。"

"我说你的手，好适合戴这个，满足手控的审美。"

"……你是手控？"

"我不像吗？"

梁聿之只回了一声笑，捏住她套着戒指的右手，低头吻在白皙的手背上。

车子启动，夜色中驶过梧桐小道。

你好，杨小姐

　　梁聿之最近频繁成为朋友们揶揄的对象，方重远笑他惨啊，这才堪堪熬完两年的异国恋，做空中飞人的日子刚结束，以为苦尽甘来，好家伙，转头又谈上异地恋了，那位唐小姐野心蓬勃，留学归来，果然杀回了斯杨，长居S市，跟自己老爹斗智斗勇去了，徒留他梁某人一人在B市，纵然交通畅达，那也只能做周末鸳鸯，偏偏某人仿佛为爱昏头，一门心思谈着这种远远跳出自己舒适区的恋爱，过着苦兮兮的双城生活。

　　但单从做朋友的体验来讲，方重远很乐见眼下这局面，因着女朋友的关系，某人回S市回得很勤，多少能见缝插针喊他喝一两回酒，也算沾上唐小姐的光了。

　　譬如今天，方重远请客，正赶上梁聿之人在S市，且人家女朋友加班，他便捡了个漏，梁聿之不只出席了，还正经捎了礼物来，往常可是人都见不上的，哪儿能有这待遇。

　　也是趁着这个机会，人聚得相对全了些，但大家年纪都不小了，精力也不比从前，在方重远的宅子里玩到九点钟就陆续散了，只剩梁聿之还在，有人顺路，叫了家里司机来，想捎他回去，被在场的陆铭一把扯走。

　　"行了吧，人家有老婆来接，有你什么事儿。"

　　梁聿之和唐西澄的恋爱关系现在已处于很公开的状态，当着唐西澄的面，陆铭还会收敛，背后就口无遮拦多了，提起唐西澄，常常"你家老婆""我家嫂嫂"地称呼她。

　　唐西澄开着车子过来，已经近十点钟。

　　见方重远和梁聿之一道过来，她打开车门下来，闻到酒味，看向梁聿之："你喝了很多酒吗？"

方重远笑道："我说吧，让你少喝点儿。"又朝唐西澄道："被陆铭他们几个闹的，非要罚他酒，多喝了几杯，我劝过了啊，这可不怪我。"

唐西澄径直上前，抬手去拨梁聿之衬衣的领口，被他握住手腕。

"没过敏。"他低头说。

方重远看得直想笑，假咳了一声，用看戏的口吻调侃说："唐小姐要是检查完了的话，人我可就还给你了啊。"

唐西澄正要开口，梁聿之先睨去一眼，方重远笑着摆摆手，折身往回走。

唐西澄这才说话："让我看看。"

梁聿之一笑："我真没事。"说罢松了她的手，甚至大方地往下解了颗衣扣，"你看吧。"

唐西澄略微踮起脚，借着不太明亮的灯光观察他有没有起红疹。

这个姿势让她靠他很近，她边看边皱眉："你身上酒味真的很重，你朋友难道不知道你是易过敏体质吗？他们怎么……"

话没说完，因梁聿之忽然伸手轻轻将她脑袋一扣，同时低头吻了她。

唐西澄没有防备，清楚地尝到他口中的酒味，他并不莽撞急迫，甚至温柔得令她不想拒绝，于是与他纠缠完毕，她才说："你说过你会少喝酒的。"

梁聿之眉眼松散，略无奈地笑看她："嗯，是我错了，下不为例行吗？"

唐西澄的眼神里则是明晃晃的警告：你最好做到。

他当然点头，唐西澄便不再多说。

车子一路开回去，等他们洗完澡，时间已经不早了。

梁聿之从浴室擦着头发出来，唐西澄正在洗漱台前刷牙，他走出去又退回来，问她事情处理得怎么样。

指的是近期斯杨遭遇的假货争议，这算是唐西澄轮转到公关部遇到的第一起危机事件，这两天都在忙着处理这件事。

梁聿之知道她有压力，在车上他一直避而未提，刚刚洗澡时思考了一番还是决定问问她。

唐西澄倒没回避，吐掉嘴里的泡沫，漱了一下，侧过头来告诉他已经差不多，公关稿也已经定好，明天会发，她还提到今天会议上唐峻公开敲打她。当然，她也知道公司里有人等着看她笑话，说到这里唐西澄微微挑眉，说了一句此时很适用的话："我就喜欢看他们讨厌我又打不倒我的样子。"

她眼下有淡淡的一点儿青色，明明脸色憔悴，眼神却鲜活又骄傲。

梁聿之微微一笑，捏她的脸："累吗？"

唐西澄诚实地点头："有一点儿。"

她主动伸手来抱他："不过我明天可以休息，我们出去玩？"

"恐怕不行。"梁聿之抬起手指抹掉她嘴角的一点儿牙膏沫，告诉她，"我帮你阿婆约了明天体检。"

"啊。"唐西澄这才想起来，她最近实在忙得昏头，差点儿耽搁了这件事，"那我们一起去。"

"好。"

他应声，手指仍摩挲她的嘴角，低了头要亲过来，唐西澄用手掌挡他的唇："我嘴巴还没漱干净。"有好浓的牙膏味道残留，她离他远一点儿，"还有……梁聿之，你别招我啊，明明知道我今天不方便。"她生理期。

"可是我很想你。"梁聿之扯下她的手揽抱过来，气息在她耳边喷薄，"西西，你说怎么办？"

不知道他是不是酒劲上头了，唐西澄觉得他叫她的那声"西西"轻佻得不行。

偏偏他此刻整个人都很好闻，因为刚刚洗浴过，浑身都是清新的气息。

不得不承认，很难抵挡这诱惑。

唐西澄"咕咚咕咚"漱了口，唇上水还没擦净，就转身去亲他的嘴唇。

她当然也拥有一些取悦他的手段。

唐西澄喜欢看他压抑不住的时刻，他在这种瞬间隐忍蹙眉的样子实在太令人满足，直到他来搦她的手腕，潮热的眼睛望过来，用更低的声音叫她"西西"，唐西澄即刻获得另一种意义上的快感。

而他帮她洗手时认真的样子让她忍不住想笑，揶揄他："你还挺嫌弃你自己。"

梁聿之不接她的话，关了水龙头才回看她，淡淡一句："你不嫌弃就行。"

"谁说我没嫌弃？"唐西澄仍然笑着，在看到他的表情有微微的变化后才改口，"开玩笑的。"

梁聿之不做回应地看她一眼，随手拾过旁边的浴巾丢给她。

唐西澄边擦手边跟随他走去床边："梁聿之，你不许生气。"

没回应，他站在床边看手机。

唐西澄绕到另一侧："我说了我开玩笑的。"

她扯他的手腕，没料梁聿之直接将手机递了过来："看看喜欢哪个。"

唐西澄低头看一眼，是张户型图，手指往后划拉了下，好几套不同的，她不解地抬头。

"想重新找套屋子，离你公司近一点儿的。"梁聿之很直接地告诉她，"明年冯臻从南方换到 B 市，我应该就长驻 S 市了。"

唐西澄皱眉："因为我吗？"

"想什么呢？"梁聿之笑了下，"正常的业务安排，星凌准备在 S 市设分部。"他说完看着唐西澄的表情，"我承认，有一部分是因为你，"他绕开她去拿水，喝了一口，"但主要还是因为工作，所以你不必有负担。"

见她没反应，他侧过头来，审视她："不高兴？还是你只想这样保持异地？"

"当然不是。"唐西澄立刻澄清，"我也想每天见到你。"

梁聿之便笑了，抬手揉一下她蓬软的发顶："那你快点儿挑。"

他点点手机。

唐西澄问："你不要说得像挑白菜一样好吗？"

他又笑："我明天发给你，你慢慢看？"

唐西澄点头。

"行，"他抽走手机，揽抱她，"那先睡觉。"

第二天早上，两人接外婆去医院。外婆一年一次的体检是常规安排，前两年唐西澄不在，都是梁聿之陪着去，流程和项目他已经熟悉，显然老太太也信任他。一切顺利，老早就结束，回去后还不到午饭时间。周姨提早给老太太煮了清粥，外婆喊着让她给那两人也弄点儿吃的，她猜到他们两个一定没吃早饭。

周姨还想正经弄点儿什么菜，梁聿之叫她别忙了，煮两碗小馄饨吧。

唐西澄举手赞同。

门口花坛里现摘的一点儿绿菜叶，搁在锅里一道烫熟，清爽极了。

外婆和周姨看他们两个坐在桌前吃馄饨，叫他们慢点儿吃，又讲"不够还有"，两个成年人仿佛是家里的小孩，要被监督吃饭的那种。

唐西澄有点儿无语，梁聿之却欣然，这种体验只有幼年在 G 市生活时有过，已经很久违。这两年他但凡有空回来，都会过来陪老太太吃一两顿饭，已经不只是因为对唐西澄允诺过会照顾她的亲人，也因他在这里很放松。

很寻常的家庭温暖，他是珍惜的。

饭后，收了碗筷，外婆又张罗着做糕点了。这回用不上唐西澄，拿石舂舂小料的事情落到了梁聿之头上。老太太已经清楚他的过敏问题，更改了食谱，不需要唐西澄提醒，她也记得不再往里头放榛子，每回都嘱咐周姨不要拿错。

在这个时间里，唐西澄去院子里给花花草草洒水。

外婆不知怎么跟过来了，在树荫下叫她不要瞎浇太多水，要涝死的。唐西澄猜到这不是要讲的重点，果然才刚浇了几株绣球，老太太的话匣子就打开了，内容她不意外，其实她刚回国那会儿外婆就已经隐晦地提过，无非就是为她操心，意思是现下书念完了，工作也定好，自己的事情要思量起来了。

"阿婆老了，勿晓得能顾你多久，聿之也过30岁了，成家养小囡也勿好再拖沓。"

老太太这回讲得直接许多，唐西澄想直白地同她说明自己的想法，又清楚自己与阿婆之间隔了一代人，不能让她理解，只会增加她的困扰。

而现下唐西澄仍然是没有考虑过走入婚姻的，更不会养小囡，无法应承外婆的关切。

于是她沉默。

外婆以为她不当回事，又要继续，才开口，被身后声音打断了。

是梁聿之。

他不知什么时候走了过来，说太阳太大，问外婆要不要回屋去坐，老太太欲言又止，看看唐西澄，不好再讲，只交代一句"勿要浇涝了"，便缓步往屋里走了。

唐西澄看着梁聿之，她手里还拿着绿色的青蛙水壶，那样子在梁聿之眼里有点儿呆，他挑眉笑了笑："什么表情？"

"你听到了？"唐西澄问。

他点了头："嗯。"又走近一步，拿过她手里的水壶，继续给绣球洒水，"需不需要我和你外婆聊聊？"

"聊什么？"

"帮你挡挡催婚。"

"梁聿之……"唐西澄声音低下来，"外婆说你年岁不小了，你真的不介意吗？"

其实想问，你真的不是在迁就我吗？

"我想和你有结果，西西。"他侧过头，脸庞逆着光，用不急不缓的声音回应她，"但不一定是你外婆说的那一种结果。西西，即使我勉强自己，那也是我的事情，何况我并没有。我很清楚，至少现在，和你在一起的每一天，我的快乐都超过其他。"

风拂过头顶枝叶，一只鸟簌簌飞走。

梁聿之拿空闲的那只手帮唐西澄抚掉落在肩上的那片叶子："再这么看着我，我要亲你了。"

唐西澄沉默地靠近，主动在他右颊轻轻吻了一下。

梁聿之嘴角弯了弯，这时才从兜里取出一样东西递给她："刚刚送过来的，替你拆了外封。"

唐西澄接过来一看，有些恍然，慢慢就笑了："好快。"

是她的新身份证。

"这么高兴吗？"

唐西澄点头，盯着证件上的名字看了一会儿，说："梁聿之，我不再姓唐了。"

"嗯。"梁聿之看了她几秒，而后将手里的洒水壶搁下。

疏疏光影之下，他伸手拥抱了她。

同时，温柔而正经地问候一句——

"你好，杨小姐。"